U0877240

读客®

读客三道杠知识小说文库

读小说　学知识

连环局2

囚徒密码

纪玉峰　著

江苏凤凰文艺出版社
JIANGSU PHOENIX LITERATURE AND
ART PUBLISHING

图书在版编目（CIP）数据

连环局.2,囚徒密码 / 纪玉峰著.—— 南京：江苏凤凰文艺出版社，2023.9
（读客三道杠知识小说文库）
ISBN 978-7-5594-7855-9

Ⅰ.①连… Ⅱ.①纪… Ⅲ.①长篇小说－中国－当代 Ⅳ.①I247.5

中国国家版本馆CIP数据核字(2023)第128486号

连环局2：囚徒密码

纪玉峰　著

责任编辑　丁小卉
特约编辑　黄雅慧　舒　艳　李文洁
封面设计　刘小梅
责任印制　刘　巍
出版发行　江苏凤凰文艺出版社
　　　　　南京市中央路165号，邮编：210009
网　　址　http://www.jswenyi.com
印　　刷　三河市龙大印装有限公司
开　　本　680毫米×990毫米 1/16
印　　张　27.5
字　　数　339千字
版　　次　2023年9月第1版
印　　次　2023年9月第1次印刷
标准书号　ISBN 978-7-5594-7855-9
定　　价　69.90元

目　录

第一章　冬日里的一场雨　001

第二章　会见　015

第三章　用辩证唯物主义的观点办案子　028

第四章　何少爷往事　041

第五章　院士和他的太太　053

第六章　不请自来　066

第七章　合作者们　081

第八章　批评大会　094

第九章　咖啡与名片夹　106

第十章　回信，不予批准　120

第十一章　混世小魔王　134

第十二章　程溪的生日　147

第十三章　何家留存的东西　160

第十四章　再次会见　172

第十五章　口罩男　186

第十六章　峰回路转　199

第十七章　离婚诉讼准备　213

第十八章　细节　226

第十九章　照片　240

第二十章　锥子　253

第二十一章　库雅楠　267

第二十二章 祸不单行 280

第二十三章 抢夺 294

第二十四章 钱这玩意儿 307

第二十五章 锥子与两百元 319

第二十六章 山雨欲来风满楼 331

第二十七章 证据突袭 346

第二十八章 两个重磅炮弹 359

第二十九章 反突袭 372

第三十章 终极引爆 386

第三十一章 尘埃落定 398

第三十二章 真相 410

第三十三章 两个结局 421

第一章
冬日里的一场雨

纪佳程一家在新居已经居住满两年了。

说是新居，其实是个破旧的老式公房，面积不大，也就五十多平方米，烧饭的时候厨房里两个人转身都难。之所以买这套破房子，是因为这个小区对口沪东最好的初中之一，而且离学校只需要步行十分钟——这意味着纪宝宝每天早上可以多睡至少半小时。赵敏这个人平常对生活品质讲究得不得了，可是为了孩子，当母亲的什么苦都愿意吃——这也是中国很多七零后、八零后女性的伟大之处。她把原来的房子租了出去，带着所有家当挤进了这个小房子。

居住条件变差了，不过为了孩子也没什么不能接受的，慢慢地还找出了这里的一些优点：地段好，处于陆家嘴金融区的中心地带，出门就能看到沪海市最著名的高楼大厦，如沪海中心、“开瓶器”大楼等；离江边近，休息时可以出门到江边纳凉。如今的春申江沿江一线已经建设好了滨江景观步道，跑道、草坪、休闲酒吧一应俱全，在盛夏的夜晚，江风总是能拂去三分暑气。久而久之，纪佳程甚至爱上了在江边生活的日子，每个周末他都会去江边慢跑，一边跑一边欣赏着江面来往的船舶，然后带着一身汗水畅快地回家。跑了大半年，他成功地让腰围缩小了一圈，并且把跑步变成了生活中必不可缺的一部分。

这一年的夏天奇热无比，而且季节交替不那么分明，明明从节气上算已经是秋天，可是一直到十月上旬，空气依然闷热难忍，稍微一动就是一身汗。纪佳程跑步时穿的是短裤和T恤，每次刚跑不久就会浑身湿透。终于到了十月中旬，温度突然变得宜人了，街上的人纷纷穿上了西服衬衫、制裙、丝袜，脸上不再是汗津津的，看着清爽了许多。纪佳程依然穿着短裤和T恤去江边跑步。赵敏叫他加件衣服，纪佳程却认为没必要，他觉得跑步本来就会浑身发热，加件衣服太麻烦了。

立冬那天正逢周末，午睡后纪佳程又到江边去跑步，照例是那身黑色的聚酯纤维短裤和T恤。沿着江边向着杨浦大桥的方向跑了三公里左右，江风开始大了起来，不一会儿风中就带了寒意，透过早已汗湿的T恤，吹得他遍体生凉。

他抬头看看天，发现云团变厚，天色阴沉下来了。纪大律师当机立断，转身就往家的方向逃。

就在他往家里跑的时候，气温陡降，天上的厚云变成了乌云，吹拂的冷风变成了寒风，吹得街边的树木哗哗作响，整个世界都昏暗了。街道上的人纷纷加快了脚步，纪佳程正缩着身子在跑，突然觉得脖子一凉。

伴随着狂风，豆大的雨点密密麻麻地从天空砸下来，紧接着变成了倾盆大雨。可怜的纪佳程瞬间浑身湿透，躲在街边一个小店的门外的雨棚下，冻得浑身哆嗦。

江南的秋雨一向伴随着湿冷，寒意能透到骨子里，比他在东北上学时的零下三十摄氏度还要冰冷难熬。纪佳程哆嗦了半分钟，就拉开小店的门躲了进去。店里热烘烘的空气笼罩了冻僵的身体，让他哆嗦得更厉害了。

这是家不大的馄饨店，里面整齐地摆了七八张白色的四人桌，因为不是饭点，除了一个小姑娘在角落的桌子上写作业，里面没什么客人。听到门响，通往里间的门帘一掀，伸出一个脑袋。那是个戴着黑框眼镜的年轻人，穿了件皱巴巴的格子衬衫，头发乱蓬蓬的，下巴上乌青乌青的，长短不一的胡楂显得很乱。看到纪佳程这副尊容，他吓了一跳，随后他往玻璃门外看了看，就明白发生了什么事。

“我进来躲个雨。”纪佳程解释道。

“啊，下雨了？快进来，里面暖和。”年轻人说，“要不要吃点热乎的？”

纪佳程看了看墙上的价目表，说：“给我来碗鸡汤馄饨吧。”随后往门外看了看，决定吃点东西暖暖身子，顺便躲躲雨，如果吃完了还在下雨，就冒雨一口气跑回家去。

年轻人说了声“好”，扭头对窗口里招呼道：“杏园姐，一碗鸡汤馄饨！”

“好嘞！”里面一个女人的声音答应着。纪佳程坐到桌边，身上的寒意没散发尽，兀自打着哆嗦，这个年轻人走到门口往外面望了望，说了一句：“怎么突然变天了？虫虫，快给这位伯伯倒杯热水。”

小姑娘乖巧地“嗯”了一声，用纸杯接了杯热水端给纪佳程。纪佳程道了谢，喝了一口发烫的热水，用纸杯暖着手。小姑娘瘦瘦小小，也就一二年级的样子，皮肤略有点黑，她的礼貌让纪佳程心生好感。

感冒肯定是逃不掉了，万一发烧就更麻烦，赵敏的唠叨估计是免不了的。依照这位贤惠太太的作风，肯定是一边看体温计一边骂：“在家里的跑步机上跑跑不行？非要到江边去装酷，你装给谁看？江边有外面的女人是吧？万一发烧的话，老娘可不伺候你！”

在他冥想着赵敏对他的“屠杀”时，鸡汤馄饨端上来了，老板娘是一个三十多岁的女人，头上罩了个纱帽，几根头发从她的纱帽边缘挤出来，可能是因为素颜，脸色有点暗，眼角已经有了细微的鱼尾纹。她穿着红色的外套，除了围裙和袖套上沾了一点白色的面粉，整体上给人的感觉是朴素而利落。她把馄饨放到纪佳程的面前，说：“快趁热吃，冻坏了吧？”

“谢谢！”纪佳程拿了一双筷子，老板娘一边为他拿汤匙，一边也向外面张望。外面的雨越发大了，天色昏暗，风吹得如狼嚎一般。老板娘“哎呀”了一声，说：“坏了，衣服还没收呢！”

“我回去收！”年轻人听了，从墙角找出一把雨伞。老板娘叮嘱道：“顺便给我和孩子带件衣服来，你自己也添件衣服，降温了。”回头看了一眼纪佳程，老板娘又加了一句：“多带套衣服来。”

“哎！”年轻人答应一声，拿着雨伞开门出去了。门一打开，外面就吹进一股夹杂着雨丝的冷风。年轻人缩着脖子打起伞，和风搏斗着跑走了。

这碗热馄饨实乃无上的美味，纪佳程贪婪地喝着馄饨汤，终于感觉整个身体都暖和起来了。在此期间他接到了赵敏的电话，他那贤良淑德的太太开口就问：“你在哪儿？”得知他在馄饨店里躲雨后，赵敏又问他怎么回家，纪佳程表示自己一会儿会冒雨狂奔回去。他还特别回答了老婆大人的重要问题，汇报说自己手机微信里的余额有三十五块，足以支付馄饨钱。

于是纪太太放了心，针对今天的突发状况，做出了如下的指示：“在家里的跑步机上跑跑不行？非要到江边去装酷，你装给谁看？江边有外面的女人是吧？万一发烧的话，老娘可不伺候你！”

纪佳程：“……”

一碗馄饨吃完，纪佳程暖和多了。他付了钱，运了运气，打算开门一口气跑回家去。老板娘拉住他，说：“等一下，小何马上就回来了。”

“啊？”纪佳程问，不知道老板娘是什么意思。就在这时，门一开，刚才那个年轻人抱着一个大包进来了。他上身加了一件外套，裤子湿漉漉地贴在腿上，一边把雨伞放到门口的桶里，一边招呼道：“杏园姐，我给你和虫虫都拿了衣服。”

“晾的衣服都收了吗？”老板娘接过大包问。

“董阿姨给收了，可是已经全湿透了，”年轻人说，“虫虫的裤子掉到楼下邻居的院子里了，我去要回来了，不过沾了不少泥，董阿姨又泡到盆子里了。”

杏园姐从包里扯出几件衣服，一件粉色小外套是给虫虫的，一件灰色外套是她自己的。另外有一套灰色的运动服，她递给了纪佳程。

他们是要借一套衣服给素昧平生的人御寒，纪佳程心中一股暖流涌过，赶紧客气道：“这怎么好意思呢？”

“谁还没有个措手不及的时候呢。”老板娘说，“这是小何的衣服，那把伞也借给你。你要是住得远的话，也不用特意过来，什么时候顺路了，什么时候拿过来就行。”

“不远不远，我就住在栖霞路那边，离这里不远。谢谢啊，我不跟您客气，”纪佳程感激地说，“还有这位兄弟——咱们加个微信？”

“行。”叫小何的年轻人爽快地点点头，掏出手机。两个人加了微信好友，彼此通过验证后，纪佳程主动把自己的单位名称和联系方式发给了小何：“纪佳程，汇业律师事务所律师，手机号

137××××××××。”

小何看着屏幕，问：“您是律师啊？”

“是。”

“以后可以多多联系呢，”小何说，“我们几个朋友搞了个公司，以后有什么法律问题，可以问问您吗？”

“当然可以。”纪佳程说。他觉得小何这句话客套的成分居多，不过如果真有需要的话，自己也不介意报答他的借衣之恩。这种判断在他看到小何发来的文字后得到了证实，因为这个小伙子并没有如纪佳程那样介绍自己的职业，文字很简单：“何利锋，手机号136××××××××。”

“我们开的是个机电公司，在曲家桥那边，”何利锋说，“我现在还没印名片，下次见面应该就印出来了。”

“行，有事您说话。”纪佳程满口答应，“我的办公室在延安西路江苏路那边，有空了过去喝喝茶。”

何利锋一米八几的个头，衣服略大，纪佳程把他的衣服套在外面，保暖效果立竿见影。拿了这位叫李杏园的老板娘借给他的雨伞，纪佳程冒雨往家里走，心里感叹着何利锋和李杏园这么善良，果然不是一家人，不入一家门，又想到何利锋管李杏园叫“姐”，便猜测这一定是少夫老妻，毕竟李杏园看着确实比何利锋大几岁，反正“女大三抱金砖，女大四福寿至，女大八准发家，女大十样样值”！

李杏园和何利锋的善良让纪佳程逃过了重感冒，却没逃过赵敏的痛骂。回到家时，这身借来的外套也大半湿透，他一边脱着湿淋淋的衣服，一边听着赵敏骂曰：“丢人都丢到别人家去了！出门不看看天！下次穿得再少点，冻不死你这头猪！穿别人的衣服回来，还得给人家送回去！”

纪宝宝在一旁煽风点火地说：“多大的人了，还给别人添麻烦，我怎么有个这么让人操心的爸爸。”

“你可千万别学你爸爸，”赵敏对着纪宝宝指桑骂槐，“出门不看皇历，老胳膊老腿还要到江边去装‘小鲜肉’，你看他多‘十三点’。幸好你遗传了我的基因，聪明伶俐，要是像你爸爸那样脑残，我哭都要哭死了！”

骂归骂，等纪佳程洗好澡出来，桌子上已经放了一杯热腾腾的姜茶，那是纪宝宝给他泡的；床上放着舒适的保暖内衣，那是赵敏给他准备的。至于他换下来的衣服，已经被扔到洗衣机里去了，赵敏还从柜子里找了套小礼盒，里面有牙膏、漱口水、润肤乳，打算让纪佳程还衣服时带过去当礼物。

然而第二天还是下大雨，纪佳程给何利锋发了条微信：“衣服已经洗好烘干，雨伞也晾干了，我稍晚一两天给您送过去？”

何利锋回复：“不急。”

结果纪佳程这一拖就拖了四天，要么是忘了，要么是有事没去成。第四天晚上赵敏忍无可忍，要求纪佳程第二天早上给人家送过去，说再不送人家会以为纪佳程要贪掉人家一套衣服、一把伞，纪佳程挨了一顿骂，就给何利锋发微信，先是一通道歉，然后说明早一定送过去。

微信发过去，何利锋还是回复：“不急。”

第二天一早纪佳程送了东西过去，顺便把赵敏准备的小礼品送给老板娘。那位善良的老板娘推辞不过，便打包了一盒鲜肉馄饨，一定要纪佳程带走。

他们越是这样纯朴，纪佳程越是过意不去。从此他每次跑步，都会到这家“杏园馄饨”吃一碗鸡汤馄饨，看着老板娘李杏园忙忙碌碌，和头发乱蓬蓬的眼镜男何利锋闲聊几句，夸奖几句缩在角落里写作业的虫虫。闲聊的时候，何利锋说自己父母双亡，没有兄弟姐妹，在这里是“蹭饭吃”，在他说话的时候，李杏园给他泡了杯茶，笑眯眯地看着他，也不说话。何利锋真的请纪佳程帮着看了几份合同，内容是投资开机电设备公司的合作协议、公司章程，公司注册资本一千五百万元，何利锋占45%的股份，其中15%以现金入股，30%以技术资料入股。按照纪大律师的习惯，这种一分钱没给的“看合同”，他会直接拒绝，绝不肯在上面浪费脑细胞，不过看到这注册资本，觉得以后有机会当法律顾问，又看到面前热气腾腾的馄饨，终究抹不开面子，笑容满面地帮着改了合同，提了点意见，一边改一边在心里叹气。

这做的什么律师，别的律师改合同收钱，他给人家改合同收一碗馄饨——还是付了钱的。

在纪佳程看来，只要肯付律师费，何利锋会是个不错的甲方，从和他的几次聊天过程来看，这个人对法律感兴趣，问得很多，通常这样的人对法律和规则会有一定的敬畏。有一次他指着自己设计的图纸问：“万一别人侵我公司的权怎么办？”

“告他啊。”纪佳程说，“万一是商业秘密的话，甚至可以报案，经侦那伙人觉得够立案了就能抓人。”

何利锋半懂不懂地点头，又说起之前有一个朋友在外地被抓、老婆不肯给请律师的事，问朋友可不可以代请律师。纪佳程告诉他有难度，因为《中华人民共和国刑事诉讼法》规定犯罪嫌疑人或被告人的朋友、非近亲属的其他亲属是不能作为委托人的。

何利锋惊叹着点头，说要不是认识纪佳程这样的专业人士，都不知道里面还有这么多学问。

纪佳程律师和何利锋就是这样认识的。比起后面发生的惊涛骇浪，这段平淡的日子实在是难能可贵，而且也特别短暂。

一个月后的某个周末，纪佳程跑完步，又到馄饨店里叫了一碗鸡汤馄饨。店里的人不多，李杏园照例在厨房忙活，何利锋照例在端盘子，虫虫照例在角落里写作业。纪佳程搅着鸡汤馄饨，往里面撒了点胡椒粉，瞥到何利锋坐到虫虫旁边，拿过虫虫的作业批改着。

他经常这样，有事的时候招呼客人，没事的时候就坐在虫虫旁边，要么给孩子改作业，要么在电脑上写着什么。纪佳程付款时看到他的电脑里有图纸，还有专利证书。他坐在电脑前的那副表情，配上他的眼镜和外套里露出的纯棉格子衬衣，绝对是典型的理工男形象。

这时候，门被推开了，一个人从纪佳程旁边走过去。这是个年轻的女人，头发盘在脑后，白色的上衣，黑裙，及膝高跟长靴，打扮得非常精致——纪佳程之所以下如此判断，是因为他发现这位女士的上衣、鞋子和包都是爱马仕的。穿这样衣服的人到这样的小店吃东西的场景不多见，所以纪佳程不由得多看了几眼，心里揣测这位女士莫不是穿了一身高仿。

这位女士向何利锋走过去，何利锋看到她，脸色一下子阴沉了，他站起来，皱着眉头问："你怎么来了？"

"你这里有什么见不得人的事，我还不能来？"这位女士相当不客气。

"和你没什么好说的，"何利锋皱着眉头说，"咱们谁也别搭理谁，成吗？"

那位女士往厨房的方向看了看，讥诮地说："行啊，何利锋，现在翅膀硬了啊，敢跟我这样说话！窝在这样的地方，不像你何大少的作风啊！你已经沦落到要靠寡妇养着了？"

"你要是不会说人话，就滚出去！"何利锋说着就坐下，拉过虫虫的作业本，看起来不想理那位女士了。

那位女士发出了一声冷笑：“哈，何利锋！你行啊！咱们还没离婚，你已经给别人的孩子当上爹了？我来是最后一次问你，你到底回不回去？”

何利锋头也不抬，答道：“江诗媛，我说过，我是绝不会回去的。”

听着不对劲的老板娘李杏园擦着手从厨房里出来了，一看到这位叫江诗媛的女子就是一愣，嗫嚅道：“太……太太。”

江诗媛缓缓点了点头，声音似乎是从牙缝里挤出来的：“呵呵，真像一家三口啊……行，何利锋，你要是真做得绝，就别怪我不讲情面了。”

何利锋低着头在虫虫的作业本上批改着，似乎连和江诗媛说句话都没心情。江诗媛说完这句话，就猛地转过身，大步向门口走去。借着她的转身，纪佳程看到她的面孔：这是个很美的女人，头发一丝不乱，脸型略有些方，妆容精致，一看就是个生活富足的女子，只是她此刻杏眼含煞，嘴唇紧紧抿着，浑身上下透着冷气。她大步走过，鞋跟踩在地上嗒嗒作响，两秒钟后，她咣的一声推开门，冲出去了。

那位理工男本来在虫虫的本子上划拉着，等江诗媛出去，他就把本子合起来，看着脸色煞白的李杏园安慰道：“没事，她是冲我来的，别理她。”

李杏园犹犹豫豫地说：“你不去和她好好谈谈？”

何利锋站起来，拍拍她肩头的面粉，说：“不用，你安心做你的事吧。”

纪佳程觉得自己看了一场大戏，抛开与何利锋的关系不讲，这场戏的内容好像是“正宫冲上门抓小三反被渣男气走”。何利锋竟然已婚，老婆还很漂亮，他却跑来和这位貌不惊人的老板娘在一起——这不是婚内出轨吗？更重要的是，他怎么这么理直气壮啊？

就在他心里的八卦之火开始燃烧的时候，门又开了，纪佳程以为江诗媛去而复归，回头望去，却见进来的是三位警察。

一位警察问道："何利锋是吧？"

何利锋慢慢站起来，答道："我是。"

那位警察拿出证件给何利锋看，说道："我们是沪东分局经侦支队的，有些事需要你配合调查一下，你把电脑带上，跟我们去队里吧。"

李杏园脸色大变，何利锋站着没动，问："是要拘留吗？"

警察的态度很客气，说："是不是拘留，过去就知道了。不过你自己做的事情，自己应该心里有数。你的电脑就是这台，对吗？给我吧。现在带我们到你的住处，我们有搜查令。"

何利锋看着警察把他的电脑拿走。李杏园急了，上前一步说："警官……"

"杏园！别说话！"何利锋立刻制止道，"这是在执行公务，你别管！"

"对，执行公务。"警察说，"这位女同志侬放心，阿拉是讲规矩的，依法办事，绝对保障他的合法权益——走吧，带我们去你住的地方。"

"我住的地方有位老人家，"何利锋说，"她年纪大了，身体不太好，去的时候我能不能不戴手铐？"

"没有问题。"警察说。

何利锋点点头，看了李杏园一眼，李杏园急得流下了眼泪，何利锋却露出一丝微笑。他伸手拍了拍李杏园的手，笑容里带着温暖，说"没事的"。走到门口他转过身，又说了一句："虫虫的作业本我批改好了，记得订正。”

随后他就出去了，警察跟在身后，纪佳程隔着玻璃门看着他坐进警车的后座。他突然看到警车的后面停着一辆深红色的玛莎拉蒂，车边靠着江诗媛。她抱着手臂，面无表情地看着自己的丈夫被带进警车。

纪佳程有一种奇怪的感觉，他感觉这些警察是江诗媛带来抓何利锋的……

警车开走了，玛莎拉蒂也消失在门口，李杏园脸色煞白，向后退了一步，差点坐到地上。这时候纪佳程不能当没看见了，赶紧过去扶住她。李杏园看到他，似乎一下子找到了主心骨。

“纪律师！纪律师！”李杏园抓住纪佳程的袖子，“您帮帮小何！好不好？”

纪佳程不知道怎么回答。他倒是想帮忙，可是帮不了。何利锋现在只是被带走，还不能确定是被刑事拘留了，律师无法介入。而且就算是被采取刑事拘留措施，通知书也是给他的家人，能够给他请律师的，也只有他的父母、兄弟、妻子、儿女。而何利锋说过，自己父母双亡，没有兄弟姐妹。

这就形成了一个类似“第二十二条军规”的死循环：

1.何利锋的妻子带警察来，把何利锋抓走了，可是警察的拘留通知书只会寄给何利锋的妻子；

2.如果何利锋失去自由，能够在外面帮何利锋委托律师的只有他的妻子，可是就是他的妻子带人来把他抓走的，这意味着只要他的妻子不签字，别人就没法帮何利锋请律师。

好手段！

在纪佳程斟酌着怎么把这一复杂的局面解释给李杏园听时，虫虫怯生生地拿着本子，拉了拉妈妈的袖子：“妈妈，我的作业本……”

“虫虫别闹！”李杏园没有理会虫虫，还是焦急地求着纪佳程，“如果需要律师费的话……”

“不是这个问题，主要是程序上……”

“妈妈，利锋叔叔在本子上写了字，说有东西给律师。”

李杏园和纪佳程一起收声，同时看向虫虫，那个小朋友手里拿着作业本，举在空中。李杏园一把拿过来，只见作业本上，虫虫的字迹下面写了一行字，分明是大人的笔迹：

第二个抽屉里的信封给纪律师。

纪佳程想起了刚才何利锋的表现：江诗媛跟他说话时，他头也不抬地帮虫虫批改作业，似乎懒得和自己的妻子说话，这一行字应该就是那时候写下的。临走的时候他说了一句：“虫虫的作业本我批改好了，记得订正。”这分明是提醒别人看虫虫的作业本。

李杏园急忙去柜台弯下腰翻找起来。十几秒后，她从抽屉里取出了一个鼓鼓囊囊的A4纸大小的白信封，信封是密封着的，上面写了几个字：纪律师亲启。

纪佳程接过信封，看了李杏园一眼，就撕开了封口，从里面拿出了一个鼓鼓囊囊的银行用的装现金的小信封，上面写着“律师费”；再往里面看，还有几张文件。他把钱放到柜台上，扯出一份文件来，那是几份《委托书》，而且是司法局印制的专业的“刑事诉讼格式文书三”格式，每一份上面都填好了名字。

委托书

[　]第　　号

委托人<u>何利锋</u>根据法律的规定，聘请<u>汇业</u>律师事务所纪佳程律师，为______________案件何利锋的辩护人。

本委托书有效期自即日起至一审判决做出之日止。

委托人：何利锋

20　年　月　日

注：本委托书适用于刑事案件侦查、审查起诉、审判阶段，每阶段一式三份，由委托人、律师事务所各执一份，交侦查机关、检察机关或审判机关一份。

名字已经签好了，还按了手印；日期是空着的，可以随时手填；罪名也是空着的，可以随时手填。

什么意思？

他早就知道自己会被抓，连请律师的手续和律师费都准备好了？

纪佳程拿着《委托书》，看着下面的委托合同、身份证复印件，盯着那个信封里的钱，陷入了困惑。

在馄饨店一公里外的警车上，何利锋紧盯着手腕上的手铐，阴郁的模样与平时判若两人，低声自语："果然还是要赶尽杀绝。既然如此，那就一并算清楚吧。"

第二章 会见

那天被带走后不到24小时，何利锋就被正式刑事拘留了。

照理说这消息通知的对象是江诗媛，纪佳程不应该知道才对。多亏了何利锋留下的《委托书》，纪佳程在何利锋被抓的第二天就公对公地前往沪东经侦支队（沪海市是直辖市，区公安局下辖的是“支队”，而非其他的地级市那样，区公安局下辖的是“大队”）了解情况。得知何利锋被正式拘留后，纪佳程回了律师事务所。他把何利锋已经签字的《委托合同》和《委托书》递给沙靓靓，吩咐：“登记一下，罪名填‘侵犯商业秘密罪’。到张欢那里领会见介绍信。”

他把那个装钱的信封扔给沙靓靓：“律师费交到财务处去，记得开票。另外马上去抢号。”

所谓抢号，指在微信小程序“看守所律师会见网上预约”系统里抢看守所会见的预约号，自2020年以来，各个看守所都收紧了律师会见的数量，由原来的排队改为预约抢号，一是避免聚集风险，免得大量本地或外地律师在门口聚集排队；二是看守所里面本来就人员密集，大量看守所外面的人进入，意味着风险变大。又要保证安全，又要保障会见权利，看守所也算是绞尽脑汁了。

沙靓靓点着头，开始在事务所的管理系统里登记案件。至于领介绍信和抢号的事不用她动手，她只是斜了一下眼，身边的程溪就像个兔子一样蹿走了——有追求者在，女孩子总是能找到偷懒的理由。

看守所大多设在城市郊区比较偏僻的地方，在导航上输入“某某看守所”，基本上找不到位置，只有输入具体的××路××号才会显示结果。沪东看守所也是如此，交通很不方便，如果没车，坐公交下车后要步行很长一段距离。

2020年之前，到沪东看守所会见是个苦差事，由于会见需求多，会见房间少，为了保证能够及时会见到嫌疑人，每天早上六点就有律师跑到看守所门前排队。如果有哪个律师八点多才到，基本上今天就会见不成了。最辛苦的时间是酷暑时节，早上六点多就热得浑身是汗，不论男女律师都排着队，拿着案卷、扇子、硬纸板、小风扇给自己扇风，衣服湿漉漉地贴在身上，随便一低头：咦？哪位的假睫毛湿淋淋地掉在地上了。再一回头：哎呀妈呀，大姐你眼影都淌下来了！

这样的辛苦连警察都看不下去了，考虑到律师们风吹日晒很辛苦，看守所就贴心地在门前建了个棚子，里面放了几排长椅供律师们休息。愿望是美好的，现实是残酷的，晚到的律师经常无视在棚子里坐着的先到的律师，直奔窗口排在前面。这种不讲武德赤裸裸插队的行为总是会引发口角，甚至引发律师之间的互殴。两三个衣冠楚楚的律师互相撕扯叫骂，君子变成无赖，淑女变成泼妇，口出污秽之言，口出芬芳之语，打得噼里啪啦，打得头发散乱，打得形容狼狈，打得体面全无。旁边围着其他律师，满脸笑容看戏者有之，一本正经拉架者有之，评头论足者有之，好不热闹，连看守所门口的警察和保安都伸着脖子在窗口里看热闹，象征性地咋呼两声：“好啦，好啦，哪能格副面孔啦？勿要伤了和气！”

这样的景象现在已经不复存在了。由于要抢号预约才能会见，律师们不用早上五六点饿着肚子出门往沪东看守所赶，也谈不上排队。程溪抢到的是上午10:30—11:30的号，所以纪佳程从容地吃了早饭才慢悠悠地出门。到达看守所时大约10:15，他远远看到沙靓靓坐在棚子下的长椅上，有个家伙在一边上蹿下跳——不是程溪是谁？

沙靓靓手里拿着杯星巴克咖啡，身边还有个纸袋，纸杯的封口处全是口红印。看到纪佳程，她和程溪都站了起来。

“你怎么来了？”纪佳程问程溪。

“这不是远吗？我开车把靓靓送过来。”程溪厚道地说，“我上午跟老板请假了。”

这小子是知道沪东看守所地方比较偏，特意请假开车来送自己的女神。与程溪合租的室友有一辆二手车，他经常借来开，尽管车比较破，沙靓靓也不介意有这么个不用走路的方式。长椅上的咖啡和纸袋里的东西肯定也是他买的，这个人做事一向做全套，不光当司机，还给女神把早餐解决了。

“时间差不多了，进去吧。”

沙靓靓掂了掂手里的咖啡，递给程溪说：“来不及喝了，帮我扔了吧。一会儿我搭师父的车回所，你赶紧把车还了上班去。”随后很狗腿地接过纪佳程的包。两个人在门口登记律师执业证，纪佳程从玻璃倒影里看到程溪拿着沙靓靓喝剩的咖啡喝起来了。

这小子一定以为这样子就算间接接吻，不知道沙靓靓看到没有。纪佳程看了看沙靓靓，发现这位姑娘嘴角微微上翘。

穿过第二道铁门，在武警处查验了证件，穿过第三道电子门，提交会见介绍信和委托书，警官进行查询和批注盖章，寄存手机和电脑，随后两个人进入监区，按照警官在介绍信批注的监室找到了何利锋所在的第七监区。向铁门后面的管教提交了介绍信后，他们就到指定的会见室进行等待。

他们面前是一扇玻璃，玻璃后面的房间里有一把固定好的椅子，再后面是一扇门，玻璃两侧的上方均有多个监控摄像头。沙靓靓铺开笔录纸准备记录，等了三四分钟，铁门一开，一位警官带着何利锋进来了。

也就两天不见，纪佳程差点没认出何利锋来，因为他剃了光头，黄色的号褂子里面是深色的厚秋衣，下面是一条运动裤，踩着拖鞋，配上脸上的胡楂，成了典型的犯人模样，完全颠覆了之前的理工男形象。一般人被关进看守所都会有情绪波动，何利锋却表情平静，居然对着纪佳程微微一笑，仿佛自己正在家里接待来做客的好朋友。

警察把他的双手铐在固定椅的横栏上，向纪佳程指示了呼唤铃的位置就出去了。等铁门关闭，何利锋笑道："您来得比我预想得快，我果然没找错人。"

"你早就知道会有这一天？"纪佳程哭笑不得地说，"连委托书都提前准备好了。而且你怎么知道我一定会接这个案子？"

"我会看人，"何利锋咧嘴笑着说，"第一次见到您，我就知道您值得信任。"

"给我个准话。"纪佳程问，"你真的侵犯人家的商业秘密了吗？"问完这句话，他又补充道："当然你也可以不直接回答，毕竟这里是有监控的。"

"我知道。"何利锋说，"我给您准话：没有。"

纪佳程之所以说"这里是有监控的"，是因为会见室里理论上存在被监听的可能。当然这种案子被监听的概率很小（看守所和经侦是两个不同的部门，不会帮经侦办案）。

“那你怎么会提前准备刑事案件的委托书啊？”纪佳程问，“还是专用格式的委托书，你早就知道自己可能会被抓？”

“我说自己早有预感，您信吗？”

“有点怀疑。”纪佳程坦率地说。

“家里情况比较复杂。”何利锋苦笑一声说，“反正我没犯罪。”

“再复杂你也得跟我说，”纪佳程说，“了解案情，咱们才能找出路子。”

在他们说这些没有营养的话时，沙靓靓在笔录纸上填写着时间、地点等信息。纪佳程看沙靓靓填得差不多了，就对何利锋道：“咱们开始吧？”

“好的。”

沙靓靓首先核实了何利锋的身份信息，释明“今天向您询问了解一些问题，希望您如实陈述，说假话、做伪证会导致对您不利的法律后果，您明白吗？”在何利锋确认“明白”后，纪佳程对案情的询问正式开始。

“小何，了解这次涉嫌什么罪名吗？”

“侵犯商业秘密。”

“知道这个罪名是怎么回事吗？”

“大概知道一点。”

“这个罪名是这样的，”纪佳程解释道，“按照法条的规定，侵犯商业秘密罪是指下面几种情况，只要情节严重就构成犯罪：第一种是以盗窃、贿赂、欺诈、胁迫、电子侵入或者其他不正当手段获取权利人的商业秘密；第二种是披露、使用或者允许他人使用以前项手段获取的权利人的商业秘密；第三种是违反保密义务或者违反权利人有关保守商业秘密的要求，披露、使用或者允许他人使用其所掌握的商业秘密；第四种是明知前款所列行为，获取、披露、使用或者允许他人使用该商业秘密的，以侵犯商业秘密论。至于量刑，情节严重的是三年以下有期徒刑，并处或者单处罚金；情节特别严重的是三年以上十年以下有期徒刑，并处罚金。”

“这个情节严不严重怎么认定？”何利锋问。

“按照最高检和公安部的规定，造成50万元到250万元的损失就算是情节严重。”纪佳程说，“不过实践中，30万元以上被抓的也不少见。‘情节特别严重’一般认为是250万元以上。”

“他们是怎么认定我造成的金额损失的？”

“目前还不知道。”纪佳程说，“不过既然抓人，说明警方认为掌握的初步证据足以证明你涉案，并且损失不低于30万元。所以今天我是来了解你掌握的案情的。”

“哦。”

“你知道是谁报案的吗？”

“承办跟我说了，是江浦实业。说白了就是我岳父以江浦实业的名义举报我的。”

“我再问一遍：你是否侵犯过江浦实业的商业秘密？”纪佳程问。

“我刚才说了，没有。”

“警察讯问你的时候，肯定谈到你侵犯了什么商业秘密了吧？”

“谈了，是一份图纸。”

“什么图纸？”

“是关于机电设备的设计图纸，”何利锋说，“名字叫‘单线多导式多用途一拖N加装管理模块系统’。”

“单线多导一拖什么模块系统？”纪佳程重复道。

“单线多导式多用途一拖N加装管理模块系统。”何利锋重复道，“确实有点拗口，您就叫它‘加装模块系统’好了。”

“这个加装模块系统是新技术吗？”纪佳程问，“有什么用？”

“是新技术。其实这个加装模块系统的图纸是一系列图纸的一部分，所有的图纸组合起来，就是一种新型清洁机器的设计图纸，这种新机器可以说领先现有市场上主流清洁设备至少十年。”何利锋说。

听到“领先十年”这样的论述，纪佳程心里微沉：开发新技术新机器需要巨额资金的投入，领先市场十年则代表巨大的收益前景，侵犯这样的商业秘密，足以让任何一个公司与侵权者不死不休。

“承办警官围绕的就是加装模块系统的图纸吗？”

“主要问了这个。不过他们还要求我好好想想，是不是还侵犯了公司别的商业秘密。”

这说明不了什么，经侦可能只针对加装模块的图纸进行了调查，但也有可能是在调查他别的“罪行”，毕竟刑事拘留后最长有30天的调查时间，如果检察院批捕，经侦还可以继续调查几个月。不排除后续增加其他“犯罪事实”。这个时候必须抓案子的核心，于是纪佳程问道：“我刚才问你是否侵犯过江浦实业的商业秘密，这个问题有两个含义：第一，涉案图纸是不是江浦实业的商业秘密？第二，你是否侵犯过？你先回答我，这个什么加装模块图纸属于江浦实业吗？”

“不属于。”何利锋回答。

“为什么？”

“因为这是我画的。”

纪佳程和沙靓靓对视一眼，从彼此惊愕的表情上确认自己没听错。随后他身子微微前倾，问道：“这个系统的图纸是你画的？”

“对。”何利锋回答得非常坦然。

“画和设计是两个不同的概念。”纪佳程问，“是你设计的吗？”

“是我设计的。”

图纸的设计者侵犯了这张图纸的商业秘密？这是什么路数？纪佳程觉得这背后一定有隐情，追问道：“图纸申请专利了吗？”

“申请了。”

“以谁的名义申请的？”

“我个人的名义，已经申请下来了。”

这就更不对了。如果连专利都是何利锋自己的，又何谈侵犯商业秘密呢？纪佳程越发疑惑，于是他让沙靓靓记下专利名称，打算回去查询一下。

沙靓靓向何利锋核实着专利名称的每一个字，纪佳程往后靠在椅子上，用指尖轻轻敲着额头。按理说经侦费了那么大力气，不应该会出现这样的低级失误，所以他对何利锋的话也不敢完全相信。江浦实业既然敢报案，经侦既然敢抓人，说明他们确认这图纸属于江浦实业的商业秘密，那么这专利又是怎么回事？除非——这个专利侵犯了江浦实业的商业秘密；或者这个专利本身应该是江浦实业的。

纪佳程厘清思路，恢复了询问：“小何，你设计这个什么加装模块系统，是不是参考了什么别的设计或者图纸？你的这个设计与江浦实业的一些设计图有没有共通之处？”

“没有，完全没有。”何利锋斩钉截铁地说，“这个设计是超前的，没有什么现有的设计可以参考或者借鉴。江浦实业的研发部也就是在现有机器上左改改右改改，实际上没有什么研发人才，这种图纸他们哪里设计得出来？”

“也就是说，你不可能抄袭江浦实业的任何设计图纸？”

“绝对不可能！”何利锋说，“我这话敢负法律责任。”

负什么法律责任，你这不已经被抓进来了。纪佳程想。如果何利锋所述属实，江浦实业的商业秘密没什么可抄的，这个案子就更令人疑惑了。

“你是学什么专业的，”纪佳程问，“能设计出这么超前的模块系统？”

“我是夏江理工大学的硕士，主修的就是机电专业，不是自夸，我的水准在国内算是不错的。”何利锋笑了，用最诚恳的口气说着自夸的话，“硕士毕业后我去麻省理工学院待了两年，本来可以拿到博士学位的。”

“为啥没拿到？”

“家里出了点事，中断学业回来了。”

这番话在纪佳程的耳朵里就脑补成了“在国外鬼混两年，没拿到学位”。他追问道：“关于你的专业能力，有没有什么人能够证明？”

“哦……”何利锋难得地皱起眉头，“我在麻省理工学院的教授是Dr. Delano DAVIES，他应该会愿意为我出具证明……”

“要国内的。”

“那……您到夏江理工大学查查吧，我的导师是方式宁，”何利锋迟疑地说，“他应该也能证明我的专业水平。”

“好。”纪佳程记下方式宁的名字，接着问，“你设计的这个模块系统真的领先市场十年？”

“这个比较复杂。”何利锋斟酌着说，“我就举个例子来说吧，您用过家用的那种吸尘器吗？”

“用过。”

“就拿家用吸尘器举例子，”何利锋描述道，“吸尘器的工作原理就是里面有个电机，高速旋转，把空气吸进来，因为吸的速度快，里面的沉箱产生真空，灰尘被吸进来，留在过滤网上。说白了，就是用电机往里头吸空气。”

纪佳程点点头。

“家庭的清洁需求有很多方面，”何利锋说，“比如吸尘，比如拖地，比如空气消毒、空气清新、除湿、防螨、机器自清洁……要想把这事全干了，您可能就需要好几样东西，比如除了吸尘器您还需要买空气消毒的东西、空气除湿的东西。您要先吸地，再拖地，再喷空气清新剂啊什么的，非常麻烦……”

“现在不是有洗地机吗？既可以吸又可以拖的，还能自清洁。”

“没错，但是功能的增加带来的是体积的增加，以及价格的增加。”何利锋说，“人总是在追求便利化和高效率，所以我认为可以同时使用多个功能的多用途清洁设备是未来的方向。比如，一个小巧的清洁设备，能够在洗地的同时，自动进行空气消毒、空气清新；把它放在那里通上电，就可以设置定时为房间里除湿或者加湿……最关键的是，这样的设备价格还不贵，只是一个普通的吸尘器的钱。”

纪佳程暗暗咂舌，问：“你说的这个设备，跟你设计的模块有关吗？”

“当然有关。”何利锋说，“单线多导式多用途一拖N加装管理模块系统就是设备的核心、中枢和大脑。全靠它把这么多功能聚集到一起。就拿扫地机器人来说吧，安装了单线多导式多用途一拖N加装管理模块系统的扫地机器人会留出端口，随时把新的模块往上一插，它就增加了新功能。”

“我是不是可以这么理解，”纪佳程说，“安了你这个系统的设备，可以随时插点东西，变成另一个用途的设备？或者兼具多种功能，可以同时使用的设备？”

“对！”何利锋说，“而且应用广泛，不仅是家用清洁，还可以应用于商场、超市、机场、车站的大型清洁设备。您看现在不是有很多商场需要定时清洁地面后，用拖把或者喷壶对地面和空气进行消毒吗？安装了我这个系统，加装了具体的模块，开着扫地车走一圈，地也拖了，消毒也完成了，效果比人工的好多了。”

纪佳程听明白了。他仿佛看到超市里的员工在驾驶一辆扫地车，车上安装了个什么模块，一边扫地，那模块一边给空气消毒、除湿……

这样的设备显然比功能单一的传统清洁设备更省事，如果不贵的话，肯定更受欢迎。

“你刚刚说模块系统只是一部分，还有其他部分，其他部分在哪里？”

“在这里。”何利锋想指指脑袋，可是手被铐在横栏上，只好反过手来，远远地指了指自己。

“在你脑子里？”

“对。”何利锋说，“成熟的图纸全在我的脑子里。不过我还没画出来呢。”

“也就是说，有争议的只是这个模块系统的图纸，对吗？”

“对。”

这叫什么侵犯商业秘密？纪佳程越发疑惑。事出反常必有妖，按照何利锋描述的版本，经侦妥妥地办了个错案。

“照你这个说法，这东西就应该是你的啊，他们为什么说是他们的？”

“因为我也算是江家的人，可能他们觉得我的东西就应该是江家的。”何利锋说。

“我能不能问点私密的问题？你和江家是怎么回事？”纪佳程问。

“这个说起来难为情。”何利锋低下头，有些羞于启齿。不过他还是答道：“不怕您笑话，我是江家的上门女婿，江诗媛是我妻子。

我跟她——关系不太好，所以我搬出来了。”

上门女婿，说白了就是赘婿，北方叫倒插门儿。虽然已经是二十一世纪了，但是大部分男人对于当上门女婿还是有所顾忌，觉得面子上过不去，在外面就更加不愿说自己是赘婿，感觉矮人三分。现实中大部分上门女婿在妻子家的地位不高，被妻子娘家人欺负后忍气吞声是常态，何利锋和妻子闹翻了敢离家出走，倒是蛮硬气的。

“你和虫虫妈妈又是什么关系？”

“我借住在她家里。”何利锋说，“这事说起来很复杂，她婆婆以前在我们家做事。我可以对天发誓，我和杏园姐是很清白的关系。不过我承认我确实很喜欢她，如果有一天我恢复了单身，我一定会追她。”

这是把出轨说得清新脱俗。纪佳程脑海里闪过江诗媛那精致美丽如同女神一般的面孔，以及李杏园头发凌乱、出汗的额头上沾着面粉的脸。人首先是视觉动物，爱美之心人皆有之，一百个男人在江诗媛和李杏园之间做选择的话，九十九个男人会投票给江诗媛。何利锋放着女神娇妻不要，却喜欢一个长相普通，还带着一个孩子的馄饨店老板娘，不知道是口味独特，还是受了天大的委屈？

不过，萝卜青菜，各有所爱。纪佳程对何利锋的话虽然腹诽，却不评价。他只是个律师，是收了钱来提供服务的，评判客户的人品不在他的工作范围内。何利锋的陈述让他回忆起那天的情景，便问道：“江诗媛知道李杏园的存在吗？”

“知道。”

“她来闹过吗？”

“哦……这个和我这案子有什么关系？”何利锋问。

“有关系。”纪佳程说，“我想评估一下江家对你现在的态度，特别是江诗媛对你的感情。假如江诗媛来闹过，就说明她是爱你的，那就有调和的余地。我可以努力和他们沟通，比如达成和解方案，或者请他们出个谅解书什么的。”

“纪律师，您就放弃吧。”何利锋苦笑道，“调和不了的，江家对我才没什么感情呢。之前我离家出走了一年多，他们都没来找过我，有我没我没什么两样，我在江家本身就是个摆设。”

“他们对你不好吗？”

“也说不上好不好。”何利锋道，“把你当透明人，边缘人。我就这么说吧，吃饭的时候如果你去了，也有你的碗筷，可是你忘了时间的话，他们也绝不会主动叫你。平常见了不会搭理你，说话做事就像你不存在一样。有时候谈一些重要的事，他们也不赶你走，就那么看着你，一声不吭，直到你自己知趣走开，他们才谈事情。这种感觉就是——嗯，你就是个多余的人。”

第三章
用辩证唯物主义的观点办案子

“你没试着主动沟通一下？”纪佳程问，“他们对你有隔阂，你可以主动融入他们啊。”

“融不进去，人家根本就不想让我融。”何利锋说，“我又不是没试过，我很主动地想做些事，人家看都不看一眼。”

“江诗媛对你怎么样？”

“基本上不怎么说话，跟路人差不多。”

“你们讨论过离婚吗？”

“我提过，江诗媛不同意。”

“这不是说明江诗媛对你还有感情吗？”纪佳程问，“你看她那天还想让你回家。只要夫妻情分在，这事就好办。兄弟，不是我说你，两口子……”

纪佳程觉得完全可以双管齐下。一方面与经侦据理力争，指出所谓的商业秘密其实是何利锋设计的，专利也在何利锋手里，所谓的侵权事实根本不存在；另一方面利用江诗媛对何利锋尚有“夫妻感情”，争取说服她去劝说江浦实业。

“纪律师，这事比您想象得复杂，不可能的。”何利锋说，“我说句实在的，要不是这图纸突然间有价值了，我就是饿死在外头，她都不会来找我的。”

“此话怎讲？”纪佳程问。

“我说了，之前那么久都没来找过我，现在不是有需求了吗？”何利锋说，“对场所的清洁和消杀是全国乃至全世界的需求，您明白吗？这就意味着，在接下来的很多年，清洁和消毒设备在全国范围内、全世界范围内都是刚需！我这种机器生产出来，一台机器能顶四五台不同种类的机器用，价格却相当于一台机器的，质优价廉，您说前景会怎么样？”

“应该会很受欢迎吧？”纪佳程猜测道。

“何止啊，”何利锋说，“不是受欢迎的问题，是会横扫市场！这是技术革命啊！我问您，您有了智能手机，还会回去用老式的大哥大吗？肯定不会啊！道理是一样的，任何一个家庭、公司使用了我这种新型设备，肯定会摒弃传统的清洁设备。说白了，我这个设计是肯定赚钱的，江浦实业就是看到这一点，才会让江诗媛叫我回去。我不回去，她就让我把这设计交给他们。我不肯——”

他向纪佳程展示了一下被铐在横栏上的手：“——所以我就在这里了。”

“你的意思是，他们陷害你？”纪佳程问，“这就奇怪了，如果这东西是你设计的，他们怎么会知道你有？还知道你这东西那么先进？”

“这个我也不明白。”何利锋皱着眉头说，“我这设计图除了申请专利，就是和合伙人谈项目时给他们看过。这几个合伙人应该不会泄露的，谁会和钱过不去呢？”

“你还找合伙人谈项目了？”纪佳程想了起来，“是不是你之前让我改的那些……”

“对，就是那几份合作协议和公司章程。这几个伙伴有我的老同学，有同学介绍的朋友，就等着签协议了。哪想到我现在摊上了这事。”他重重地叹了口气。

“你有没有想过和解？”纪佳程问。

“怎么和解？”

“说和解不严谨，说白了就是和对方谈谈条件，看能不能取得谅解。”纪佳程说，“我不是说你侵权了，我的意思是和对方接触一下，了解一下对方的诉求。刑事案件拖延时间长，当务之急是让你从里面出来。如果不损害你的核心利益，适当妥协换取对方的一份谅解书，先取保候审出来也是一种办法。当然，如果你确信自己没罪，愿意硬碰硬的话，我就不和他们沟通了。”

何利锋考虑了一会儿，答道：“那就去和他们谈谈吧，我也想知道他们想干什么。您还会再进来和我商量的吧？”

“会的。”

“那我没意见。”

纪佳程看了下沙靓靓记的笔录，问何利锋：“在里面一切还好吗？有人欺负你吗？”

“没有，没人欺负我，号长对我比较客气，管教也不骂人。”

“吃东西怎么样？”

“能吃饱。您出去帮我跟杏园姐说一声，叫她别担心，保重好自己。另外我被抓的事别告诉董阿姨，她身体不好，怕受惊吓。还有我的那几个合伙人，您帮我跟他们说一下，我们的投资可能稍微……”

“你的投资项目涉及这个争议的商业秘密，我不能转达这个。”纪佳程立刻制止道。

“哦，理解。那就告诉他们我认为自己无罪，请他们相信我。”

“这个可以。”纪佳程简单地记下这几点，“接下来我可能会不定时地来会见你，具体看什么时间能抢到号。”

“没问题。”

纪佳程按下呼唤铃，两分钟后，铁门开了，之前那名管教警官走进来。他从缝隙里接过纪佳程塞过去的笔录，让何利锋在上面写“以上看过都对”，然后签名写日期。他把签好字按过手印的笔录从缝隙里塞回来，随后掏出钥匙打开横栏上的镣铐，给何利锋换上手铐。

“心态放平！”在何利锋被带出门时，纪佳程喊了一声，这是他多年来的习惯。何利锋举起双手挥了挥，铁门就咣当一声关上了。

回事务所的路上，纪佳程问沙靓靓要不要在事务所附近吃个饭，沙靓靓有点害羞地表示：“程溪说附近有一家西餐厅，我们约了一起去吃。”

也好，省了我的钱了。纪佳程在肚子里说。

纪律师的午饭是两个鸡蛋灌饼和一大桶无糖可乐。他拎着食物回到办公室，边吃边看今天上午的笔录，同时拿笔在纸上划拉着。

上午的会见取得了不少有用的信息，他一边思考一边在纸上写着：

1.图纸是何利锋设计的。不完整。

2.何利锋申请过专利。——为什么江浦实业说是他们的？

3.是不是江浦实业的商业秘密？——存疑。

他在“3.是不是江浦实业的商业秘密？——存疑。”这句话下面重重地画了一条下划线，在后面加了个五角星符号，表明这是重点。

4.何利锋有没有能力？专业水准如何证明？——询问老外和方式宁。

想到这里，他又回到第一条，在“不完整”后面加了一句“怎么证明是何利锋设计的？”

5.何利锋和江诗媛的关系——必要的情况下有没有可能取得谅解。

6.江浦实业的目的是什么？

他在这六条上翻来覆去地涂改着，直到把这页纸写得乱七八糟。

“下午还要干活儿呢，喝什么红酒？”沙靓靓看着侍者手中的红酒说。

“这红酒是套餐里带着的。”程溪解释道，“没事，大不了不喝。”

“你是怎么想的。带红酒的话，就应该晚上来吃啊！”沙靓靓瞪着他说，“脑子到哪里去了？”

“中午不是特价吗……”程溪小声咕哝了一句，“晚市价要五百九十八块钱呢。”

“嘁。”沙靓靓嫌弃地撇了撇嘴。程溪大中午的拉自己来吃牛排，肯定是听见自己前两天说想吃西餐了。她没告诉程溪的是：这家法式餐厅她以前来吃过好几次，那时这里还是以食材高端闻名，订桌极难。现在没有新鲜感了，食客锐减，开店的台湾老板放低身段，各种促销手段频出，什么外卖生意、团购券、午市券、周三特惠日、快乐周末价……价格低了，食材的品质也直线下降，沙靓靓和闺密上个月来吃时怀疑牛排是拼接肉，从此再不来吃。没想到程溪这个傻小子发现这家“高档西餐厅”推出了午市套餐“限时抢购九十八！”，于是兴冲冲地把她拉来了。

她不好扫程溪的面子，看着他兴冲冲的样子，又是好笑又是好气。这个大男孩无疑是在努力讨好她，这让她心里很受用，可是他算计价格、盯着那杯劣质红酒满眼放光的样子，又实在有点low。沙靓靓想起他早上开着那辆破车送自己时那副志得意满的样子，还以为他开的是宾利呢。

沙拉端上来了，圣女果、紫甘蓝上面淋着沙拉酱，看起来赏心悦目。程溪用叉子给沙靓靓叉了两片菜叶，满怀希望地看着她。沙靓靓叉了一片放到嘴里，沙拉酱的酸甜充斥了口腔。

“味道还可以吧？”程溪眼巴巴地问。

“味道还可以。”沙靓靓说。

“你之前不是说想吃西餐吗？我好不容易找到这家馆子。”程溪邀功说，“来，尝尝这个汤。”

“我自己来。你也吃啊。”

牛排端上来，沙靓靓等飞溅的油点平息下去，才拿起刀叉切牛排，尽管上面浇了厚厚一层黑胡椒酱，她还是品尝出这块肉没有牛肉的味道。与沙靓靓小口小口的优雅不同，程溪用刀叉把整块牛排切成了三四块，叉起一大块塞进嘴里，大口嚼着。

“味道不错吧？”他夸奖道。

“不错。”沙靓靓敷衍地说，她觉得这个大男孩傻得可爱。

“你还想吃什么，跟我说，”程溪深受鼓舞，忍不住憧憬起来，“周末我再找一家，带你去吃。”

他这句话里夹杂了私心，真正的意图是想周末把沙靓靓约出来。说完这句话，他有点紧张地看着沙靓靓，想从她的表情上查看端倪。

沙靓靓却只是淡淡地说了句“再说吧”，垂着长长的睫毛，专心地切着牛排。程溪有些失望，于是找了个新话题：“你上午和纪律师去会见还顺利吗？”

“挺顺利的，了解到不少新消息。”沙靓靓说。

“有什么需要我做的，尽管跟我说！”程溪说，“还要去会见吗？要不要去调查？要出去的话跟我说一声，我开车送你。”

“你老是跑来混在我们这边，徐律师就没意见？”

“她……没事，我又没耽误工作。”程溪声音略略低了些，显得底气不足，“她交代的事我都做完了，她应该不会说什么吧……”

“你不要没事就往我们这边跑，”沙靓靓劝他，“徐律师毕竟是给你发工资的，你一天到晚往别的团队钻，你让她怎么想？”

“那你有什么事需要做的时候，我不就帮不上你了吗？”

“哎呀，我需要帮忙的时候，不会过去找你吗？”沙靓靓嗔怪道，“微信上喊一声，你难道看不见？”

“那行，你有事了可一定得找我啊！”程溪点着头。

在吃完午餐往办公室走的路上，沙靓靓只是盯着路边的咖啡店看了一眼，程溪就兴冲冲地跑过去给她买了一杯咖啡，口味、糖量都符合沙靓靓的喜好。沙靓靓轻轻吮着咖啡，脸上带着笑意。程溪跟在她身边，有一瞬间他似乎想去拉沙靓靓的手，沙靓靓却正巧去拂了一下被风吹乱的头发，程溪的手又讪讪地缩回来。

“哎，那个，靓靓。”他鼓起勇气说。

“什么？”

“下周五我过生日，”程溪很不经意地说，“晚上你要不要来？”

“好啊。”

程溪心情转好，脸上明朗起来。回到办公室，他还是跟着沙靓靓进了纪佳程的办公室。纪佳程半躺在办公椅上，还在对着文件发呆，沙靓靓问："师父，要给你泡茶吗？"

"哦，泡吧。"

程溪抢先抄起纪佳程的茶具奔出去了，沙靓靓站在那里露出诡计得逞的笑。等程溪把纪佳程的茶具洗一遍端回来，沙靓靓就批评说："哎呀，你怎么还在这里啊，中午我跟你说什么了？你怎么不听话啊？"

女孩子说一个男孩子听不听话，通常代表两个人的关系不一般。程溪立刻说："听话！我听话！"随后对着纪佳程点头哈腰道："纪律师，有事记得叫我啊！"说着兴冲冲地退出门去。

等他把门关上，纪佳程疑惑地看向沙靓靓："你中午跟他说什么了？"

"我跟他说，徐律师毕竟是给他发工资的，叫他别一天到晚往咱们这里跑，免得徐律师不痛快。"

"嗯，提醒得好。"纪佳程点点头，"那老娘儿们一向小心眼儿。我说昨天见她打招呼时她没理我呢，恐怕她已经不痛快了。你叫程溪别这么明目张胆地老往咱们这里窜。"

"嗯。"

烧水壶呼呼响着，冒着热气，沙靓靓熟练地冲泡着茶叶，洗杯、温杯，然后把第一泡茶水全部倒进纪佳程的茶杯里。她一边继续泡茶一边问："师父，咱们接下来怎么做啊？"

纪佳程端起茶杯喝了一口，问："你的意见呢？"

"我的意见是直接申请取保候审吧。"沙靓靓说，"如果何利锋说的是真的，这算什么侵犯商业秘密啊？这图纸根本就是他自己的。就冲这一点，就应该让经侦放人。"

"你觉得他说的话可信吗？"纪佳程问。

“我觉得他看起来蛮诚实的。”

“哪，今天给你上一课。”纪佳程说，“我们当然要信任自己的当事人，要假设他的话是真的。但是办案的时候，我们又不能全信当事人的。人有一个特点，遇到事时会本能地将事件按照对自己有利的方式讲，甚至会隐瞒一些事实，他的目的就是希望从你的嘴里得到对他有利的判断。我以前会见过一个涉嫌故意伤害的当事人，他信誓旦旦地说自己没动手，可是那监控录像我看过，就是他拿着板砖拍人家脑袋的。所以，如果你无条件地相信当事人说的一切，把他说的当成案件事实，你就要小心被带到沟里。”

沙靓靓撇了撇嘴，说：“师父，是你心理阴暗吧？你眼里看谁都像在说假话，事务所的人都在背后说纪律师待的地方连被子都晒不干，给你起了个外号叫‘纪无晴’！”

“啥意思？”

“没有阳光呗！”

“好，我问你几个问题。”纪佳程笑道，“你觉得经侦那伙人有多弱智，会出这么大的疏漏？”

沙靓靓没有回答。

“答不出来对吧？”纪佳程说，“你知道的，经侦案件在抓人之前，基本上已经进行了长时间的调查，公安局现在来抓何利锋，说明江家在一两个月之前，乃至更久以前就已经报案，经侦这些警察都是老狐狸，人家不调查掌握了一定证据，敢上门抓人？我再问你第二个问题：为什么何利锋会提前准备好请律师？哪个正常人会预计自己会被抓起来？”

“这个……”

纪佳程指出：“何利锋这家伙肯定是有问题的。如果不是怀疑自己可能被抓，怎么会提前准备好请律师？他为什么预计自己会被抓？

有没有可能是知道自己犯法了？”

沙靓靓一边想一边点头：“师父，那何利锋岂不是在撒谎？他是真的有罪的？也是，你看他干的那事，家里有老婆，还跑到外头出轨，死渣男……”

“你又走到另一个极端了。”纪佳程说，“你怎么能骂我们自己的客户呢？难道经侦就不会办错案？难道那图纸就不可能是何利锋画的吗？万一何利锋说的是真的呢？”

“师父，你耍我是吧？”沙靓靓说，“有意思吗？”

“谁有工夫耍你，我这是在教你怎么用辩证唯物主义的观点办案子。”纪佳程说，“你要用自己的脑子考虑问题，不要偏听偏信。就拿这个案子来说吧，还有不少问题要搞清楚，比如怎么证明图纸是何利锋设计的？他有这个能力吗？何利锋申请过别的专利没有？为什么江浦实业说本案这个专利是他们的？这专利到底值多少钱？这些问题不搞清楚，你能下判断吗？”

“……不能。”

“所以申请取保候审还不是时候，有很多事要做。”纪佳程说，“我列了一些现在需要做的事，你听听有什么意见。第一，我需要你查一查何利锋提到的那个麻省理工学院的教授Dr. Delano DAVIES的资料，然后写一封信，问他何利锋曾经是不是他的学生，他对何利锋的专业能力作何评价。”

“好的。”沙靓靓找了张纸，开始记录。

“第二是查一查方式宁教授的资料，看看这个教授在国内是不是很有名，他在哪所学校，我们是不是要去拜访一下。”

“记下来了。”

“第三是查一下这个专利的申请情况。”

“好的。”沙靓靓记完这几条，抬头看到纪佳程在喝茶，问道：

“没了？”

“嗯，先把这几件事做了。这几个问题查明了，事情就明朗了。”

“要不要和李杏园见面沟通一下？她肯定要了解案情吧。”沙靓靓提醒，“还有何利锋提到的那些合伙人，要不要见一见？”

“李杏园嘛……”纪佳程沉吟道，“你给她打个电话，说我们已经进去会见过何利锋了。另外几个合伙人可以约着见见，他们对专利的价值应该比较了解。把这些事做好，我们才有底气申请取保候审。”

沙靓靓拿着那张纸出去了。过了一会儿，她探头进来，说：“李杏园说想和我们谈谈，不知道我们方不方便去她那里。”

“去她那里？馄饨店吗？”纪佳程问，“你问问她能不能过来。”

“她说她本来是想过来的，可是家里的老人也想见你。老人家年纪大了，走路不方便，所以想拜托你去一下。要是不行的话，她带着老人过来也行。她说得挺诚恳的。”

“她家老人要见我？”纪佳程诧异道。从理论上讲，他没有必要去见李杏园和她家的老人，因为李杏园既不是委托人，也不是何利锋的亲属，向她们透露案情有合规上的风险。可是考虑到她和何利锋之间的关系，纪佳程还是决定迁就她一下——免得她真的带着一个腿脚不便的老人到事务所来。“你跟她说一声，我们今天下午稍晚到她店里去一下。”

“好的。另外这是我查到的资料。”沙靓靓把打印好的资料递给纪佳程，“麻省理工学院确实有这个Dr. Delano DAVIES，他是机械工程领域的专家，专业领域包括机械设计与制造、机电一体化与控制、系统集成与优化、智能制造、智能硬件、机器人等，看起来是位非常著名的人物。这里有他的邮箱。”

“给他写信，就这么写：何利锋先生向我们提供了您的联系方式。我们，纪佳程律师和沙靓靓律师，是一家中国的律师事务所的律师，现在为了何利锋先生的利益向您发出这封邮件，请求您对何利锋先生的专业能力给出评价。”纪佳程口述，沙靓靓在一边记录着。“何利锋先生目前正在中国陷入一场诉讼，——”他说到这里，提醒沙靓靓，“在这里要用‘suffer’（遭受）这个词，要让他感觉这个案子对何利锋伤害很大。”

“好的。”

“嗯……这场诉讼的争议焦点在于：何利锋先生坚持自己设计了一份机电设备模块系统的图纸，但是有一家公司指责他侵犯了该公司的商业秘密。在此情况下，查明何利锋先生是否具有专业的技术能力对本案非常重要。何利锋先生告诉我们，您曾经是他在麻省理工学院时的教授，并且他对您的专业能力和道德修养给予了非常高的评价。所以，我们谨致函给您，希望您能告诉我们：1.何利锋先生是否曾经是您的学生？2.如果前一个问题的答案为‘是’，那么何利锋先生在麻省理工学院学习时的表现如何？他的成绩是怎样的？3.您认为何利锋先生有没有能力独立设计出一张清洁设备图纸，并且这张图纸的技术领先于市场现有的产品？4.如果有必要，您是否愿意就前述问题出具书面证言，并且允许我们将之提供给中国的检察官或法官？”

“好的，我记下来了。”

“斟酌一下语句，按这个意思给老外发过去。”纪佳程说，“发完咱们一起去李杏园的馄饨店。”

“好的。”沙靓靓拿着记录出去了。给美国教授的邮件自然要用英语写，不过她毫无压力，因为她出了纪佳程的办公室就溜达到程溪那边，把记录扔给他，要求说：“翻译成英文，专业点，别用翻译软件啊！对了，翻译完这个文件，帮我查一个专利吧。”

在她给程溪分派任务的时候，纪佳程在办公室里喝着茶，右手点着鼠标。电脑屏幕上是一张男人的证件照片。这个男人看起来五六十岁，花白的头发仍然浓密，圆圆的脸，眼睛微眯，和蔼地笑着。

通常证件照都是修过的，会对粗糙的皮肤进行美化，不过纪佳程还是判断这个人年轻时应该有点小帅。虽然现在人胖了，皮肤看起来有些松弛，但整体上给人的感觉还是不错的，是那种儒雅的中老年知识分子形象。他把鼠标向下拉，露出下面的字体。

方式宁教授，1961年7月8日出生于江西九江，祖籍浙江嘉兴，机械设计领域专家，科学院院士，法兰西国家工程院外籍院士，夏江理工大学教授、首都理工大学客座教授。

方式宁教授1984年毕业于金陵大学；1987年获得金陵大学硕士学位；1995年获得东京工业大学博士学位；1997年至2011年历任夏华大学机械工程系副教授、教授；2011年至2015年历任首都大学讲席教授、工学院副院长；2015年起任夏江理工大学教授；2016年当选为科学院院士；2016年至2020年10月被聘任为赣省理工大学客座教授；2019年被聘任为首都理工大学客座教授；2020年当选为法兰西国家工程院外籍院士。

方式宁教授长期以来从事机械设计与制造、机电一体化与控制方面的研究，已出版中英文学术专著4部，发表论文300余篇，SCI他引6000余次，其代表论著有《机电耦合技术的应用》《机电耦合技术综合设计及应用》《机电一体化技术设计》等。

第四章
何少爷往事

纪佳程和沙靓靓是16:30左右赶到馄饨店的，小店挂着“暂停营业”牌子，这表明李杏园急切到了何种程度：马上就要到晚饭时间，这是餐饮业的客流高峰期，暂停营业会损失不少收入。

拉开门进去，纪佳程和沙靓靓看到一张餐桌后面坐了位头发花白的老太太。这位老太太戴着眼镜，头上戴着毛线帽子，身穿深色棉布上衣。走近了才发现她坐在轮椅上，下身盖着毯子，一脸病容。

纪佳程没看到李杏园，想起李杏园说“她家老人”要见律师，上午会见时何利锋也说过希望自己被抓的事不要告诉“董阿姨”，所以纪佳程恭敬地向老人问：“您是董阿姨吧？我是律师，请问李杏园女士在吗？”

“是纪律师吧？”董阿姨露出一丝笑容。老太太的脸色看起来很差，一副愁眉不展的样子，纪佳程瞥到她旁边放着硝酸甘油片的药瓶，不由得添了一丝紧张。

这是怎么想的，把一个有心脏病的老人拉来听案子？

“是我。董阿姨您好！虫虫呢？”

“孩子上学去了，今晚补课，要七点多才能回来。”

通往厨房的帘子一掀，李杏园端着两碗鸡汤馄饨出来，招呼道：“纪律师，沙律师，快坐下吃点东西吧。”

“哎呀，干吗这么客气？”纪佳程挤出笑脸说。他其实更习惯在咖啡馆或者茶楼和客户谈事情，这种吃着馄饨谈案子的经历前所未有。可是李杏园朴实的笑脸让他没法拒绝，于是纪大律师表现出惊喜的样子，还向沙靓靓推荐道：“小沙，尝尝吧，你李姐做的馄饨味道超好，外面吃不到这样的好滋味。”

沙靓靓也有点发蒙，不知道纪佳程为什么把这种街边小店十块钱一碗的馄饨说得像宫廷御品似的。于是两位律师进入馄饨店的第一件事就是吃馄饨，整个店里充斥着“吸溜吸溜”的声音。

董阿姨和李杏园没打扰他们，李杏园还端来一些自己拌的小菜。只是老太太一直用担忧的目光看着他们，看得出她很想开口，只是基于她的涵养没有打扰律师们。一碗馄饨吃下去，纪佳程的额头沁出了一层细密的汗，他扯了张纸巾擦着，喝了一口李杏园给他们端来的茶水，主动开口道：“董阿姨怎么也来了？你看这天挺冷的。”

“我婆婆她非要来。”李杏园解释说。老太太点点头：“纪律师，不来我心里不安。”

你来这里干啥？难道你也很关心何利锋？董阿姨是李杏园的婆婆，何利锋说自己喜欢李杏园，董阿姨又跑来关心何利锋的事，这关系有点复杂啊。纪佳程心里想着，不想把时间浪费在寒暄上，便直奔主题。

“我就直说了。”纪佳程说，“我去过经侦，何利锋已经被正式刑事拘留了，所以我算正式接手这个案子了。人现在在沪东看守所，你们可以去给他的大账上存点钱。老人家就不要去了，太远。”

"在哪里？"李杏园问。

"华益路，位置比较偏。"纪佳程说，"去那里报他的名字就可以往他的大账里存钱，不用存太多，存一千块就可以，够他用两个月呢。"

"两个月？"李杏园的脸一白，"要关那么久？"

"今天上午我已经去会见过了，从了解到的情况来看，涉嫌罪名是侵犯商业秘密罪。"纪佳程说，"具体情节还不明确，我们还要调查。"

这样的消息不太好，李杏园和董老太脸色都很难看。纪佳程觉得奇怪，李杏园和何利锋之间可能有点什么，老太太这么担心干吗？

他一边想，一边把上午去会见的情况说了一下，没有透露案情，然后介绍着罪名："罪名如果成立，一般是三年以下有期徒刑；情节特别严重的，三年以上十年以下有期徒刑。关于目前他的情节是不是特别严重，还不好说，毕竟了解到的案情还不完整。"

"他在里面还好吗？"李杏园紧紧绞着衣角，紧张地问。

纪佳程知道她想问什么，几乎所有的嫌疑人家属都会担心自己的亲人在看守所里挨打挨骂。拜许多国内外影视作品、文学作品所赐，大部分人脑海里的看守所和监狱都是人间地狱，就像国外影视剧里那样充斥着暴力、性侵、折磨、酷刑。但现实中并非如此，仅沪海市而言，虽然在看守所里得不到好脸色，不过肢体欺凌还是比较少见的，管教会在每个监室里指定一两个嫌疑人当号长，专门盯着同监室的嫌疑人，防范到什么地步呢？家属送进来的衣服不可以有带子，不可以有金属纽扣……之所以这么做，是害怕嫌疑人会在监室里自杀自残。

所以，看守所的管教根本不会容忍被关押者之间的欺凌，在他们看来，这会严重增加自杀自残的风险，出了事看守所会担责任；被关押者中的号长们也不敢太过嚣张，免得把别人逼急了。

纪佳程安慰道："在里面一切还好，没有挨打挨骂。吃东西也能吃饱，当然不会像在外面这么有油水了，但还是管够的，不会饿肚子。我看他的气色还可以。"

董阿姨和李杏园将信将疑。在这个时候她们只能假定纪佳程的话是真实的，所以李杏园又问："现在能申请保释吗？"

"你是说取保候审？"纪佳程说，"可以尝试申请，不过我不倾向于现在申请。"

"为什么？"

"理论上讲，公安阶段的取保候审确实是成功率最大的，一旦被检察院批准逮捕，再想取保候审概率就非常小了。"纪佳程只好解释道，"问题是，取保候审批不批是办案的警官说了算的，把一份没有什么干货的申请书交过去，人家直接就不予批准了。"

其实有些话纪佳程不方便说。很多所谓的同行以"帮助申请取保候审"作为招揽生意的幌子，他们会给客户一种紧迫感，什么"大家遇到刑事案件时一定要尽早请律师提供帮助，越早越好，否则因为自己的无知而错过取保候审的最佳时机，那就后悔莫及了！"在他们的嘴里，取保候审似乎百试百灵。

当事人家属看律师这么有效率地申请取保候审，通常会觉得他认真负责，实际上他只不过拿张模板寄出去，律师费就到手了，至于能不能批准他才不管呢，说难听点就是用无用功骗律师费。

"那……什么时候申请啊？"

"不会拖太久。"纪佳程说，"我们已经找到一些案情上的疑点，希望能查证属实，好作为理由要求办案机关取保候审。"

"什么疑点？"李杏园问。

"哦……"纪佳程斟酌着说，"我们在调查何利锋的专业能力，希望证实所谓的商业秘密是他做出来的，不属于报案人……"

董老太一直没有吭声，这时突然开口了：“报案人是不是江家？”她应该是沪海市本地人，尽管在说普通话，但还是能听出一点口音。

纪佳程说：“报案的是江浦联合实业有限公司。”

董老太点点头，说：“就是江家。”随后恨恨地说：“这家人丧尽天良，什么都抢，简直是赶尽杀绝！”

老太太语气里的恨意都快溢出来了。纪佳程先是想“她知道何利锋和她儿媳妇之间的暧昧吗？”随后意识到刚才这句“赶尽杀绝”似乎有别的含义，就问道：“您说江家赶尽杀绝是什么意思？”

董老太看着他，眼中似乎闪过一丝犹豫，但很快就恢复了刚才的气势，咬牙道：“伊拉哪能噶歹毒？小少爷已经噶可怜额，今朝想和伊拉囡离婚，他家就要搞死小少爷！这不是赶尽杀绝是什么？”

老太太管何利锋叫“小少爷”，知道“小少爷”还没离婚，还知道“小少爷”的岳父家是江浦实业，而且她还是站在“小少爷”这边的。

——“小少爷”？

“少爷”这个词在旧社会比较常见，官宦富贵人家的仆人称主人的儿子为“少爷”，比如《雷雨》里的周萍就被称为“大少爷”。近年来，这样的称呼在内地又再出现，但不多见，只存在于一些富豪家庭。

纪佳程看着董老太，脑子里冒出了很多问号。董老太管何利锋叫“小少爷”，是不是表示何利锋出身大富之家？董老太知道“小少爷”整天混在馄饨店里和她的儿媳妇朝夕相处吗？

何利锋被带走时说了一句：“我住的地方有位老人家，她年纪大了，身体不太好，去的时候我能不能不戴手铐？”会见时还说“别让董阿姨知道”，可见何利锋与董老太感情深厚。而从董老太的表现来看，她也是相当关心何利锋的。想到这里，纪佳程对董老太感到敬佩，心说这个婆婆可以的，很可能她不反对自己儿媳妇身边出现新的男人，而且还是个没离婚的。

“妈，你这样讲，纪律师搞不明白的。”李杏园在一旁小声提醒，“要不我帮着讲讲。”

“你讲讲，哎哟，这个事情啊，气人得来……”董老太说。

“您消消气，”纪佳程赶忙说，他真怕病恹恹的老太太这样“气人得来”下去，嘎的一声抽了，那样麻烦可就大了。

李杏园绞着手指，低声说：“是这样的，我婆婆以前是小何——小少爷家的用人，小少爷就是我婆婆带大的，在她看起来就跟亲儿子一样。所以我婆婆一听小少爷出事，就着急了，一定要过来。”

“这样啊，那董阿姨应该对何利锋的情况比较了解。”纪佳程点着头说。

“挺了解。因为我婆婆在他们家做了三十多年用人，一直到五年前才离开。小少爷的衣食住行都是我婆婆给安排的，连他出国上学的行李都是我婆婆给整理的。”

“这么说何利锋家经济条件不错？”纪佳程问。

“以前挺好的。”李杏园说，“小少爷他们家以前是做机电设备的，从国外进口设备在国内卖，非常赚钱。二十世纪九十年代就已经在滨江买了大平层，非常有钱。小少爷这个人虽然是富家孩子，可是他父亲对他要求很严格，他学习也很上进，考进了夏江理工大学，后来还拿到了麻省理工学院的全额奖学金。”

李杏园打扮朴素，讲起这些事情来条理很清楚，似乎受过高等教育。纪佳程暗暗讶异，问了一句：“听您讲话条理真清楚，您是什么学校毕业的？”

李杏园低下头："学校一般，我是武汉大学毕业的。"

坐在旁边速记的沙靓靓差点一口老血喷出来：武汉大学毕业，还"学校一般"？

"大约五年前吧，小少爷家出了些变故，他就提前终止留学回来，过了一年就和江小姐结了婚。"

"什么变故？"纪佳程问。

李杏园看了董老太一眼，说："小少爷家的生意出了问题，惹了官司，小少爷的父母都自杀了。家里的财产都拿去抵了债，还欠了很多钱，小少爷就一贫如洗了。我婆婆也是那时候离开何家的。"

听到这里，董老太从口袋里掏出手绢擦起了眼泪。

"阿拉先生和夫人啊，都是好人，这么多年把我当成一家人的，我儿子结婚的时候，家电和金首饰的钱都是他们帮着拿的。"董老太说，"伊家里破产了，我说我不要钱也可以，先生说不能耽误我，要帮我另找个地方。出事前一天先生来找我，还拿了十万块钱说是给我一点补偿。侬讲我能走吗？我在家里想想，还是得守着他们才安心啊，我也攒了有几十万元，想拿出来给他们渡渡难关，可是第二天过去才知道，先生和夫人已经服毒自杀了！"

老太太哭了起来，随后她捂住心口，脸色发白，似乎喘不上气来。李杏园赶紧拿过小药瓶，倒出一片硝酸甘油片喂到她嘴里，拿水杯给她喂水。足足折腾了几分钟，老太太的脸色才慢慢缓过来。

"妈，你看你，不是说好不激动吗？"李杏园焦急地责怪着。沙靓靓扯了几张餐巾纸递过去，李杏园接过餐巾纸，帮董老太擦着眼泪。"你看我让你别说，你非要说，说了你又哭，哭了就犯病。你再这样，律师就没法说事情了。"

"我是心疼我们家小少爷。"老太太擦着眼泪说，"我不说了，我控制控制。"

李杏园抱歉地对纪佳程和沙靓靓说：“不好意思，她每次想起这件事，都会激动得掉眼泪。”

“啊，可以理解，可以理解，”纪佳程说，“几十年的情分嘛……”

“就是我婆婆讲的那样。”李杏园说，“何先生夫妻自杀以后，小何——少爷就中断学业赶回来，当时家里的资产已经全被法院查封，包括房子，他一下子就身无分文了。好在当时他未婚妻家没嫌弃他，让他在家里住，过了段时间他就结了婚。”

“他的未婚妻不会就是江诗媛吧？”纪佳程问。

“是。”李杏园说，“他俩在小少爷出国之前就在恋爱，两家老人也都同意，还办过订婚仪式。”

“当时江家跟何家相比谁更有钱？”纪佳程问。

“何家。江家当时好像是何家的生意伙伴，也挺有钱的。”李杏园说。

听下来江家和江诗媛的形象挺正面的：在男友落魄到一文不名的时候，江诗媛还会和他结婚。纪佳程又想起何利锋被抓那天江诗媛进来说的那些话，听起来她还是在试图挽回，希望何利锋回家，尽管她知道何利锋马上要被抓起来了。

“一开始小少爷和江小姐感情还可以，过了一两年，据说两个人就闹矛盾，开始分居。大约一年前吧，小少爷就搬出来了，他找到我们，我婆婆就让他在家里暂住。”

纪佳程觉得李杏园在遮掩自己可能是第三者这件事，她把何利锋离家出走的原因说成夫妻间闹矛盾，却不谈自己与这个矛盾有没有关系、何利锋离家出走跑来这里有没有和她双宿双飞的意思。他再度打量着李杏园，觉得她无论是长相、衣着、气质都与江诗媛相去甚远，不知何利锋喜欢她什么。

“何利锋和江诗媛是因为什么闹矛盾的？”纪佳程问。

“不知道，小少爷不说。”

“这还有什么不知道的，”董老太插话说，“现在小少爷没有家里人，没有钱，所以好欺负！那个江华诚啊，最不是东西了，当年来何先生家合作的时候，一口一个‘大哥大嫂’，可是何先生不在了，他们全家就欺负我们利锋小少爷！现在他们一定是恨小少爷要离婚，所以找借口抓他坐牢！”

纪佳程直接无视了老太太的胡言乱语。江家如果这么不是东西，当初干吗还把女儿嫁给何利锋？再说，江家如果真的嫌弃何利锋没有钱，现在不是应该痛痛快快地让女儿和何利锋离婚才对吗？

老太太分明是护短，可是这话他不能说出口。纪佳程觉得有这个老太太在这里，自己问问题都束手束脚，比如他想问李杏园和何利锋是什么关系，顾虑到董老太在，只能把问题咽回肚子里，打算等再次会见的时候直接问何利锋。

他随后介绍了一下这个案子可能的流程。虽然按照规定，拘留后提请批准逮捕的时间应该在3天内，像这种经济犯罪类的案件，按照“特殊情况”可以延长4天，流窜、结伙、多次作案的可以延长到30天，但是通常警方都会把前面的30天用足，然后向检察院提请批准逮捕，检察院7天之内必须做出批准或者不批准的决定。这就是所谓的“37天逮捕”的由来。

有经验的律师都会在检察院批捕前，为当事人争取取保候审，或者争取检察院不批准逮捕。

这一番讲解对李杏园和董老太来说过于专业，她们抓住的是那句“争取检察院不批准逮捕”，连声询问：“能不能跟检察院说说，不要逮捕？小少爷他肯定是冤枉的。”

“我希望证明何利锋是冤枉的，所以我才要抓紧调查。”纪佳程说，“另外，江家的背景我也需要去了解一下。刚才听下来董阿姨好像知道一些，能不能讲讲您知道的江家的情况？”

“行，我说说我知道的，”老太太喘了口气，举起一根手指，在空中点着，“姓江的家里有兄弟姐妹三个，江华诚是老大，有个妹妹叫江爱云，最小的弟弟叫江华平。江浦实业是江华诚在管，他老婆叫潘妮娜，他女儿就是江诗媛。以前何先生生意做得大，江华诚夫妻俩经常来拜访，两家关系非常亲近，我没少招待他们。江爱云和江华平也来过两次。”

“这几个人的脾气怎么样？”

“江华诚还算稳重，看着有个老板样子，对我比较客气。他妹妹江爱云就比较势利，何先生何太太不在的时候，她就对着我们呼来喝去的。那个江华平很阴，来了也不说话。”

纪佳程把这些要点记下来。如果将来真的需要去和江家谈判，了解对方主要人员的性格特点必然是有帮助的。可惜的是，按照老太太的说法，她对江家的了解也就仅限于五年前，离开何家后，她和儿子儿媳平淡度日，如果不是何利锋前来投奔，他们可能这辈子都不会和江家有任何交集。

“律师，侬要帮帮小少爷。他之前和江诗媛不开心时，我都劝他，凡事忍一忍，人家是一大家子，他一个人不好硬来的，有什么事从长计议。可是年轻人脾气大，受不了委屈，侬看小少爷还是和江家人翻脸搬出来了。现在人家这样欺负他，他可咋办啊？律师，你要多帮帮忙……”

“我会的。”纪佳程安慰道。

董老太望着纪佳程，嘴唇哆嗦，似乎有什么话想说，却说不出来。纪佳程一看她这样，怕她再次情绪激动犯病，哪里敢让她再多说。

正好门外有一辆黑色的车停下，纪佳程往门外看了一眼，又看到门边的挂钟，便以“时间不早了，你们也要准备晚上营业”为由准备结束谈话。李杏园和老太太显然是不放心的，纪佳程不得不各种承诺表态，保证自己会尽最大的努力为何利锋争取最好的结果。

李杏园把他们送到门口，从怀里掏出一个信封，想要塞给纪佳程，纪佳程像被火烧了一般跳出门去。

“纪律师，没别的意思，”李杏园慌乱地说，“就是一点心意，您别嫌弃……”

“心领了，心领了！”纪佳程后退着说，“我已经收过费了！这个可不敢收，要吊照的！”

“不是，”李杏园急了，“您请警察吃饭找关系不也得花钱吗？这钱我有，您拿着……”

纪佳程不由得一脑袋黑线。他很想说自己根本不会去“找关系”“和警察吃饭”“塞钱塞卡”“请警察去消费”，他从来不做违规的事。而且在沪海市，想把公检法的人约出来吃饭是有难度的，承办警官（检察官、法官）害怕被抓住把柄，对当事人避之唯恐不及，更别说拉出来吃饭了。问题是很多同行喜欢拿这种“找关系”为由，向当事人索要“办案费用”，搞得几乎所有家属都认为“人被抓了怎么办？花钱找关系捞人啊！”

几年前，纪佳程的一个客户因为公司内部纠纷被对头诬告，沪东经侦将他羁押在沪东看守所。客户的家属病急乱投医，找了一个首都地区的据说很有能量的大律师，这个大律师在酒桌上谈到自己认识某某部委的领导，认识某某高院的院长，认识某某军区的司令，唬得家属一愣一愣的。随后这个“有能量的大律师”提出了价码：200万，不开票，不成功退一半。

要不是这位“有能量的大律师”酒后忘形，非要拉着客户的家属一起去KTV找乐子，客户家属真的就打算回去凑钱了。这件事后来是这么解决的：客户的妻子赶到上海，委托了纪佳程。纪佳程收了她五万元律师费（正规收费开票），然后致函检察官列出本案诸多疑点，要求进行羁押必要性审查。负责批捕的检察官鹿爱玉看了这封函件后，约他去当面谈了一次，也认为本案应该是民事纠纷，做出了不批准逮捕的决定。

前后四天，客户就被放出来了。

所以这世上很多事情其实并没有那么复杂，完全是有心人把事情歪曲化、复杂化了。在他们的渲染下，公检法都是见钱放人的"黑衙门"，律师都是收钱行贿的"掮客"。到了后来，如果一个律师说自己"不找关系"，当事人或者家属甚至可能认为这个律师"没本事"或者"不尽心"。

李杏园无疑是这种思维的受害者，她会把纪佳程不肯私下收钱的行为理解为"不尽心"。纪佳程只得摆出一副老江湖的样子道："需要的话我会跟你说的！你挣点钱不容易，我就是花钱，也要让你听到点响声，对吧？你放心，这个案子我一定会尽力！需要钱的时候我可不会和你客气。"

这样的拉扯持续了几轮，最终纪佳程也没收这个钱。

第五章
院士和他的太太

夏江理工大学坐落于沪海市南部，占地数千亩，算是国内高水平211、双一流院校，部分学科在国内领先。校内风景怡人，还有一个巨大的浅水湖，湖边随处可见大片草坪，已近冬季，草微微有些泛黄。

纪佳程在校外停好车，跟沙靓靓走进校园，看着身边走过的学生，想起了自己的大学时代。在被社会这个“怪兽”毒打之前，他也如同这些学生一样充满青春、活力、朝气，充满对事业、爱情、前途的向往。从湖边走过时，他看到湖边停靠着四五艘龙舟，不由得感到一阵亲切。

“大学生活是多么青春热血和充满活力啊！”他向沙靓靓感叹道，“看到龙舟没有？当年你师父是沪海市律协龙舟赛两届冠军队的主力！”

沙靓靓撇撇嘴，觉得律师之间的龙舟比赛水准高不到哪儿去。最近一次的龙舟赛她也去看了，司法局引入了两个监狱的狱警组队“共同参与”，那些身强力壮的警察吹着哨子，把八支律师龙舟队甩出了两个船身。赛后带队的两名所长抱着奖杯一脸奸笑，热情赞扬律师们水平高超，给他们造成了很大压力，听得各区律协带队领导的脸直抽搐。

“你老回头看什么？”纪佳程问。

“没事，感觉有点怪怪的。”沙靓靓说，“好像有人在看我。”

纪佳程回头望去，只看到路上三三两两的学生，看不出任何人有异状。于是他笑道：“大概是有男生在看你吧。”

他们一路打听着向办公楼走去。进入办公大楼，纪佳程向门卫打听信息科学学院在几楼，门卫老头子一本正经，眯缝着眼睛问：“侬寻撒宁？没有预约不好进去的。”

这时候就看出沙靓靓的重要性了，小姑娘跑过去开口叫“爷叔”，用本地话请门卫“侬帮帮忙好哦啦”，声音带着沪海市女孩子特有的嗲，一通请求后，门卫老头子眉开眼笑，连证件都没看，直接指路道：“侬坐右边电梯上七楼。”

从七楼电梯一出来就看到墙上挂着“信息科学学院”的铜牌，旁边还有几排其他的牌子，比如“国家建设高水平大学公派研究生项目成员”“高等学校创新能力提升计划成员”“国家大学生创新性实验基地”“高水平行业特色大学优质资源共享联盟成员”等。墙上还有一个简介表，表明这层楼包括院长室、副院长室、院办、学办等。下面还有红色的字体介绍着这个院系的光荣：

夏江理工大学信息科学学院最早的历史可以追溯到1956年……1984年，工业自动化专业获国务院批准具有博士和硕士学位授予权，1994年，信息科学与工程学科整合构建成为信息科学学院。学院设有4个系，开设8个本科专业，包括人工智能、机器人工程、电气工程及自动化、自动化、信息工程、软件工程、计算机科学与技术、智能科学与技术专业。现有1个博士后科流动站，1个一级博士学位授予点，4个二级博士学位授予点，2个一级硕士学位授予点，8个二级硕士学位授予点。现有教职员工189名，其中教授30名，副教授64名。

“这里教授好多！”沙靓靓小声惊叹说。

“人家这教授的含金量可是实打实的。”纪佳程说。这句话是真心实意的：这么多博士授予点，师资力量怎么可能不雄厚？他和沙靓靓往里走，在走廊遇到了一位教授模样的女人，便打听道：“老师您好，请问方式宁教授的办公室是哪一间？”

女教授打量了一下纪佳程和沙靓靓，问：“请问两位找方副院长做什么？”

“我们是律师。”纪佳程自我介绍道，“今天找方教授是为了一些事。”

“你们以前没来过吗？”女教授问。

“今天是第一次来。”

“哦……”女教授沉吟一下，突然露齿一笑说，“方副院长就在走廊尽头第二间办公室，他今天正好在，你们去找他吧。”

纪佳程和沙靓靓道了谢，刚要向前走，女教授却叫住他们。她显得热情了许多，说：“两位律师打民事官司吗？能不能留个名片？我家里最近也遇到点事，可能想找律师。”

“好啊。”对于这种走路遇客户的好事，纪佳程自然不会拒绝。他从名片夹里掏出一张名片，礼貌地双手递给女教授。那位女教授单手接过去，看了看上面的名字，说：“谢谢，有需要了我会找你。”

“没问题。”

纪佳程和沙靓靓向走廊尽头走去，完全没注意女教授在身后望着他们，她脸上笑容全无，拿出手机，拨通了一个号码。

走廊两侧的门大都紧闭着，唯有学办的大门开着，纪佳程经过时听见一位老师在咆哮：“什么拿了别人的耳机？这就是偷！这样的学生怎么能不给处分？”沙靓靓想看看是什么事，纪佳程瞪了她一眼，快步走过。来到走廊尽头第二间办公室，看了看上面的副院长名牌，纪佳程敲了敲门。

门被打开了，却是一位年轻的女生，纪佳程愣了一下，问：“请问方式宁教授在吗？”

“方老师在的。”

女生拉开门请他们进去，纪佳程和沙靓靓走进这间办公室，发现里面有好几个人。办公室中央有一张硕大的办公桌，上面放着电脑和一些纸张，办公桌后面坐着一位微胖的中老年男子，穿着西装和雪白的衬衫，打着领带，正是方式宁教授。他诧异地望着两位访客，问：“你们找谁？”

桌子对面摆了三把椅子，最外面那把椅子是空的，显然属于刚才帮他们开门的女生，另外两把椅子坐了一位男生和一位女生，似乎在和方教授讨论什么，这个讨论被纪佳程的突然来访打断了。

“方老师您好，我是纪佳程律师，这是我的名片。”纪佳程微微向方教授鞠了个躬，走上前拿出名片双手递过去，方教授皱着眉头接过去，显得并不友好，问道：“律师？找我什么事？”

“是这样的，我们有个案子上的事……”

“有案子需要出专家意见是吧？”方教授打断说，“我不做这业务，你去找曲副院长吧。”

“不是，是有案子上的事需要向您了解，我们想耽误您十分钟……”

“对不起，我这里时间都是排满的。你们没有预约。”方教授皱着眉头说，“我还要给学生们讲评，请回吧。”

纪佳程苦笑一声，方教授明显很排斥他们，三位学生用不友好的目光看着这对不速之客。被院士指点的每个机会都是弥足珍贵的，纪佳程占用的每一秒都是在干扰他们的学习。问题是纪律师脸皮极厚，对这些不友善的目光浑然不觉，而是继续说道：“是有关您以前的学生何利锋的事。”

方教授愣了一下，他扶了扶眼镜，认真地打量着纪佳程和沙靓靓，问：“何利锋？你们为什么会提到他？”

“是何利锋让我们来找您的。”纪佳程说，“我们是他的律师，他现在因为一些事……”他看了一眼那几名学生，“有了点麻烦，人身自由上的，所以他让我们向您求助，我们想向您……”

“等一下。”方教授低沉地说。他转向学生，说：“陈煜，兴越，你们俩先回去吧，明天这个时间再来一趟，我们继续今天的讲评。文君，我和律师有事需要谈一谈，你帮着泡一下茶。”

“这事比较重要，能单独和您谈吗？”纪佳程问。

方教授对那个叫文君的女生说道：“泡好茶后你也回去。”

叫陈煜和兴越的男生女生拿着桌上的材料，站起来向方教授告辞，那个叫文君的女生则起身收拾房间另一边的沙发和茶几。方教授站起来将手向沙发那边一让，三个人都走过去坐下。那名叫文君的学生泡了三杯茶，放在每个人面前，不言声地退了出去。

在她泡茶过程中，纪佳程打量了一下这间办公室。有一整面墙都是书架，中间的书架上陈列着一些奖状、奖杯和工艺品，两边的书架里堆满了书。

“利锋叫你们来找我？有什么事？”方式宁等文君关上门，问，

“他为什么不自己联系我？”

“是这样的，”纪佳程决定直奔主题，“我们是何利锋的辩护律师。何利锋因为涉嫌侵犯商业秘密，已经被经侦拘留了，这个案子可能存在隐情，因为何利锋说——”

“你说什么？何利锋被抓了？”方教授吃了一惊。

“是。”

“什么时候的事？”

“就前几天。”

方教授怀疑地看着纪佳程，问：“怎么回事？”

“有一家公司报案说何利锋侵犯了他们的商业秘密，他申请专利的技术图纸应该属于那家公司。”纪佳程介绍，“不过何利锋说那些图纸是他自己设计的，他还申请了专利。”

“他自己设计的，还有专利，怎么叫侵犯商业秘密呢？”方教授皱起眉头说，“哪家公司报案的？”

“是一家叫作江浦实业的公司。”

方教授的表情在听到“江浦实业”四个字后明显一僵，他疑惑地看着纪佳程，问：“江浦实业？你没弄错吧？江浦实业会报案抓何利锋？这可是一家人啊！”

纪佳程很意外，问：“您知道他们之间的关系？”

“当然知道，江浦实业我很熟。当初利锋和江诗媛结婚，我就是证婚人。”方教授皱着眉头说，“江家报案抓何利锋？这不可能啊！我打电话问问是怎么回事。”他说着就拿起手机。纪佳程赶快阻拦，说：“方老师，您等等。我先把我们的想法说完，您再打电话也不迟。”

老教授放下手机，说：“好，你说说。”

“何利锋已经被关进看守所了，抓他的那天江诗媛也在场。”纪佳程说，“我们不知道他们之间具体发生了什么，现在的焦点在一个模块系统设计图上，何利锋说是自己设计的，江浦实业说是属于他们的。经侦抓人一定会有他们的依据，所以现在情况有点搞不清楚。我们今天来是想向您了解一下何利锋的学业情况和专业水平。您是他读硕士时的导师，对他的情况应该非常了解，在您看来，何利锋在机电设计上的水平如何？他有没有独立设计领先国内水平的智能机电设备的能力？”

“这个问题的意义是什么？”方式宁问。

“这是在背景了解，意义在于：如果何利锋确实有这样的水平，那么他主张自己设计了相关模块系统就有了可能性。所以我们找您对他的专业水平进行了解，必要的话也想请您为他提供证言，比如他曾参与过什么项目，表现如何。”

方式宁是否会配合，纪佳程心里完全没底。其实要证明何利锋的专业能力，最直接的办法是让何利锋把其他部分的设计图画出来。问题是何利锋被关押在看守所里，画出来的设计图不排除会流入江浦实业之手的可能性，所以纪佳程只能采取“证明他有这个能力”的迂回方式。

方式宁靠在沙发上沉思了半晌，没有表态，纪佳程和沙靓靓静静坐在一边等着。过了一会儿，方式宁皱着眉头道：“这件事我还得了解一下，现在也不好说帮不帮忙。你说江浦实业报案抓了何利锋，如果按照你说的，那不成了诬告吗？江浦实业的江总我认识，不像是这样的人啊。而且诗媛那孩子就能放任何利锋被诬陷？不应该啊！他们的孩子都没满一岁呢！所以律师你说的这事我听着很奇怪，我得去问问怎么回事。”

他的立场好像偏向对方，沙靓靓有点沉不住气，纪佳程却带着笑容道：“这个没关系，您向江浦实业了解一下就知道真实情况了。方老师，假如我说的是真的，您是否可能帮着证明一下呢？”

“我得了解情况。”老教授坚持道，“我得先知道是怎么回事。”

“理解。”纪佳程挤着笑容说，他感觉今天来的目的达不成了，但还是想努力争取，“方老师以前给他们证婚，想必对他们非常了解，不知您怎么看何利锋这个人呢？”他接着引导了一句：“应该是认可吧，否则怎么会给他证婚呢？”

“何利锋这孩子……学习成绩还是不错的，硕士论文答辩我也给他过了。他去美国后和我联系不多，后来听说家里出了变故，没毕业就回来了。结婚的时候他们邀请我当证婚人，因为我是他老师嘛，我想想这毕竟是自己的学生……”

方式宁回答仍然是谨慎的，防范意味很浓。纪佳程抓住里面的信息，吹捧道：“方老师德高望重，您当证婚人最合适不过了，江家和小何应该都很满意吧。”

方式宁敷衍地笑两声，说：“谈不上满不满意，大家都认识，我也得卖面子。”

纪佳程点点头，随即严肃地表示：“方老师，我们今天来的目的您已经了解了，希望您能慎重考虑。我们刚才的陈述都是属实的，您可以联系对方核实。何利锋在看守所里跟我说，您是他最敬重的恩师，他相信您一定会说实话，不需要撒谎，说实话就是帮他，只要真实客观地对他做出评价就行。”

这番话似乎对老教授有所触动，他低下头拿起纪佳程的名片看了看，脸上的表情柔和了些。

“纪律师，我不是不相信你们。”方式宁说，“我是学者，我的习惯就是在了解一切情况后才能得出结论，这是我们工科人的思维方式。如果我偏听偏信，随便做证，对任何一方都可能是不公平的。利锋是我的学生，我怎么可能不关心他呢？如果能够帮助他，我一定帮。江家那边我会联系一下问问，要是家庭内部关系出了问题，我也可以帮着协调协调，这么多年的关系，这点面子应该还是有的。”

“那可太好了，”纪佳程笑着说，“其实我们也是抱着解决问题的态度。当务之急是先把何利锋从看守所里放出来，任何协商我们都欢迎。”

“好的，你的名片就放在我这里。”老教授说，“我想好了就打电话跟你联系。今天要不我们先这样？”说着微微欠身，做出要起身的意思。

纪佳程主动起身道：“那我们就先回去等您的电话。今天这么冒昧过来，还耽误了您辅导学生，实在是不好意思——您有名片吗？给我一张可不可以？”

方式宁一愣，估计没想到纪佳程会厚着脸皮主动要名片。他发现纪佳程的目光盯着桌上的名片夹，于是拿了张名片递给纪佳程。纪佳程满脸笑容地道谢，主动和方式宁握手准备告别，就在这时，门被猛地推开了。

“薛老师，方老师有客人……”

“让开！”

咚！

门用力地撞在墙上，伴随着突然被推开的房门，一位女士大步走进来，身后是惊慌失措的文君。这位女士看起来大约四十岁，蓬起的棕黑色中短发梳得一丝不苟，脸是细长的，眉毛是细长的，眼镜后面的双目也是细长的，薄薄的嘴唇抿着，皱着眉头，脸色阴沉，一进来就用咄咄逼人的目光扫视了一圈。

她穿了件紫色的针织衫，外面披着格子大围巾，下身是灰色的毛料裙子，黑色半高跟皮靴。结合刚才文君称呼她“老师”以及她的打扮，纪佳程觉得她应该也是一位高级知识分子。这位女士很漂亮，而且经历了岁月的沉淀，加之知识的浸润，让她看起来有一种特殊的气质。

方式宁一看到她，眉头便皱了起来，问："炜瑾，你怎么来了？"

"怎么，我不应该来吗？"这位叫薛炜瑾的女士自顾自走到办公桌后面坐下，双腿交叉，看着纪佳程和沙靓靓说道，"方式宁，听说你已经找了律师来办公室谈事情啊。怎么，是打算做决定了？"

"什么乱七八糟的？"方式宁说，"我在谈事情，你有什么事？"

"好嘛，方式宁，"薛炜瑾冷笑道，"你的办公室谁都可以来，就我不行是吧？白文君可以随便来，张嘉悦可以随便来，还有江诗媛、王雨婧……她们都可以来，我就得有事才能来，对吧？"

旁边的纪佳程闻言，眼睛微微一眯，隐约察觉到某种微妙的端倪。

"文君，你出去，把门关上！"老教授冲着那位叫文君的女生喝了一句，然后对薛炜瑾道，"你误会了！"他接着转向纪佳程道："两位律师，你们就先回去吧！后续我会联系你们的！"

"别走啊，有什么不能谈的？"薛炜瑾淡淡地说，"律师在这里不是更方便吗？还是说，我也需要找个律师，咱们律师对律师谈？"

"胡说八道！"方式宁怒声道。

纪佳程很想站在那里看八卦，可是他有求于方式宁，自然知晓这时应该快点离开，免得让方式宁不快。于是他打招呼道："方老师，这样的话我们就先走了。小何的事请务必费心。后续电话联系。"

"行，你不想谈的话，我也找律师谈。"薛炜瑾冷笑道。

"你找啊！你去找！"方式宁怒道，"咱们就让律师之间说话！"

纪佳程和沙靓靓赶紧开门出去，那位叫文君的姑娘站在走廊里，脸色发白，走廊两边的办公室不少人在探头出来张望。他们出门时听到薛炜瑾说："方式宁，来都来了，我今天要你一句话，浩天的论文答辩你到底给不给说话？"

"现在是谈这事的时候吗？"方式宁低声吼道。

门咔嗒一声关上，隔绝了他们的声音。纪佳程对着文君笑了笑，就带着沙靓靓离开了。坐电梯走到楼下，纪佳程从口袋里掏出方式宁的名片丢给沙靓靓，说："扔到案卷里去。"

他对这次会面感觉很差，对方式宁的印象也很差。纪佳程在方式宁面前笑容可掬，现在脸色阴得能滴下墨汁。沙靓靓不敢吭声，跟在他身后往校外走着，返程经过湖边那几艘龙舟时，纪律师的评价变成了："现在的学生心思不放在学习上，成天搞这么多花里胡哨的东西，还有前途吗！"

不知道刚才是谁在这里自夸是龙舟高手的。沙靓靓在后面撇着嘴，跟着这位刚刚被扫了面子的大爷一直走出夏江理工大学，等他们开车往市区走，沙靓靓觉得一声不吭也不好，于是试探着说："这个教授看起来不相信我们，他好像认识江浦实业那边的人。"

纪佳程说："当然认识了。而且关系比较近，你听刚才那女人说的几个名字里，有江诗媛啊！"

"我也听到了，江诗媛肯定没少来过！"沙靓靓瞪着眼睛说，"刚才那女人像是在吃醋，是不是说方式宁和这些女的……"

"靠谱点，这老家伙差不多能做江诗媛的爷爷。"纪佳程说，"那个女的在进行道德打压，凡是方式宁身边的女人，她都会给算进去的。你信不信，如果今天我不在，她肯定会说你和方式宁关起门来私通。"

沙靓靓撇撇嘴，又说："方式宁的立场好像不在我们这边。"

“让他当证婚人，你再想想他的话里透出来的信息，他对江家的情况门儿清，还说什么他去跟江家协调，这关系还能差得了？这老家伙只怕立场是偏对方的。”

“那怎么办？那他就不给出证明了，没准还会帮对方。”

“这不是直接证据，有了的话自然很好，没有的话对我们也没有大的损失。”纪佳程憋着气说。他想起方式宁那副上位者的样子，心情极为不爽，顾及自己在沙靓靓面前的“师父”形象，他就在心里骂骂咧咧。

“师父，”沙靓靓一脸奸笑地从后座往前探着身子，“你现在一定是在肚子里骂骂咧咧吧？”

“不要随便揣测你师父。”纪佳程说。

“心里不痛快就说嘛。”沙靓靓嬉笑道，“师父你也别生气，其实现在难受的是那老家伙。你没看我们走的时候，他在跟人吵架呢。他一个副院长跟女人吵架，整个走廊的人都在听热闹。”

一想到这一点，纪佳程的心里好受多了，猜测道：“你看他那鬼脾气，估计当副院长没少得罪人。肯定是他干了什么缺德事，搞得人家老娘儿们找上门来吵架了。”

“师父，这一点你就不如我了。”沙靓靓故作神秘地说，“我看啊，那女人是他老婆！两口子正闹离婚哪！”

“你还真敢想。”

“很像啊！”沙靓靓说，“师父，你相信我们女人的直觉吧，那个女的咣当一声冲进来，一点都不怕姓方的，要是个不相干的人，姓方的肯定要呵斥了。可是你看他说什么了？一开始还好声好气地解释，让他那个学生出去。很明显，姓方的和这女的关系不一般呗，要么是夫妻，要么是情人。”

纪佳程想想刚才的情景，居然感觉“你说得好有道理”。

“要不，师父，咱们打个赌？”沙靓靓奸笑着说，“我要是赢了，你年终奖给我多发一个月工资。”

“你输了呢？”

“年终奖少发个500块钱……”

“滚！我才不跟你赌呢。年纪轻轻的这么会算计！”

“现在物价贵啊，我不算计行吗？”沙靓靓说，“师父你给我发的工资又不高，你看我的这个包都用了两年了……”

“喊。”纪佳程听出她话里有话，却不上当，直接转移了话题，“说到包包，你最近是不是和程溪去国金中心商场逛过？”

“没有啊。”沙靓靓托着下巴想了想，“啊，想起来了，前两周我和柯莹、珈妮、玥玥一起逛了国金，那天叫了程溪帮我们拎包。”

“上周末我和你师母去逛国金，在路易威登的店里看到程溪了，他在那里问一条裙子的价格。”纪佳程说，“那小子平时省吃俭用的，可不像是个会去奢侈品店的主儿。我要是没猜错，你们那天进路易威登的店里逛过了吧？你是不是拿一两条裙子看过？”

“啊……”沙靓靓吃惊地说，“他自己去了？”

“你们俩现在是怎么回事？”纪佳程问，“确定关系没有啊？我觉得你要是不想跟他处就早点跟他说，觉得他可以就干脆答应他，别老吊着他。那孩子人不错，但内心其实挺脆弱的，你现在给他的希望越大，将来对他的打击也就越大。”

“哎呀，师父，你管得真宽！”沙靓靓突然有些烦躁，她缩回后座，不吭声了。过了半晌，她小声说：“师父，好像有个车跟着咱们。”

第六章
不请自来

纪佳程往后视镜望去，看到后面有好几辆车，疑惑地问："哪辆？"

"那辆黑色的越野车。"沙靓靓回头张望着，"来的时候我就见过这辆车。你看连车速度都跟咱们一样。"

纪佳程又往后视镜里看，发现后面确实有一辆黑色的越野车，不过那辆车和另外几辆混在一起，看不出有什么不妥，便问："你没看错？"

这么一问，沙靓靓也不敢确定了。在来的路上确实有一辆黑色的越野车跟在后面，好像是这一辆，又好像不是。纪佳程看她不回答，便道："我有办法。"

他打了右闪灯，放慢车速，缓缓向右边靠去，做出要临时停车的样子，眼睛却在后视镜里看后面那辆车。那辆车没有减速，还在正常行驶。当纪佳程的车停到路边，几秒钟后那辆车和其他几辆车从旁边开到前面去，一直开远了。纪佳程仓促间扫了一眼，那是辆长城哈弗越野车，车牌没看清楚，只看到尾号是“79”。

“应该不是跟踪我们的，是碰巧。”纪佳程打着左闪灯，把车驶回车道，“再说咱们有什么可跟踪的，多心了。”

接下来的两天，美国那边一直没有回音，方式宁这边的求证也没答复，唯一的进展就是调取了何利锋申请的专利文件。文件显示，何利锋申请的“一种单线多导式多用途一拖N加装管理模块系统”专利是今年七月通过的，这与何利锋九月、十月开始与其他人商谈合作开公司的时间对应了起来。

纪佳程觉得不能再等下去了，如果目前取不到其他证据，他必须依据现有证据提起取保候审申请，毕竟何利锋还在看守所里关押着。他亲自起草了申请书，里面的理由主要包括：

1.本案并非暴力性犯罪，对何利锋采取取保候审措施不致发生社会危险性。

2.辩护人经会见后了解，何利锋到案后能积极配合公安机关的调查，对其取保候审不至于对案件产生不利后果。

3.本案实际上是基于商业纠纷引发，双方之间的争议可以通过民事手段解决，是否需要通过刑事手段解决，尚有可探讨之处。

4.所争议的商业秘密的权利归属尚有争议。

5.何利锋本人系本地户籍，其经常居住地也在本地，故对其采取取保候审措施后，其可以得到家属、社区、基层警务单位的管理。

综合以上理由，纪佳程以辩护人身份请沪东分局能够本着实事求是和人性化执法的精神，基于本案犯罪嫌疑人的实际情况，对何利锋变更强制措施，依法取保候审。

这是纪佳程现在能找出来的所有理由了。

写完申请书，他想吩咐沙靓靓去和承办警官约一下时间，尽快前去拜访，视情况提交申请。打开办公室门往外看时，外面的工位都是空的，他这才意识到现在已经是中午，大家都吃饭去了。

纪佳程伸了个懒腰，走到茶水间，在咖啡机边接了杯意式浓缩咖啡。大部分同事都外出吃饭去了，带饭的和叫外卖的同事都要去指定的会议室用餐，所以中午的办公室是安静的，他拿着咖啡往回走，经过茶水间旁边的小会议室时，从没掩紧门的房间里传出了女孩子的笑闹声。

“怎么，你没答应吗？”

“当然不能答应啦，我们靓靓条件多么好，哪里这么容易就能追到手？我跟你讲哦，男人这种东西要吊一吊的，晓得不？你太容易被追到手，他就不珍惜了。”

“就是，就是。怎么也要让程溪再表白两次，再表示点诚意才好啊！”

“也没有啦！”沙靓靓的声音说，“其实我也还没想好，所以跟他说要再考虑考虑啊。昨晚看他那样回去，我心里也很不好受的啦！”

“靓靓，我跟你讲哦，这正是考验真心的时候哦。他要是放弃了，就不是真的爱你。”

“你看他今早还给靓靓买早餐，很坚持呢。”

纪佳程摇摇头，把咖啡一口喝干净，然后回房间穿上外套，下楼吃饭去了。

午餐后回到办公室，他吩咐沙靓靓打电话和经侦的承办警官约时间，随后把腿架在桌子上，在办公椅上打了个盹儿。不知迷糊了多久，他被桌上的办公电话铃声吵醒，拿起听筒，听到前台小姑娘的声音说："纪律师，有一位姓凌的律师来找您，说有业务上的事和您沟通。"

"好的，请帮我安排一间会议室。"

"'白云山'会议室。"

放下电话，纪佳程发了几秒呆，慢慢清醒过来，一边起身一边努力回忆自己办理的案子里哪个对家的律师姓凌。他出门招呼沙靓靓一起去会议室，在路上沙靓靓汇报说："已经约好了，承办警官叫梁永伟，他后天下午在经侦支队办公室等咱们。"

"怎么那么晚？"

"他说明天一天都要出去调查。"

"行啊，谁让咱们得看他的脸色呢。"纪佳程一边说一边推开会议室的门，只见一个男人坐在桌边，正端着茶杯饶有兴致地打量着会议室里的设备。一看到纪佳程他就站起来，热情地伸手道："哎呀，纪律师，你好你好！"

这位律师四十多岁，个子不高，体形偏瘦，头发梳得整整齐齐，肤色有点黑，身上的打扮中规中矩，深色的休闲西装和帆布裤子，腰上的皮带扣是个大大的"H"。纪佳程觉得这人混得不错，应该是个老律师，于是一边握手一边寒暄道："您好，我是纪佳程。"

"冒昧打扰！呵呵！"这位凌律师从旁边的包里扯出一张名片，纪佳程看到他的"古驰"包上的标志居然是"CG"，刚才认为凌律师"混得不错"的念头登时烟消云散。

"凌季雨。这是我的名片。"

和纪佳程交换完名片，凌季雨的眼珠子对着沙靓靓骨碌碌地转了几下，笑嘻嘻地说："哎呀，我只带了一张名片，要不然我和这位美女律师直接加微信吧。”

“啊，这好办。”纪佳程笑道，“您的这张名片就给沙律师，来，咱俩加一下微信……”

凌季雨的小心思被挡回去，却毫不生气，笑嘻嘻地坐回去，指着会议室里的陈设夸奖道：“纪律师，你们所很大气啊，看这会议室的设备，啧啧，不愧是顶级律所。”

“过奖了，我们也是为了工作方便。”纪佳程谦虚两句就直奔主题，“凌律师今天来找我，是有什么案子上的事吗？”

开始谈正事，凌季雨的神色严肃了些，他从包里拿出一个笔记本，说道：“今天来拜访，是代表我的客户来的。我想问一下，纪律师是不是接受了夏江理工大学的方式宁先生的委托，处理他的离婚事宜？”

“啊？”纪佳程和沙靓靓不约而同地张嘴看着凌季雨。那位仁兄看到对面两位律师的反应，似乎非常满意，笑道：“是不是吓了一跳？在想我怎么会知道这件事？”他往后靠去，脸上带着胸有成竹的微笑，说：“其实这件事已经瞒不住了，薛炜瑾女士已经正式委托我作为她的代理律师，处理她和方式宁的离婚事宜。我今天来就是和咱们这边先接触一下，看看这件事有没有谈判协商的余地。”

“凌律师，”沙靓靓身子前倾，睁大眼睛问道，“你说薛炜瑾和方式宁是夫妻是吧？”

“是啊——哦？”凌季雨笑着答道，紧接着他捕捉到沙靓靓问题里的信息，脸上的笑僵住了。

沙靓靓斜了纪佳程一眼，就差说出“师父你得加我一个月的年终奖”。纪佳程还在消化凌季雨的话，桌子另一边，凌季雨脸上的笑容已经没了：纪佳程和沙靓靓居然不知道方式宁和薛炜瑾是夫妻，又怎么会接受方式宁的委托处理离婚事宜呢？

三个人隔着桌子大眼瞪小眼地发了十几秒呆，纪佳程打破了寂静："咱们是不是有什么误会？"

"那个，纪律师，你们有没有接受方式宁的委托？"凌季雨问。

"没有。什么方式宁的离婚事宜，我们一无所知。"纪佳程说，"您是怎么找过来的？"

"不应该啊！"凌季雨吃惊地说，"薛教授可是很确定地说方式宁找了律师，才来委托我的，你的联系方式也是她给我的……纪律师，你们前几天不是去找过方式宁吗？"

"是找过。"

"难道不是去办理委托手续？"

"不是，我们有个刑事案子想找他做证。"纪佳程在脑子里还原着那天的情形才恍然大悟。那天有个女教师听说他们是律师，来找方式宁，就跟他要了名片，现在想来很可能是她向薛炜瑾通风报信，所以薛炜瑾才会急匆匆地赶来。薛炜瑾看到的是方式宁关着门和律师谈事情，一看到她赶过去那两位律师就找借口离开。这对夫妻可能早就感情破裂了，她可能怀疑方式宁在找律师准备和她离婚，也回去找律师做准备。

这样的乌龙不应该出现啊……纪佳程想起他们离开的时候薛炜瑾和方式宁在吵架，若有所思。

桌子两边的男人几乎同时想通，同时露出无奈的笑。凌季雨用指头轻轻敲着额头，轻叹道："唉，摆了乌龙了。这个薛教授啊……"

"怎么，凌律师已经收了钱了？"

"收了一点点，象征性的。"凌季雨说，"这个薛教授呢，与我朋友认识，所以这个事情也有人情的成分在里面……伤脑筋。"

"这有什么伤脑筋的？想离婚就离，谁去起诉还不都一样？"纪佳程说，"那您就代表薛炜瑾先起诉离婚呗！"

“因为某种原因，现阶段薛教授不愿意先提出离婚。”凌季雨咕哝道。

“方式宁和薛炜瑾夫妻感情有问题吗？”

“早就没感情了。”凌季雨说。

就在这时沙靓靓的电话响了，她看到来电话的人是李杏园，便拿着手机出了会议室。既然纪佳程不是方式宁的代理律师，所谓的协商也就无法进行，会议室里的话题谈不下去了。凌季雨把笔记本收起来，随意找着话题，打算结束这次拜访：“纪律师，您的专业领域是什么啊？”

“做一些民商事案子，刑事案子也做。”纪佳程说。

“这两年业务怎么样？”凌季雨问，这也是律师们见面时最喜欢聊的话题。

“差了不少。”纪佳程感叹说，“因为客户们受影响太大了，我们肯定不能独善其身嘛。”

“我们也是。”凌季雨叹着气说，“今年我的案子一下子少了许多。本来还以为这次能成个案子呢，唉。”说着站起来，拿起背包。

纪佳程打算送他，这时沙靓靓从外面进来，小声对纪佳程说：“李杏园说何利锋的那几个合作伙伴知道何利锋被抓了，想明天来见见咱们，他们想知道和何利锋继续合作会不会有刑事风险。”

“那就叫他们明天下午来吧。”纪佳程说，“和他们见见面也好。”

他说完就转向凌季雨，打算继续送他出去。没想到那位老兄停住正在向外走的脚步，伸着耳朵听沙靓靓说什么，眼珠子又在骨碌碌地乱转。

“纪律师，我要是没听错，你这里有个刑事案件，有几个利益相关方可能有刑事风险，对不对？”

“啊？不是，他们……”

“纪律师，我也办过很多刑事案件！”凌季雨热情地说，“好几个客户的话，你肯定做不过来，不如介绍给我一个？我给你30%的提成！”

“凌律师你误会了。这几个客户只是来咨询一下，不涉及案件委托……”

“那也没问题，就算是咨询，咱们也可以想办法把它转化成案子！”凌季雨满脸堆笑地说，突然似乎和纪佳程成了同一战线的人，“这样吧，明天下午我再过来拜访，万一需要的话，我也可以一起帮着咨询嘛！那我今天就先走了。”

他说完这些话就大步走出去，不给纪佳程拒绝的机会。纪佳程在后面追喊着说：“凌律师，您明天下午真的不用过来！”可是那家伙充耳不闻，直奔电梯而去，正好一间电梯的灯亮了，他嗖的一声蹿进电梯，留下纪佳程和沙靓靓站在事务所前台大厅各种凌乱。

“这，这是什么人啊？”沙靓靓磕磕巴巴地说，“怎么这么厚脸皮啊？”

“奇葩，奇葩！”纪佳程气笑了，“我做了这么多年律师，这样的同行还是第一次见。”

“揽案子揽到别的律所来了，真是，真是——”沙靓靓不知道怎么说下去。

“他像是个喜欢玩野路子的家伙。”纪佳程说，“你看他刚才听说我们不是方式宁的律师时的脸色。到手的案子要飞了，他肯定心疼律师费呢，想从咱们这里再找补点。”

“明天下午真让他来？”

“腿长在他身上，你又不能把事务所大门关了。”纪佳程一边说一边往办公室走，“跟李杏园打电话说一声，让那些人明天把会面地点安排在外面，找个茶楼或者咖啡厅什么的。”

“好主意，我一会儿给李杏园打电话。”

“闹剧。浪费时间。”纪佳程小声嘀咕着推开办公室的门，这时手机响了，他看到是个不认识的号码，接通了放到耳边，“喂，您好。”

“纪律师，你好，我是方式宁。”

纪佳程停住脚步，转身向沙靓靓工位的隔断上拍了一下：“方教授？哎呀，您好您好！”沙靓靓正准备拨打李杏园的电话，看到纪佳程的手势，立刻停止拨打，拿起笔记本跟在纪佳程身后走进办公室。

纪佳程示意她关上门，随后打开免提，让方式宁的声音在办公室里清晰可闻：“纪律师，这两天我有点忙，嗯，一直也没顾得上你前两天说的事。今天想起来，就跟江浦实业的老总联系了一下，嗯，问问是怎么回事。纪律师，他说的跟你说的不太一样啊！”

他说话的语气如同前两天一样并不亲近，尤其最后一句带着浓浓的“你说谎”的意思。纪佳程心里不快，嘴上却保持着热情：“是吗？哎呀，你看，方老师这么上心，还特意打电话帮着问……他们怎么说啊？”

“说得比较多，我也不好总结，反正和你说的不太一样。”方式宁说，“纪律师，这件事公说公有理，婆说婆有理，我听着都有些糊涂了！嗯，这样的情况下，我肯定不好给任何一方做证，这个你能理解吧？”

“这个理解，您这也是学者的严谨。”纪佳程笑着，心里骂道：理解个屁，客观陈述一下何利锋的专业水平很难吗？这和谁有理谁没理有什么关系？

“不过话说回来，利锋也是我的学生，遇上这样的事情，我这个当老师的也不能置身事外，你理解吧？”方式宁说，“纪律师，我呢，在这个行业也几十年了，在业内有一些面子，江浦实业那边我也能说得上话，所以我今天在电话里跟他们说，怎么说都是一家人，没必要搞成这样，对不对？有什么事，大家可以协商一下嘛！孩子犯了错，要给机会，将来他和诗媛还得过日子嘛！”

“是是，您说得对。”纪佳程听他的意思似乎可以同江浦实业协商这个案子，于是顺着话道，“本来就没必要闹到这个地步，方老师您说话就是有水平。”

“江浦实业那边终归是心里有气的，嗯。”方式宁说，“不过我说了以后，他们也愿意谈一谈。这样，明天下午你们到江家来一趟，当面锣、对面鼓地把事情摊开说。江家有什么要求，你们有什么想法，大家开诚布公嘛！如果谈得好，江家出个谅解书，何利锋出来后安安稳稳回去过日子，这不就解决了吗？”

“您的意思是我们明天下午上门去谈吗？”

“对，到他们家里去谈，到时候我也过去。”方式宁说，“我毕竟在行业里有点地位，到时候在中间适当地敲敲边鼓，总归希望能促成解决的。”

“那太好了！”纪佳程对方式宁刚才的那点不快烟消云散，倒有了一丝愧疚。没想到这个表情严肃、保持距离感的老教授真的为了何利锋的事去找江家协调了，不愧是何利锋的恩师啊！在纪佳程的计划里，与江家（江浦实业）的调解协商一直是选项之一，如果方式宁肯居中调和，现在与江家接触也没什么不好。

“地址我稍晚发给你，就定明天下午两点吧。位置有点远，你们要早点出发，好吗？我提前到那里等你们。”

“好的，好的！真是太感谢您了！我们一定准时到达！”

电话被挂断了。纪佳程放下手机，对沙靓靓说：“给李杏园打电话，请她通知何利锋的那些合作伙伴，会面时间改为明天上午九点半。”

“地点呢？”

“明天上午的话，就在咱们所里呗。”纪佳程笑道，“凌季雨那小子下午才来，那时候咱们都跑到江家去了，哈哈。”

话音未落，他的手机收到短信，方式宁教授把江家的居住地址发来了。纪佳程把手机递给沙靓靓，说：“查查路线，再把江浦实业的基本情况检索一下。”

沙靓靓在本子上记下地址，问：“明天和江家谈什么？要代表何利锋承认错误吗？”

“怎么可能？”纪佳程摆摆手，“过去就是了解对方立场的。我们没有权利代表何利锋承认什么和否认什么，我们问清楚江家有什么要求，转达给何利锋，由他自己决定。另外探探口风，看对方愿不愿意放何利锋一马。明天一天会很忙碌，可能会受点气，你做好准备。”

沙靓靓点头答应，起身准备离开。纪佳程想起中午听到的女孩子们的谈话，便故意问道：“今天怎么没见程溪过来？”

沙靓靓干笑着说：“他……可能他们团队也比较忙吧。”

纪佳程也不点破，挥挥手让她出去了。他坐在办公椅上闭目想了一会儿，觉得对方式宁教授的善意应当有所回报，便决定假如明天谈得好，就把薛炜瑾找律师处理离婚事宜的消息告诉他。

明天上午见那些合作伙伴，下午和江家见面会谈，后天下午要见经侦的梁永伟警官，日程排得相当紧凑。其实纪佳程还想在后天上午会见一下何利锋，然后再提交取保候审申请书，可是他在预约会见系统里刷了半天号，能抢到的最近的号也是下周一的。

见经侦的办案警官要预约，会见当事人也要预约，只能约到哪个见哪个，太折腾律师了。

可能是心里有事的缘故，第二天早上纪佳程精神状态有点差，一副没睡好的样子。为了遮掩，他特意刮了胡子，涂抹了爽肤水，还把发胶涂在手上，在头发上抓了几把。他在镜子前面一本正经地检查领带打得板不板正，又拿起CK香水往领口喷了几下。赵敏在一边疑心大起，直截了当地问："你今天去见姘头？打扮得这么骚？"

"你瞎说什么实话。"纪佳程撑道。

赵敏登时放心，过来把他的领带整理一下，故意说："要不要我在你包里放两个杜蕾斯？"

"你太小看我的能力了，"纪佳程两手一摊，就像《九品芝麻官》里的"豹子头"那样，"两个怎么够？我要二十个！"

"就你？"赵敏踹了他一脚，随后用手在他肩头扫了扫。纪佳程对着镜子解释道："今天上午下午都要见人。特别是下午，要去见一个集团公司的老总，咱得注意一下形象不是？"

"去哪儿见啊？"

"松江区。小区叫帝景豪园，里面全是别墅，住的都是有钱人。"

"那你这形象撑不住。"赵敏憋着笑说，"你那破车开进去，人家有钱人一看，什么都明白了。"

纪佳程对此无可奈何。他的那辆荣威确实已经很旧了，而且磕碰得不成样子。其实他早就想换车了，可是现在住的小区环境很差，车辆停放杂乱无章，再好的车停在里面都会被擦碰得伤痕累累。他的车现在还有两处伤痕，都不知道是谁碰的，所以他打定主意，在女儿中考完搬离此处之前暂不换车。

开着这样的破车跑到人家别墅区去确实比较辣眼睛，可是他没办法，所以他强行挽尊地说："没事，车虽然破了点，但是我有内涵。"

赵敏又抓了抓纪佳程的头发，想抓出“立体的凌乱感”来，刚抓了两下，突然发现已经七点了，便将纪佳程一脚踹出门去：“你内涵个屁，还不去送孩子？快迟到了！”纪佳程趁着赵敏在门口叮嘱女儿注意安全时，在她脸上亲了一口，笑着跑出楼道了。

送完女儿，纪佳程开车赶到办公室。在地下车库停好车，然后穿过马路到对面去买杯咖啡。买好咖啡往回走时，他从店铺前停的几辆车中间穿过去，走到斑马线边等待红灯。

红绿灯上的红色小人亮着，下面的倒计时还有三十四秒。纪佳程端着咖啡打了个哈欠，知道今天会很困难。突然他眉头一皱，回头看了一眼。

他刚刚是从一辆黑色越野车和一辆白色轿车之间穿过来的，回头望去，黑色的越野车是一辆长城哈弗，车牌号为沪H×××79。

这么巧？

蜂鸣声提醒他红灯已经转换成绿灯，纪佳程狐疑地收回目光，快步穿过马路走向办公楼。当他走进办公室看到桌上的文件，那辆车就被他抛到了脑后。他的桌上放了几张纸，那是沙靓靓昨晚放的，内容是江浦实业的工商档案，以及结合上次董老太的陈述整理出来的江家成员的资料。沙靓靓做得还是比较细的，把每个江家成员的在外任职情况都查询和整理出来了。

江华诚，江浦实业股份有限公司董事长、股东；江浦贸易有限公司董事长、股东。

潘妮娜，江浦实业股份有限公司董事；江浦包装材料有限公司董事长、股东；江浦贸易有限公司股东、董事。江华诚的妻子。

江诗媛，江华诚和潘妮娜的女儿。（新闻报道曾称其为江浦实业股份有限公司副总经理。)

江爱云，杨天财富金融服务有限公司股东、董事；江景蓝调文化娱乐有限公司执行董事。江华诚的妹妹。

江华平，江湾餐饮管理有限公司执行董事。江华诚的弟弟。

沙靓靓在下面注明：这是对目前能够确定的江家成员通过大数据检索到的资料，不排除现在已经有变更的可能性。

关于江浦实业股份有限公司，沙靓靓除了从国家企业信用信息公示系统里打印资料，还打印了公司网站的资料。他们公司的网站是这样介绍自己的：

江浦实业股份有限公司位于沪海市沪东新区，是一家10年来专注工业品制造，集研发、生产、销售、代理于一体的，以清洁设备为核心的现代多元化工业品企业公司。自建4大生产和科研基地，占地超过500亩，拥有16条德系生产线，8万平方米中心仓库；可以生产12大产品门类，涵盖全自动洗地机、扫地机、吸尘器、酒店清洁、升降平台、扫雪车、高压水枪、工业吸尘器、擦地机、抛光机、清洁垫、抛光垫等品类，超1000种品系。公司目前有40+全国区域运营中心，200+全国服务网点，20万+用户群体。公司秉承顾客至上、锐意进取的经营理念，坚持客户优先的原则，是中国工业品行业的领军者和立体清洁解决方案的先行者。

看起来很牛的样子。

纪佳程把那些公司的名字看了一遍，江浦实业股份有限公司、江浦包装材料有限公司、江浦贸易有限公司、江景蓝调文化娱乐有限公司、江湾餐饮管理有限公司……这些公司前面都带着“江”字，从人员和股权上来看，至少江浦实业股份有限公司、江浦包装材料有限公司、江浦贸易有限公司这三家肯定是关联企业，不知道其他几家公司是什么情况。

这么多公司，江家还真是挺能折腾的。

第七章 合作者们

刚过九点，那些合作者中就有人赶到事务所了。

最先来的是一位三十岁左右的女性，纪佳程修改章程时看过她的资料。她叫马晓宁，是何利锋的大学同学，和老公开了一家宁晓自动化技术有限公司，主要生产各种电机。她给纪佳程递名片的时候，还不忘附上一份公司产品介绍，纪佳程好奇地翻了翻，看到上面几十种产品的照片，以及各种名字如“平行轴永磁直流减速电机”“伺服驱动器SF系列”“变频器驱动型三相交流电机”，不由得眼冒金星。

“这都是我们公司自主知识产权的产品，”马晓宁自豪地介绍，“我们都有专利的。”

文科生纪佳程夸奖说：“这个厉害了！自主知识产权！”

第二个赶到的是一位叫李连锋的男人，这人原来是一家国企的副总工程师，和领导闹矛盾后辞职了，现在过了竞业禁止期，打算创业，手里有不少生产厂家渠道。他坐下后开口就问：“现在是什么情况？”

“情况比较复杂，等人来齐了一起说吧。”纪佳程建议。正好沙靓靓拿着笔记本电脑匆匆赶来，坐在纪佳程旁边，纪佳程便吩咐：“帮李总泡一杯茶。”

何利锋的最后一个伙伴是他在麻省理工学院认识的校友，叫冯江会。这个人家里情况比较复杂，父亲有意把家里的生意全部交给他同父异母的弟弟，他一怒之下离开原生家庭，这次合作几乎投入了全部身家。

可以说，除了马晓宁外，何利锋的另外两个合作伙伴都是没什么退路的人，所以李连锋才显得那么焦虑。同样的表情也出现在冯江会的脸上，他进入会议室时，表情凝重。

他身后还跟着另一个人，马晓宁和李连锋一看到就皱起眉头，问：“熊玉来，你怎么来了？”

“我怎么不能来？”这位叫熊玉来的人戴着眼镜，表情阴郁，“我今天早上去找老冯，听说他要到这里来，这事又跟利锋有关，我肯定要过来关心下。”

“你都已经拒绝投资了，还来掺和个啥？”马晓宁冷冷地说。

“利锋也是我同学，关心关心难道不应该吗？”熊玉来回问。

“行了，现在不是吵的时候。”冯江会劝道，“大家谈正事。”他与纪佳程握手寒暄，那位叫熊玉来的人和纪佳程握手后，也在一边坐下了。

“几位今天来，肯定是想了解何利锋的事。”纪佳程开口道，“基于刑事案件的特殊性，我可能不能讲太多具体案情。可以告诉大家的是，何利锋想让我告诉大家：他是无罪的，希望大家相信他。”

“听说他涉及侵犯商业秘密才被抓进去的，”李连锋问，“关于他侵犯的商业秘密，有没有认定归属？纪律师，这个很重要。”

“我还是直接问吧。”冯江会说，“纪律师，我不瞒您。我们几个在和何利锋商量着开一家公司，这家公司的核心就是何利锋设计的新型图纸。现在我们自己都调配好了，模具什么的厂家也开始接触了，他被抓进去，我们一切工作都要停下来了！项目已经动起来，大家都押上了身家，这事情不解决，就是要我们破产的节奏。所以我这里必须要一句实在话：他能不能尽快出来？这是第一个问题。第二个问题是：他侵犯了什么商业秘密？与我们目前准备生产的新技术设备有没有关？这个很重要，如果有关的话，我们把这个新技术用于生产，那么肯定涉及侵权，这事就不能做了。”

“你们打算投产的技术图纸叫什么？”纪佳程问。

马晓宁在一旁答道：“单线多导式多用途一拖N加装管理模块系统，这个利锋他有专利的。”

纪佳程沉默一下，答道：“第二个问题我不可以直接回答，因为涉及案件信息。不过在这个案子出结论之前，希望你们先不要把这个技术投产。”

这句话变相回答了冯江会提出的第二个问题，合作者们的脸色都难看起来。马晓宁问道：“现在能确定是侵权吗？能确定是侵犯商业秘密了吗？”

“以我掌握的有限的信息来看，还不能下定论。”纪佳程说，“何利锋对此有不同的表述，他的表述也有合理之处。我约了经侦的承办警官，要和他沟通案情，具体情况可能到时候才会明朗。”

这样含混的回答肯定是不让人满意的，冯江会皱着眉头问：“纪律师，您就直说吧，他侵犯商业秘密是怎么回事？他自己是怎么解释的？那技术到底属于谁？”

“我不能回答您。”

“是回答不了，还是不想回答？”

“二者兼而有之。”纪佳程解释道，“第一，我确实不知道案子里所谓的商业秘密到底属于谁；第二，我也不敢向大家透露太多案件信息，这是刑事律师的基本要求，并非我故意隐瞒。”

“那我们来这里干什么？”冯江会失望地问。

“我倒觉得律师已经给了蛮多信息了。”一边的熊玉来说，“何利锋的那个技术肯定是有侵权嫌疑，要不然怎么会被抓起来？他要是冤枉的，早就放出来了。晓宁，老李，老冯，你们看到了吧？当时我不肯投资是明智的，对不对？我早就觉得这个事情有风险。”

“你还要脸吗？”马晓宁不客气地说，“你是因为没钱好吧？大家要求前期实缴到位，你拿不出钱来的。现在倒好意思这么说？”

她不看熊玉来涨红的脸，身子前倾对纪佳程道：“纪律师，这个案子肯定有什么问题。我了解何利锋，他肯定不可能做什么侵犯别人商业秘密的事。如果说的是单线多导式多用途一拖N加装管理模块系统，那就更不可能了。除了他，谁能设计出这套系统来？”

“您好像对他的水平很信任啊！”纪佳程说。

“您随便问问我们那些同学，哪个不承认他成绩好？要不然后来也去不了麻省理工学院。”马晓宁说，“我不瞒您，我们公司不少产品的设计图他都帮着修正过，有一些还是他给设计的。”

纪佳程转向马晓宁，眼睛里闪着光：“您是说他帮你们设计过机电产品？”

“您看看我给您的那张产品介绍，”马晓宁探出身子，用手指在产品介绍单上，“这上面有一半都是他帮着改进过的，还有两款是他帮我们设计的。”

“他为什么帮你们设计？”

“大概有两个原因吧。”马晓宁说，“一个原因是他离开江家后没有收入，是在董阿姨家借住的，他这个人心高气傲，怎么可能让人家开馄饨店养他，肯定要挣钱养活自己；另一个原因是我们合作都要实缴出资，何利锋没钱，他就提出，他帮我们公司改进产品设计，设计点新产品，如果我觉得可以的话，就把他的这些设计买下来，他拿这些钱来出资。一开始我还犹豫，后来发现他的设计确实帮我们公司的产品实现了升级，他还帮我们设计了最新型的电源操作性交流电机、五相步进电机驱动器。那我们肯定要买下来啊！而且等新公司成立后，这些电机可以用于新产品，对我们来说只有好处。”

“您对他的专业水准和设计能力作何评价？”

马晓宁非常肯定地说：“妖孽。水平相当高。他的能力是行业内少有的。”

“这个评价客观吗？”

“我在这个领域待了好几年，我老公在这个领域也待了快十年，别的不说，基本的眼光是有的。要不然我们怎么会掏几百万元买他的设计？”

纪佳程问：“如果需要您做证的话，您愿意出具证言吗？必要的话可能要接受讯问。”

“晓宁，你三思。”熊玉来在一边道，“他现在是因为侵犯商业秘密被抓起来的，你不要主动送上门去。万一他给你的设计图也是侵权的，你不就主动暴露了吗？”

马晓宁恼了，柳眉倒竖，指着熊玉来喝道：“熊玉来，你是见不得我们好是吧？当初是你自己说没钱的，我们不带你，你就一直唠唠叨叨说风凉话！他的设计图你也见过，侵了谁的权？帮他洗了冤，我们项目才能推进下去，你就这么见不得我们好？”

“怎么，我是为了你们好，你怎么这么讲话？”熊玉来脸色气得煞白，“我提醒你是不想大家损失更大。老李和老冯可是投了全部身家的！再说，你这样豁出去帮着何利锋，你老公晓得吗？”

纪佳程听到最后一句话，脸色就变了，因为这句话充满恶意。更重要的是，这个熊玉来的所谓劝告是在劝阻马晓宁给何利锋做证，这绝对会损害何利锋的诉讼利益。反正这家伙也不是合作伙伴，纪佳程决定请他离开。

在他盯着熊玉来打算开口的时候，马晓宁和李连锋已经不约而同地猛拍桌子。马晓宁跳了起来，怒喝道："熊玉来，你什么意思？把话讲清楚！"李连锋倒没跳起来，但他拍得桌子发出一声巨响："姓熊的，你来捣乱的是吧？滚出去！"

马晓宁骂道："我们来这里是谈利锋的事，项目的事！这些事现在跟你有啥关系？这里有你说话的地方吗？在这里不三不四的，出去！"

熊玉来坐着不动，瞪着眼睛说："你有什么资格命令我？这里不是你们公司，是人家律师的地方。人家律师没说话，你凶什么？还赶我走……"

"熊先生请离席。"纪佳程干脆地说，"我们在谈案件，您没有身份坐在这里参与讨论，请离开。"

这样的公然打脸来得太突然，熊玉来愣了。面对整个房间的目光，他涨红脸猛地站起来，扔下一句"谁稀罕！"便摔门而去。

"什么东西！"马晓宁在后面骂着。

纪佳程伸头对沙靓靓说："你去盯一下，确认这个人是不是离开了咱们所。"随后对马晓宁、李连锋、冯江会道："好了，我们的讨论继续。如果需要马女士做证的话，马女士愿意出具证言，或接受讯问吗？"

"我一定没问题！"

对纪佳程来说，这算是本次会面带来的意外之喜。当然，马晓宁的证言效力会低于方式宁的，因为何利锋与马晓宁实际上存在利益关系，但是在方式宁肯定不可能出具证言的情况下，马晓宁如果愿意做证，会有一定的辅助证明作用，聊胜于无。他能看出，在三个合作者里，只有马晓宁是真正想帮助何利锋的，李连锋和冯江会更多的是担心这个项目对自己的影响。

接下来的交流都是没营养的，纪佳程不能透露案件细节，所以合作者们在他这里得到的信息十分有限；同样，纪佳程在他们那里也没挖到更多有价值的线索。中午马晓宁想请纪佳程和沙靓靓吃饭，纪佳程惦记着下午与江家人的会面，婉言谢绝。

佘山位于沪海市松江区，乃沪海市辖区范围内的陆地第一高峰，海拔约百米。这样的山高相对于临近的浙、苏、皖三省来说可能是笑话，但对沪海市这样江汉密布的平原来说却已经算得上难得，因此佘山也就成了沪海市后花园，在此开发了国家森林公园，山上还修建了圣母大教堂、地震基准台和天文台，伴着山下的月湖，景色怡人。

因了这“无双胜景”，佘山周边也建了一些别墅小区，在此享受世事喧闹中难得的静谧。帝景豪园别墅小区临近佘山，占地面积两万多平方米，整个小区都掩映在郁郁葱葱的树木里。

在路上纪佳程特意看了几次后视镜，没看到那辆黑色的长城哈弗越野车，心里觉得自己有点好笑：办个案子愣是把自己办成了“007”。开车进小区时费了一番口舌，戴着红色贝雷帽的门卫看到纪佳程这辆“带伤”的破荣威，足足和里面联系了十几分钟才放他们进去，还很贴心地派了个保安走在车前面引导，估计是怕他开着破车在别墅小区里乱窜。纪佳程只得耐着性子，开车以步行的速度跟在保安后面。

道路两边是一幢幢独立别墅，别墅前都是草坪和铺着碎石的人行步道，有的别墅前停着车。虽然是白天，但小区里非常安静，基本上看不到人，一个背着挎包的女孩子沿着路边走过去，证明这个小区里是有人居住的。

“这地方真安静。”沙靓靓说，“这里的别墅得多少钱啊……”

“七万多一平方米吧，”纪佳程随口道，“跟市区比肯定便宜。不过这地方离市区太远，路上的时间成本太高。人家搞那么大的公司，肯定是在市区也有豪宅，周末回来这里度假。”

“这一套怎么不得二三百平方米。”沙靓靓咕哝道。

“四五百平方米的都有。”纪佳程说。

“师父，你怎么就没给师母在这里买套别墅？”沙靓靓问。

“穷，没钱。”纪佳程一句话堵了回去。沙靓靓往窗外看着，富人的生活此刻距离她仅有十几米，然而并不属于她。当她看到前面一座别墅里出来的人时，她睁大眼睛，身子前倾，指着惊呼道：“师父，你快看！那是不是夏江理工大学的那个女的？”

纪佳程顺着她的手指望去，登时也认了出来。那是一座双层别墅，别墅前停了一辆黑色的越野车，一男一女正从别墅里出来向越野车走去。那位女士看起来四五十岁，梳着蓬起的中短发，戴着眼镜，脸颊细长，正是那天闯进方式宁办公室的薛炜瑾。

她今天穿了件灰色的短大衣，雪白的针织衫从衣领、半长袖里露出来，配合着黑色的裙子，表情也不像那天那样阴沉，而是抿嘴笑着，整个人都阳光了许多。她身边是一位小伙子，穿了件宽松的带帽大外套，牛仔裤，雪白的运动鞋，妥妥一个大男孩。

“她也住在这里？”纪佳程有些意外地说。

大概是薛炜瑾带着儿子外出。他看到薛炜瑾和大男孩在越野车前面说了几句话，似乎是讨论由谁开车，随后薛炜瑾拉开车门，就在这时，大男孩把手放在她屁股的位置，似乎很不服气地捏了一把。薛炜瑾拍掉他的手，用手指戳了一下他的眉心。

纪佳程：“……”

沙靓靓："……"

这一切发生在几秒之间，他们在震惊状态中开车经过，沙靓靓忍不住扭头从后车窗回头看，她看到那个大男孩绕过车头上了副驾驶座，摇晃着身体，似乎在说着什么。

"师父，他们打啵了……"沙靓靓用发现了新大陆的语气低声叫道。

"我去……"纪佳程从后视镜望去，黑色越野车已经缓缓发动，开下路基。纪佳程收回目光，压住心里熊熊燃烧的八卦之火：马上要见江家的人了，这才是正事……

赶到37号别墅门前时，时间是13:56，保安指示纪佳程把车停在路边。路边还停了几辆别的车，包括一辆宾利、一辆雷克萨斯LM、一辆奔驰。方式宁老教授正在别墅前和一位国字脸中年男人交谈，看到纪佳程和沙靓靓下车，老教授和国字脸说了句话，就向他们走过来。

"纪律师，你们来了。"他的口气还是那样疏远，似乎在刻意保持距离，连握手的意思都没有。但是在纪佳程眼里，这位老先生正因为这样才显得可敬，因为他毕竟是在想办法调和何利锋和江家的矛盾。

可能他还不知道自己的头上已经绿油油的了吧……纪佳程想起刚才的一幕，心里为方式宁感到难过，嘴里却问道："那位是江华诚先生吗？"

"不是。"方式宁低声说，"我也没想到老江居然把机电商会的几个人也叫来了，你们要有个心理准备。"

"机电商会？"纪佳程疑惑地说，"不是讨论何利锋的事吗？江家今天有别的事，不想谈了？"

"不是。就是为了利锋这事。"方式宁欲言又止，随后摇摇头，叹了口气道，“进去吧。”

纪佳程的脸色凝重下来，有了不好的预感。这样的预感在他进入别墅的会客厅，看到里面有足足十几个人以后，变得越发强烈。这十几个人里有一个他是认识的，那就是江诗媛，她今天打扮得很齐整，坐在沙发上。其他的人有男有女，大部分都是中年人，这些人坐在沙发上和沙发边的椅子上，隐隐形成了一个半圆。一位中年女士和两个年轻人坐在沙发后面的椅子上，好奇地打量着他们。

没有人站起来迎接，一道道并不友善的目光扫视着他们，让纪佳程感觉非常别扭。他扫了一眼，发现这里能坐的地方都坐满了，似乎没有给自己和沙靓靓留下坐的位置。

这是故意的?

方式宁看到这个情况也是一怔，左右看了看，就在这时，坐在沙发正中的一个红脸中年人指着身边的一个空位道：“方会长，您到这里来坐。”

“哦，好。”老教授答应一声，还是试图缓和气氛，对着纪佳程道，“纪律师，我来介绍一下，这位就是江浦实业的江华诚董事长，他也是何利锋的岳父。旁边这位是江太太，何利锋的岳母。”

就是潘妮娜呗。纪佳程在肚子里说。他礼貌地点头问好，省略了递名片这个步骤——他可不会用热脸去贴人家的冷屁股。江华诚只是看看他，没说话，潘妮娜倒是笑着点点头。

方式宁接着介绍下去，坐在江华诚右边的是沪海市机电商会的会长薛大伟，也就是那个国字脸男人；坐在潘妮娜旁边的女士是四明集团的执行董事赵秋槿，她打扮利落，看人时带着一丝审视的意味；此外还有鸿港机电的叶文龙，他胖乎乎的，脑袋上的头发都掉光了，看起来像个好好先生；艾希尔动力科技的洪桂彬则坐在一边脸色阴沉。这几个人都神情复杂地盯着纪佳程，点头回应了他的问好。

其他人还有江华诚的妹妹江爱云，她倨傲地撇了撇嘴，没有理会纪佳程的问候；江爱云旁边是她的丈夫杨文亮；另外一边坐着三兄妹中最小的江华平，他脸色阴沉，眼神里带着一丝狠劲，看纪佳程就像看仇人似的。

沙发后面的中年女士是江华平的妻子康曼以及她的儿子江士同。坐在旁边的女孩眉眼与江爱云有几分相似，是江爱云和杨文亮的女儿江诗慧。

纪佳程在心里默默记住每个人的样貌和名字。江家的人在这里是正常的，他不明白江家以外的人为什么也要参与协商。等方式宁介绍完，被赵秋槿拉过去坐下，纪佳程左右看了看，突然一笑，道："诸位稍待，我到外面去买两只凳子来。"

大厅里的气氛凝固了一下，似乎这时候才有人注意到两位律师没有座椅。沙发后面的江士同看没人动弹，走进餐厅，从里面拖了两把餐椅出来。江华诚没说话，潘妮娜却笑着说："纪律师是在批评我们不讲礼数吗？"

"夫人多心了，我只是看这里人比较多，怕咱们这里椅子不够。"纪佳程微笑着答道。这样的安排肯定是故意的，无外乎是想先在气势上压倒另一方。纪佳程今天来这里的确是有协商的意愿，不过他并不想给对方这样的心理暗示：何利锋一方是上门求饶的，是可以任人宰割的。

江士同把两把椅子拖到他们身边，殷勤地帮沙靓靓摆好。沙靓靓抿嘴一笑，向他道谢后坐下，从包里拿出笔记本。纪佳程拉了一下椅子的位置，也坐下了。他和沙靓靓坐在江华诚的对面，看起来就像被一个半圆包围着，仿佛是在受审。

江士同放好椅子，扭头望了下江华诚，江华诚瞥了他一眼，挪开目光，倒是江诗媛对他点点头。他想要回到沙发后面，潘妮娜却开口了。

“既然搬椅子了，就一并给两位律师倒茶吧，”潘妮娜笑道，“要不然纪律师怕是又要到外面去买水了。”

“多谢。”纪佳程笑着说，“我相信咱们的杯子还是够的。”

那几个老总都笑了，气氛似乎缓和了些。江士同倒了两杯茶递过来，这个小伙子很有礼貌，递给纪佳程和沙靓靓时礼貌地提醒“注意烫”。纪佳程接过小茶杯抿了抿，把茶杯放在茶几上。江士同回到沙发后面，在刚才的座位上坐下，坐的时候不小心碰到了江诗慧的手臂。那位小姐皱了皱眉头，立刻把凳子拉得离江士同远了点，这让康曼脸色有点难看。

“你是利锋的律师？”国字脸的薛大伟问。

“对。”

“他现在在里面还好吗？有没有受欺负？”

听口气这个人似乎对何利锋有点关心。纪佳程答道：“没受欺负。不过在里面肯定不能说好，对吧？”

“老江，有些事嘛说说清楚就算了，为什么做得这么极端？”洪桂彬在一旁道，“你不看我们，也想想当年老何的情分，对吧？你怎么这样不讲情面？”

“两位大哥，话真不是这么讲的。”江爱云拖着长调说，“你是不知道他做了什么事，他——”

“爱云，这事还是要听你大哥怎么说。”赵秋槿笑着说。

“老薛，老叶，桂彬，还有秋槿，”一直阴沉着脸的江华诚终于开口了，“今天请大家来，就是要把这件事说清楚。”

“今天把纪律师和沙律师请到这里，就是要谈一下利锋的事。”首先打破尴尬气氛的还是方式宁老教授，“最近老江这边和利锋这边产生了些误会，我是利锋的老师，也承蒙大家看得起，让我在商会里当了个副会长，既然两边都认识，自然想帮着协调一下。今天在这里，大家三头六面说清楚，还是要解决问题嘛。”他转向纪佳程，介绍道：“薛总他们和利锋的父亲是老兄弟，都是从小看着利锋长大的叔伯，和江总也是多年的朋友，他们在这里听听是怎么回事，也能给出出主意，纪律师没意见吧？”

纪佳程笑着摇摇头。他刚才一直在仔细观察着这些人的表现，感觉这几个所谓的机电商会老总似乎并不是站在江家这一边的，心里不由得一动：也许今天能找到一些助力……

第八章
批评大会

“你们看，谁先讲一讲？”方式宁问道。

客厅里的目光在纪佳程和江华诚之间逡巡，纪佳程带着谦虚的微笑看着江华诚，一副聆听对方高论的姿态。江华诚盯着纪佳程看了几秒钟，首先开口了。

“这件事既是公事，也算是我的家事。自从利锋这孩子被抓进去，你们作为他的老师、他的叔伯阿姨，都跑来问我是怎么回事，老洪还跑到我这里来拍桌子，问我为什么做得这么绝。我知道，你们都是从小看着利锋长大的，我也是呀！今天把大家叫过来，就是把整件事情说说清楚。我是有律师的，可是我今天没有叫律师来，而是我在这里摆事实讲道理，我要让你们大家看一看，是不是我在欺负利锋，是不是我忘恩负义。”

被他点名的洪桂彬皱起眉头，道：“那你说说，为什么这样对利锋？你不能看着利锋没爹没娘，就这样欺负他吧？”

“老洪，你是讲义气的人，这一点我敬佩你。”江华诚沉声说，

“可是你把我姓江的看得一文不值了！你说我看他没爹没娘就欺负他，那我当初为什么还要在他最穷的时候把女儿嫁给他！”

洪桂彬抱着手臂，没有回答。

“五年前，何大哥和大嫂自杀，公司破产，利锋他回国后连住的地方都没有，那时候他和诗媛还只是订婚，我要是个忘恩负义、嫌贫爱富的人，我当时可不可以悔婚？我当时可不可以不管他？可是我当时还是把女儿嫁给他，把他接回家里住，吃穿住行就像我的亲生儿子一样。你们这些人这几年不是没见过他，你们觉得他在我这里受欺负了吗？”

“有一说一，”薛大伟点头道，“这件事老江你做得是到位的，我说不出个‘不’字。”说着伸手竖了个大拇指。洪桂彬脸色虽然阴沉，也点了点头。

“我为什么要这样？你们看看我女儿，她找不着对象吗？”江华诚指着江诗媛道，“我为什么要坚持把她嫁给利锋？第一是因为大哥大嫂他们对我有恩，这些年他们给了我多少业务，我心里忘不了他们。第二是诗媛这孩子喜欢利锋，她不管利锋是富还是穷，一门心思就要嫁给他，当时她跟我说，就是陪何利锋上街要饭，也要和他结婚！孩子的话都说到这个分儿上了，你说我能不同意吗？”

“我这个女儿啊，真的，心地太好了。”潘妮娜抱住女儿，心疼地说。

“大侄女是个仁义孩子。”赵秋槿感动地说。

“利锋这孩子可怜，”江华诚说，“我看着他从小长大，每次我去何大哥家，他‘江叔叔’‘江叔叔’地叫着，又和诗媛从小玩得好，我对他是有感情的。老洪，你可以说这次的事情我手段硬了些，可是你不能说我欺负他！我敢指着天说，我们江家绝对没亏待他！”

“你没亏待他，那他为什么离家出走？”洪桂彬冷冷地说，“现在也是你把他送进去的吧？”

“好笑了，腿长在他身上，我们哪里拦得住？”江爱云嗤笑一声，“你不问问他在这个家里干了什么，倒来问我们他为啥离家出走？”

“你什么意思？”洪桂彬沉声问。

潘妮娜不高兴了，道：“洪大哥，你是利锋的叔伯不假，可是爱云也算是利锋的姑姑，当姑姑的说他两句，你这个态度合适吗？”

江华诚对潘妮娜喝道：“不要吵！”又对江爱云道：“你给我闭上嘴！”随即深吸一口气，转向洪桂彬道：“老洪，你是个直性子，我今天叫你来也是为了把事情说清楚。你听我把事情讲完，讲完了你要是还觉得我理亏，我姓江的没二话，自今天起退出机电商会，咱们从此桥归桥路归路，就此绝交。但是哪怕绝交，事情咱们得说明白。脑袋掉了碗大个疤，可是这锅我是背不起的。”

“哎哎哎，这个就过了。”薛大伟立刻道，“抬头不见低头见的，把事情说清楚不就行了吗？老洪你也是性子太急。”

“行，你说。”洪桂彬道。

“你说我亏待他，他刚回国我就收留了他，我希望他振作起来，任命他进入公司的高层，挂了个设计部部长的职务。我当时还跟他说，你对公司的哪个部门感兴趣，你就跟我说一声，我就把那个部门给你。结果呢，他每天不知道干什么去，就算去了公司也是在那里无所事事，根本不认真干。员工们和中层干部反应都很强烈，即便是这样，我还是工资照发，又不好骂他，只能时不时劝他。你们说，这叫亏待他吗？”

“老江的话都是实话，你们可以到公司里问问，看看利锋平时是怎么表现的。”潘妮娜道，“这么多年了，公司就没几个人见过他！光领工资不干活，这还叫亏待他？”

薛大伟、叶文龙、洪桂彬、赵秋槿等人面面相觑。纪佳程坐在对面，敏锐地抓住了一句话：何利锋是江浦实业的设计部部长。

“工作上懒一点也就算了，我江家虽然不是巨富人家，养一张嘴还是养得起的。我就这么一个女儿，将来我和她妈妈一蹬腿闭上眼了，这公司终归还是要交给他和诗媛的。问题是，他有钱有闲了，心思就活了！家里有老婆，他却出去——出去——”他的话卡在这里，似乎难以说下去，脸憋得发黑。

“说，有什么不能说的！”潘妮娜气呼呼地说，“今天也不怕丢脸了，该说就说！何利锋两年前就出轨了！”

纪佳程目光微沉：这是要说到李杏园了吗？几位机电商会的人脸色都变了变，江爱云瘪着嘴，露出了一丝冷笑。

“弟妹，这话要有证据啊。”叶文龙道，“利锋这孩子不是这样的人。”

“叶哥，这是我们家的丑事，你以为我愿意说出来让大家看笑话？”潘妮娜怒道，“说出来丢脸的是我们江家！是我女儿！”

江诗媛低下头，抱住手臂，长发遮住了她的面孔。

“他两年前去嫖娼，你们知道吗？”江爱云冷笑道，“嫖的哪个女人我都知道！全江家的人都知道！怎么样，你们想得出这事吗？”

“越说越离谱了！”洪桂彬怒声道，“利锋这孩子会去嫖娼？”

“我来说吧。”江华诚说，他接着就冲潘妮娜和江爱云呵斥道，“你们两个把嘴闭上！在这里添什么乱！”潘妮娜和江爱云都不吭声，脸色十分难看。江华诚转向众人道：“话到这个份儿上，我也就不怕丢人了。两年多以前，我们发现利锋这孩子经常夜不归宿，诗媛还在他身上发现女人的口红印，气得和他冷战，几个月不和他说话。我们怕他走错路，有一天就找人跟着他，结果看到他和一个女的进了酒店！当时华平打电话跟我们说这事的时候，我们都惊呆了，全家都赶去酒店找他。结果房门打开一看，他和那个女的赤条条地在床上躺着呢！”说到这里，他额头青筋直跳。

“那是他在夜店里认识的外围女，八千块钱的嫖资！当时的照片和视频都有！”江爱云尖声道，“你们要看不？大哥，拿给他们看！”

薛大伟、叶文龙、洪桂彬、赵秋槿等人满脸震惊，纪佳程在对面也蒙了：对方这样笃定，难道手里真的有这样的照片、视频？难道何利锋真的是“夜店小王子”这类人？在他神色不定的时候，江华诚再度呵斥了江爱云，继续道：“那些东西不到最后不用拿，再怎么说，我们也要给他留些体面。”他继续对众人道：“出了那件事后，诗媛气得要和他离婚，最终又放不下他。我心里真是恨死了这小畜生，可是又能怎么办呢？难道打死他？想着何大哥、何大嫂的情分，我们能放弃他吗？后来我们商量，觉得这孩子就是年轻，玩心太重，还没有做好担负家庭责任的准备，就劝诗媛说，还是早点和他要个孩子，男人有了孩子就收心了。哪想到诗媛怀了孩子以后，他还是出去鬼混。那天我实在是气极了，就吼着说：如果再这样下去，就从家里滚出去！结果他直接摔门走了，从那天起就没回来过！”

江士同突然站起来，道：“诗媛，孩子好像在哭。”

客厅里的人都不作声，侧耳听去，果然楼上隐隐传来孩子的哭声，江诗媛抬起头，露出带着泪痕的脸。方式宁忙道：“孩子在哭。”江诗媛急忙站起来，向楼梯跑去了。

纪佳程啜了口茶，在心里感慨：下面声音这么大，还能听到楼上孩子的哭声，看来不管是豪门还是平民百姓，对孩子的关爱都是一样的。他也朝楼上看去，中途与江士同的目光隔空相撞。

江士同察觉到他的视线，向他笑了笑。坐在前面的方教授关切地看着江诗媛消失在楼梯尽头，微微叹了口气。

江华诚指着楼上，手都哆嗦了："你们看看，孩子都这么大了，到现在都没见过自己的爸爸！何利锋跑了以后，我们到处找他，后来听说他跑到一个馄饨店里，跟一个带孩子的女人勾搭起来了，我们就去叫他回来，他就是不回来！诗媛进产房那天我们又去叫他，他还是不回来。孩子出生到现在，他一次都没回来过！你们大家说说，诗媛是他老婆，给他生了孩子，他抛妻弃子去和一个卖馄饨的寡妇同居，这算什么！"

说到这里，江华诚遏制不住怒气，抓起茶杯狠狠地砸在地上。

"你们说说，这是我们欺负他，还是他欺负我们！"

瓷片飞溅，有一片飞到了纪佳程的脚边。薛大伟、叶文龙、洪桂彬、赵秋槿都吓了一跳，薛大伟赶忙劝道："老江，消消气！这孩子犯浑，你别气坏了身子。"

纪律师脸色凝重，一声不吭，薛大伟这句话代表他的立场开始向江家倾斜。别说是他，纪佳程都感觉自己心里的斗志在迅速消亡。抛妻弃子这件事如果是真的，何利锋在道德上完全处于谷底，洗都洗不白。

这算个什么事。他在心里骂着——成了批评大会了，关键是坐在这里的还不是被批评者本人，只是个代理律师。这样的氛围还能协商什么啊？纪大律师心里开始打退堂鼓了。

"老江，这孩子有错，你打他骂他我都没意见！"洪桂彬道，"不过把他抓进去，是不是过了？"

"老洪，公安局不是我开的，我还做不到因为这小子出轨就把他抓进去！"江华诚回道。

薛大伟皱眉道："老江，你把话说明白，这小子到底犯了什么坐牢的罪，警察要把他关起来？"

"他偷公司的机密，自己去注册专利，打算拿去卖钱！"江华诚震怒地说。

纪佳程觉得不能保持沉默了。之前的情感问题自己不了解情况，无从置喙，这件事却可以进行观点讨论。他开口道："关于这件事，我们也想交流一下。江总说的商业秘密，是不是单线多导式多用途一拖N加装管理模块系统的设计图纸？据我们向何利锋了解，那图纸是他设计的。"

薛大伟、叶文龙、洪桂彬、赵秋槿的目光向江华诚望过去。

"我就知道他会这么说。"江华诚苦涩地笑着说，"那设计图是我们开发部门的尹工两年前设计的，设计好之后公司认为过于先进，目前进行生产的话，原有的生产线就要废掉，所以存在了公司的涉密数据库里。后来尹工得病死了，这套设计图纸也就一直没用。2020年后，我们想起这套图纸，觉得这样的设计符合防疫要求，就想调出来再看看。没想到打开网盘才发现，里面的资料被删得干干净净！删得太干净了，以至于我们找了专业部门都恢复不了！如果不是尹工在两年前留下一个移动硬盘，里面还有一部分图纸，我们连自己曾经拥有过这套图纸都证明不了！我们肯定要查是谁删了网盘里的资料啊，登录网盘是需要用户名和密码的，我们调了服务器数据，把那段时间登录过的十个人列为怀疑对象，其中就有何利锋，只是不能确定是谁干的。直到有一天我们公司的人无意中查询到他申请的专利，我们才知道，这丢失的设计图被何利锋申请了专利！"

江爱云尖刻地骂道："喂不熟的白眼狼！"

薛大伟、叶文龙、洪桂彬、赵秋槿等人彼此对视，如果江华诚说的是真的，那何利锋可不就是"喂不熟的白眼狼"吗？人家收留他，把女儿嫁给他，给他吃，给他穿，给他钱，他却嫖娼、出轨、抛妻弃子，现在连公司的商业秘密都偷走，还把公司的留存资料销毁了。一份先进的设计图能决定一个公司的未来，江华诚要是还能忍，公司也就不用开了。

纪佳程的眸子微微收缩，意识到最大的挑战来了。这当然是江华诚的一面之词，但是能说得通。纪佳程本来觉得在这一问题上自己是占优势的，他甚至做过预案，如果江家人声称“设计图属于公司”，他就要求江家解释“为什么设计图是何利锋设计的”“如果是商业秘密，那么其他部分的设计图在哪里”。然而江华诚的陈述与他预想的完全不同。

设计者是谁？江华诚说是“尹工”，不是何利锋。所以就没法问“为什么设计图是何利锋设计的”。

如果江浦实业拥有这个“商业秘密”，为什么只涉及单线多导式多用途一拖N加装管理模块系统的设计图纸？其他部分的图纸在哪里——江华诚说被何利锋删了。

很好，他的陈述提前把纪佳程打算突破的几条路都给堵上了。而且他陈述在先，容易造成先入为主的效果。如果没有强有力的证据支撑，纪佳程的任何质疑都会显得苍白无力。更重要的是，纪佳程现在自己都没有底气完全信任何利锋的说辞。

职责所在，他必须争取何利锋的利益最大化，态度是必须展现的，否则这次对话只能被对方拿捏，失去为何利锋谈条件的基础。所以尽管他心里汹涌澎湃，脸上却带着宠辱不惊的笑，道：“江总的表述的确是一种观点。我们了解到的事实可能不是这样的。”

他把江华诚的说法定义成“观点表述”，将自己的说法定义成“事实”，随后道：“其实何利锋先生无论是在夏江理工大学还是在麻省理工学院，他的专业水准都是出类拔萃的。关于他的成绩，方式宁教授其实是了解的。”

这算是逼方式宁表态了，方式宁点头道：“这孩子当年成绩是不错的。”

“对吧？”纪佳程立刻接上，“何先生很明确地讲，涉案的图纸是他自己设计的，他将自己的设计申请专利，有什么不妥呢？这个模块是新型机电设备的一部分，其他部分都在他的脑子里。如果公司是这个系统模块设计图的拥有者，那么没有理由对其他部分的设计图没有概念吧？”

“律师，刚才老江说了，其他的都被删除了。”叶文龙说。

好吧，至少这个叶文龙的立场已经转向对方。纪佳程有心争论，又担心过分强硬导致谈判破裂，双方矛盾彻底不可调和——万一后续还需要对方的谅解书呢？于是他继续笑着，云淡风轻地道：“现在对基本事实的观点上，双方是存在差距的……”

“那还谈什么？”江爱云插嘴道，“要是连基本事实都不承认，还有什么可谈的？”

“对。”江华诚目光炯炯地盯着纪佳程，“谈的前提，就是你们这边承认何利锋确实侵犯了公司的商业秘密。”

“我不能承认这一点。”纪佳程答道。

“那今天就不用谈了。”江华诚一挥手，“结束。”说着站起身来。

“连错都不认，还谈个屁！”江爱云骂道，“叫这么多人来，连个态度都没有，浪费时间！”

纪佳程与沙靓靓对视一眼。他并不觉得现在需要委曲求全，今天听到江家版本的陈述就已经达到目的。江华诚的要求是不可能答应的，任何一个律师都不敢代替当事人做出“我们这一方错了”的表态，能谈最好，不谈也不强求，只要别把关系弄破裂就行。所以纪佳程很明显地叹了口气，苦笑着拿起背包。

“那么今天打扰了，谢谢江总的好茶，也谢谢方老师的协调。”他站起来，“我会把今天的会谈情况向何先生转达，由他来做出决定。”这句话留了余地，实际上是告诉对方：自己不承认的原因是未得到何利锋的同意，目前一切还不能得出最后结论，双方理论上还有谈的空间。

做出这表态后，纪佳程向所有人说了声“再会”，便往别墅大门走去，沙靓靓紧跟在后。

“×！硬气个屁！”江爱云的声音飘了过来。

方式宁追过来，连声道：“纪律师，你等等！”

“方老师，心意领了。如果何利锋承认自己侵犯了商业秘密，那他这个牢就坐定了！”纪佳程说，“这是公诉案件！不是说认个错就能撤案的，我不敢冒这个险啊！”

“方老师，你让他走好了！”江爱云嚷道，“叫何利锋坐牢！牢底坐穿！”

其实纪佳程很希望江华诚能喊住自己，然后表示继续谈下去。然而身后始终没有传来那位老总的声音，在这样的情况下，他除了继续往外走别无选择。

“纪律师，你要相信老江，他们不管怎么说也是一家人。”方式宁劝道，“老江，你说句话！你这样的态度，问题解决不了啊！利锋进去了，你那些设计图也回不来啊！”

这句话给了纪佳程新的灵感：不管这些设计图归属谁，江家当务之急应该是“拿回”或者“拿到”其余的设计图吧？方式宁刚才那句话是对的，如果何利锋真的被判刑，他与江家的关系肯定彻底破裂，到时候他是绝对不会把脑子里的那些设计图交给江家的。

想到这里，他底气稍微足了些，本来就因为受到慢待而不快，加上江家并无人挽留自己，他拉开别墅大门走了出去。当外面的阳光、蓝天和树木充斥眼帘，他长长舒了一口气，把刚才的憋闷全呼出去。

方式宁追出来，老教授是真的急了，抓住纪佳程的手臂，低声吼道："纪律师，这就是你的态度？你知道我多不容易才撮合这次协商？"

"方老师，我是真的想来解决问题的。"纪佳程站在大门外的台阶下面解释道，"我也知道当务之急是让利锋先出来。可是让步是有底线的，你看他们召集这么多人数落何利锋时我说什么了？来了连个座位都没有，搞得像审讯似的我说什么了？我一声都没吭啊！可是像刚才提出的那种条件，就不是在谈了，是在单方面施压！方老师，是不是侵犯了商业秘密是这个案子的红线，我们对这事有不同的观点，他的要求实际上是要求何利锋放弃抗辩，无条件承认自己有罪！这不是我没有态度，是他们的态度和居心有问题！我会跟何利锋说这件事的，如果双方达不成谅解，江浦实业唯一可能得到的，只有何利锋坐牢的可能性而已！"

这句话的隐藏含义是：第一，何利锋能不能坐牢还不好说；第二，万一何利锋真的坐牢，江家就别想得到其他设计图了。

何利锋就算坐牢，仍然可以把其他图纸画出来，申请专利，卖给别人谋利，到时候江家拿他一点办法都没有。因为按照江家的说法，其他文件都被删除了，所以江家现在没有其他设计图，也就不能证明那些设计图是属于自己的。要是能证明，他们也不会只抓着"单线多导式多用途一拖N加装管理模块系统"的设计图纸报案。

"他们是一家人，"方式宁劝道，"可能没想那么多，老江要的是一口气，当女婿的给岳父认个错，也不算丢脸。人要顾念亲情，利锋毕竟也是有孩子的人了……"

"方老师，那天就是江诗媛带着警察去把何利锋抓起来的。"纪佳程说，"亲情这东西……"

他突然收住口，扭头往回看去，江诗媛抱着一个七八个月大的小孩子站在大门的台阶上，距离他们只有两三步远。她应该听到了纪佳程关于她带人抓老公的话，脸色苍白，她手臂上的小娃娃却睁着乌溜溜的大眼睛看着纪佳程。这个小娃娃裹在一件蓝色的斗篷里，头上套着连帽衫，像一只憨态可掬的小考拉，把一只小手伸到嘴巴里吸吮着。

纪佳程有些尴尬。这时候江士同从里面匆匆追出来，他看到律师们还在台阶下边，忙招呼一声走下来："律师们请留步，请稍等一下，也许还可以再谈谈的……"随后他看到江诗媛抱着孩子站在门口，忙道："诗媛，怎么把定思抱出来了？外面有风，别受了风！"

方式宁回头看到，忙批评道："诗媛，你也是，外面冷，怎么穿这么少！快去给她拿件衣服披上！"江士同答应一声转身跑进去，抱了件大衣出来，帮江诗媛披在身上。这两个举动让纪佳程对方式宁和江士同再度增加了好感，因为他们表现出了对女士和孩子的关心。

这时候别墅里的人陆续出来了，江华诚、潘妮娜、薛大伟、叶文龙、赵秋槿等人都聚在了别墅大门的台阶上。潘妮娜心疼女儿和外孙，想把孩子接过来，江诗媛却倔强地摇摇头，把脸贴在孩子的胸口，孩子似乎感受到了母亲的伤心，伸手摸着妈妈的脸。

江诗媛紧咬着嘴唇，说："何定思……孩子叫何定思。你拍张照片给他看吧，孩子的照片……跟他说一声，不管多久，只要他还愿意回来，我这里……门还开着。"

第九章
咖啡与名片夹

纪佳程事后承认，江诗媛说出那几句话后，他对自己之前的判断产生了怀疑。他之前对江诗媛的印象是偏负面的，觉得她带警察抓捕自己的老公，心挺狠的。现在则隐隐觉得：在抓捕何利锋这件事上，江诗媛应该也会非常痛苦吧？何利锋毕竟是孩子的爸爸……

他想说手机不能带进会见室，又怕这样拒绝太生硬，于是用手机拍了两张照片，点头道："照片我会用彩色打印出来带给他看。你的话我也会转达的。"

"行了，照片拍了，赶紧进去吧！"江士同劝道。

江诗媛抱着孩子扭头进去了。紧张的气氛似乎因为地点的转换和江诗媛的话消散了，别墅前的人们面面相觑，心里都不好受。

"别的不说，可怜孩子了。"赵秋槿怜悯地说。

江华诚脸色黯然，全无刚才的强硬，半晌，长叹了一声，道："我真不想原谅这小子，可是看我女儿可怜……算了，我也不要他认错了。你跟他说，我不要他承认什么东西了，我只要求他两点：第一，把其他的设计图还回来；第二，人回来住，和外面的女人断掉，不许再出去胡闹了。只要他答应这两点，能撤案就撤案，不能撤案我出谅解书。回来以后，和诗媛、孩子好好过日子，我既往不咎。”

“可怜天下父母心啊！”方式宁欣慰地拍着江华诚的手臂，“老江，你能做到这一步，利锋要是再不回来，就是不知好歹了。他一定会回来的！”

江华诚意兴阑珊地摆摆手，看了纪佳程一眼，就回到别墅里去了，潘妮娜跟在他后面。回到客厅，江华诚看到楼梯上的江诗媛，脸色一变，怒视了一眼，骂道：“废物！”

江诗媛抱着孩子，站在楼梯上，闻言眼中闪过冷意，淡淡道：“你还要我怎样？”

“诗媛啊，怎么能这样和你爸爸说话呢？”一旁的江爱云虚情假意地说，“你爸爸为了这个家有多辛苦，说你两句不也是为了你好吗？你不体谅也就算了，怎么能顶嘴呢？”

江诗媛扭头上楼去了。江爱云望着她的背影，眼里露出一丝得意的光，脸上却显得很无奈，对江华诚劝道：“大哥，你也别往心里去，孩子遇到这样的事，心里难受，她不是有意顶嘴的。”

江华诚铁青着脸，一屁股坐到沙发上。潘妮娜坐到他旁边低声劝道：“老江，别生气。”

“你说她抱着孩子出去干什么？”江华诚低声怒吼道，“她这么一出去，显得那么可怜，我只能说让步的话了！万一那小子的律师过几天拿来份认错书，给薛会长他们看，我是谅解还是不谅解？”

“是呀，这孩子不懂事。”江爱云摇头说。

潘妮娜愤怒地看她一眼，劝道：“老江，孩子这样出去一下也好，显得她心里有何利锋。这样薛会长他们不就更同情咱们了吗？再说，何利锋的脾气你还不知道吗？他怎么可能会认错？他知道咱们想要什么，这事不可能发生的。”

江华诚思索了一下，点了点头，旁边的江爱云却撇着嘴。沙发后面的江诗慧一直在低头玩手机，这时候站起来伸着懒腰，优哉游哉地向外走去。

别墅门口。剩下的几个人对视了半晌，薛大伟开口道：“纪律师，你去劝劝利锋吧，不管怎么说，他这样做伤害了诗媛和孩子，他岳父和老婆都做到这份儿上了，都说既往不咎了，他要是还不认错，就太说不过去了。我们这些叔伯阿姨是看着他长大的，有什么事肯定要向着他。可是今天这事，我们只能帮理不帮亲。”

“认错，道歉，和外面的女人断掉，好好回来过日子。”赵秋槿皱着眉头说，“他要是不好说，我帮他去和外面的女人谈。”

“道歉针对的是他离家出走的事还是所谓商业秘密的事？我觉得——”纪佳程问。他感觉这几位长辈的立场已经倾斜到江家那边去了。他想指出：何利锋是否出轨是一回事，何利锋是否侵犯商业秘密是另一回事，这两件事应该分开谈，不能笼统地要求何利锋道歉。但是他的这个观点不是一两句话能说清楚的，问出这个问题后仅仅一秒，他就被粗暴地打断了。

打断他的是洪桂彬，这位刚才最维护何利锋的长辈脸色发黑，似乎在压抑着怒火。他低声吼道：“你跟他说男人要有担当！有错要认，回来跪下磕头认错，挨打挨骂也是活该！他要是再这样执迷不悟，我们这些叔伯阿姨也就没有他这个侄子了！”

他低声吼完，转身进了别墅，赵秋槿、叶文龙也回去了。薛大伟道：“纪律师，你是律师，肯定要把他的利益最大化，你能劝就帮着劝劝，要是为难，至少把我们的话带到，这个能做到吧？”

“可以。”纪佳程点头说。

薛大伟神色复杂地看了他一眼，也进去了。别墅前站着的只剩下方式宁、江士同、纪佳程和沙靓靓。方式宁望望别墅的方向，对纪佳程道：“纪律师，我能做的就到这里了，剩下的靠你了。”

“好的。您辛苦了，方老师。”

“你一定要跟利锋那孩子好好谈谈，让他不要再犯浑。”老教授嘱咐道，“诗媛是个好孩子，现在又有了孩子，利锋这样做确实是错了。刚才洪经理说的话是对的，有错要认！人家诗媛都说了，门还给他开着，他要珍惜这样的机会。”

“我明白您的意思，我会向他如实转达。”纪佳程承诺。方式宁这样为何利锋操心，纪佳程确实被感动了。分别的时候，纪佳程想起之前看到薛炜瑾和大男孩的那一幕，低声说：“方教授，今天辛苦您了。以后如果有什么法律上的事，我们可以帮您。”

方式宁点点头，说：“谢谢。”他肯定不知道纪佳程说这句话的真正含义，没准还会以为纪佳程以此请求他继续协调。纪佳程心里叹气，与方式宁告别，又与江士同打了个招呼——今天整个交谈过程中，只有这个小伙子对他们释放了善意。这个小伙子很有礼貌地陪着他们走到车边。

“两位律师不要介意。”江士同抱歉地说，“我大伯和大妈也是太心疼我妹妹了，我这个妹夫也确实过分了些，他们的火其实是对着利锋的。”

“没关系。您说的大伯、大妈，还有妹妹是谁？”纪佳程问。

“哦，忘了介绍了，我爸是江华平。”江士同介绍说，“我大伯就是江华诚江总，诗媛是我堂妹。”

“原来是这样。”纪佳程笑着说，“刚才在里面也谢谢您帮我们拿椅子。”

“抛开他做的那些事，我和利锋私下的关系还是蛮好的。”江士同恳切地说，“纪律师，我既不希望江家受损失，也不希望利锋倒霉，能不能达成谅解就全拜托您啦！您一定要好好和利锋说说，叫他不要再那样折腾了！”

“我会转达，”纪佳程重复道，“如果能协调，我肯定会尽最大的努力促成。”

“我能问个私下的问题吗？”江士同小声问，“您觉得利锋构成犯罪吗？家里人把利锋说得那么不堪，我想听听您这边的观点。”

“未必构成。”纪佳程答道，“我们手里有一些证据，所以，事实和江总讲的有一定出入。”

多的他就不肯说了。他打开车门上车，江士同很绅士地走到后车门处帮助沙靓靓开车门，沙靓靓微笑道谢后上了车，江士同关上车门，在前车窗外弯下腰。

“纪律师，如果有什么需要我帮忙的，请不要客气。”

“多谢了，需要的话我一定开口。”

车子开动了，沙靓靓在后座长舒一口气，说：“哎呀妈呀，简直是鸿门宴。”她回头从后车窗看到江士同站在小区路边望着这边，又咕哝道，“除了这个江士同和那个方教授，都不是正常人。”

“嗯。”纪佳程说，“今天气氛不太友好，根本就是单方下通牒。”

“不过，师父，他们说的和何利锋说的不一样啊。”沙靓靓说，“我觉得他们说的也能说通。别的不说，如果图纸是何利锋设计的，江浦实业那边就不应该会有这个模块系统的图纸。如果人家那里有何利锋登录涉密网盘的记录的话……”

这时候车子经过薛炜瑾的那幢别墅，纪佳程瞥了一眼，说：“那也只能证明何利锋登进去过，不能证明这设计图是什么尹工画的。他们报案的基本逻辑应该是这样的：他们手里有这个系统模块的设计图；何利锋申请的专利与他们手里的设计图一致；他们又有何利锋进入涉密网盘的证据，所以何利锋侵犯了他们的商业秘密。这设计图是谁画的、归谁，就是这个案子的关键。”

“我们现在怎么做？”沙靓靓问。

“正常来说，我们应该马上去会见何利锋。”纪佳程说，“可是咱们抢到的是下周一的预约号，只能明天先去见警察了。先去听听警察说什么，看看能不能申请取保候审。”

“师父，咱们现在掌握的这些证据，取保可能性大吗？”

“不大。”

“那你刚才还说咱们有证据。”

“我在诈那小子。谁知道他基于什么目的和咱们搭话，万一是套咱们的话呢？我说有证据，是想借他的嘴把这个信息透给对方，干扰干扰对方也好。”

“师父怎么看何利锋这个人？”沙靓靓问，“别的不说，他抛妻弃子可是真的，而且人家说还有他的视频。”

“客户的道德水准和我们的案子无关。”纪佳程说。

方式宁回到了别墅。别墅门前的草坪上，江士同望着车子消失的方向想着什么。他把手揣进口袋，皱着眉头转身，看到江诗慧靠在门口，嘲讽地看着他。

“有事吗？”江士同问。

“你今天蹦得挺欢啊。”江诗慧冷笑着说，“想在我舅舅面前刷存在感吗？”

“没有，我也是希望促成协商，”江士同说，“再怎么说，一家人也不该……”

“拉倒吧，你有什么资格说‘一家人’？”江诗慧刻薄地说，“你以为平时讨好讨好诗媛姐，大家就认你了？别做梦了！”

江士同气得说不出话来。江诗慧看到他这副样子，反而很满足，继续嘲笑道："我看你对那个女律师很殷勤啊，怎么，看上了？去吧，你还是有资本骗骗外面那些女人的，不管怎么说你还姓江。"

她说着就转身进别墅了，留下江士同一个人在外面脸色铁青，胸口剧烈地起伏着。

楼上窗子里，江诗媛放下窗帘，拿过桌上一只猫咪造型的瓷杯，回到床边坐下。何定思躺在小床里，睁大眼睛抓着一个摇铃，江诗媛紧紧握着杯子，望着自己的孩子，低声说："孩子，妈妈都是为了你……"

尽管嘴上对沙靓靓说客户的道德水准和案件无关，纪佳程内心深处对何利锋的印象却不可避免地变坏了。可能是因为今天在江家的经历，晚上纪佳程心情不太好，赵敏问他发生了什么事，纪佳程问："假如有个人，家里有老婆还出去鬼混，后来还抛下老婆和刚出生的孩子，出去和姘头住在一起，你对这人作何评价？"

赵敏立刻柳眉倒竖，骂道："这还是人吗？这是畜生！这男人真下贱！要天打雷劈的！这人是谁啊？"

纪佳程挠挠头，说："我就是举个例子……"

"不行，快说！这样的人你要离远点！"赵敏用手指戳着他，"说不说？说不说？"

"别，别！"纪佳程赔着笑躲避着，"这是案子里听到的事，我不能跟你说案情。"

"你说你们男人多不是东西！"赵敏借机把他掐了一顿，顺便警告了纪佳程一番，让他引以为戒，要忠于老婆，最后还特别温馨地告诫说，"你要是敢出去乱搞，老娘就切了你，让你家破人亡！"

这番谈话以纪律师"哎呀哎呀"的惨叫声和各种表忠心结束。吃完晚饭纪律师收拾厨房时，把白天的两场会面情况回顾了一下。这本来应该是个非常简单的案子，现在却掺杂了何利锋和江诗媛的情感纠葛，搞得越来越复杂了。他打开手机看了下江诗媛和孩子的照片，那个孩子白白胖胖的，憨态可掬，大大的眼睛好奇地望着镜头，惹人怜爱。不知道何利锋怎么忍心抛下这样可爱的孩子，像个后爸似的去给别人的孩子批改作业。

江诗媛似乎并不想露脸，可能知道何利锋对她没什么感情吧，所以她用孩子的身体遮住了自己一半的脸。纪佳程皱了下眉头，把照片放大，集中在江诗媛露出来的半边脸上。她的眼角似乎有什么晶莹的东西——泪光?

让孩子没爹，让女人流泪。男子汉纪佳程律师被孩子的眼神和江诗媛的泪光深深地触动了。

案子的事不论，抛妻弃子的行为是任何一个具有朴素道德的人都不能接受的。正如赵敏刚才所言，这是“天打雷劈”的恶行。那个微笑着帮助过自己的小伙子居然是这样的渣男，那个热心的老板娘居然是插足别人婚姻的小三，想到这里，纪佳程有种吃了苍蝇的感觉。他又想起何利锋提前准备好刑事专用委托书的事，此时便恍然了：只怕这人都知道，自己伤害老婆和岳父家太深，人家放不过他——而且他侵入网盘盗取设计图纸也不是不可能的，他是设计部部长，理论上是公司的高级管理人员啊。

基于职业操守，纪佳程还是会全力为何利锋辩护，但是不妨碍他在内心深处将那个戴眼镜的青年划到了“道德有问题”的行列。早知道这小子是这样的渣男，他可能就不接这个案子了，或者——提出更高的律师费。

纪佳程第二天早上到办公室的时间有点晚，停好车后先到对面的小店买咖啡提神。扫码付钱的时候，他听到一个熟悉的声音在身后说：“两杯焦糖玛奇朵，要大杯的，三分糖。”

“程溪？”

“纪律师？”程溪看到前面的人是纪佳程，露出笑容，“您也来买咖啡？点好了吗？我一块给您买了吧。”

“不用不用，我已经买好了。”纪佳程发现程溪没有拎包，便知道他是工作时间溜出来买咖啡的，“你又跑出来给沙靓靓买咖啡？”

“嗯，靓靓她喜欢这家的咖啡。”

程溪付了钱，两个人走到柜台另一边等待取咖啡。程溪主动问：“纪律师，最近有什么案子上的事需要我做的吗？”

“没什么，取证不太顺利。案子比想象中的狗血一点。”纪佳程靠在柜台上，看着一位姑娘打奶泡，“听说你小子又向靓靓表白了？这是第几次了？”

“这是传得全所皆知了吗？”程溪挠了挠头，“第五次了，唉，追个人可真难。”

“爱情嘛，总是充满波折。可是越是这样波折，得到以后也就越甜蜜。”纪佳程一碗“毒鸡汤”灌过去，“认准了就坚持，一定会有好结果的。”

“您看我这不是在坚持吗？不过纪律师，我可能真的快坚持不下去了。”程溪苦笑道，“靓靓每次都说暂时还不想谈恋爱，或者说要再考虑一下，总是不给我句准话，我现在琢磨她是不是从来就没打算过和我在一起。其实我也知道我家庭情况不好，外地人，在沪海市没房没车的，现在收入也不高，可是我还是不甘心，我想再努力一把。要是哪天她给我句痛快话，我可能还会轻松点。”

纪佳程干笑两声，没接茬儿。这件事其实沙靓靓做得是有问题，她迟迟不答应程溪的追求，对程溪的好意又照单全收，把程溪当免费劳动力使唤。男生的热情总有被耗光的时候，她的这种小暧昧又能吊住别人多久呢？

纪佳程的咖啡做好了，他拿在手里喝着，等程溪拎了装咖啡的纸袋，两个人就一起出门走向律所的办公楼。路上纪佳程习惯性地看了一下店铺前的地面停车场，没看到那辆黑色长城哈弗越野车。

天空很蓝，空气寒冷而清冽，两个人一边走一边讨论着今年冬天会不会比往年冷，走到办公楼下，程溪突然停住脚步。纪佳程发现身边没人，回头一望，看到程溪站在他身后两步的地方，呆呆地看着办公楼出入口前临时停车的地方。

纪佳程顺着他的目光望去，也是一怔：那里停了一辆黑色的宝马车，沙靓靓站在车边，正在和一个青年说笑。那个青年身穿灰色短大衣，围着黑白格子围巾，身材高挑，相貌英俊，正是江士同。

沙靓靓今天很早就到办公室了，她要把昨天两场会谈的要点提炼出来，还要给美国那边再写一封邮件，继续请求那位美国教授给予回复。到办公室后，她照例把办公桌擦了一遍，然后很狗腿地去洗了纪佳程的茶具。

以往她到办公室时，程溪都会很狗腿地过来给她擦桌子，抢着帮她去洗茶具。可是她上次拒绝程溪后，那家伙已经连续两天没过来了。在办公室里看到他，都是蔫蔫地坐在工位上，回避着她的目光。不过沙靓靓并不担心，之前拒绝程溪时，他也是这副样子，过两天他就会调整好心态，继续摇着尾巴凑过来。

如果没估计错，今天他就会找借口继续接近自己，比如买一份早餐、送一杯咖啡，或者拿一瓶酸奶过来。到时候自己一定要好好地给他一点脸色看看，直到他哄自己、求自己，再勉为其难地继续和他做朋友。

男人就得这样调教才行。沙靓靓的偶像之一就是她的那位师母——赵敏女士。赵女士作为居家主妇，把纪佳程律师拿捏得死死的，纪律师“律所第一妻管严”的名声绝非浪得虚名，在外号称“山东男人之耻”。沙靓靓觉得男人都是要调教的，要提前立规矩的，所以她才不会那么轻易答应那小子。当然，她暂时不接受程溪的另一个原因确实和程溪的家境有关，谁不希望自己嫁得好一点呢？

她打开邮箱看有没有新邮件，手机就在这时响了。屏幕上显示的是一个陌生的手机号码，沙靓靓接通电话道：“喂？您好。”

“沙靓靓律师吗？”一个好听的男人的声音传来，“您好，我是江士同，您昨天见过我。”

“哦？啊，江先生，您好。”沙靓靓脑海里出现了那个和气青年的脸，随即扯过笔记本，因为江家的人打电话来，必定是有事要沟通，“您怎么会打电话给我？对了，您是怎么知道我电话号码的？”

这一点的确奇怪，昨天去的时候她并没有和对方交换联系方式。

“是这样的，昨天您和纪律师走后，我在地上捡到了您的名片夹。”江士同解释道，“打电话来也没有别的意思，我正好经过您的办公楼，您要是在办公室的话就下楼来拿走？”

沙靓靓翻了翻大衣口袋，名片夹果然不见了，连忙说：“哎呀，这怎么好意思？您现在在哪里？我马上下楼。”

“我现在已经把车停在你们楼下了。”

沙靓靓急忙披上大衣，匆匆跑出律所。来到楼下，果然看到办公楼前停了一辆黑色的车，那位江家少爷江士同站在车边和保安说话，估计是告诉保安自己只是临时停车，马上就走。沙靓靓急忙跑过去。江士同看到沙靓靓，笑着招招手。

“慢点，慢点，不用跑。”

“实在不好意思，还要您送过来。”沙靓靓向他微微鞠了个躬表示感谢。江士同今天打扮得很正式，一看就是商务精英人士要出去办事，中途还特意来送个小小的名片夹，她必须承这个情。

江士同手里拿着一个小巧的皮质名片夹，递给沙靓靓说：“您看看，是您的吧？”

“是我的，太谢谢了！”

“不用客气，昨天捡到以后不知道是谁的，打开看到了名片才知道是您的。”江士同说，“我今天上午到新客站那边开个会，正好路过这里，所以就送过来了。”

“哎呀，这多不好意思。”沙靓靓说，“您还特意从松江区那边绕过来……”

“我父母和我大伯他们住在松江区，我在市区住，在淮海西路那边。”江士同举手微微摆了摆，“所以到这里很近。本来我就要经过这里，不存在特意绕路。”

他的目光是清澈的，看不出狡诈和心机。这个人看起来像一个邻家大哥，声音低沉柔和，语速不快不慢，听起来很舒服。还完名片夹，他转身拉开车的副驾驶门，从里面拿出一个纸袋递给沙靓靓。

“这是？”

“我家门口卖的咖啡，我觉得味道挺好的，带了一杯给您。”江士同说。

“唉，这个就不用了，您把东西给我送过来，应该我请您喝咖啡……”

“拿着吧，我是顺手，您要请我喝咖啡的话，我们可以另外约一下。”江士同笑着说，“这家店比较小众，我个人觉得味道蛮好的，就给您带了一杯。您不用多心，其实我给您带咖啡也有点道歉的意思，毕竟昨天您和同事在我大伯那边受了气。你们是受何利锋委托的律师，不是何利锋本人，那样给你们脸色看，确实不妥当。但我是小辈，当时也不能插话，我大伯家又都在气头上，所以只能今天过来和您说一声，希望您不要放在心上。”

“江先生客气了，其实我们不会放在心上的。”沙靓靓笑了，

“我们干律师的，受点脸色、听点难听话是常事，要是放在心上，人早就憋屈死了。”

“那太好了，”江士同把装着咖啡的纸袋一举，“收下咖啡证明您心里没有芥蒂吧。”

“好的，谢谢您。”沙靓靓抿嘴笑着接过纸袋，“您看什么时间有空，我请您喝咖啡，谢谢您送名片夹过来。”

“美女请客，必须去。”江士同点头道，“到时候我顺便跟您讲讲我家里的情况，也许对你们的工作有帮助。择日不如撞日，今天晚上可以吗？”

“哦……应该……可以吧。”沙靓靓迟疑道。她原想过两三天再约，没想到江士同这样雷厉风行，直接就问今晚行不行。

“那今晚吧，我请您吃饭，您请我喝咖啡。”江士同做了决定。

“啊？不用……”沙靓靓想要推辞。

江士同突然用手指了指沙靓靓的肩膀，说：“哦，那个，您头发上沾了些小绒毛。”

沙靓靓本想说不要他请自己吃晚饭，被他这一说，注意力便转到自己的头发上。女孩子对于自己的外貌都是非常在意的，何况是在江士同这样的英俊男士前，自然本能地想展示自己好的一面。她伸手拂了几下自己左边的长发，解释道：“可能是羽绒背心上的绒毛沾到头发上了。”

“没弄下去。”江士同道，“您别动。”他小心翼翼地伸出手，拇指和食指在沙靓靓耳畔捏下一撮白色的绒毛，在空气中抖掉。

“啊，谢谢。”沙靓靓红着脸说。她一点都没注意到，离她二十多米远的地方，程溪低头看了看手里的纸袋，突然一跺脚，快步走向办公楼大门，把装着咖啡的纸袋一把塞进门口的垃圾桶，随后闷着头走进办公楼了。纪佳程往这边看了一眼，也走进办公楼了。

“失礼了。”江士同看了下腕表，“我得走了。”他大步绕过车头，拉开驾驶室的门时，对沙靓靓说：“您的手机号就是您的微信吧？我已经申请好友了，记得通过一下。下午您几点下班？我来接您。”

“不用不用，您告诉我地址就行。”沙靓靓连忙摆手。

“行，我到时候发地址给您。”

宝马车扬长而去，沙靓靓有些后知后觉地意识到，自己最后还是同意晚上和江士同吃饭了。她手里拎着江士同送给她的咖啡，脸有点发烧，低头看手机，上面果然有一个好友申请，申请人留言：“我是江士同。”

谁也没有注意到，离办公楼正门二十米左右的路边停着一辆黑色的丰田凯美瑞。除了司机以外，车里还有两个人。坐在后座的女人举着手机，她本来戴了副宝格丽墨镜，现在墨镜向下滑到鼻尖上，两只描着眼线、贴着假睫毛的大眼睛在墨镜上方盯着手机屏幕，拍摄的对象却是纪佳程。纪佳程身边的那个小伙子和纪佳程一起看着沙靓靓，随后扔掉咖啡走人的场景尽入她的眼中。当纪佳程和那个小伙子消失在办公楼正门里，她的镜头也移向了江士同和沙靓靓，随后放下手机。

坐在副驾驶座上的男人手里拿着手机，对着办公楼大门方向拍摄着，江士同、沙靓靓互动的全过程都被他拍摄下来了。

“小姐，江士同走了，要不要跟上去？”

第十章
回信，不予批准

被称为“小姐”的女人摘下墨镜，露出了一张年轻姣好的面孔，正是江诗慧。她冷笑一声，说：“跟着吧，看看他是不是去他的公司。”

凯美瑞缓缓启动，远远跟在江士同的宝马车后面。在车辆经过办公楼正门的时候，江诗慧瞥了一眼沙靓靓的背影。

“江士同果然是来见何利锋的律师的。”副驾驶座上的男人回头问，“要不要把这件事告诉夫人？”

“呵……不用急。”江诗慧靠在后座上，又戴上墨镜，“先不用跟她说。我妈这个人沉不住气，等我搞清楚了，有什么事自己解决好了。”

“小姐觉得江士同来找何利锋的律师有什么目的？”男人问。

“谁知道呢？看上那个小律师了？”江诗慧笑道，“你看他大清早绕个大弯去买‘猫娜夫人’的咖啡，那小律师只怕这辈子还没喝过呢。又或者——有别的目的？”

副驾驶座上的男人干笑了两声，问：“小姐的意思是？”

“他这个人，做什么事都是有目的的，谁对他有用，他就对谁好。”江诗慧冷笑道，“之前他还给大姐买过这个牌子的咖啡呢，还不是为了让我大姐在舅舅面前说他的好话？可是他打错了算盘啊，我舅舅对我大姐严着呢。”

“那他来找这个律师有啥目的？”

“股份呗，我舅舅的股份。大海，先找到那些东西的人必须是我。给我盯紧江士同，我要知道他去了哪里，见了谁，掌握了什么线索。”江诗慧的双眼隐藏在墨镜后面，红红的嘴唇叼着一根细长的烟，过滤嘴沾上了她诱人的唇膏色，“还有，看到刚才那个年轻人没有？那小子好像很在意江士同对面的那个女律师啊，看他扔东西的样子，根本就是吃醋了啊！知道怎么做了吗？”

“小姐放心。”大海轻笑道，“我何文海干这一行也算有十多年了，包在我身上，我会去调查一下的。”

江诗慧嘴角微微抿起，随后嫌弃地说：“有空打扫一下你的车，一股怪味。”

“小姐包涵下，”大海无奈地说，“我们搞盯梢的，车子不能太显眼，而且在车里常常得抽烟提神。要是用你的车，怕江士同认出来。”

沙靓靓对江士同的好友申请点击了“通过”，随后拎着纸袋回了办公室。

在电梯里她看了一下纸袋上的标识，上网查了查，惊讶地发现这家“猫娜夫人”咖啡店是在人民广场附近，并不是如江士同所言在他住的“淮海西路”附近，他分明是跑到人民广场买了咖啡再过来的。她又看了看这家咖啡店的价格，结果吓了一跳：这家店最便宜的咖啡也要一百一十八元一杯。沙靓靓看了看纸袋上的标签，在这家店的菜单里搜索："猫娜夫人阳光玫瑰"咖啡，她发现这个名称的咖啡一杯要二百五十八元。

这是个什么样的高端咖啡店啊？沙靓靓拎纸袋的动作都小心了很多。回到工位上，她小心地把咖啡从纸袋里拿出来。外卖咖啡杯是白色陶瓷做的，猫咪造型，一看就让人爱不释手，上面画着猫娜夫人咖啡店的图案，与普通咖啡店的纸杯相比，堪称"高端大气上档次"。猫咪脑袋的上半部分是杯盖，一只耳朵就是饮口，用软塞塞着，纸袋里还附送了一根玻璃吸管。

猫咪杯盖顶上的气孔边有几滴咖啡溅出来了，沙靓靓把它们吮吸掉，这么贵的咖啡，一滴都不想浪费。她决定等喝完这杯"猫娜夫人阳光玫瑰"咖啡，就用这个精美的猫咪杯子在办公室泡咖啡喝。

她打开饮口的塞子，喝了一口，幸福地眯起眼睛，觉得这种昂贵的咖啡就是比街边小店的咖啡好喝。程溪大部分时间是在街边小店买咖啡，那味道肯定比这种咖啡差远了。

沙靓靓扫了一眼自己的办公桌，没有看到多出来的咖啡纸杯。奇怪，已经三天了，程溪那个浑蛋还不过来讨好吗？正常情况下，他应该已经买了咖啡放在自己的桌上，等自己来了就凑过来问有没有什么事情需要帮忙。自己会爱搭不理地做事情，然后他会百般恳求。可是今天，他为什么没过来？

沙靓靓往办公室另一头望去，她看到程溪的工位隔断后面露着半个脑袋。沙靓靓的脸顿时阴沉了：程溪来了，他是故意不来讨好自己的，他还是在记恨自己没有答应他。想到这里，沙靓靓火冒三丈：长胆了是吧？以为老娘稀罕你过不过来？人家送的咖啡比你的不知道好多少！

她一把把旁边的吴柯莹拉过来，咬了几句耳朵。于是几分钟后，吴柯莹惊讶的声音在办公室里回荡："哎呀，靓靓，你喝的是什么咖啡？是猫娜夫人咖啡吗？天啊！好奢侈啊！”

“怎么了？怎么了？”周围的几个女孩子都闻声围过来。

“靓靓这咖啡好贵的哦！一杯要两百多块钱呢！”吴柯莹赞叹道，“靓靓，是谁给你送过来的？”

“哎哟，你看这杯子漂亮不啦？人家贵有贵的道理，喝杯咖啡外卖还能拿到这么漂亮的杯子。”

“谁这么有心啊？靓靓？”

“刚才我在下面看到一个好帅的先生和你说话，是他不啦？”

“哎呀，不要问了！”沙靓靓漫不经心地说，“朋友，普通朋友。”

“普通朋友特意买两百多块钱的咖啡给你送过来？骗谁啊？好喝不啦？”

“味道还行。”

沙靓靓朝程溪那个方向瞥了一眼，发现程溪的脑袋还是埋在隔断后面，对这边毫无反应。她心里的火变得更大了，笑道：“晚上我也要请他喝咖啡，大家帮我参谋一下，选哪家咖啡店比较好？”

“这是晚上还要约会啊？你是不是有什么情况？快讲一讲！”

听到这句话，沙靓靓余光瞥到程溪那边的脑袋动了，那家伙在向这边望来。她心里涌过一阵得意，嗲嗲地道：“哎呀，不说了不说了，你们不要工作吗？去干活啦！”

女孩子们闹了一阵，回到各自岗位去了。沙靓靓坐下时又往程溪那边瞥了一眼，那家伙又埋下头去了。他今天硬气得很嘛！沙靓靓愤愤地打开邮箱，决定这次真的没那么容易和好了。

一封新邮件引起她的注意，发件人显示的“Delano DAVIES”让她瞬间忘记与程溪的赌气。她抖着手打印出来，咣的一声推门冲进了纪佳程的办公室。

“你怎么毛毛躁躁的？”她那位师父很不高兴，因为他差点把茶杯翻倒在腿上。

“师父，美国那边回信了！那个麻省理工学院的教授Delano DAVIES！”

纪佳程赶快把茶杯放下，抽了张纸巾擦擦手，接过沙靓靓手里的打印件。Delano DAVIES博士的回信当然是英文的，纪佳程迅速读了一遍，信件内容大致如下：

亲爱的沙律师：

接到您的邮件，得知丹尼斯·利锋·何先生遇到的困境，我感到非常难过。

何先生自2015年9月开始在麻省理工学院学习，攻读DSC学位，他提供了中国夏江理工大学Shining FANG博士的推荐信，我很荣幸成为他的导师。但是在2016年5月，何先生告诉我他的家庭出现了变故，因为他父母过世，他无法继续支付在美国的学费和生活费，因此他不得不结束在麻省理工学院的生活并且回到中国。这是一件令人非常悲伤和遗憾的事情，尽管我认为他应当继续学业，但是我们不能干涉他的选择。

在我有限的与他共同研究的时间里，何先生在机电设计上的天赋给我留下了非常深刻的印象，我曾经和他探讨过留校任教的可能性，他对此也非常感兴趣。我可以明确地表达我的观点：何先生在机电设计上具有很高的水平，如果需要，我愿意向有关机构签署宣誓书（Affidavit）来证明这一点。

您诚挚的Delano DAVIES

纪佳程把这封邮件看了两遍，递还给沙靓靓，吩咐道："翻译成中文，下午一并提交给经侦。"

"师父，这邮件有用吗？"沙靓靓兴奋地问。

"有用，但只能侧面证明。"纪佳程说，"你注意到没有，里面提到了何利锋的推荐人是Shining FANG博士，这不就是方式宁吗？"

"真的唉。"沙靓靓读着邮件。

"这老家伙搞什么？"纪佳程不满地说，"他能向麻省理工学院写推荐信，说明他很认可何利锋。可是他在我们面前提都不提这事，证明也不肯出。你给这位教授回一封信，说必要的话，我们真的需要他写一封宣誓书。"

说到这里，他想起了今早在楼下看到的一幕，问道："江士同今早来找你了？"

"嗯，我的名片夹落在江家了，他给我送过来。"沙靓靓说。

"他还给你送吃的了吧？"纪佳程说，"你们昨天才认识的吧？挺亲昵的，我看他还摸你的脸呢。"

"哎呀，师父，你在说什么啊？"沙靓靓瞪大眼睛，"什么摸脸？哪有？"

"我看见了。"

"哎？"沙靓靓像只炸了毛的猫，一边瞪着纪佳程一边回忆着，"是不是……哎呀，搞错了！他那是帮我把头发上的毛拿下来！"

"是吗？"纪佳程问，"他没追你吧？"

"你自己都说了，我们昨天才认识的！"沙靓靓大叫。

"好吧。"纪佳程说，"你自己把握。刚才我碰到程溪了，他在马路对面给你买咖啡。我们俩走到楼下时，看到你和江士同在那里说说笑笑的，至少从我的角度看江士同好像摸了你的脸。程溪挺受打击的。"

“他给我买咖啡？”沙靓靓的表情明朗起来，“我怎么没见到？”

“他扔了。”

“啊？”

“他在电梯里哭了。我尝试着安慰他，你知道他跟我说什么吗？”纪佳程问，“他说他追了你一年半，向你表白过五次，都被你拒绝了。现在他明白了，也应该死心了。”

“什么明白了？什么死心了？”沙靓靓跳了起来，“他脑子里都在想些什么东西？我做什么了？他脑子是不是有病？”

“这是你们的事，我不掺和。”纪佳程说，“我在这里随便说两句，觉得有道理你就听一听，觉得没道理就当我鸟叫。我觉得感情这东西说复杂也复杂，说简单也简单，归根结底就是两个相互喜欢的人在一起。既然相互喜欢，就别做一些互相折磨的事。喜欢就答应，不喜欢就拒绝，最怕的就是这种不明不白的，你说拒绝吧，又好像没有，你说同意吧，又没答应人家。我绝对支持女孩子一开始的时候矜持一点，有时候要考验考验男生，给男生做做规矩，可是凡事有度，做规矩也要适可而止。你要是不想和程溪谈恋爱，他第二次、第三次表白的时候，你就拒绝人家，这样人家也不会来纠缠你，你也不耽误人家。你这样一边让他伺候你，一边总说考虑，不给准话，拖着人家，这对他不公平。”

沙靓靓咬着嘴唇一声不吭。

“程溪这小子刚起步，经济条件不算好，他心里的压力很大。他下了决心为你打拼，他投入的是他的全部。他一次次表白被你拒绝，现在看到你跟一个开宝马的谈笑摸脸，你觉得他会怎么想？你拒绝他的原因肯定是因为你想和别人谈恋爱啊！拼财力、拼长相、拼户口，他都拼不过人家，你觉得他还能怎么办？丫头，有些东西，失去就回不来了。”

“师父，你说的这些全都是鸟叫！”沙靓靓气呼呼地说。

她说着就夺门而出。出门后她往程溪的方向看了一眼，隔断后面的人仍然在埋头做事。沙靓靓回到座位上，拿着那张打印件，心乱如麻。原来她和江士同谈笑的时候，程溪就在不远处，还好死不死地看到江士同伸手到她耳边，难怪他会误会。

沙靓靓感到很委屈，但更多的是心虚。平心而论，当英俊的江士同将咖啡递过来时，自己难道没有感到高兴吗？他伸手过来摘她头发上的绒毛时，她没有脸红心跳吗？她对这样带点暧昧的举动反感了吗？

她知道程溪喜欢自己，内心深处明白程溪会真正对她好。但是她真的介意程溪的家庭环境，程溪家里是穷的，他还有一个弟弟在上学，每月会拿一部分收入去补贴家里，在沪海市买房的难度很大。“有情饮水饱”毕竟是理想中的阳春白雪，真正走到一起后爱情还是需要面包的，这也是为什么那么多鸳鸯爱侣的浓情蜜意在房贷、车贷、子女教育、柴米油盐中消磨殆尽，最后落得劳燕分飞的结局。

很多女孩子幻想在自己年轻的时候能够同时得到爱情和财富保障，这无可非议，在同等条件下，谁没有过更好的生活的权利呢？遗憾的是，很多情况下爱情和财富难以兼得，这个社会上的富人毕竟是少数。沙靓靓就处于这样的犹豫中，她舍不得程溪，但她下不了决心。

如今这样的犹豫带来了误解，带来了伤害。

沙靓靓坐了半晌，她看到桌上的噘嘴娃娃摆件，那是程溪之前给她买的。她的心一软，平生第一次决定和程溪主动和好。当然她不会放低身段表示什么歉意，而是找了个理由，拿着那张邮件的打印件，漫不经心地走了过去。走到程溪的隔断边，她敲了敲隔断。

程溪抬起头，神情复杂地望着她，没说话。沙靓靓用两根手指夹住那张打印件，不经意地说：“能翻译吗？”

“你用翻译软件翻译一下吧。”程溪脸上挤出一丝礼貌的笑。

沙靓靓的动作僵在空中，脸上青白不定了几秒钟，唰的一声抽回那张纸，头也不回地走了。回到工位上，她有点撒气地举起那杯猫娜夫人咖啡，狠狠地喝了一口。

快到中午的时候，沙靓靓招呼吴柯莹去吃饭，两个人说说笑笑地往事务所外走。经过程溪的工位时，恰好吴柯莹谈道：“我帮你选的这家咖啡店怎么样？露营咖啡，绝对有气氛！”

当她们的背影消失在办公区大门处，程溪抬起头，发了一会儿呆。

通常一个省的厅局级公安机关下设总队，比如刑侦总队、经侦总队；地级市的公安、交警等编制属于支队级别，各区公安分局、县公安局、直辖市派出所下设大队，大队下设中队。沪海市属于直辖市，所以市局下面就设总队，相应的各公安分局下设的也就成了支队。

沪东分局经侦支队的办公楼坐落在凌山路的一个“T”形路口处，大门两边都是商户，只有门口的蓝边银色警徽牌子和十几米外的“公安信访”蓝底白字显示这里是一个办案机关。纪佳程费了半天口舌也没能说服门卫放自己的车进去，只得在附近一个银行边找了个停车位。他和沙靓靓赶在十四点整进入经侦支队的接待室，对值班警员说：“我们和梁永伟警官约好的。”

五分钟后，一名身高足有一米九的魁梧警员走进会议室，手里握着文件盒子。彼此程序性地问候后，沙靓靓把委托书、事务所函递交给他。

梁永伟警官剑眉星目，外表看起来相当强悍，这样一位虎背熊腰的壮汉居然会从事经侦这样精细的工作，给人的感觉相当不协调。他看了两位律师的执业证后，问："已经会见过当事人了吧？"

"对，所以今天过来沟通一下。"纪佳程带着微笑，显得很亲切，"跟何利锋聊了聊，后来也跟报案人沟通了，形成了一些观点，今天想过来和您沟通下。"

"哦，行，你说说吧。"梁永伟说。

纪佳程问道："罪名确定是侵犯商业秘密，没有变更吧？"

"对，目前没有变更。"

"咱们这边有证据确定商业秘密属于江浦实业吗？"

"纪律师，你知道规矩的。"梁永伟一摆手，"侦查阶段我们是不向辩护人透露证据和调查进展的。我只说一句：我们没有证据是不会抓人的。"

纪佳程问："抓他之前调查了许久吧？"

梁永伟笑了："纪律师，这个我也不能回答你，理由你知道的。"

纪佳程确实知道理由。在案件移送检察院审查起诉之前，警方的侦查办案都处于证据收集阶段，他们不会把进展和收集到的证据告诉辩护律师，原因是害怕嫌疑人家属针对性地取证，甚至针对性地毁证、伪证。比如，某个证人刚在警方那里做出对嫌疑人不利的证言，没过两天，嫌疑人的家属或者小弟拎着棍子找上门去："听说你前几天指证我们家老李了？"所以警方对律师的态度就是"不告诉你"。律师想看到警察的讯问笔录和取得的证据，只能等案子移送检察院审查起诉后才能去阅卷。

相反，刑事律师在这个阶段则会想方设法将自己的观点告诉警方，希望用自己的观点影响办案警官，引导他相信自己的当事人是

“无罪的”或者是“罪轻的”。

纪佳程就处于这个尴尬的境地。很明显，在何利锋这个案件里，警方处于完全的强势地位，掌握着完全的信息优势。虽然知道自己说出的观点有可能会提醒警方“查缺补漏”，但是基于目前的状况，纪佳程还是决定冒这个险，开诚布公地谈。

“我问这两个问题，其实是有用意的。”纪佳程说，“侵犯商业秘密，第一要证明商业秘密属于江浦实业；第二要有侵犯的行为；第三要造成一定的后果。从我们目前掌握的信息来看，这个商业秘密是不是属于江浦实业的可不好说，何利锋明确说这设计图是他设计的，而且他还申请了专利，这怎么能说是侵犯了江浦实业的商业秘密呢？在这样的情况下，要认定他犯罪就只有一种可能性：他是基于江浦实业的设计图进行了新的设计，并且申请了专利。那咱们这边就必须有专门的技术鉴定部门对技术的相似度进行鉴定，不能光凭报案人的口述。”

他从包里取出从美国发来的那封邮件，递给梁永伟：“关于何利锋的专业水准，我们联系了他在麻省理工学院时的导师，他对何利锋的设计天赋给出了非常高的评价。我不知道您怎么看待何利锋这个专利的内容，据我们了解，他这个专利比现有的技术水平至少领先了十年，江浦实业里哪个人有这样的设计能力？这个人有过同等水准的其他设计吗？而且这个专利的内容只是一个整体机电设备的一部分，其他的部分都在何利锋的脑子里。从这两点看，何利锋根本不可能侵犯江浦实业的什么商业秘密。”

说完这些，纪佳程把取保候审申请书递给梁永伟：“这个案子实际上是有争议的。这不是暴力刑事案件，双方完全可以通过民事诉讼争夺相关专利的归属嘛。所以，我觉得对何利锋采取取保候审措施比较妥当。”

梁永伟接过申请书，扫了一眼就放在面前。

“纪律师，你们掌握的信息可能不太全面。”他说，“我说得更直白一些，你们可能走错了方向。”

这句话让纪佳程和沙靓靓都愣了。纪佳程疑惑地问道：“梁警官，您能不能说得明确一点？”

“不能。”梁永伟说，“我刚才说过，侦查阶段我们是不向辩护人透露证据和调查进展的，思路就更不可能了。不过就你刚才说的那些，我其实也可以回应。说白了，你手里没有任何证据，你就是根据你了解到的一些信息而质疑，你给我的所谓证据也就是一些间接证据，实际上什么也证明不了。何况你们的思路和我们根本就不在一个频率上。”

这样的回答是两位律师都没有想到的。虽然纪佳程在来之前也分析过，自己的这些论据缺乏直接证据支撑，只是单纯地质疑，但是梁永伟说律师的方向走错了，对他的打击相当大。

方向错了，意思就是辩护思路错了。对一个刑事案件来说，辩护思路错了的后果是很严重的。

纪佳程盯着梁永伟的眼睛，想看出他是不是在故意诈自己。可是那位警官垂下眼皮看着案卷，面无表情，什么也看不出来。纪佳程突然觉得自己来之前鼓的那口气全泄掉了。他指指取保候审申请书，问梁永伟：“观点可以再探讨，关于取保候审的事——？”

“取保候审不批准。”梁永伟干脆地说。

“梁警官，您再考虑一下。”纪佳程亲切地笑着说，“何利锋出来对案件的办理构不成任何干扰，是否有必要羁押？取保候审是完全可行的啊！”这句话是在请求和争取，但是也有隐藏的含义：如果你不同意，我可能会向检察院申请羁押必要性审查。

“不考虑。”梁永伟说，“这案子涉及的是技术图纸，他要是出来，数据传递、数据转移了怎么办？这绝对会干扰我们的办案。再说何利锋截至目前的态度那么强硬，完全不认罪，这主观上就很有问题。我觉得一个好的方式是：你们去做一下何利锋的工作，让他认识错误，诚心悔罪，他要是这样对抗的话，对他的量刑也是不利的。”

他说着站起来，拿着取保候审申请书说：“你们坐一下，我去做通知书。”说着就走了出去。

理论上讲，纪佳程的取保候审申请书是提交给沪东分局的，不予批准的答复也应该由沪东分局做出。但是在实践中，批不批准基本上是由承办警官说了算。梁永伟回去在电脑里的模板上填入名字和罪名，打出来的通知书上就盖好了沪东分局的公章。他明摆着不想把何利锋放出来，所以十几分钟后就拿着《不予变更强制措施通知书》回来了，要纪佳程在副本联上签字。纪佳程签完字，他便刺啦一声把最右边一联撕下来递给纪佳程。

沪海市公安局沪东分局

不予变更强制措施通知书

沪东公（经）不变字［2022］××号

纪佳程律师，沙靓靓律师：

你（单位）于2022年××月××日申请的对犯罪嫌疑人何利锋变更强制措施为取保候审的申请，经审查，我局认为对犯罪嫌疑人何利锋不予羁押，有碍全案侦查，有毁灭、伪造证据，干扰证人做证或串供的危险，不符合《中华人民共和国刑事诉讼法》第67条规定的取保候审的条件，根据《中华人民共和国刑事诉讼法》第97条之规定，决定对何利锋不予取保候审。

通知书下面盖着沪东分局的章，取保候审被彻底拒绝。纪佳程的脸阴沉下来，他知道，第一次被拒绝后，想再申请取保候审的难度就更大了。

第十一章
混世小魔王

纪佳程从经侦支队回到律所后，一直坐在办公室里生闷气。从进入经侦支队到离开经侦支队，总共花费的时间还不到二十分钟，这说明梁永伟根本没有和他们交流的打算，完全是程式化地应付一下律师，这让纪佳程感觉很没面子。更让他在意的是梁永伟的话："你们可能走错了方向。""你们的思路和我们根本就不在一个频率上。"

啥意思？

纪佳程把自己的思路仔仔细细理了一遍，实在想不出是哪里出了问题，这"方向"到底错在哪里？

有一段时间他甚至怀疑梁永伟在故弄玄虚，就是为了拒绝自己的取保候审申请，不过很快他又打消了这种念头。梁永伟说的是对的，纪佳程手里没有任何证据，他就是根据了解到的信息质疑，手里的美国邮件属于间接证据。警方其实直接就可以以"有毁灭证据的风险"为由拒绝，完全没必要说什么"方向错误"，梁永伟这么说一定是有原因的。

肯定有什么是自己忽略了的。

纪佳程非常烦躁，案子上的“方向错误”及何利锋的道德问题让他感觉自己“人生不值得”。这样的情绪在他接到李杏园的电话时达到了顶峰。李杏园打电话询问案件进展，得知警察没批准取保候审时明显急了，问：“是因为没塞钱吗？”

我塞个鬼的钱。纪佳程在肚子里骂着。她受社会思维毒害太严重了，她认为只要给警察塞钱，警察就会把人放出来，却不知道在现实中，沪海市的警察们对来塞钱的律师眉开眼笑的原因是这样的：把这律师扭送到队长那里去，拒绝贿赂的表扬就到手了！何况纪佳程所在的律所对执业合规管得死死的，这种违法违规的行为从来就不在纪佳程的考虑范围之内。

想到电话那头的女人实际上是个小三，却像正室夫人一样追问着自己，纪佳程觉得李杏园脸皮有点厚。不过她毕竟帮过自己，何利锋现在还是自己的当事人，他不能表现出不耐烦的态度，所以纪佳程忍着心里的不适，答应一会儿会到她的店里去沟通案情。放下电话，纪佳程问自己：这算不算帮着渣男和小三对付正室？

到了下午四点多，纪佳程就皱着眉头走了，临走跟沙靓靓说她也可以早点下班。他一走，沙靓靓就开了小差，趴在电脑前搜索吴柯莹推荐的咖啡馆。中途她拿着那个猫娜夫人咖啡店的杯子去了水房，把杯子和吸管洗得干干净净，回来后摆放在桌子上，越看越顺眼。

“人家是看上你了吧？”吴柯莹在一边凑过来说，“你说他送东西过来就已经是人情了，还要请你喝这么贵的咖啡，这里面要是没事，谁信啊。”

“我还没见过哪个男的闲得没事给女生买咖啡呢。”一边的李佳佳说，“除非在追人家。”

沙靓靓往程溪那边瞥了一眼，想起他经常给自己买咖啡，心里很不是滋味。

“靓靓，送咖啡的那个男人帅不帅啊？”

“哎呀，帅不帅跟我有什么关系。”

“你就说吧，帅不帅啊？”

“还行吧，长得不错。”沙靓靓似乎漫不经心地说。

“噢……”女孩子们发出整齐的嘘声，接着开始打听送咖啡的男人的家境如何。整个过程中，远处的程溪都闷着头做事，一声不吭。下午五点半，沙靓靓的微信响了，江士同发来文字问：“你下班了吗？我到楼下了。”

沙靓靓回了一句“我马上下来”，便急忙收拾东西。当她拎着背包奔出事务所大门赶往电梯时，心里觉得怪怪的：昨天才和江士同见面，没有什么交流，他今天对自己好热情啊。明明只是送东西过来，又给自己买咖啡，又要开车来接自己，搞得跟男女朋友似的——他不会是有什么想法吧？

问题是，对于江士同的热情，她似乎并不反感。那个人英俊、高大、和气，说话的声音也很温柔，一看就是个暖男……沙靓靓有点害羞地想到了自己和江士同的身高差，觉得自己在他身边应该会有小鸟依人的效果。这样的念头在脑海中一闪而过，她立刻“呸呸呸”地骂自己：沙靓靓，你想什么呢？你要是这样的话，程溪那家伙得多可怜啊。

沙靓靓想着心事，忍不住对着电梯里的镜面整理了下头发，涂了点唇膏。奔出办公楼大门，沙靓靓远远看到江士同的车停在大楼前面，那位英俊的男士靠在车边向她招着手。沙靓靓微笑着招招手，向他走过去，她完全没注意到程溪缩在大楼另一边的角落里，眼神里都是酸楚，还有一丝绝望。

他们也都没有注意到，离江士同十几米远的一辆凯美瑞轿车里，江诗慧看着这一切，嘴角微微扬起。

纪佳程到达李杏园的小店时是下午六点，正值晚上用餐高峰，小店门口却挂了“暂停营业”的牌子。纪佳程拉开门进去，发现虫虫又坐在那个角落里写作业，看到纪佳程进来，小姑娘乖巧地叫了一声：“律师伯伯。”

“虫虫乖，放学了在写作业啊？”纪佳程亲切地打着招呼。前厅里只有虫虫一人，没看到董老太太，至于李杏园，不用猜都知道她肯定在厨房忙活。果然，李杏园的声音从厨房传出来：“纪律师来了吗？你坐一下，我马上来。”

“你先忙。”纪佳程把包放在椅子上，在虫虫对面坐下，挤出一副笑脸。他觉得小店很有可能是因为自己要来才暂停营业的，李杏园为了何利锋的事连生意都不要做了。他有些阴暗地想：李杏园这是图个什么呢？难道她不知道自己是个小三吗？图钱？何利锋被抓进去前还在忙着开公司，似乎很有“钱”景，现在被抓进去，只怕没什么前景了。图人？这倒有可能，不过李杏园真的认为自己能和年轻她好几岁的何利锋修成正果吗？何利锋那家伙就算发达了，真的会娶一个带着孩子、被岁月和生活摧残的大他好几岁的女人吗？

厨房的门帘一挑，李杏园端着一碗馄饨出来，放到纪佳程面前。纪佳程有些尴尬，每次来这里，李杏园都会煮他常吃的鸡汤馄饨，完全不管他饿不饿。纪佳程道着谢，拿过胡椒粉往碗里撒了点，馄饨的热气糊住了他的眼镜。

他想起第一次来到这家小店的那天，在冷风暴雨中，自己冻得瑟瑟发抖，也是这样一碗馄饨驱散了自己身上的寒气。那天何利锋冒雨回家给他拿了套衣服，李杏园给了他一把伞。那天的那碗馄饨无比美味，那天他们的笑容无比温暖。

纪佳程来之前对何利锋和李杏园的那点不适消散了，他想起这两个人帮助过自己，意识到自己不应该对他们抱有这种非议的心态。他是何利锋的律师，他的职责就是要促成何利锋的合法利益最大化，至于何利锋和岳父家的关系怎样，和李杏园之间的关系如何，这不是他应该考虑的事。

他很快吃完馄饨，扯了张餐巾纸把嘴擦干净。李杏园收拾好碗筷，在他对面坐下，她看起来很憔悴，眼圈黑黑的，皮肤发黄。她看纪佳程的眼神有些怯生生的，纪佳程熟悉这种眼神，那是当事人家属想知道消息，又怕听到坏消息时，那种犹豫、畏缩、盼望交织的复杂眼神。

“取保候审确实被拒绝了，不过也不是完全没有了机会。”纪佳程斟酌着说，“我现在不确定警察掌握了什么，不过既然警察拒绝取保候审，我可能下一步要直接找检察院了。”

他一边说，一边打开笔记本，准备记录。

“要花钱吗？”李杏园问。

“哦……这是正常的程序。”纪佳程说，“我要向检察院申请羁押必要性审查。”

“要给检察官塞点钱吗？我问了别人，说塞了钱人就能放出来。”

纪佳程头疼地敲敲额头，李杏园肯定去问了别的律师，问题是刑事律师里的野路子不少，开口闭口“花钱把人捞出来”，实际上这帮人根本做不到。他们完全是在欺骗当事人家属，败坏了这一行的名声，让人以为律师就应该拿着钱去勾兑，那些不拿钱去勾兑的律师反而成了“没本事”。

“不需要。”纪佳程说，“你别听外面那伙人胡咧咧，骗人的。”

李杏园搓着衣角，对纪佳程的话终究无法安心。纪佳程也不知道该如何解释刑事流程，干脆直奔主题道："我昨天去见了江家的人。"

李杏园抬起头来，脸色苍白。纪佳程没等她问便继续道："他们坚持咬定何利锋登录公司数据库窃取了资料，这个说法与之前何利锋的说法相互矛盾，所以……"

"他们在撒谎。"李杏园说。

"你怎么确定对方在撒谎？"

"他们全家防着利锋防得死死的，利锋去公司连个座位都没有，他怎么可能有机会登录公司的数据库？"

说到这一点，李杏园的气质仿佛换了个人，让纪佳程后知后觉地想起来，对面这位小店主毕竟是武汉大学毕业。他在笔记本上写下"何利锋在办公室没座位"，问道："你怎么知道？"

"利锋告诉我的。"李杏园说，"而且有些事我也知道，比如利锋刚从江家出来的时候，连套换洗衣服都没有，他来了以后没几天，江家连他的工资、社保都给停了。"

"社保都停了的事情也是何利锋说的吗？"

"我和利锋一起去查的。"李杏园说，"利锋到我们这里的第二个月，他的工资卡里没收到钱，他就打电话去问公司财务，人家告诉他，董事长下令把他的工资停了，还在公司内部发了开除通知，说他旷工违纪。我和利锋一起去查了社保，他们连他的社保都给停了。"

"这是什么时候的事？"

"大概去年五月份。"李杏园说，"其实就是借口。本来人家也不让他去公司，去了还嫌他碍事，现在正好用这个借口赶他走人。"

纪佳程写了几笔，沉吟不语。江华诚那天说过，那段时间登录网盘的共有十人，从常理来讲，网盘里既然储存了技术图纸，一定会有相应的保密级别，不可能随便什么员工都能登录。所以能够登录网盘的，一定是公司里达到一定级别的人，或者特定职务的人。

按照李杏园的说法，何利锋在江浦实业实际上是个多余的人，去了连个座位都没有。按照江华诚的说法，何利锋成事不足，败事有余。这样的人，江浦实业会给他涉密级别，让他登录涉密的、只有少数人才有权限进入的网盘？

回想着江华诚那天的话，纪佳程心里隐隐有了怀疑。何利锋登录网盘窃取机密并删除原始文件——可能吗？江华诚那老家伙基于立场原因，有没有可能撒谎？如果撒谎的话，他又是如何骗过警察的？他到底跟何利锋有多大的仇？是因为江诗媛和孩子？

纪佳程对李杏园道："我想问一些比较私密的问题，看看有没有跟案子有关的线索。这里面可能会涉及你的私人情感，如果有什么问题让你不开心，希望你不要觉得我冒犯。"

"没关系，您可以放开问。"李杏园苦笑道，"所谓私人情感，肯定是要问我和何利锋、江诗媛之间的关系呗，您说的其实很客气了。我其实无所谓，反正被人家骂成'小三'也不是一天两天了。"

她把话摊开来说，纪佳程倒有些不好意思了，干笑两声问道："在你看来，何利锋是个怎样的人呢？"

"他……"李杏园的脸上浮现出一丝温柔的神色，"应该算是改邪归正吧，现在的他有爱心，心肠软，待人和气，人是很好的。"

这个回答出乎纪佳程意料，他问："'改邪归正'是什么意思？"

"利锋他从小就是个'混世魔王'，以前仗着自己家里有钱，到处欺负人，后来改邪归正开始用功。"李杏园说，"其实现在的他和以前的他变化蛮大的。"

"听起来你以前就认识他。"

"认识十多年了。刚认识他的时候，我在上初三，他才上预初。"李杏园带着一丝微笑说，"您肯定想不到我是怎么认识他的。"

"怎么认识的？"

"他把我家的水果店砸了，把我也推倒在地，害得我父亲住了院。"李杏园说，"我和虫虫她爸也是通过那件事认识的。"

"哦？"纪佳程意外地说，"还有这样的故事？能讲讲吗？"

"也没什么不能讲的。"李杏园苦笑着道，"我家里条件不太好，当时我爸和我妈在江苏路开了一家水果店，一个负责看店和切果，一个负责进货送货，非常辛苦。我每天下课了就到店里学习，顺便也帮着看店。利锋当年是学校附近的小霸王，他家里有钱，身边围了一群学生狗腿子。事情的起因是他手下一个狗腿子到我们店里买切果要赊账，我妈妈不肯，把他赶出去了。那个狗腿子跑去找利锋抱怨，利锋就带了一伙人来店里闹事，吵着吵着就开始掀摊子。我爸爸在和他们的推搡中扭了脚，我和我妈妈也被推倒了。那时候的利锋真的很不是东西，跟混世魔王一样。"

"后来呢？"

"后来就是何先生和何太太知道了。何先生用棍子把他打了一顿，和何太太带着他来给我们道歉，拿钱赔我们的损失和医药费。何先生还让管家安排人帮我家重新收拾水果店，当时的管家是董阿姨，她派了她儿子来帮我们，我和虫虫她爸就是那时候认识的。"

"董阿姨后来就成了你婆婆了。"

"对的。"李杏园说，"店收拾好以后，何先生也是下了狠心，说利锋既然不爱学习，还喜欢欺负人，那就先不要上学，到店里去当个最底层的小工，这店里的损失，他都得用工来抵。当时何先生跟学校办了休学，把利锋赶到我们店里来当小工，怕我们不敢使唤他，还派了虫虫她爸来盯着。那段时间，利锋每天早上三点多就起床，跟着我爸去批发市场扛水果，回来就摆水果、打扫卫生、给客户送货，被客人呼来喝去的。只要他闹情绪，虫虫她爸就按照何先生的要求不给他饭吃。几天下来，利锋的脾气就全没了，开始老老实实干活。

“利锋后来跟我讲，那段时间对他的触动挺大的，只有挨过饿吃过苦，才知道自己以前身在福中不知福；只有没学上了，才知道上学的机会多么宝贵；只有自己被呼来喝去骂得多了，才知道自己欺负人时有多浑蛋。他后来完全变了个人，踏踏实实地当小工，何先生看他认识到错误，又让他回学校继续上学。我上高中后，何先生还不时请我给利锋当家教，每次都有报酬。”

“那时候你应该不恨何利锋了吧？”

“不恨了，他就像变了个人，和那些狐朋狗友断了联系，心思都放在了学习上，放假了还会主动到我们店里来帮忙。”李杏园有点怀念地说，“其实那也算是我的机缘，我因为经常去何先生家做家教，每次下课后都是虫虫她爸爸开车送我回家，时间久了，我和虫虫她爸爸也就有了好感，我考上大学后我俩就谈了朋友。再说我上大学时，何先生也资助了我的学费，大学毕业后我和虫虫爸爸结婚，何先生也在经济上支持了我们。我对利锋和何家不但没有半点怨恨，内心深处反而很亲近。

“我和虫虫爸爸结婚后搬出来住，我婆婆还在何家做管家。五年前，在何先生和何太太自杀前，我婆婆回来和我们一起住，我们也都很关注利锋的情况，他家里破产了，从国外回来怎么办？后来江家收留他，还把江诗媛嫁给他，我们就都安心了，我婆婆说小少爷这下子至少饿不着了。哪想到利锋在江家受了那么多委屈。”

纪佳程注意到之前董老太管何利锋是叫“小少爷”的，显得阶层差异十足；李杏园却叫他“利锋”，关系上亲昵了好多。他问道：“你和何利锋现在是……嗯，你们现在在谈恋爱吗？”

李杏园搓着手，这个问题的确难以回答，她迟疑了半晌，回答道：“怎么说呢？你要说谈恋爱也算吧……我老公是四年前车祸走掉的，当时孩子还小，我又生了场病，家里的积蓄都拿来填窟窿了，后来我就开了这家馄饨店，一个女人照顾老的和小的真的挺难的……去年上半年利锋从江家出走，一开始住在朋友家里，之后就来投奔我婆婆，在我们家里住。他帮我照顾家里，帮我去买原材料，帮我端盘子洗碗，还给虫虫辅导功课。我也不知道什么时候就成这样子了，谁也没特意表白过谁，可是心里都有对方。我婆婆跟我提过，说虫虫爸爸已经走了，要是利锋真的和江诗媛离婚了，他也不嫌弃我带着老人孩子，不嫌弃我年龄大的话，就让我嫁给他算了。利锋也暗示过他不在乎我结过婚，意思是会和我一起照顾我婆婆和虫虫。可是，我也知道，他始终是还没离婚的人，只要他还没离婚，我就会被人说成是小三，所以我心里挺犹豫的。”

原来如此。纪佳程想了想，又问：“你知道何利锋和江诗媛有个不满一岁的孩子吗？”

“知道。”李杏园低声说，“这也是我犹豫的地方。利锋要是真跟我在一起的话，那孩子就没有爸爸了……那毕竟是利锋的亲生骨肉啊。”

纪佳程问：“何利锋来这里后，如果连工资都没了，他靠什么生活？靠你养吗？”

“一开始是。”李杏园说，“但是后来他就开始想办法赚钱。他接单帮人家翻译文件赚钱，还帮他的同学马总设计和修改图纸，收设计费……他水平蛮高的，反正不久就赚了一些钱，所以他才有钱和马总他们合伙开公司。”

这一点倒是和马晓宁的陈述对应起来了。纪佳程低头思索着李杏园今天讲的这些事，觉得江华诚讲述的那些事现在看来很可能是有不客观之处的。

江华诚把何利锋讲得道德败坏不感恩，李杏园口中的何利锋却基本上是正面的。江华诚讲何利锋登录涉密网盘复制和删除资料，但是李杏园说何利锋可能根本接触不到网盘。

“纪律师，我讲这些东西可能对案子没什么用，”李杏园说，“之所以跟您讲这些，是想着您去见过江家的人，他们一定会说利锋和我的许多坏话，我不希望您觉得利锋是个不好的人。利锋不是坏人，他真的干不出那些损人利己的事，请您务必相信他的人品，一定要尽心尽力地帮助他。”

纪佳程能够理解李杏园的想法，她很可能把纪佳程不肯拿钱去“塞”给警察和纪佳程去见过江家这两件事联系起来了，怕纪佳程因为对何利锋有看法而不肯尽心，所以她把自己和何利锋之间的事原原本本地讲出来。纪佳程忙解释道：“我肯定是要尽心的，可是这种案子塞钱真的没用，而且这是不合规的。”

他向李杏园解释了经侦的办案流程，特别告诉她经侦支队立案是很难的，如果一个案子已经立案，必然是经过了前期调查才会抓人，而且抓人放人都是有手续和依据的，不可能“塞点钱就把人捞出来”。最后他解释说，之所以下周一才会再次进去会见何利锋，完全是因为抢不到预约号。为此他不得不详细解释了2020年以来看守所的预约抢号政策，还调出微信小程序“看守所律师会见网上预约”系统向李杏园现场演示抢号的不易。李杏园看着系统里每日都被抢满的界面，终于相信纪佳程并不是不尽力，确实是因为抢不到号才无法及时进去会见。

“离下周一还有三天，”纪佳程说，“我们会列好提纲，到时候要详细问问他在江家和公司的情况。只有把这些了解清楚了，我们才能有针对性地申请羁押必要性审查。”

“明白了。”李杏园点头道，“那么就拜托您了！”

纪佳程最后看了一遍笔记本上记的要点，打算结束这次谈话。其实，在大部分情况下，与当事人家属的沟通是给他们一个倾诉渠道，类似于心理辅导，李杏园甚至还算不上是家属。不过这次了解一些背景情况也不错，比如他本子上记的“何利锋在办公室没座位”“停了他的工资和社保”“发了开除通知”……

“停了他的工资和社保”。纪佳程的目光停在这几个字上，一个念头从他脑海中闪过。

方向！

原来方向在这里！

纪佳程一把把笔记本拍在桌上，问李杏园：“何利锋有没有放什么资料在你这里？比如说劳动合同？”

“没——没有。”李杏园回想着，回答道，“他在我们家只有一些衣服，上次警察都搜过了。”

“我突然想起点事，需要和同事会商一下。”纪佳程说着站起身，“我先回去了，有事的话我们微信联系。”

“您是想到什么了吗？”李杏园急忙问。

“我还不确定。只是想到了一种可能性。放宽心。”纪佳程安抚说，“我们需要论证一下，思路成熟了我再来和你沟通。你这两天想想有什么话要带给何利锋，微信告诉我，我下周一会转达给他。”

他说完就拎起背包出了小店。黑色的天空下亮着一盏一盏的路灯，寒冷的空气里飘来油炸肉串的味道。纪佳程拿出手机拨通沙靓靓的电话。

“小沙，你说话方便吗？”

“师父？哦，那个……方便。”

“我大概知道警察的思路了，”纪佳程说，“咱们这边的方向果然错了。”

第十二章
程溪的生日

接到纪佳程的电话时，沙靓靓正在优雅地抿着红酒。

虽然晚上说好的是她请江士同喝咖啡，可是哪有空肚子喝咖啡的道理呢？所以江士同先请她吃了西餐，吃完西餐她再请江士同喝咖啡。想到这里沙靓靓就想扶额叹息：这人情怎么越欠越多了啊。

在路上江士同首先聊起了江家的一些趣事，成功地引起了沙靓靓的兴趣——她乐于了解江家的更多细节，或许会对案子有所帮助。但是话题很快就转到了其他趣事上，社会热点、娱乐八卦，还有一些海外见闻，沙靓靓发现自己提到的每个话题江士同都显得很感兴趣，让她感觉两个人的气场很合，相处起来很轻松。在这样的气氛中，两个人一起吃饭似乎也就变成了自然而然的事。

同样是西餐，江少爷请的就高档了许多，至少红酒是开了瓶新的，在醒酒器里放了半天才来斟酒，相当有气氛。沙靓靓心里不安稳，不过看到江士同的笑脸，她又不好拒绝。江士同是个长得很好看的男人，皮肤白皙，眼睛里似乎带着一弯笑意，让人看了就想再看第二眼，沙靓靓坐在他对面，更多的是紧张和不安，内心深处倒不排斥和他共进晚餐。

男色也是养眼的嘛。

江士同是一个非常温柔的男人，他会恰到好处地接下她的每一句话，他会贴心地把调料瓶递给她，还正好是她想要的那一瓶，他对她讲的几件趣事赞叹不已，认为她对那几件事的处理非常得当。也许是红酒的影响，也许是气氛的烘托，沙靓靓觉得非常开心，对面的男人如同她的知己。

餐点一道道上来，汤、鱼、小牛肉都吃过了，沙靓靓吃着冰激凌，觉得后面的烤食和沙拉应该吃不下去了。这样吃吃聊聊，不知不觉已经过了一个多小时，沙靓靓觉得还是早点去喝咖啡比较好，否则今晚可能会待到很晚。

虽然和江士同在一起非常开心，但是自己还没做好和他聊到很晚的心理准备。

“哦，你的嘴角。”江士同指着自己嘴角的同一个位置提示道。

沙靓靓拿起餐巾，向江士同示意的位置抹了抹，那里本来沾了一点奶油，现在被擦成了一条线。江士同又示意了两次，看到沙靓靓还是没找对位置，他摇头笑着，说：“我失礼了。”说着伸手接过餐巾，轻柔地在沙靓靓嘴边擦拭了一下，动作很小心，只是用餐巾的尖碰触沙靓靓的嘴角。

虽然如此，沙靓靓仍然脸红了，她不好意思地说了一句“我去洗手间”，就逃一般地离开餐桌。江士同望着沙靓靓的背影，笑着摇摇头，拿起酒杯抿了一口。他把目光往窗外望去，街道被灯光染成了黄黑相间的颜色，街边站着的人半明半暗。他突然觉得路牌下面站着的人似乎在看自己，那个人站在阴影中，看不清楚面目。江士同疑惑地看看手里的酒杯，又往路牌下望去，却发现那里空空如也，根本没有人影。

江士同收回目光，猜测自己是不是眼花了。

沙靓靓站在洗手间的镜子前，确认脸上已经没有什么东西了，唯一的异状就是泛着潮红。她抚摩着嘴角，想起江士同刚才帮自己擦嘴的一幕，觉得脸在发烧。

沙靓靓，你怎么能让他帮你擦嘴呢?

不过，他刚才那样子确实很温柔，很让人心跳加快的样子……

难道说他对自己有好感?

沙靓靓捂住脸，觉得这发展太快了，毕竟自己昨天才和江士同第一次见面，今天晚上就约出来一起吃饭，还让他做出那样有点暧昧的动作，是不是显得太不矜持了？他为什么要请自己吃饭?

在她胡思乱想的时候，电话铃声突然响了。沙靓靓吓了一跳，看到来电号码是纪佳程，她居然产生了被人撞破的慌乱。

“小沙，你说话方便吗？”

“师父？哦，那个……方便。”

“我大概知道警察的思路了，”纪佳程在电话里说，“咱们这边的方向果然错了。我要是没搞错的话，对方或者说警察的真实思路是：何利锋跟江浦实业公司之间是有劳动合同的，江华诚不是说何利锋挂了个设计部部长的职务吗？那么他在公司设计的东西就有可能被认为是职务作品，权利归属于公司！”

“哦……对啊，”沙靓靓愣了，“这样就算图纸是何利锋画的，权利也是公司的？”

“没错。所以那个梁警官才对我们的观点理都不理。”纪佳程说，“你今天晚上辛苦一下，汇总所有关于职务作品的法条和规定，另外做一下案例检索。明天咱们做案件讨论！”

“明白！”沙靓靓干脆地回答，突然有点如释重负的感觉。放下电话，她洗了洗手，用纸巾擦干，随后匆匆回到座位上。江士同见她过来，笑着问："冰激凌都化了，我看你挺喜欢吃的，再给你叫一份好不好？"

"不用了。"沙靓靓有些难为情地说，"我已经吃饱了。那个，刚才我老板给我打电话，给我布置了个任务，我要马上回去加班，可能我今晚没法请你喝咖啡了……"

"哦？这也太辛苦了。"江士同说，"没关系，我们可以再约……那我送你回去吧？"

"不用，我打个车就行了，还要到客户那里去拿个文件。"沙靓靓撒谎说。她觉得自己如果还让江士同送的话，就有些太不矜持了。

江士同看她态度比较明确，便笑着说："路上小心一点，也别弄太晚了，要注意劳逸结合啊。我本来还想着晚上和你聊聊江家的事呢，那我明天再联系你吧。"

"好的。"沙靓靓拿起外套，拎起挎包，向江士同挥了挥手，急急忙忙离开了。

第二天一早，沙靓靓赶到办公室时，赫然发现桌子上又摆了一杯猫娜夫人咖啡店的咖啡，这次的猫咪造型与之前的不同。她吓了一跳：难道江士同又买了咖啡送来了？

在她拿起咖啡发呆的时候，工位隔断后面冒出一个脑袋，吓得她手一抖，差点把咖啡打翻在桌子上。程溪扒着隔断的上沿，头发乱蓬蓬的，两只黑眼圈，满脸苦相。

"你想吓死我？"沙靓靓斥骂道。

"靓靓，你尝尝，味道还可以吗？"程溪可怜巴巴地说，"你要是喜欢喝这个，我以后经常给你买。"

"这是你买的？"沙靓靓皱着眉头看着手里的咖啡。

"我看你昨天喝得挺开心的，"程溪酸溜溜地说，"当然这杯子也挺漂亮，你喜欢喝，我早上就顺路买了一杯……”

又是“顺路”，就好像沙靓靓不知道他住在什么地方似的。昨天江士同也说顺路，实际上这两个男人都是特意绕路去买的。沙靓靓看着咖啡杯，又看着程溪苦涩的脸，心里一阵慌乱。她哼了一声，把咖啡往桌子上一蹾：“谁要你买！”

她说着就气呼呼地起身，拿起江士同送的那只猫娜夫人猫咪杯子往外走，程溪在一旁小声说：“你的杯子我也给你洗过了……”

沙靓靓脚步一顿，横了他一眼，转身拐向茶水间，程溪可怜巴巴地跟在后面。茶水间里没有别人，沙靓靓咣当一声把杯子放在咖啡机下，发现咖啡机的水箱里缺水了。

“那个，你要是想喝咖啡，要不先喝我买的那杯？”程溪小心翼翼地说，“那杯挺贵的，别浪费了……”

沙靓靓一把揪住他的头发，用拳头往他头上和身上敲着：“你也知道贵！你也知道贵！你一个月才多少工资，就敢买这么贵的东西！你还过不过日子了!?”

“哎呀！哎呀！”程溪哀叫着，“你不是喜欢吗？我就顺路……”

“你前两天不是挺强硬的吗？嗯？找你翻译都给老娘脸色？我叫你顺路！我叫你顺路！”

“别踢，别踢，你的鞋尖太硬了，哎呀……”

他们再从茶水间出来时，沙靓靓带着心满意足的笑。程溪的头发则更乱了，脸上却泛着异样的光彩。沙靓靓坐到座位上，狠狠地横了程溪一眼，拿起那杯猫娜夫人咖啡，喝了一口。

“以后不许买了！”她恶狠狠地说。

“嗯嗯嗯。”程溪乖巧地点着头，他讨好地扒着沙靓靓的隔断，小声说，“那个，靓靓，我上次跟你说，今晚是我生日……”

"知道了，知道了。"

"那我一会儿把时间和地点发给你？"

"嗯。你还在这里戳着干什么？不用干活啊？"

程溪咧着大嘴回自己的工位去了，沙靓靓捧着咖啡喝了一口，有点小得意地眯起眼睛。沙靓靓的手机一亮，地点和时间发过来了。吴柯莹凑过来问："你们和好了？"

"什么和好不和好的。"沙靓靓假装听不懂。

"这程溪还真舍得下血本。"吴柯莹羡慕地嘀咕道，"靓靓，你真的打算和他谈朋友吗？"

"哎呀，"沙靓靓说，"我还没想好。"

"我觉得，你如果是给他做规矩的话，已经做得挺好了。"吴柯莹小声说，"看他的样子将来就是个听话的，能拿捏得住。"

"呸！谁要拿捏他。"沙靓靓摆着手说。

话虽如此，她拿着整理好的文件坐在纪佳程的办公室里，看到程溪贱兮兮地凑进来时，脸上还是露出了一丝不易察觉的笑。纪佳程看到程溪进来，奇怪地问："你小子不怕徐律师唠叨你？"

"没事。"程溪满脸堆笑说，"徐律师今天不在。"

纪佳程知道他是想和沙靓靓在一起，也不点破，拿起沙靓靓整理的资料翻着，开始了今天的讨论。

"从案例检索来看，最近两年本市至少有两个类似案子是判决有罪的，"沙靓靓说，"理由都是确认被使用的职务作品有密点，属于公司的商业秘密。当然有一个案子判的是缓刑。"

"有沪东法院的案例吗？"

"暂时没检索到。"

所谓职务作品，定义是公民为完成法人或者其他组织的工作任务所创作的作品。这里面的理论比较复杂，通俗地讲可以理解为：某人为完成单位的任务而创作的作品。这类作品的特征是：创作者与单位之间要有劳动或聘用关系；创作的作品是这个人的工作任务。

实践中职务作品又分为单位作品、一般职务作品、特殊职务作品。其中单位作品和特殊职务作品的著作权由单位享有；一般职务作品的著作权虽然由个人享有，但是单位有优先权，如果没有经过单位许可的话，作品给第三人用是受限制的。

“纪律师的意思是，何利锋的作品是职务作品？”程溪问。

“我没拿到何利锋的劳动合同，但是何利锋之前肯定和江浦实业签过劳动合同，否则江浦实业没法给他交社保。我们去见江华诚的时候，他说安排何利锋在公司当个设计部部长。”纪佳程分析，“设计部的工作是什么？肯定是为公司设计相应的产品啊，所以他对机电图纸的设计应该属于工作范围之内。”

“可是，这个难道不需要有个前提吗？”沙靓靓提出异议，“‘完成公司的工作任务’，意味着公司首先要给他任务才行。江浦实业有证据证明他们给何利锋发过这个工作任务，让他设计这个模块系统吗？”

“这个不能这么理解。”纪佳程说，“我觉得这里说的工作任务，不是说具体的要求，而是应该按照广义理解。工作任务有时候可以是具体的，比如明确说你帮我画张什么什么图；有时候可以是笼统的，你职责范围之内的成果都算，这个要根据劳动合同、员工手册等作概括性理解。”

“万一何利锋是利用自己业余时间设计的呢？”沙靓靓问。

“职务作品的认定与他创作时是否利用上班时间没有必然联系。”纪佳程说，“现在的问题是，何利锋的作品属于哪种类型？如果是江浦实业主持设计的，那么这作品肯定归单位所有；如果他利用了江浦实业的物质条件设计作品，比如用了人家的软件、电脑，设计的作品也在工作范围之内，这就是特殊职务作品，作品的著作权也应当归江浦实业所有。”

“要是没用呢？”

“那也算是一般职务作品吧？著作权应该是在他自己手里了，不过单位有优先权。”纪佳程分析道，“如果是一般职务作品，很难抓人。所以江浦实业如果走职务作品这个方向，一定会往‘单位作品’或‘特殊职务作品’上靠。”

“也就是说，先证明这个设计的职务作品性质，再确定设计是属于公司的。那么把设计拿去注册专利，在网盘里删除的行为就构成侵犯商业秘密，即便何利锋是设计者也不行。”沙靓靓说。

“对，这应该就是对方的逻辑。”纪佳程说。

沙靓靓质疑说：“即便是这样，江浦实业首先也要证明他们之前就有这个设计，然后才能去报案不是吗？何利锋的设计是怎么到他们手里去的？”

“这也是我想不明白之处。”纪佳程说，“下周一会见的时候，我们要仔细问一下何利锋。”

随后他给沙靓靓分派了今天的工作：去社保部门查询一下何利锋的社保缴纳情况，特别注意江浦实业是从什么时候给他交社保的，又是什么时候停止的。此外还要草拟周一会见的讯问提纲。

沙靓靓的取证相当不顺利，社保部门窗口的办事员起初不给调查，理由是沙靓靓只有委托书是不行的，必须有法院的调查令才行。沙靓靓和办事员大吵了一架，最后气冲冲地去找办事员的领导，质问：“我有客户本人的授权委托书，查的又是客户自己的社保资料，凭什么不给我调查？”

办事机关也怕硬茬子，何况沙靓靓发起火来一口本地话，这样的沪海市小姑娘通常不好惹，吵起架来相当凶悍。于是领导同志亲自从二楼下来，跑到办事窗口让办事员给调查打印，还说了几句话给双方下台阶：“通常阿拉都是要求法院调查令的，今朝看侬跑来不容易，阿拉帮侬格忙，好哦？大家消消气，勿要伤了和气。”

这样一折腾，等她从社保中心出来已经是下午五点。从调取到的记录来看，2016年7月，江浦实业开始给何利锋缴纳社保。沙靓靓找了把椅子，用手机里的扫描软件一张一张地把文件扫描成PDF格式的，发送给纪佳程。发完以后，她发微信问：“师父，你还需要我回所吗？”

纪佳程的回复是：“周一见。”

意思是她可以下班了。沙靓靓把文件装好，看了看时间。她想起这里好像离程溪晚上订的饭店不远，可是程溪定的时间是晚上六点半，还有一段时间，便决定找家咖啡店坐一坐。

天近黄昏，阳光苍白地涂抹着街道，带不来一丝暖意。沙靓靓坐在窗边看短视频，发现手机快没电了，就想找一个共享充电宝充电，没等起身，电话响了，来电人是“江士同”。

沙靓靓接通电话，问：“喂？江先生。”

“靓靓小姐，我现在在徐虹路这边办事，看到有个人好像是你啊，你是在咖啡店里吗？”

沙靓靓拿着手机往窗外望去，她看到路边停的车子里，江士同正在向她挥手。她也赶紧挥了挥手：“是我，我看到你了。”

“OK，你等我一下，我找地方停一下车。”

沙靓靓放下电话，不知为什么赶紧掏出小镜子和化妆盒，仔细检查了一下妆容，用粉扑在脸上拍了几下，又补了点唇膏。大约五分钟后，咖啡店的门被推开，江士同大步走了进来。

“居然有这么巧的事，在外面办事还能遇到。”他一边说一边脱下短大衣，坐在沙靓靓对面的长椅上，对前来询问的侍者说，“一杯意式浓缩，谢谢。”

“你不怕晚上睡不着吗？”沙靓靓问。

“我的体质和别人不太一样，喝咖啡对我的睡眠没什么影响。”江士同把短大衣整齐地对折了一下，放在一边，“昨晚的咖啡没喝成，没想到在这里碰到了，还真是择日不如撞日。”

“我本来想请你去另一家有特色的咖啡店。”沙靓靓解释道，“不过昨晚确实有事。”

“明白。律师工作我理解的，案子来了也要经常加班吧？”江士同笑着说，“这里的咖啡也可以啊！其实喝咖啡是次要的，主要是聊聊天。如果那家咖啡好的话，我们可以再约啊。”

“好，再约。”沙靓靓笑着说。

“你在这里办事吗？”

“是，在附近办事。”

“办完事喝杯咖啡啊。”江士同笑着说，“怎么样，晚上有安排吗？要不要我请你吃饭？我知道一家……”

“我六点半约了人吃饭。”沙靓靓赶快说。

“男朋友吗？”

“啊，不是，是——是同事。”沙靓靓否认说，“江先生怎么到这里来？也是办事吗？”

“不是，我在附近健身。就在那幢楼的四楼，我朋友开的店。你平时喜欢健身吗？”

沙靓靓这才发现江士同的头发有些乱，是那种洗完头后刚吹干的样子。她说自己已经在别的地方办过健身卡了，这时江士同的咖啡端来，他一边抿咖啡一边看了看表。

“离你和别人吃饭还有一个多小时，这段时间我在这里喝咖啡，不打扰你吧？”

“不打扰，怎么会呢？”沙靓靓赶紧摆手。

“不打扰就好，还能聊聊天呢。”江士同点点头，沉吟了几秒钟，他望着沙靓靓问，“我能不能打听一下，你们办案有进展吗？”

听到这个问题，沙靓靓眼里露出警惕的神色，虽然对江士同有好感，但她还没忘了对方是江家的人，而江家目前与自己处于对立的立场。江士同似乎知道她在想什么，看着她的眼睛认真地说：“我觉得有必要先说一下我的立场，免得你有顾虑。其实在江家人里，我和何利锋的关系是最好的，在这次事件里，我站在何利锋这一边，只不过我的身份比较尴尬，不能公开支持你们。”

“你站在何利锋这边？”沙靓靓感到很意外，“为什么？你不是江家人吗？”

“算是，其实也不算。”江士同有些犹豫，“怎么说呢，”看到沙靓靓的眼神，他露出一丝无奈的笑，道：“其实我不是江华平的亲生儿子，虽然姓江，但其实是个外人。”

“哦？”

“这件事说来话长。”江士同斟酌着说，“其实我昨晚本来就想跟你讲讲江家的事，看能不能对你们有所帮助，不过你走得早。趁着今天有时间，我就给你讲讲。另外前两天我大伯说的那些事，其实并不全面，我也可以提供一些信息给你。不过咱们有言在先，第一，你不能录音，第二，你在任何情况下不能说是我告诉你的。我毕竟还要在江家生活。”

“哦，这样啊……”沙靓靓点头说，“行，那……我在笔记本上记一些要点可以吗？”

“这个随意。”

沙靓靓从包里拿出笔记本和水笔，抬头望着江士同道：“我准备好了。”

“事情比较多，比如江家的内部关系，你想了解吗？还有何利锋和诗媛之间的事；何利锋家里的事；何利锋在他们公司的事；现在他们之间的矛盾……这些东西你想听哪些？”

“我觉得都有用！”沙靓靓满眼冒光，一点都没发现自己的手机已经因为没电而自动关机了，“对我们的工作可能有直接或者间接的帮助！你要不都讲讲？”

“那我就都讲讲吧。”江士同说。

程溪孤独地坐在餐桌前，身边放着一束玫瑰花，盯着面前的手机。已经是晚上七点半了，离预定的时间已经过去了一个小时，沙靓靓还没有到。他一次次尝试着拨打沙靓靓的手机号码，传来的却总是“您所拨打的电话暂时无法接通”。

店里座位有点紧张，程溪占的是靠窗的好位置，他来了以后一直坐在那里不上菜，这样的客人最为讨厌。服务员一次次过来询问是否要上菜，最后领班忍不住走过来说：如果还不上菜的话，希望他把这张桌子让出来。

程溪脸色灰暗，他再度拨打沙靓靓的电话，里面传来的还是“您所拨打的电话暂时无法接通”。他灰心地放下电话，终于明白今天晚上沙靓靓不会来了。他在饭店领班和服务员异样的眼光中灰溜溜地离开，那束玫瑰花耷拉着抓在手里，几乎要蹭到地面。

他沿着街边无意识地走着，冰冷的夜风吹拂着他的额头，一直冷到内心深处。她是有事耽搁了，还是故意不来？就算不来，至少可以通个电话告诉自己一声啊，关机是什么意思？是懒得搭理自己、懒得向自己解释吗？她现在在干什么？是否会想到自己？在她心里，自己是不是像个小丑？

“舔狗”“舔狗”，“舔”到最后……

程溪突然停下脚步，震惊地望着街道对面咖啡店的橱窗——在柔和的灯光下，沙靓靓和那天那个开宝马的男人正在谈笑着，那个男人说着什么，沙靓靓捂着嘴，带着笑。

程溪呆呆地看着他们，那束玫瑰花不知什么时候掉到了地上，几片花瓣摔离花朵，在夜风中被吹开。程溪的拳头逐渐握紧，额头上青筋直跳，巨大的屈辱感让他浑身发抖。他大步走向路边，想要横穿马路。他要冲进去质问沙靓靓，他要亲口听她给自己一个答复，哪怕是拒绝。就在今晚，他要对自己的这段感情做一个了断。

这时，一只手在后面勒住他的脖子，把他拖了回来，没等他喊，另一只手捂住他的嘴。有人在他的肚子上猛击了一拳，打得他浑身缩起来。随后他被拖进了漆黑的小巷。

“你想干什么？”一个恶狠狠的声音说。

“跟他废话什么，直接叫他吃吃苦头。”另一个声音说。

“晓得哦？今天是给你个警告，离那个女孩子远一点。”第一个声音说，“要是坏了我们少爷的事，分分钟敲断你的腿。”

伴随着这些话，雨点一般的拳脚落在他身上。小巷的黑暗和风声遮住了殴打声和被捂住嘴的痛叫声。几十米外，橱窗里的年轻男女还在谈笑着，画面温馨而美好。

第十三章
何家留存的东西

“你要来我家？”纪佳程问，“是有什么事吗？”

“是呀，师父，你方便不？”沙靓靓兴冲冲地说，“我也不想打扰你们一家三口的周末时光，不过昨晚我见到江士同了，从他那里得到不少消息，电话里说吧内容又太多，所以我寻思着，反正师娘的厨艺又好……”

“那你来吧。”纪佳程一脸慈祥地说。他一点都不欢迎沙靓靓来，也许是人到中年，也许是“都市病”，他周末的时候更喜欢一家人安安静静地待在家里，哪怕夫妻之间唠唠叨叨都行。沙靓靓来的话，他就得去菜场买菜，就得洗洗烧烧，他会感觉自己的生活被严重打扰。这样的心情在沙靓靓到的时候达到了顶峰：这小妮子挎着小包跑来了，连个伴手礼都没拿。

纪佳程洗了一盘蓝莓和苹果，看着沙靓靓坐在沙发上对赵敏各种溜须拍马，什么“师娘你越来越年轻了”“师娘你皮肤怎么保养的”“师父在办公室天天夸你”。两个女人扯了十几分钟，赵敏才满意地去了厨房，去之前说："靓靓啊，晚上就在家里吃，师娘给你做鸡公煲吃。"

"谢谢师娘！"沙靓靓甜甜地喊。

"行了，你讨好她没用，她又不给你涨工资。"纪佳程说，"说说吧，什么情况？"

"师父，有好多消息，你听了以后要是想给我涨工资也行。"沙靓靓兴冲冲地说，"我昨天又遇见江士同了，你猜他说啥？"

"说啥？"

"他说他是站在何利锋这边的，他想帮咱们把何利锋弄出来。"

纪佳程笑了笑："站在何利锋这边？他不是江家的人吗？"

"所以我才说里面情况复杂，电话讲不清楚，"沙靓靓翻开笔记本，"江士同其实不算江家的人，他是他妈的孩子——不是，我的意思是，他其实不是江华平的儿子。"

"哦？"纪佳程问，"还有这事？"

"昨天他自己讲的。"沙靓靓说，"好像他能姓江还是有故事的。"

"什么故事？"

"江华诚、江爱云、江华平三兄妹的父亲叫江兆和，以前是市第一机械制造厂的厂长，后来厂子黄了，他利用以前的人脉开了个贸易公司，叫作江浦贸易有限公司，赚了些钱。"沙靓靓看着笔记本说，"可是，在五十多岁的时候，江兆和得了大肠癌，做了场手术，身体状况不行了，就想着把公司交给孩子。江兆和这个人传统观念特别强，重男轻女思想严重，说三兄妹谁先给江家留后，公司就交给谁。"

"留后？"纪佳程笑了，"果然是传统思想。不过也理解，越是有钱人，越担心自己打下的家业最后落到外人手上。"

“当时江家兄弟里只有老大江华诚结婚了，江爱云、江华平还没结婚，看老头子撑不了几年了，就抢着结婚生孩子，所以江家这几个孩子的出生日期都很接近。”

“江爱云抢着结婚生孩子干吗？”纪佳程哑然失笑，“她不是女的吗？找了个入赘的？”

“是。”沙靓靓说，“据说江爱云脾气不好，一直找不着对象，为了尽快要个孩子，直接从公司里抓了个家里穷的人，威逼利诱人家倒插门，没几天就结婚了。”

“后来这几个孩子就出生了呗。”

“江华诚和潘妮娜生了江诗媛；江爱云和杨文亮生了江诗慧。唯一的变数出在了江华平身上。”沙靓靓说，“江华平和康曼生下来的是男孩，当时取名江诗同——‘诗书’的‘诗’。江兆和看到小儿子生了个金孙，大喜过望，当时就打算把公司传给江华平。问题是江华诚和江爱云哪里会让这事发生？于是就在江诗同出生后，江爱云跳出来发难，说这孩子不是江家的血脉。”

“她怎么知道的？”

“江士同说，这兄妹三人早在其他兄弟姐妹结婚的时候就在收集对方的‘黑料’，”沙靓靓说，“江华平在三兄妹里最浑，逛夜场、玩模特，吃喝嫖赌，‘黑料’最多。这倒也罢了，最关键的是，他是奉子成婚，结婚时康曼已经怀孕三个月了，江华诚和江爱云怀疑江华平是确定了康曼肚子里是男孩才匆忙娶她的。康曼之前是个空姐，他们找了人调查康曼，发现康曼和江华平结婚前其实在和一名副机长交往，所以孩子出生后，江爱云就跳出来说这孩子不是江家的骨肉。”

“从你前面说的情况看，她猜对了。”

“是猜对了，”沙靓靓说，“江爱云不知怎么搞到了江华平和江诗同的头发，弄了个DNA报告出来，说江华平和江诗同不是亲生父子，江华平为了继承公司，居然弄个野种来欺骗父亲。江华平肯定不承认，说江爱云的那个报告作假，江华诚要求重新做个鉴定，江华平又不肯。一家人就在江兆和面前吵起来，江兆和气得说不做DNA鉴定这孩子就不能算江家的种。他这么一说，江华平就闹起来，康曼和江爱云后来还撕打成一团，气得江兆和吐血又进了医院，没几天就咽了气。人死了以后，江家更是闹翻了天，一家子人扔着尸体不办后事，先抢财产抢成一团，老头的尸体就在医院太平间里放了五天。”

纪佳程想起了“停尸不顾，束甲相攻”的典故。跟齐桓公死后被扔在床上六十七天相比，江兆和只在太平间里躺五天，算得上是“子女孝顺”了。

“后来是怎么达成一致的？”

“说是后来逼着江华平去做了鉴定，确定了江诗同不是江家的后代，江华平也就没了资格。公司归了江华诚，他从公司掏出一大笔钱补贴了江爱云，又拿了一笔钱补贴江华平。给江华平的钱最少，而且还逼他把江诗同的‘诗’字改成了‘士子’的‘士’字，三兄妹就算是分家了。刚开始分家，几家人还是有矛盾的，江爱云成天讽刺江华平是养野种的王八，江华平认识的小流氓比较多，找人故意打伤过杨文亮。”

“可是江家现在看着不是挺团结吗？而且前几天江士同不是还和江家一起吗？”

“也就是这几年的事。据说三兄妹混得都不怎么好，江华诚的江浦贸易公司本来就半死不活的……”

“所以他才会贴上何家。”纪佳程插话说。

“……江爱云搞了个江景蓝调文化娱乐公司，说白了就是开了个KTV酒吧夜总会，赚了一段时间的钱，后面就不咋地了；江华平搞了个餐饮公司，拉了一伙儿地痞在里面整天吃吃喝喝，那公司被他们自己吃垮了。反而是老大江华诚搭上了何家这条线，接一些业务，慢慢开始赚钱，后来还开了江浦实业公司、包装材料公司。一看老大家越过越好，江爱云和江华平又认为当初财产分配自己吃亏了。可是江华诚这个人很强硬，所以江爱云和江华平就主动贴上去谈骨肉亲情，又联合起来，从江华诚那里挖资源、挖好处。江爱云之前搞杨天财富金融差点爆雷，就是江华诚拆借资金帮忙的。”

“要是这么说，这江家也不是铁板一块啊。”纪佳程说。

“肯定的。”沙靓靓说，“按照江士同的说法，至少他爸爸，也就是江华平，实际上恨老大和他姐恨得要死，如果不是当年他们阴他，那江浦贸易就应该是他的，他妈妈康曼更是恨透了江爱云，所以江家其实也就是表面和气。第三代之间关系也不算好，江诗媛和江爱云的女儿江诗慧见面都不说话，江诗媛对江士同还算客气，江诗慧见了江士同，直接当面说‘你算什么姓江的’。”

“这都是江士同跟你讲的？”纪佳程问。

“是。”

“这身世可不怎么光彩啊，他连这个都告诉你？”

“他讲这些是为了告诉我：第一，他对江家其实没什么认同感，他在江家的地位很尴尬，很边缘化；第二，正是因为这样，他和何利锋才同病相怜，关系比较好。江诗慧曾经说他俩是‘废物加野种’，所以他是站在何利锋这边的，他认为何利锋不是那样的人。”

“他和何利锋很熟？”

“非常熟。”沙靓靓说，“他还把何利锋的一些情况跟我讲了。”

“他都讲什么了？”

“何利锋和江诗媛本来很有感情。”沙靓靓看着记事本说，“他俩从十几岁的时候就很亲近，何利锋比江诗媛大两岁，江诗媛很喜欢他。两家老人都喜欢对方家的孩子，也有意撮合他们两个，何利锋上夏江理工大学时，钱包里放着的就是江诗媛的照片，虽然没戳破，但谁都知道他俩就是男女朋友。后来江诗媛也考进了夏江理工大学，两个人就‘官宣’了，何利锋考上研究生时，两家还举办了订婚仪式。其实何家出事以后，江家对于是否继续履行和何利锋的婚约是很纠结的，不过江诗媛坚持要和何利锋在一起，也不知她和父母是怎么谈的，反正何利锋回国后，江家最终还是收留了何利锋，让他和江诗媛结了婚。”

“不离不弃，挺好的。”纪佳程赞扬说。

“江士同说，何利锋回国以后起初比较消沉，经常和他一起喝酒散心，结婚以后喝酒的次数就少了。从他和何利锋聊天的情况看，何利锋和江诗媛结婚后，一开始关系还可以，江家对何利锋也还行，让他在江浦实业担任个部长，好几次商务谈判都带着他。不过过了一两年，江家觉得何利锋的能力撑不起一个部门，就把他的职务拿掉了，也不要他去单位，每月花钱养着他。”沙靓靓说，“江士同说，何利锋就又找他喝酒。有一次喝醉了，何利锋说江家卸磨杀驴，从那以后，何利锋和江家就有了矛盾，和江诗媛也有了矛盾。有几次江士同去找何利锋，发现何利锋和江诗媛是分房睡的。还有一次家里聚餐，到处找不着何利锋，楼上楼下找了一圈才知道，何利锋明知今天要聚餐，可还是一早就出门去了，据说直到深夜才回来。再后来，就发生了何利锋的嫖娼事件，从那以后，何利锋在江家就成了隐形人，和江诗媛之间的关系也就降到了冰点。”

“关于何利锋嫖娼这事，有什么隐情吗？”

“没有，确实是捉奸在床。”沙靓靓说，“江士同后来问过何利锋，何利锋自己也说不明白，就说自己喝醉了，什么也不知道。这事发生后，何利锋从此早上很早出门，晚上很晚才回家，基本上不和江家人碰面。也就是从那时起，何利锋开始慢慢疏远江士同，江士同觉得何利锋是想和所有江家的人划清界限。”

“何利锋这么做，目的是什么呢？”纪佳程沉吟道，“合理性何在？他要靠江家养着，自己做了错事，却采取了激化矛盾的做法，你说会是因为啥？单纯的性格偏激？可是他不像是这样的人啊。”

“这一点江士同也想不通。不过他还有一点信息，可能涉及何利锋与江家的矛盾，也可能与我们这个案子有关。”

“什么信息？”

“好像是何利锋手里有什么东西，江家想要。”沙靓靓说，“江士同听江华平说，何利锋的父母自杀得比较突然，应该是临死前留下了一些东西，那些东西可能比较重要。江华诚想要把那些东西拿到手里，何利锋说自己手里没有。之前何利锋离家出走，江家也没说什么，就是在江家发现何利锋手里有那个模块图纸以后，双方矛盾突然就激化了。”

“啥意思？”

“江士同说，江华平和康曼在家里猜测，那些图纸根本就不是何利锋画的，而是当年他父亲何先生画的，何先生自杀后留下了这些先进的图纸，这些图纸落到了何利锋手里。所以江华诚才想方设法逼何利锋把何家留存的东西都交出来。”

“何利锋他爸画的？”纪佳程直起身子，“为什么这么认为？”

“江士同说，这么猜是有道理的。”沙靓靓说，“何利锋回国以后，前期一直在跟着跑业务，基本上不怎么沾设计。专业这东西，如果荒废两年，水平只会下降，不会上升。江华诚、江爱云、江华平讨论过，何利锋最有可能画出那么先进的图纸的时期，应该是从国外刚回来的时候。可是你看他回来后荒废了这么些年，突然设计出领先现有技术十年以上的颠覆性产品，这种可能性太低了。”

“有道理，不过也不是不可能，万一何利锋是天才呢？”

“可能性低了点吧？”沙靓靓说，“所以江士同猜测，何利锋刚回国的时候，什么都没有，所以才要安安稳稳地当江家的女婿。很有可能后来他找到了他父亲留下来的设计图，觉得有东山再起的机会，又不愿意把这技术便宜给江家，所以才开始和江家产生矛盾，打算离开江家。江家起初做好了让他离开的准备，后来知道有何家留存的东西，也就不肯放手了。”

“那就怪了，”纪佳程说，“如果是何家留存下来的设计图，何利锋直接说那是他爸留下来的不就得了？那是遗产，江家根本就拿不走，何利锋为什么要说是自己设计的？他这么一说，这设计图反而变成职务作品了，可能会归公司所有。”

“也是啊……”沙靓靓挠挠头，“被你这么一说，我也有点想不明白了。”

“江诗媛对何利锋是什么态度？”

“按照江士同的说法，又爱又恨。”沙靓靓说，“你说她爱何利锋吧，她见了何利锋看都不看一眼，话都不说一句，住都不住一块儿；你说她讨厌何利锋吧，谁跟她说离婚她都会发怒。家里人都认为她是被何利锋伤透了心，一门心思想把孩子养大，不过内心深处应该还是在等着何利锋回头，回去跪下求她什么的。”

“那孩子叫什么名字来着？”

“叫何定思。”沙靓靓说，“说是取自宋词，‘只愿君心似我心，定不负相思意’”。江士同说，何利锋再这样下去，没准这孩子就要改姓江了。”

纪佳程听了莫名有些唏嘘，觉得江诗媛一片深情，现在和孩子实在可怜。想了想又问：“江士同跟你讲这些，他的目的是什么？他有没有说他打算怎么帮何利锋？”

“说了。”沙靓靓说，“江士同认为，这件事情何利锋是有些对不起江诗媛，但是江家在这里面也有错。而且无论如何，江家不应该用这种手段把人弄进看守所去，这不是一家人的相处方式，是对付敌人，想要肉体消灭的手段，这是他无法接受的。不过他的位置比较尴尬，没法公然站出来帮何利锋说话，所以他能做的，就是把江家的情况告诉我们，给我们做个参考。另外他提醒我们，何家留下来的东西可能是个很重要的线索，如果把东西找出来，证明设计图什么的是何利锋父亲留下来的，何利锋也就解套了。”

“这对他有什么好处？”

“没好处，他说这样是为了帮助朋友。”

纪佳程听了沉吟不语。他大学刚毕业的时候，还是相信这种年轻人之间的热血和正义感的。但这么多年过去，“帮助朋友”这样的理由他根本就不会信。当然，江士同、何利锋还是二十多岁不到三十岁的年纪，这种热血和正义感还是有可能存在的。

“这个所谓的何家留下来的东西很重要，后天去会见时得详细问问何利锋。”纪佳程思索着说，“你了解到的这些消息都可以向他核实下。”想了想，他叹息道：“这日子快点过去吧，会见这样困难，太影响我们办案了。你这两天把询问提纲准备一下，尽量不要有遗漏，这次会见完了，下次抢到号还不知是什么时候呢，全靠手速。”

“嗯。”

“会见完了，我们就找检察院申请羁押必要性审查。”纪佳程说，“何利锋在里面已经十天了，咱们拖不起了。”

每一个来纪佳程家吃过饭的人都认为赵敏的厨艺是五星级酒店大厨的级别，每一道菜都烧得色香味俱全。沙靓靓吃得不亦乐乎，赞不绝口，把师娘夸得脸上泛着慈母的光辉。饭后她抢着帮忙收拾碗筷，放进洗碗机，赵敏更是不吝啬对丈夫徒弟的夸奖，说谁要是娶了沙靓靓，一定会非常享福。

这句话提醒了纪佳程，他想起了一件事。

“靓靓，你说昨晚你和江士同喝咖啡？”

“是啊。”

“我怎么记得程溪老早就说过昨晚是他生日啊？”纪佳程问，“他没请你给他过生日吗？你们俩还没和好？”

沙靓靓的脸拉下来，整个人都黯然了。她昨天只顾着和江士同聊天，江士同后来建议点点东西吃，沙靓靓才想起程溪的生日，而这时已经快八点了。她想给程溪打电话，发现自己的手机因为没电已经关机。她匆匆忙忙借了充电宝充电开机，再打程溪的电话时，程溪关机了。

她匆匆忙忙赶到程溪订座的酒店，程溪已经不在那里。她站在街边一次次拨打程溪的电话，又给程溪的微信留言，还赶到程溪的住处敲门。可是程溪不在住处，谁也不知道他去了哪里。沙靓靓在程溪的住处等到将近十点，程溪都没回来，最后只能拜托程溪室友跟程溪说自己来过，便黯然回家去了。

一直到深夜，沙靓靓都在不断尝试打程溪的电话，听着里面“无法接通”的提示焦虑不已。终于电话有了“嘟——嘟——”的接通音，沙靓靓惊喜地坐直身子，可是里面立刻变成了“您拨打的电话正在通话中”，当她再打过去，对方的电话又关机了。

沙靓靓知道，恐怕这次真的把程溪给伤了，自己这次真的做错了。

今天来纪佳程家之前，她整个上午给程溪打了十几个电话，程溪的电话依然关机；她打电话给程溪的室友，得知程溪直到今天上午都没回去。

说到这里，沙靓靓掉眼泪了。

“师父，他肯定是生气了，现在在躲着我。”

“你说你做的这叫啥事。”纪佳程说。其实他心里有点矛盾，沙靓靓爽约肯定是不对的，不过她从江士同那里了解到的情况却是很有帮助的。尽管如此，他还是批评道：“和人家约好了，爽约、关机，把人家晾在那边那么久，你让人家怎么想呢？”

“我没想到会弄成这样……”沙靓靓小声说。

“别听你师父放屁。”赵敏在一旁扶住沙靓靓的肩膀，骂纪佳程说，“孩子现在挺难过了，你还在这里叨叨个屁！多大点事，说开不就行了，一个男人不接电话不沟通，心眼怎么这么小呢？”

“你少掺和！”纪佳程堵了回去，“男人就不能有情绪了？程溪受了委屈，就不能有点自己的脾气？小沙，这事就是你错了，我觉得你周一的时候应该去找人家道个歉，不管你俩最后什么结果，错就是错，该道歉的就应该道歉。不要老觉得自己是女生，他就该让着你。他喜欢你的时候，能包容你的一切；可是万一哪天感情消磨没了，想重新建立起来就难了……”

赵敏没吭声，这让纪佳程感觉很有面子。他批评完沙靓靓，也给程溪打了两个电话，发现电话还是关机的。晚上八点多沙靓靓走了，临走说周日还会去找程溪。把沙靓靓送出去，关上房门，纪大律师便感觉家里温度冷了七八摄氏度，扭头一看，赵敏正在瞪着他。

“我怎么感觉你今天晚上说话意有所指啊？”赵敏说，“你是在说给她听，还是在说给我听呢？怎么着，我经常让你受委屈，你是不是也要有点自己的脾气？你对我的感情啥时候消磨没？你刚才当着她的面撑我，撑得很开心啊！”

“老婆，你又胡说八道了。”纪佳程严肃地说，“孩子现在在学习，咱们别干扰她。”

纪宝宝把脑袋从自己的房间伸出来，说：“没事，你们打，我可以把门关上，绝对干扰不到我。”说着，非常贴心地把门关上了。

纪佳程哼了一声，很有男子气概地警告赵敏道：“不许打脸。”

赵敏说：“那你不许抵抗，否则我抓起来可控制不住位置。”

于是程溪生日爽约事件除了引发他和沙靓靓的感情危机，还有了一个间接后果：八竿子打不着的纪大律师被赵敏打了一顿。在纪佳程被抓得满床打滚哇哇直叫的时候，沙靓靓在街头又拨打着程溪的电话：

您所拨打的电话暂时无法接通。

第十四章
再次会见

沙靓靓以为她和程溪的关系结束了。可是周一一早看到程溪的时候，她惊呆了。

程溪一瘸一拐地走进办公室，手里拿了一个猫娜夫人的袋子。当他把昂贵的咖啡放到沙靓靓面前时，沙靓靓直直地盯着他，在他脸上看到了苦涩的、卑微的、讨好的笑。他的脸上有明显的伤痕，似乎被人狠狠地揍了一顿。

“这里面是另外一款杯子，”程溪还是像之前那样卑微，“我再给你买几杯咖啡，你就能凑成一套了。”

沙靓靓瞪着眼看了他一会儿，突然眼里流出了泪水，她猛地站起来，跑去了茶水间。程溪慌忙跟过去，一进茶水间，沙靓靓就揪住程溪的头发，没头没脸地用拳头捶他。

“你干什么去了？干什么去了？叫你不接我的电话！叫你不接我的电话！”

“别打！别打！疼！”程溪哀叫着，“真疼，哟，轻一点……”

他的脸因为疼痛完全扭曲了，这副模样是做不了伪的。沙靓靓本来就不是真心打他，她的爆发更多是因为羞愧和惊喜，听到他的惨叫，她停止了殴打。

“你这是怎么了？”

“被人揍了一顿，住了两天院。”程溪苦着脸说。

“谁打的？为什么要打你？”沙靓靓问。她的脑子里自动脑补出了很多情节，比如程溪没等到自己后在街边借酒消愁，和旁边的人大打出手，被人揍进医院什么的。

“是……”程溪欲言又止，他其实想说是江士同的手下打的，可是他无凭无据，如果这么说的话，没准有可能会让沙靓靓觉得自己在故意污蔑那个富家公子——人家都不认识你，为什么会无缘无故派人打你一顿啊？吭哧半天，他说了一句：“那天晚上喝多了，不知怎么的和别人打起来了。”

你看看，猜得一点都不错。沙靓靓想。她狠狠地用指头点了一下程溪的额头，想骂他两句，但想到他喝酒打架是因为自己爽约，又骂不出口了，只是气呼呼地问了一句：“伤得严重吗？”

“没伤到骨头。”程溪苦笑说，“就是有些脑震荡，所以在医院观察了两天。”

沙靓靓瞪了他一眼，沉默了一会儿，说了句：“对不起。我那天晚上不是故意失约的。”

“没事。”程溪笑着说，“你肯定是被事情耽搁了。”

“我是真的准备去帮你庆祝生日的，可是那天我和人家谈事情，一下子忘了时间。”沙靓靓解释说，“想打电话给你时手机没电了，后来我充好电找你，你那边电话又打不通了……这两天我一直在打电话找你，可是总是打不通，去你家找你，你又不在家……”

“我在医院躺着呢，没带充电器。”程溪挠挠头说。

"你真的不生我的气？"沙靓靓盯着程溪问。

"我肯定难过，可是谁让我想追你呢。"程溪咕哝说，"反正不管你怎么样，我都不会放弃的。除非你嫁给别人，否则我肯定不会放弃的。"

沙靓靓眼里涌出了泪水，她掩饰地说了句："你在这儿等着。"就低头奔了出去。不到一分钟，她回来了，手里拿着一个长条盒子，上面用丝带系着蝴蝶结。她把盒子递给程溪："生日快乐。"

"谢谢！"程溪眼睛一亮，接过来立刻拆礼物。里面是一条MK的领带，程溪惊喜地拿着领带在胸前比了比，看向沙靓靓："送给我的？"

"以后不要给我买那个咖啡了，"沙靓靓说，"贵死了，你那点收入难道不要考虑过日子啊！"

"这不是你喜欢吗？"程溪觍着脸说，"对了，你这两天要出去办案子吗？需要用车记得跟我说啊！"

现在弥补程溪受伤的心灵的最好办法就是使唤他，让他知道自己和他没有疏远。于是沙靓靓点点头，说："正好，下午我和师父要去会见何利锋，师父是从别的地方赶过去，你开车送我去看守所吧。"

程溪果然满脸欣喜，连连点头说："没问题！你说几点出发，咱们就几点出发！"

沙靓靓横了他一眼，说："好了，赶紧干活去吧。"说着走出茶水间。背对着程溪往自己的座位走去时，她的嘴角露出了一丝笑意。

车子沿着龙东大道一路向东开，纪佳程一边开车一边想一会儿见到何利锋要问什么问题。在这一特殊时期，会见尤其不易，所以每次会见都要保证提问的问题没有遗漏。

车子在一个红绿灯路口停下来时，纪佳程往后视镜看了一眼，收回目光。一秒钟后，他又把目光投到后视镜上，看到一辆黑色的越野车在自己车后停着。由于角度，他看不到这辆车的品牌和车牌号，不知为什么，他心里莫名一跳。

红灯变绿了，纪佳程一踩油门，车子飞快地蹿出白线，借着距离突然拉开，他在后视镜里看清了那辆车的车标：长城哈弗。

哦？

纪佳程眉头一皱，发现旁边的车道上没有车，立刻切换到左边的车道，通过右边的倒车镜往后看，然而那辆车正好在加速，没能看到车牌号。纪佳程注意到自己后面没车，索性轻踩刹车减速，果然，那辆车慢慢地从旁边超车过去了。纪佳程看了下车牌号：沪H×××79。

哈弗车超过纪佳程的车，加速向前驶去，拉开了与纪佳程的车距。

一次次碰到绝不是巧合，这辆车在跟踪自己。而且从刚才的表现来看，对方应该已经知道自己被发现了。那辆车在下一个路口右转，纪佳程在这个路口是直行，他往那边看去，看到那辆车已经跑远了。

是谁在跟踪自己？为什么要跟踪自己？纪佳程一边思索着，一边不时看后视镜。直到他把车停在看守所外面，那辆哈弗车都没再出现。纪佳程停好车后，向着来路张望了一会儿，连程溪和沙靓靓向他打招呼都没听到。

“师父，你怎么了？”

“没事。”纪佳程收回目光，“程溪也来了？嗯，没事……几点了？”

“预约的时间到了。”

“那咱们进去吧。”纪佳程点点头，“程溪你先回去吧，我们可能要会见很久，到时候我把小沙捎回去。”

程溪点点头，纪佳程便和沙靓靓走向看守所大门办手续。刚走两步，程溪在后面喊了声：“纪律师，我跟您说件事。我昨天晚上给徐律师发邮件了，打算独立。以后您有案子多多关照一下我啊。”

“独立？”沙靓靓回头瞪大眼睛，“你——你犯什么浑啊？你有案源吗？”

纪佳程心头雪亮，这小子肯定是为了可以凑过来一起办案子，这样就有机会和沙靓靓天天在一起。他为此不惜放弃了在徐律师团队的职务，这真的是为了爱情拼了。

“行，以后多合作。”纪佳程回头拍拍他的肩膀，继续向看守所走去。进去之前他又往来路上看了一眼，看有没有那辆车的影子，心情烦躁而沉重。

大概是已经适应了看守所里的生活，几天不见，何利锋的神色好了许多，肤色甚至有点变白了。看到两位律师，他眼睛里带着笑意。

“等急了吧？”纪佳程尽可能让自己的声音温和一些。

“有点急，不过知道你们进来不容易。”何利锋说，“杏园姐和董阿姨她们好吗？”

“挺好的。”纪佳程说，“她们很担心你，还有你的老同学马晓宁，你的合作人李连锋、冯江会，他们都很关心你的情况。”

“我上次的话转达了吗？”

“转达了。”纪佳程答道。等警察从会见室里出去，关上铁门，他深呼吸一口气，对何利锋道：“取保候审的申请被驳回了。”

“我猜到了。”何利锋点点头，“如果您申请成功，我应该被放出去了。他们有说为什么不放我吗？”

“没有透露，直接拒绝。”纪佳程说，“我打算这两天向检察院申请羁押必要性审查了。这两天我了解到一些情况，也有很多问题想问你，所以今天想尽可能详细地和你聊一聊。”

“您问吧，我能回答的一定回答。”何利锋说，“对了，有件事跟你们说一下，上次你们走后的第二天就有一位律师来会见我，说是江诗媛给我找的辩护律师，叫黄其柏。我当场拒绝他作为我的辩护人，还给承办写了一封信，说我只认可您。”

“还有这事？”

纪佳程在心里暗暗冷笑。江家这一手挺阴的，他们报案把何利锋抓进去，又利用江诗媛的妻子身份为何利锋请律师，意图控制何利锋的辩护工作，利用规则的漏洞让何利锋无法翻身。可惜他们没想到何利锋提前留下了委托书，纪佳程的会见速度也够快。

“上次会见完以后，我联系了你在麻省理工学院的教授，他对你的设计能力表示认可。”纪佳程说，“我还去拜访了你的老师方式宁教授，并且通过他的引荐和你岳父全家进行了沟通。我和你的几位合伙人进行了会谈，其中马晓宁女士对你的专业能力非常赞赏。不过现在的争议应该不是这些设计图是不是你画的，我们判断他们可能会从你的身份做文章，说那些设计图即便是你画的，也是职务作品，属于公司。所以我们今天聊的内容可能不仅局限于专利本身，有可能涉及你在公司的情况、你的家庭关系，没问题吧？”

“没问题。”何利锋说，“您说您和江家见过面了？都见了谁？”

“江家所有人，你岳父一家，他妹妹一家，他弟弟一家。对了，当时还有几个人也认识你，据说是你父亲以前的朋友，我看看名字……”纪佳程翻了翻自己的记事本，“机电商会的薛大伟，四明集团的赵秋槿，鸿港机电的叶文龙，艾希尔动力科技的洪桂彬。”

“薛叔和赵姨他们？”何利锋的脸沉下来，“把他们都叫来了？应该说了我很多坏话吧？”

“说了不少。”

“都说了什么？薛叔他们听了以后站在哪一边？”

“有点向对方靠过去了。”纪佳程坦承，“怎么说呢，他们要我跟你说，男人要有担当，有错要认，回来跪下磕头认错，挨打挨骂也是活该！还说你要是再这样执迷不悟，他们这些叔伯阿姨也就没有你这个侄子了。”

何利锋咕哝了一句：“已经这么看我了啊……”

纪佳程知道他心里难受，不知怎么安慰他，只能继续说下去：“我接下来问你的这些问题就是与他们说的有关，你务必要如实回答。首先问一下，你在江浦实业担任什么职务？”

“我？哪有什么职务。”何利锋说，“我连张办公桌都没有。”

“江浦实业那边说你是他们的设计部部长，妥妥的高管啊。”纪佳程说，“之前几年一直是他们给你交的社保，所以你肯定和他们签过劳动合同，对不对？”

“哦……应该是签过。”何利锋说，“当时说要给我交社保，是让我签了一些合同和文件，可是我没细看啊。”

纪佳程无从判断何利锋是不是在说实话，在他琢磨的时候，何利锋继续说：“而且人家设计部根本都不用我。我刚回国那段时间，他们带着我拜访了不少客户去打通渠道，我要是设计部的人的话，不是应该让我去画图吗？干吗带着我到处见人啊？”

“带着你去见客户？”纪佳程问，“那你还是在公司里任职啊。”

“任什么职啊？”何利锋说，“我连自己是干什么的都不知道。我问过老爷子，问他把我安排在什么部门，他跟我说有事的话他会叫我，没事的话我可以去做点自己喜欢做的事，不用去公司。他带我去见人，见的都是我爸爸以前的一些老朋友。他和人家谈合作，我就在旁边坐着，也插不上嘴。再后来他就不叫我了，我连公司都不怎么能去了。”

“那劳动合同你应该有一份吧？”

“没有，签了之后他们就拿走了。”何利锋说，“当时我刚和江诗媛结婚，也没想那么多。”

“哦……”纪佳程沉吟了一会儿，问，“尹工这个人你认识吗？”

“之前见过几次。”何利锋说，“为什么问他？”

“现在有两个相互矛盾的可能性。”纪佳程说，“一个是那天和江家见面时，你岳父当众说设计图是开发部门的尹工在两年前设计的，设计好之后公司认为过于先进，所以存在了公司的涉密数据库里。另一个可能性是我刚才说过的，那些设计图即便是你画的，也是职务作品，属于公司。我不知道他们对警察说的是哪一种。”

“应该是……后一个吧？”何利锋说，“尹工那老先生我只见过两次，不是我小看江浦实业，他们的人设计不了这种智能模块。”

如果是这样的话，江华诚那天那样说，可能就是故意在大家面前说何利锋的坏话了。

“按照你岳父的说法，设计图原来存在网盘里，他们发现里面的资料被删了。登录网盘是需要用户名和密码的，那段时间登录过的有十个人，其中就有你。这个你怎么解释？”

“这个……”何利锋苦笑说，“我之前根本没登录过那个网盘。这不是发现社保被停掉了吗，我后来就想试试当初他们公司给我的那些账户密码还能不能用，就试着登录了一下……其实，这个用户名和密码是他们给我设的，他们手里也有。”

“也就是说你登录过呗！”

“是，可是里面什么也没有，我没删任何东西。”

那就是你手欠。纪佳程心想。

“他们手里怎么会有你这个智能模块的设计图？”纪佳程问，“报案时需要证明这是他们的商业秘密，所以他们一定有类似的图纸。如果这图纸是你设计的，他们怎么会有？”

“我也不明白啊。”何利锋说，“为什么我的设计图会到他们手里去？”

“这设计图你都给谁看过？”

“没给谁看过。”何利锋说，“除了给几个合伙人看，我没向其他人透露过。”

这就很奇怪了，何利锋的答复完全没法解释为什么对方公司会有图纸。截至目前，他的回答与江华诚的陈述截然不同，是否可信就不好说了。但是有一点他承认了：他确实登录过那个网盘。

“你设计图纸用的是我见过的那台电脑吗？”

“是的。现在在警察那里呢。”

“那台电脑是你买的还是江浦实业发的？”

何利锋想了想：“是我买的，可是开发票时开的是江浦实业的抬头。”

“为什么？”

“当时诗媛——江诗媛说，公司是这家电脑公司的大客户，用公司的名义买可以打九五折，而且发票可以用来给公司抵税。”何利锋说，“我当时也算是江家的一分子，为江家利益考虑也是应该的，所以就用江浦实业的抬头开了发票。”

“发票呢？”

“江诗媛拿去交给公司了吧？应该都入账了。”

这不是一个好消息。如果是这样的话，何利锋的电脑就成了“公司资产”，再加上何利锋挂了个设计部的身份，他属于“利用公司提供的办公设备进行工作内容范围之内的设计”，他的设计作品基本上会被认定为“职务作品”，而且权利归属于公司。

“买电脑时，那笔钱是从谁的卡里支付的？”纪佳程问。

“我个人的卡里。”

“后来这笔钱江浦实业报销给你了吗？”

“没有，他们只是拿着发票去抵税，但是都知道这电脑是我自己买的。”何利锋说，“您看我拿着电脑走，他们也不说啥。”

这是你自己想当然的想法。纪佳程想。不过他无意花时间向何利锋详细解释，而是询问了电脑购买的时间和用的是什么银行的卡。记下来之后，他又问：“您认识江士同吗？”

“认识。他是江诗媛的堂哥，是江诗媛叔叔家的孩子。怎么会问起他？”

“我们和他有过接触。你和他的关系怎么样？”

“嗯……算是还可以吧。”何利锋说，“和其他江家人相比，我和他关系算不错的。毕竟我和他在江家地位都很尴尬——是这样，他其实也不能算纯粹的江家人，他和江诗媛的叔叔没有血缘关系，所以江家人有时候叫他野种。他是野种，我是废物，都在江家受排挤，所以我俩有时候走得近点。”

“他和我们联系，想要帮你。”纪佳程说，“他跟我们提到了一件事，当然可能涉及一些过去不好的回忆。他说江家认为你父母过世时留下了一些东西，你的设计图纸可能是你父亲留下来的。”

“哦？”何利锋缓缓张开嘴巴，“他们这么想？”

“这是一种猜测，也可能是江家人的观点。”纪佳程说，“有人猜测你父母应该是留下了一些东西，那些东西可能比较重要。之前他们没有证据，不好确定，发现你手里有那个模块图纸以后，他们联想到你父母留下的东西，认为能够确定了，所以你们的矛盾就激化了。”

“这……”何利锋难以置信地说，“这不可能吧？”

“好好回忆一下，”纪佳程问，“江家以前有没有人问过你父母留没留什么东西给你？”

何利锋想了一会儿，摇摇头说：“实在想不起来，特意问的话应该是没有的。我再想想……关于我父亲留下多少东西的事倒是提过，江华诚提过让我整理一下父母的遗产什么的，说万一有应收债权，尽可能帮我收回来一些……哦，对了，他问过我有没有什么重要物品，让我保存好了，父母留下来的东西不管怎么说都是个念想，别弄丢了。”

“你怎么说的？”

“我回来时房子都被拍卖了，我还有啥啊。”

这就对应得起来了。江士同说何利锋的父母可能留下来什么重要的东西，江华诚想要把那些东西拿到手里，但是何利锋说自己手里没有。何利锋刚刚的陈述似乎和江士同的话对应得起来。如果真是这样的话，可能江华诚当时觉得何利锋手里什么都没有，所以之前何利锋离家出走，江家也没说什么。后来发现何利锋申请了专利，江华诚才发现：何利锋其实拿到了父母留下来的东西。于是展开争夺。

“小何，我问句实在的。”纪佳程问，“那些图纸是你画的吗？”

“这个问题是什么意思？”何利锋皱起眉头，“纪律师，这么长时间了，原来您一直不信任我？”

“我问这个问题是办理案件需要，和信任不信任无关。”纪佳程说，“我刚才介绍的那种猜测实际上是这样一种逻辑关系：那些图纸根本就不是你画的，而是你父亲何先生当年画的，何先生过世后留下了图纸，落到了你手里。所以江华诚才要想方设法逼你把何家留存的东西都交出来。所以我必须要你确认一下。”

“哦。”何利锋仍然显得有些郁闷，“我可以拿我父母来发誓，设计图就是我画的！还有我父母根本就没给我留什么东西，我回国后，房子已经被查封了，我连自己的衣服都没拿出来。”

“好。”纪佳程说，“你也别太难受，我问你的这些问题都是以后别人可能会问你的。另外问一下，听说你从国外回来以后，前期一直在跟着跑业务，基本上不怎么沾设计。我对你们这个专业不太了解，像你这个领域，如果荒废两年，会不会水平下降？”

“肯定会。别说两年，几个月就手生了。”何利锋说，“不过我一直没停过啊。”

“你回国后一直在设计？”

“也不能说一直。”何利锋说，“刚回国那段时间感觉天都塌了，哪有工夫设计啊。可是后来和江诗媛结婚，生活慢慢恢复正常了，我觉得自己不能当个吃软饭的废物，就又开始设计了。”

“那这些年你应该设计了不少东西吧？”

“设计了不少。”何利锋点头说，“当时想着，江家收留我，我怎么着也得创造点效益吧。再后来我在江家不太如意，觉得需要一些功劳，就更努力设计，想发挥点作用。”

麻烦了，这反而坐实了他在帮江浦实业从事设计工作了。纪佳程问：“设计图都给谁了？”

“给江诗媛了。”

“她怎么说？”

“一开始她拿去给设计部的人看。”何利锋说，“我刚恢复设计的时候，对公司的生产水平、市场上通用技术不太了解，设计出来的东西有的不太实用，有的需要大规模改造生产线，所以都被退回来了。退了几次以后，家里也就有了我是废物的说法。再后来我设计的东西他们连看都不看了。”

“你的意思是，他们不要你设计的东西？”纪佳程敏锐地抓住了关键点。

“不要。”

“有没有什么书面的记录？”纪佳程追问，“比如聊天记录、邮件或者任何能够体现出那个意思的东西。”

“我记得有一封邮件，应该是两三年前？”何利锋回忆着说，“当时我给江诗媛写过一封信，希望挽回一下感情，里面说到了我努力设计的事。江诗媛在回信里说我的设计都自己留着吧，公司不要。”

“这封邮件在哪里？”纪佳程立刻问。

“应该还在我的邮箱里。”

“什么邮箱？”纪佳程追问，“公司邮箱还是个人邮箱？”

“我的个人邮箱。”何利锋说。

“那就好，那就好。”纪佳程说，“如果可以的话，你把邮箱账户名和密码告诉我，我去找这封邮件。这封邮件非常重要。”

“这个没问题。”何利锋点头说，“不过邮件在不在可就不好说了。”

“什么意思？”

“江诗媛知道那个邮箱的密码，”何利锋说，“所以后来我又重新申请了个邮箱，之前那个邮箱我就不怎么用了。”

“你的意思是江诗媛有可能会进入你的邮箱，把那封邮件删除？”纪佳程问，“小何，你得明白这封邮件的重要性啊！”

“您刚才一问我就知道重要性了，所以才会想起来。”何利锋说，“您出去以后进入那个邮箱看看吧，希望是我多虑了。”

“除了那封邮件，还有别的类似的东西吗？”纪佳程说，“聊天记录？”

“没有了。”

纪佳程让沙靓靓记下邮箱账户名和密码，心里有些焦虑。如果真的存在这样的邮件，何利锋这个案子就峰回路转了，偏偏何利锋说江诗媛知道密码，如果是这样，这封邮件现在存在与否就是个大问题。

“我想起来了！”何利锋突然说，“我另外有一台台式电脑，里面有我很多早期设计图的备份。那台电脑上我安装了Outlook，里面对所有邮件也有备份，就算网页版邮箱里的邮件删除了，Outlook里应该还有那封邮件。”

第十五章
口罩男

听到这句话，纪佳程心里一跳，立刻问："那台台式电脑在哪里？"

"在我租的房子里。"

"你租房子了？"纪佳程感到很意外，"你不是住在李杏园家吗？"

"杏园姐家里太拥挤了。我本来就睡在客厅，根本没有地方搞设计。"何利锋说，"所以我另外租了间小房子，专门在里面进行设计。"

"地址在哪里？"

"双富新村，在奉咸区。"何利锋说，"我租了个阁楼，一个月一千多块钱吧。"

"奉咸区？"纪佳程问，"你这是跨了半个沪海市啊。"

"没法子，那边便宜，我当时手头紧。那个阁楼大约三十平方米，有网线，也有卫生间。关键是那边没人打扰，我一画就可以画一天。”

“钥匙在哪里？”纪佳程问，他担心钥匙也在警方查扣的物品清单里。

“有一把和其他的钥匙一起，被查扣了，不过我没说钥匙是哪里的。还有一把备用的钥匙在馄饨店里。”何利锋说，“柜台最下面一个抽屉里有个装饼干的铁盒子，里面装着一些照片和通讯录等杂物，盒子最底下有一把钥匙，银灰色的，就是我租的阁楼的钥匙。正好前几天应该续接下来三个月的房租了，我被抓进来，房东肯定要不高兴的，可能会把我的押金吞掉。”

纪佳程心想，这时候就别考虑押金不押金了，拿到证据才是最关键的。他向何利锋要了具体地址，以及他的电脑的开机密码，决定一会儿会见完了立刻就过去。他在脑子里理了一下何利锋刚才说的话，问：“你和江诗媛沟通事情，为什么要发邮件？不可以见面谈吗？”

“嗯……江诗媛那段时间不在家里住，和我处于分居状态。”何利锋说，“当时我和她有半年多不说话了。”

“因为什么？”

“因为我被抓到嫖娼。”何利锋坦然说，“江诗媛因为这件事，就搬出去了，半年多没和我说话。我打电话她不接，发微信不回，所以我当时只能给她写邮件。”

“嫖娼这件事是怎么回事？”

“我说我也不知道怎么回事，您信吗？”何利锋问。

“这个我不好说信不信啊，”纪佳程说，“我又不知道怎么回事。”

“怎么说呢？”何利锋苦笑着说，“其实在那件事之前，我和江诗媛的感情就出了些问题，我也不知道原因出在哪里，那段时间她对我特别冷淡，还跟我分房。我心情不好，就出去喝酒，有一天晚上喝多了，醒过来时就发现自己在酒店躺着，我岳父岳母、江诗媛，还有江家的一些人正围着我又打又骂，我旁边有个女的光着身子蹲着。那女的说和我谈好了八千元包夜，于是我就成了嫖娼。”

“你的意思是你完全记不清了？”

“我都不知道发生了什么。”何利锋说，“从那以后江诗媛就搬出去了，我在江家也抬不起头来，一天到晚受人家冷眼。就这么又坚持了几个月，实在受不了，我就搬出来了。”

“你和江诗媛之间还有感情吗？”纪佳程问。

“以前有。”何利锋叹息道，“现在我也不知道了。”

“小何，我比你年纪大一些，有些感悟可以和你分享下。”纪佳程忍不住劝说道，“咱们都是男人，有些事你得有担当，错了就要认。人这辈子就是那么回事，外面的诱惑再多，将来你年纪大了，照顾你的还不是自己的老婆和孩子？所以啊……”

“纪律师，我知道您想说什么。”何利锋打断他说，“有些情况您不了解，所以您别劝我了。”

“哦……”纪佳程卡了一下，还是忍不住劝道，“你不考虑别的，也要考虑孩子呀。那孩子还不到一岁呢，不管怎么说，他总是姓何吧？这也是你的香火不是？听说孩子还是早产的，不管怎么说，江诗媛在抚养你们的孩子。”

“其实，我现在真的不想和他们有任何关系了。”何利锋斩钉截铁道，“就让那个孩子姓江好了，他们家不是正好缺男孩吗？”

纪佳程大为惊骇。何利锋的这番话简直是冷血，他离家出走，和一个带着孩子的女人在一起，为此不惜抛妻弃子。中国人讲究舐犊情深，他居然连自己的孩子都不要了？

纪佳程突然失去了继续询问下去的欲望。铁栏对面的这个人戴着眼镜，头发剃光以后长出了一些细楂，泛着青光。他穿着号衣，坐在有横挡的椅子上，神情冷漠，那副样子让人感觉很不舒服。纪佳程忍不住想，他刚才对嫖娼事件的说法可能也是不属实的，他不和别人把钱谈妥了，别人怎么会去和他开房？他这样一个穷光蛋，人家有什么陷害他的必要？

纪佳程的思维相当传统，不管在案子上何利锋是不是有道理，抛妻弃子这一点是不可接受的。他把笔录草草看了一遍，告诉何利锋："我今天晚上就去你说的那个地方，看看能不能找到邮件。如果找到的话，我明天就会去检察院。"

"好的，那就麻烦您了。"何利锋有礼貌地说。

再有礼貌也改变不了他是个浑蛋的事实。

纪佳程按了呼叫铃，等警察来了，把笔录交给警察让何利锋签字，随后草草与何利锋告别。出了会见室下楼梯时，沙靓靓说了句："师父，他是个渣男。"

"还有心机。"纪佳程说，"你看他老早就留下了委托书，连钥匙都提前留了一把备用的，警察来了还能在小孩子的本子上留线索。这小子思维缜密啊，我现在都不知道他说的哪些话是真的，哪些话是假的。"

"江家恨他也是有理由的。"

"江家那边也不是什么好鸟。"纪佳程说，"我看啊，江家是贪图何利锋的设计，何利锋是觉得自己翅膀硬了想甩开江家。"

"咱们一会儿就去奉咸区吗？"

"现在就去。"纪佳程说，"这小子的人品不是我们应该考虑的，他毕竟还是我们的委托人。如果真有那封邮件，我们找检察院就有充分的理由了。"

他们阴沉着脸走出看守所大门，向停车的路边走去，远远看到几个人站在自己的车边，纪佳程有些意外，快步走过去。等走到自己的车前，他忍不住骂了起来。

他的车头右边被撞了，一只大灯完全破碎，右侧翼子板也变形了。

“啧啧啧，撞得够惨的。咦？纪律师，这是你的车啊？”一个人探头说。

纪佳程扭头一看，觉得他有点眼熟，这个人穿了件短大衣，站在人群中分外出挑，因为他胸前挂了个牌子，上面写着“值班律师”。他向纪佳程伸手打了个招呼，发现纪佳程没认出自己，便自我介绍道：“忘了？前几天才见过呀！我是凌季雨律师，前几天代表薛炜瑾教授去找过你。”

纪佳程想起他是谁了，但没有心思理他，蹲下去查看车子的损坏情况。车子其他部分倒没什么，但右车头的损坏非常严重，翼子板顶着轮胎，车没法开了。

“这谁干的啊？”纪佳程忍不住“口吐芬芳”，一边骂一边看周围有没有摄像头。看守所附近一向是监控探头密布，他看到附近的几个探头，确认车辆被撞坏的过程一定是被拍下来了，就打算报警和向保险公司报案。

“纪律师，我刚才在附近，看到过程了！”凌季雨热心地说，“撞你车的是辆黑色越野车，车牌号是沪H×××79，他倒车时一下子撑到你的车上了，然后就逃走了！”

“你确定是这个车牌？”纪佳程问。

“百分之一百确定。”凌季雨说，“我一看到撞车就过来看了，记下对方的车牌号，本来还觉得能揽一个交通肇事赔偿案呢，没想到被撞的是你。”

那辆车到底是跟踪自己来到了这里。纪佳程心里一沉。他又蹲下去看了看车子的破损情况，起身对凌季雨道：“谢了，凌律师，我欠你一个人情。”

“小事，小事。”凌季雨笑嘻嘻地说，“你那几个什么合伙人万一要打官司了，做不过来，记得分我一个啊！”

纪佳程尴尬地笑着，分别拨打了报警电话和保险公司报案电话。随后叹着气对沙靓靓说：“你自己打车回去吧，我没法送你了。”

“咱们不去奉咸区了吗？”

“这还怎么去？”纪佳程指着车头说，“我得等交警和保险公司的人来，今晚还得去定损，这车明天都开不了了。”想了想又道：“你给程溪打个电话，问问他明天有没有事，他不是开了辆面包车吗，如果他有时间的话，我们明天搭他的车去一趟何利锋租房的地方。”

“好，我跟他说的话，他肯定有时间。”沙靓靓说着就到一边打电话去了，过了一会儿走回来说，“程溪说明天没问题。他现在马上开车过来接我。”

纪佳程点点头，低头看着破损的车头，心情越发烦躁。那辆哈弗越野车分明是在跟踪自己，到底是谁派来的？为什么今天要把自己的车撞坏？是在给自己警告吗？自己得罪了谁？

他把自己目前承办的所有案件在脑海里理了一遍，想不出哪个案子出了问题，让人对办案律师抱有敌意。凌季雨在他身边站了一会儿，发现看守所门口有几名家属站着，急忙向那边走过去了。

大约半个小时，程溪开着破面包车赶到，这时交警已经离开，保险公司的人还在勘查车辆。纪佳程和程溪约了一下明天碰头的位置，告诉他明天去奉咸，就让他带着沙靓靓先走了。

定完损，让认识的修理厂把车拖去维修，直到晚上七点多才处理完。纪佳程搭修理厂的拖车回到市区，到家都八点半了。这场车祸耽误了他的日程安排，他一路上都在肚子里咒骂。他希望交警快点调监控确定肇事车辆，抓住那辆沪H×××79，自己就能知道这辆车的车主是谁，司机是谁，跟踪自己到底是何居心。

第二天早上，李杏园的馄饨店刚一开门纪佳程就进去了。面对李杏园惊讶的目光，他说了这次来的目的，并且不得不详细说明了昨天的会见情况。李杏园打开柜台最下面的抽屉，果然在那个饼干盒里找到一把银灰色的钥匙。

纪佳程拿过钥匙，立刻奔出馄饨店，赶往和程溪约好的碰头地点。二十分钟后，他坐在了破面包车第二排座位上。程溪心满意足地开着车，对他来说，沙靓靓坐在副驾驶座上就是一种幸福。

“知道地址吧？”

“靓靓昨晚就告诉我了，”程溪说，“我查了导航，大约要开一个小时。纪律师您喝咖啡吧，困了就打个盹儿。”

“多谢你买咖啡给我。”纪佳程客气道。他知道自己这杯咖啡应该是沾了沙靓靓的光。

“师父，昨晚我登录了何利锋的邮箱，没有那封邮件。”沙靓靓说。

“嗯，估计何利锋会说被江诗媛删了。”纪佳程哼了一声，“走着瞧吧。”

在破面包车的晃动中，纪佳程坐了一会儿，真的睡过去了。沙靓靓把他叫醒时，他往窗外看了看，问：“到了？”

“到了。”

纪佳程从面包车上下来，打量了一下四周，这里的街道和建筑看起来比较老旧，街边的沟渠表明这里是郊区城镇，这里没有那种几层楼的居民小区，都是一幢一幢的小楼，分布杂乱，一看就是那种农村自建楼，一楼是店面，二楼用来居住。他们的车停在一幢这样的两层小楼前面，这小楼比较破旧，外墙是灰褐色带一点绿色，看起来像是发霉了。

小楼的一楼是商店，拉着卷帘门，不知道是否还营业，商店前停了一辆红色宝马轿车。纪佳程往上看去，楼顶是斜坡的，铺着黑色的瓦，中间探出一扇窗户，里面应该就是阁楼。小楼侧面有一道斜梯通向楼顶，尽头有一扇门，应该就是阁楼的门了。

这里的小楼基本都是这样的构造，没准很多阁楼都用于出租，何利锋能找到这样的地方也算是一种本事。看到这样的环境，纪佳程就明白为什么这里的房租会那么便宜：偏僻。纪佳程核对了小楼的门牌号，对程溪道："你在这里等我们一下。"

"好的。"

纪佳程沿着斜梯走向阁楼，手伸到口袋里摸钥匙，沙靓靓跟在他后面。快走到斜梯尽头时，他的心猛地一揪：阁楼的门是开的。

纪佳程一个箭步冲到门前，他看到门锁是被暴力拆开的。意识到大事不好，赶紧冲了进去，一眼看到一个穿着灰色衣服、戴着鸭舌帽的男人正背对着门在房间里翻找着。

"干什么的？"纪佳程咋呼道。

那个男人回头一望，露出了戴着口罩的脸，随后他就抓起一把凳子狠狠地向纪佳程砸过来。纪佳程猝不及防，举手一挡，在沙靓靓的惊叫声中被砸得仰面摔倒。口罩男砸翻纪佳程后冲向门口，将正在进入房间的沙靓靓撞得向后跌去，差点后仰着翻过斜梯的栏杆从高处坠落。他撞开沙靓靓，沿着斜梯大步向下逃去。

纪佳程不顾手臂传来的剧痛，奋力一扑，半个身子扑出门外想抓住那人的衣服，终究是差了一点。他来不及爬起来，冲着斜梯下面吼道："程溪！拦住他！"

程溪站在斜梯下方，看到沙靓靓突然被从门里撞出来，差点从高处摔下去，不由得大吃一惊。看到口罩男从斜梯往下跑，又听到纪佳程的吼叫，程溪不及多想，迎面冲上斜梯向口罩男扑去。口罩男居高临下地向他踹了一脚，正踹在他的胸口，程溪忍住疼痛没有让开位置，而是借机抱住了口罩男踹人的腿。

口罩男狠狠一拳击打在程溪的头上，程溪的身子摇晃一下，却没有放手。第二拳打在他左耳根部，程溪的身子向旁边一歪，手不由得松开。第三拳打在他左脸颊上，程溪身子后仰，从斜梯上滚下去了。

纪佳程抱着左手手臂从斜梯上追下来时，口罩男已经跨过程溪的身体，在两边居民的吆喝声中沿街狂奔，十几米外，他飞快地钻进一辆白色的轿车，仅仅两秒钟，那辆车就沿着道路飞快地跑了。

纪佳程连车牌号都没看清楚，只能无奈地看着那辆车的影子远去。他喘着粗气，扶着剧痛的手臂走回来，看到几位街坊居民在斜梯下面看程溪的情况，那个小伙子瘫软在地，昏迷不醒。纪佳程探了程溪的呼吸，摸出手机打了报警电话，特别说明需要救护车，随后沿着斜梯奔上去。在斜梯尽头，沙靓靓坐在地上，脸色煞白，额头冒着冷汗。

“你没事吧？”

“腰，我的腰……腰疼。”沙靓靓扶着腰，疼得眼泪直流。她被撞出来时，腰狠狠地撞在栏杆上，现在连站都站不起来了。

“坐着不要动。”纪佳程说完跑进阁楼。阁楼里陈设很简单，一张折叠床，一张大桌子，两把椅子，一个破凳子，一个衣橱，里面有一个用木板隔出来的卫生间。此刻阁楼的木地板上扔了不少纸张，看着像是不同的图纸，凳子和椅子都歪倒在地，衣柜也打开了，里面乱糟糟的，房间里的东西一目了然，就是没看到有电脑。

一看没有电脑，纪佳程的冷汗就冒出来了。他查看那张大桌子，上面有东西放置过的痕迹，从灰尘分布的形状看应该是放过电脑机箱和显示屏。他还在墙角发现了一个鼠标垫，结合墙上的网线插口，证明这里确实曾经有一台电脑。

刚才那个人是空手跑的，电脑到哪儿去了？

何利锋应该不会撒谎，毕竟这件事关系到他是不是还会继续被关着，关系到他是不是会被认定为犯罪。而且从痕迹看，这里的确是有过电脑的，地上的图纸也能证明这里确实从事过设计活动。问题是：电脑现在哪儿去了？为什么会有人破门而入在这里翻找？刚才的人在找什么？

有人捷足先登，电脑可能已经被别人拿走了，刚才那个人很可能是在翻找有没有残留的资料。这个想法一冒出来，纪佳程如坠冰窟。

何利锋昨天才披露了这间阁楼的存在，披露了这台电脑的存在，并且说这里面的内容对案子至关重要，今天来的时候电脑就不见了，阁楼还被人破门而入，谁能说这是巧合？如果追究的话，何利锋有合理的理由认为是律师泄密，这个责任可就大了。

问题是纪佳程想不出到底是怎么泄的密。

手臂疼得厉害，他抱着手臂出了阁楼，先跟沙靓靓说“不要动，坚持一下，已经叫救护车了”，随后走下斜梯。程溪还是昏迷着，街坊们围在一边，谁也不敢动他的身体。纪佳程在斜梯的台阶上坐下，问一个老太太：“阿婆，打听下，这房子是谁的？房东是哪个？”

“房东不在这里哦，”那位阿婆说，“伊平时来这里看一看，人是住在市里的。”

纪佳程点点头，有一搭没一搭地回答着街坊们的询问。三四分钟后，一辆警车闪着警灯从远处开来，一直开到楼下。从车上下来一名警察和两名辅警，匆匆跑进人群。

“谁报的警？”

“我报的。”纪佳程举起右手说，“我还跟报警中心说要救护车，能不能催一催？”

警察看到程溪躺在地上，急忙蹲下用手放在程溪的脖子上看是否有脉搏跳动，随后冲着通话器说："阿拉到了，有人伤，叫救护车快点来！"

"不止一个受伤的人，上面还有一个可能伤了腰。"纪佳程提醒说，"要两辆救护车。"

"一共有几个人受伤？"警察问。

"加上我三个，不过我不用救护车。"纪佳程说，"我也需要去医院。上面阁楼门前那个女的应该是伤了腰了，我让她不要动；我的左手臂被砸了，很痛。"

"什么情况？"

"有人破门在里面翻东西，被我们撞见。"纪佳程说，"他突然袭击我们，然后逃走了。"

"看清长相了吗？"

"灰色外套，黑色帽子，戴口罩，头发应该不短。"纪佳程说，"开了一辆白色轿车跑了，当时很乱，没看清车牌。你看看这附近谁家装了监控，能不能拍到那辆车和那个人。"

入室盗窃被发现后暴力袭击他人，性质可就转化为抢劫了。警察不敢怠慢，留下一名辅警看着纪佳程和程溪，带着另一名辅警奔上斜梯，一边走一边呼叫着支援。他在门口安慰沙靓靓两句，先查看被破坏的门锁，再进入阁楼查看，几十秒后他打着电话出来了。那名辅警奔下斜梯分散着人群："大家不要围在这里，稍微退后一点！"警察从斜梯上走下来时，纪佳程仰头说："警官，是不是要勘查现场？"

"等后面的人来。"

"地上那些图纸很重要，有可能是我们另一个案子的证据，请务必保留啊。"

"这个不用你说，里面所有的东西都可能要做痕迹检验，不会丢的。”警察说，“你们是什么人？来这里做啥？”

“一言难尽。”纪佳程苦笑道，“这么说吧：这间阁楼的租客让我们来这里找东西，结果遇到这档子事。”说着从西装内兜掏出律师执业证递给警察。这位警察翻了翻执业证，问：“三位都是律师？”纪佳程点点头，警察把律师执业证还给纪佳程，问：“能坚持吗？”

“我能行，他们两个可能有点问题，能不能叫救护车快点。”

“房东是谁？在不在？”警察冲着周围的街坊说。

“房东是范家的女儿，叫范玉静。”一位街坊说，“她有两套房子拆迁，分了五六套房子，现在在市区住，平时不来的。”

“是吗？谁能通知她一下，叫她来一趟北桥派出所？”警察问，“或者谁有她的电话？”

就在这时，一辆救护车闪着蓝灯赶到了，车上下来几名穿着绿衣服、戴着头套的急救人员。警察分开人群，急救人员看到昏迷的程溪，立刻围过来开始测血压和脉搏。警察和带队的人沟通了几句，一位医生上斜梯查看了沙靓靓的情况，最终决定先把程溪拉走。又过了几分钟，有两辆警车赶到了，从车上下来六七名警察，下来后和之前赶到的警察说了几句话，就有几名警察拎着箱子走上斜梯。又过了大约十分钟，第二辆救护车赶到，把沙靓靓拉走了。

警察派了辆警车，带着纪佳程跟在救护车后面到医院做了个检查，拍片结果是左臂尺骨骨裂，医生说要不是冬天穿的衣服多，没准骨头都被砸断了，可见那个人砸得有多狠。沙靓靓的腰椎没有太大问题，休息几天即可，医生给她开了一天住院单。最惨的是程溪，他昏迷着进了医院，醒过来后头痛难忍，医生说被打出了严重的脑震荡。

纪佳程检查完就和警察一起去了北桥派出所，他的左手臂被纱布包着，里面上了夹板，坐在会议室里脸色蜡黄。一位警察给他泡了杯热茶，那位出警的警官给他做笔录，详细询问他为什么会出现在阁楼。纪佳程不得不简单介绍自己来这里的背景和目的，他问他们有没有调查到什么，警官表示不便透露。

到了下午三点多，警察做完笔录，请纪佳程等一会儿，自己去找领导汇报。纪佳程在会议室里坐了一会儿，出去上了个洗手间，回会议室的路上，他经过另一间房间，从半开的门里传出了一个女人的声音：“我哪能晓得啦？哎哟，命苦啊！”

纪佳程停住脚步，从半开的门里望了一眼，那是一个很时尚的中年女人坐在椅子上，正在抱怨着什么。

“家具有遗失的吗？”一个男人的声音问，“有没有被偷什么东西？”

“格我哪能晓得？”时尚女士说，“我把房子租出去，里面就是桌子、椅子、衣橱、折叠床。”

“没丢东西？”男人的声音问，“那你喊啥命苦？”

“凳子不是砸坏了一个啊？门锁换一换不要钞票啊？哎哟，现在姓何的找不到，房租还没有收到，门锁又被砸掉，格损失撒宁来承担？我帮侬讲啊，都是钞票好哦？哎哟，我命苦得来……”

不用问纪佳程就能猜出来，这位时尚女士一定就是那位叫范玉静的房东了。

“这个何利锋的律师说里面有一台电脑不见了，你能证明这一点吗？”

“电脑？姓何的那台电脑？”范玉静说，“被我搬回家去了。”

轰！这句话在纪佳程的脑海里爆炸了。

第十六章
峰回路转

纪佳程立刻就想冲进去问个清楚，但他知道自己不能打扰警察的询问，于是他悄悄凑过去，站在门外听着。

“侬搬回去做啥？”男人的声音问。

“做啥不能搬？”范玉静叫唤着说，“伊上个号头就该交下面三个月的租金了，拖了一周都不见人影，打电话也不接，我不要警惕？”

“才一周你就要警惕啊？”男人讪笑的声音说。

“侬帮帮忙！不要说一周了，一天都不可以拖欠的好哦？”范玉静大叫，“我跟你讲，我这个人很讲道理的，去了阁楼几次都没看到人影，电话也打不通，那么他白天见不到人影，躲着我，晚上总应该在吧？我就昨天夜里去堵门喽，到那里一看有人正在开门，我就喊了一句，那人就急急忙忙冲下来跑掉了。你看看，这就是想半夜三更偷偷搬东西走，赖掉房租么！”

“昨天夜里你去过？见过有人在开门？几点啊？”

“十二点多吧。”

“看清楚长相了吗？”

“没有。总归是小何找来的人了。”

“然后你就把电脑搬走了？”

“不光电脑，还有一台打印机！”范玉静说，“我就喊我阿哥来帮忙搬一搬，终归要把东西扣下来。想逃我的房租哪能那么容易！”

隔壁一扇门打开了，纪佳程赶紧走了两步，回到自己刚才待的会议室，心潮澎湃，不时往外看，唯恐那边询问完毕，范玉静会先走掉。几分钟后警察回来说纪佳程可以离开了，他抱着手臂出了派出所的门，就在门口找了个台阶坐下等着。

纪佳程在脑子里默默梳理着思路。看守所外知道何利锋租房地点的人目前只有自己、沙靓靓、程溪、范玉静，那个来开门的人以及那个口罩男是怎么知道的？是沙靓靓和程溪中有人泄密，还是单纯的巧合？程溪和沙靓靓都是昨天下午就知道地址了，如果他俩中的一个向第三方通风报信，第三方完全可以在昨天夜里就过来搬东西——纪佳程想起范玉静说昨天夜里有人去开门，心里越来越疑虑。

昨晚来开门的人和今天那个口罩男是不是同一个人？是碰巧来盗窃，还是有预谋的？是谁派来的？

纪佳程想起车子被撞导致昨天无法来这里，“阴谋”二字不由得出现在脑海里。先是撞车让自己来不了，然后连夜来这里撬门，被撞破后第二天再来，正巧被自己遇见。这个时间顺序好像很成立啊。

问题是车子被撞时自己和沙靓靓还在会见室里，程溪还在市区，对方是怎么知道这个地点的？能够第一时间做出反应，利用撞车阻止自己和沙靓靓出来后去奉咸，难度很大。纪佳程想起看守所会见室里的谈话在技术上是可以被监听的，又对看守所产生了怀疑：是不是有看守所里的人昨天在偷听，然后通风报信？

现在看起来，沪H×××79很有可能与何利锋这个案子有关，而且是与自己这边对立的，否则不会跟踪自己和撞自己的车。与何利锋对立的人，最大的可能就是江家。结合之前江士同提到的“何家留下来的东西”，纪佳程得出了一个大胆的推论：

何利锋被抓进去后，可能会被迫拿出“何家留下来的东西”，或者对这个东西进行转移。这个时候唯一能见到何利锋的人只有律师，江家觉得只要盯着办案律师就能找到线索，所以他们派人跟踪，以便提前抢夺。

他坐在那里思考了四十多分钟，那位时尚女房东拎着包从里面出来了。她的脸色很难看，嘴里嘟嘟囔囔，看上去心情不太好。这位女士已经不年轻了，头上却戴着粉色的蕾丝扁帽，穿着粉色的大衣，靴子上路易威登的标志分外显眼，一副粉嫩时尚名媛的样子，最显眼的是她手里拎着的包（因为她总是把包摆在最前面），包的整个色彩是渐变色的，上面布满了斜纹的“H”，纪佳程对奢侈品不熟，暗自猜测：这不会是个爱马仕吧？

她刚走出大门，纪佳程就从旁边迎过来，堆着笑脸问：“大姐，您是何利锋的房东吗？”

那位大龄时尚名媛脸色一变，斜眼看着纪佳程的倒霉样子，竖起眉毛道：“你叫我什么？”

“小姐姐，您是何利锋的房东吗？”纪佳程立刻改口道。

范玉静女士的脸色由多云转为明媚，道：“是呀，你是谁？”

“我是何利锋的律师。”纪佳程自我介绍道，“今天就是我报警的。我刚才在里面听说……”

“你报警的？你来我阁楼里做啥？”范玉静怀疑地看着纪佳程，“还有小何呢？伊出啥事体了？为啥要律师来？他想打官司跟我要押金？”

“不是不是！绝对不是！”纪佳程连忙否认，“小何是要继续租房子的！他这两天出了点事来不了，所以我们才过来。我听说他的电脑在您那里？”

“在我屋里厢。”范玉静警惕地问，“做啥？想要回去？”

“不是不是，是这样的，我能不能去你屋里看看那台电脑？”

“侬要做啥？”这位时尚名媛后退了一步，更加警惕了，“侬想找借口到我屋里厢去？我跟侬讲，我这个人很传统的，侬一个男人不好进我闺房的。”

“唉……”纪佳程一脑袋黑线，“我没那个意思，我是想看看电脑里的东西。”

“做啥要看里面的东西？”范玉静皱着眉头说，“这理由很牵强啊。”

“我是要在那台电脑里找一封电子邮件，很重要，要救命的。”

“啥电子邮件这么重要，还要救命？”

纪佳程只好说：“这样吧，您看我可不可以请您喝杯咖啡，把情况跟您说一说。”

“这才对，大家终归要先见面认识认识，吃吃咖啡，”范玉静女士说，“哪能直接到我屋里厢呢？”

纪佳程轻轻揉了揉额头，又挤出一副笑脸道：“马路对面那家好不好？”

第二天早上，沙靓靓和程溪都没来上班，纪佳程分别打电话问了下情况，得知两人都没什么大碍，微微放心。从昨天下午到现在，他一直处于激动中，激动的原因包括但不限于：一、车子的修理费需要自己先垫付；二、昨天自己和同事挨了口罩男的打；三、医药费是自己出的；四、晚上回家又被赵敏打了一顿。当然也有好消息：在何利锋的电脑里找到了那封邮件。时尚女房东把何利锋的打印机也搬回家了，纪佳程就用这台打印机打印了这封邮件。两张纸拿在手里，纪佳程体会到了“峰回路转”是什么心情。

电脑还在范玉静手里，纪佳程认为自己很有可能还会被跟踪，电脑放在自己这里是不安全的，所以请求她妥善保管。那位女房东倒是没有异议，不过很严肃地警告了纪佳程，说自己不是随便的女人，不要拿电脑作借口老是到她家里来，大家有想法的话终归还是要一步步发展的。

邮件有两封，一封是何利锋写给江诗媛的，字数比较多。

诗媛：

你已经搬出去半年了，这段时间你把我的电话和微信都拉黑了，我去公司找你，你也不肯见面。事情过去这么久了，你还是不能原谅我吗？我们两个怎么会走到今天这一步，我实在是想不明白。

我真的不知道那天晚上是怎么回事，这不是我推脱，事实是我醒过来后完全不知道发生了什么。不过我承认错误，毕竟是我出去喝酒才会发生那样的事。不管怎么说，你是被伤害的人，你委屈、愤怒，我无话可说。

这段时间我想了很多，回忆了很多，每天晚上睡不着的时候，我就想着我们之前的点点滴滴。我还记得在美国时的那个冬天，你从国内飞来看我，正赶上我重感冒，你给我煮姜茶，照顾了我一夜，那时我心里的温暖让我记忆至今。后来我家里出了那么大的事，你还是不嫌弃我，给了我一个家。诗媛，我是真的爱你、感激你，我宁愿死也不愿伤害你。现在事情已经发生了，我想弥补，却不知该怎么办。

诗媛，我相信你还是爱我的，正如我爱你一样。也许你一时半会儿还不能原谅我，没有关系，我可以等你回心转意。我会戒酒，接下来会把精力放到事业上，希望努力为江家做点什么。我之前设计了一些设备，画了一些图纸，以后也打算继续努力设计，虽然之前的设计不尽如人意，相信我会很快摸索到路数，画出更有用的设计来。诗媛，我只求你一件事，不要拉黑我，给我一个机会。我们的路还很长，我是真心想和你走下去。

我爱你。真的。

利锋

江诗媛的回复简短得多。

你的那些设计自己留着吧，公司不要。每月的钱还会打给你，不要来找我了，恶心。

纪佳程在这两页邮件打印件的右上角贴了标签，写上“证据2-1”“证据2-2”。

整个上午他都在制作《羁押必要性审查申请书》和《证据目录》，下午两点他准时出现在沪东检察院门口，要求向第三检察部提交申请。一看到来接待的检察官，纪佳程咧嘴笑了。

“鹿检察官，又见面了。”

来者他认识，之前他曾经通过申请羁押必要性审查让一个嫌疑人重获自由，当时的承办检察官就是这位鹿爱玉检察官。看到纪佳程，鹿爱玉也笑了。

“纪律师，你又来了，你还真是什么程序都要用足。”鹿爱玉指指纪佳程挂在胸前的手臂，“这是怎么啦？”

“别提了，取证时被打的。”他苦笑着说，“鹿检，我今天这个申请可真的是流血流泪才取到了证据，您千万要仔细看看啊。”

其实，纪佳程的骨裂还不至于要把手臂挂着，他是故意卖惨的，希望争取检察官的同情分。

“取证还会挨打？是谁打的？”

“警察还在查呢，你看，这是我的报警回执。”

“是什么案子？”

“侵犯商业秘密，经侦支队那边的案子。”纪佳程把申请书和材料递给她，在接待席对面的椅子上坐下。

鹿爱玉看了看他的报警回执，就低头阅读申请书。申请书是以纪佳程的名义提出的，先写了犯罪嫌疑人何利锋因涉嫌侵犯商业秘密罪一案，于何时被刑事拘留，现羁押于哪个看守所，随后分别从是否有犯罪事实、是否有主观恶性、案件进展情况、涉案罪名可能判处的刑罚和有无社会危害性等方面进行论述，里面引用了《中华人民共和国刑事诉讼法》《人民检察院办理羁押必要性审查案件规定（试行）》及《人民检察院刑事诉讼规则》等法规，认为没有羁押何利锋的必要。

鹿爱玉读完申请书就开始一页一页地翻阅证据，纪佳程坐在她对面，关注着她脸上的表情。鹿爱玉阅读那封邮件时抬头问：“邮件还在吗？可不可以现在展示？”

“邮箱里被人删除了，Outlook里还在。”纪佳程强调说，“需要的话可以把那台电脑搬过来。”

鹿爱玉点点头，继续看了下去。足足看了十几分钟，她说道：“你写了蛮多的，其实真正的理由也就两点：一、涉案图纸是何利锋设计的；二、不管何利锋是不是江浦实业的员工，江浦实业已经明确表示不要他的设计图。对不对？”

“对。您一下子就抓住了关键。”纪佳程奉承道，“其实江浦实业没法证明图纸是他们设计的，所以关键就在第二点，江浦实业已经明确不要何利锋的设计图了，他拿去申请专利又怎么会侵犯江浦实业的商业秘密？我和江浦实业的人接触过，他们说的那些事情都没有直接证据。这个案件根本就是个民事纠纷，报案人对经侦隐瞒了这封邮件的存在。”

“你们向经侦提出过取保候审申请吗？”

“提出过，不过那时还没搞到这封邮件。所以经侦当场就给拒了。”

“你这是把我们架在火上烤啊。”鹿爱玉苦笑道，“经侦已经拒掉了，我们再要求变更强制措施，经侦那边肯定要跳脚的。不过按你刚才所说，这属于‘案件证据发生重大变化’的情形……”她沉吟道：“纪律师，文件我就收下了，不过里面涉及的人物关系比较复杂，这些文件我得和别人理一理，而且有邮件的那台电脑我们肯定是要看一看的。”

“我们明天一早就把电脑运过来，院里这边看看能不能加快速度？您看再过几天就元旦了。”纪佳程恳求道。羁押必要性审查按规定有十个工作日的审查期限，时间太长了。

鹿爱玉明白他的意思，通常如果有放人的可能性，大家都希望能让人在节假日之前出来（特别是元旦、春节、中秋节），以便让这个人能和家属过团圆节，司法机关在这一点上通常还是讲究人性化处理的。

“按规矩来。”鹿爱玉说，“我尽量加快速度，应该会很快回复你。你明早先把电脑运来给我们看看吧。”

走出沪东检察院大门，纪佳程长长地吐了一口气。有了江诗媛的这封邮件，何利锋应该很快就会被放出来。当然江浦实业可能会抗辩说“江诗媛不代表公司”，但是考虑到她与江华诚的关系，以及她是公司的高管，可以认为她的表态在某种程度上代表公司，她说不要何利锋的设计图，何利锋就有理由认为这是公司的态度。如果存在争议，双方就应该通过民事诉讼来解决，刑事手段肯定是不行的。

现在麻烦应该到了江浦实业那边，他们需要解释为什么一开始没向经侦支队披露这封邮件的存在。当然他们可以说不知道或者忘了这封邮件的存在，不过这封邮件在邮箱里被莫名删除的情况肯定会引起警方的注意，警方可能会检查邮箱的登录记录，查看登录的时间和IP地址，不管能不能查出什么，江浦实业后续再报案，警方肯定没那么容易再给立案了。

十二月二十二日，沪东检察院第三检察部鹿爱玉检察官向沪东经侦支队发出了对何利锋变更强制措施的建议，虽然在形式上只是个“建议”，却代表了检察院的基本态度。当天中午，承办警官梁永伟就给纪佳程打电话，语气相当不善，说“经过慎重考虑，考虑到案件事实，本着人性化执法的精神，决定对何利锋变更强制措施，同意对何利锋取保候审”，因此要求律师下午来签署相关文件，交个三千块钱保证金，办好手续后就可以去沪东看守所接人了。

取保候审并不代表案子了结，不过就这个案子而言，基本上可以确定何利锋没事了，所谓的取保候审只是程序上的，过段时间把保证金一退，案子就结了。

聋人都能听出梁永伟语气里有多不情愿，毕竟他之前拒绝取保候审，现在检察院得出和他相反的结论，等于打了他的脸，他肯定没想到还会有这么一封邮件存在。下午纪佳程和李杏园赶到经侦支队交保证金时，梁永伟的脸绷得紧紧的，纪佳程心里有数，表面上却热情赞扬承办警官“以事实为依据、以法律为准绳、执法严格不失温度、程序合规富含温情”。梁永伟笑得很尴尬，一办完手续就推说有事，将他们送出来了。

何利锋从看守所里出来的时间是下午三点左右，纪佳程、李杏园、沙靓靓、程溪站在沪东看守所门口，远远看到何利锋拎着一个布兜慢慢向大门这边走来。李杏园激动地跑到横杆前，挥手喊道：“小何！小何！”

何利锋听到声音，看到门口的人，加快脚步向这边奔跑。跑到门口，他把条子交给门卫，检验无误后，走出看守所大门，正式恢复了自由。走出大门的第一秒，他丢掉布包，把李杏园紧紧搂在怀里。李杏园挣扎了一下，就搂住他的脖子，在他怀里啜泣着。

“对不起，让你担心了。”

“出来就好，出来就好……”李杏园哭着说。

几位律师在一边有些尴尬，何利锋毕竟还没离婚，和李杏园这样当众拥抱还是有些不妥的。所幸他们没抱多久，李杏园就心疼地抚摩着何利锋的脸，说何利锋瘦了（纪佳程的结论相反），赶紧回去洗澡换衣服吃点好的，还说董老太和虫虫正在家里等他。

“好，好。”何利锋连声答应着，接着对纪佳程等人鞠躬，感谢道，“纪律师，沙律师，谢谢你们了——您的手臂怎么了？”

“纪律师为了给你取证，被袭击了。”李杏园在一边说，“还有沙律师、程律师都受伤了。”

何利锋脸色凝重，郑重其事地向律师们又鞠了个躬，道：“连累你们了，实在对不起。”

“还好。”纪佳程可不会说什么“没关系”，毕竟自己这骨裂确实是因为何利锋才受伤的。沙靓靓虽然出院了，但现在都不敢剧烈运动，程溪当时都被打昏过去了。

何利锋沉吟一下，问：“我想问一下，邮箱里江诗媛的那封邮件还在吗？”

“没有了，包括你给她写的那封，都没有了。”纪佳程回答，“如果没找到你那台电脑，找到Outlook里的备份，你出不来。”

何利锋站在那里盯着远处，不知道想些什么。纪佳程拍拍他的后背，道：“别想了，走吧，有什么事回去再说。程溪，你把他的布兜子捡过来，他不能回头看。”

程溪答应着把布兜捡过来，五个人一起走向街边的停车场。何利锋和李杏园搭纪佳程的车，沙靓靓坐程溪那辆破面包车。正待上车，何利锋突然扶着车门向前方望去，只见几辆车朝这边开来，最前面是一辆深红色的玛莎拉蒂。

纪佳程等人也看到了，都站在车边看着，李杏园脸色发白。

“消息到得好快。”纪佳程笑着说。与之前去江家忐忑不安的心情相比，现在他的心情是愉快的，因为他成功地把何利锋从看守所里捞出来了，不管上次受到了何种冷遇，现在的他是胜利者。

几辆车在他们面前停下，玛莎拉蒂的司机从车上下来，居然是江士同。他向沙靓靓笑了笑，沙靓靓也笑着点点头。江士同拉开后车门，江诗媛抱着孩子从车上下来了。

夫妻二人在两边隔着马路对视，之间的距离只有四五米远，中间却仿佛有一堵无形的墙。玛莎拉蒂后面几辆车的车门也纷纷打开，纪佳程看到了江爱云，她撇着嘴站在那里；江华平和康曼在再后面一辆车的车边站着，冷眼看着何利锋。第二辆车的后车窗缓缓降下，露出江华诚那张阴云密布的脸。

江诗媛轻声对孩子说了声：“叫爸爸。”

孩子瞪着乌溜溜的眼睛看了看何利锋，胆怯地把头藏在妈妈脑后，没有叫。

何利锋冷漠地看着他们，扭头对纪佳程道："纪律师，我们上车吧。"

"好。"

纪佳程坐进驾驶座，何利锋则拉开后车门，先让李杏园上车。在他准备上车时，江诗媛突然说："你如果现在和我回家，我可以既往不咎。"

何利锋停了一下，若有所思地垂着头。

"今天跟我们回去，你就还是江家的人。"江华诚开口道，"我跟诗媛谈过了，外面的女人你要断掉，以前的事都过去，从此以后你们好好过日子。这是我看在你爸爸的面子上，给你的最后一次机会。"

话已至此，何利锋抬起头，嘴角微微翘起，露出一丝冷笑。他坐进车里，关上车门，说："纪律师，麻烦您送我们回去。"说完，伸手握住李杏园的手。

纪佳程发动车子，他的车和程溪的破面包车就在江家人的注视下离开。纪佳程看了一眼后视镜，江诗媛抱着孩子还在往这边望着，直到被一个转弯遮挡了视线。

车上的人都没说话，一直到车开进内环，走在张杨路上时，何利锋突然问："纪律师，可不可以在前面右拐？"

"当然可以，你要办什么事吗？"

"我想去一个地方。杏园姐，你带钱了吗？我想请几位律师喝点什么。"

"带了，带了。"李杏园赶紧说。

"不用不用，还是赶紧回去吧。"纪佳程说。

“去一下吧，我也有事情想和您谈一谈。”何利锋说。

纪佳程于是打了右转灯，车子拐进一条小道，程溪开车在后面跟上来。在何利锋的指引下，车子停到一间茶馆外，几个人下车向茶馆里走去，程溪把破面包车停在一边，也和沙靓靓跟上来。

“怎么到这里来了？”

“何先生有事情和我们谈。”纪佳程说，“你们看看想喝什么，他请客。”

从装修来看，这家茶馆有些年头了，里面的设施显得陈旧，光线也有点暗。他们选了两个靠窗的位置坐下，各自点了一壶茶。何利锋没和他们坐在一起，面对纪佳程疑惑的目光，说了句“请给我十分钟”，就走到另外一边独自坐下，要了一壶姜茶。李杏园端着一杯菊花茶，在远处担心地看着他。

“不是有事和咱们谈吗？”程溪小声问，“他怎么自己坐过去了？”

“体谅一下，在里面关了大半个月，出来需要平复下情绪也是正常的。”纪佳程说。

何利锋默默坐在那里，看着面前的姜茶，一言不发。纪佳程等人一直盯着他，看着他如同木头一样坐在那里一动不动，眼里没有一丝光彩。不知过去多久，何利锋终于叹了口气，倒了杯姜茶端起来，将要送到嘴边时又停下，茶杯悬在空中，似乎在为喝不喝进行思想斗争。

足足停了一分多钟，他长出一口气，把这杯姜茶一口喝掉。喝完这杯茶，他抬起头，眼睛里似乎恢复了活气。

“纪律师，能不能请您到这边来聊一聊？”他向纪佳程招呼道。

纪佳程端起自己的茶壶和茶杯走过去，坐到他对面，笑道：“怎么，想通了什么事情？”

“是啊，想通了。”何利锋笑着说，“也终于做出了决定。”最后他收起笑容，望着纪佳程郑重地说：“我决定向法院起诉，要求和江诗媛离婚。纪律师，希望您接受我的委托，继续当我的代理人。”

第十七章 离婚诉讼准备

“你要起诉离婚？”纪佳程问，“想清楚了？”

“想清楚了。”何利锋说。

“离婚是大事，你要慎重。”纪佳程提示道，“刚才江家那边也说了，只要你回去就既往不咎，你和江诗媛还有一个孩子呢。”

“我考虑得很清楚了。”何利锋声音低沉地说，“这次我被抓进去，说白了就是江家在诬陷我。江诗媛在这里面起了什么作用我不清楚，可是刚才我出来的时候，您说邮箱里的那封邮件被删除，我也就明白了。那个邮箱除了我，只有她知道密码，所以邮件被删掉这件事，她绕不过去。您明白这意味着什么？意味着江诗媛想把我继续关在看守所里，不惜毁灭证据。她都做到这个分儿上了，我还能和她在一起吗？”

“她怎么会有你的邮箱密码？”

“刚结婚的时候，我为了表忠心告诉她的。”何利锋说。

“有没有可能是别人从她那里获取了密码，做了这件事？”

“那密码也是从她那里出去的。”何利锋说。

“我看她今天还是想挽回的。”

“应该是看到关不了我了。”何利锋冷笑道，“来的又不是她一个人，您没看到一家子都来了？”

纪佳程看他真的下了决心，想了想又提醒道：“你儿子现在还不到一岁，哺乳期还没过，按照规定你还不能提出离婚。”

何利锋淡淡地说：“下个月他就满一岁了。准备证据和诉状不是也需要时间吗？反正第一次江诗媛要是不同意的话，法院肯定判不能离婚。我这次下了决心了，不管多久，不管打几次官司，一定要离！”

“你这了解得挺清楚啊，如果离婚的话，你真不打算要这个孩子？”纪佳程问。

“呵呵，让他跟着他妈妈吧。”何利锋道，“纪律师，现在就准备证据，下个月孩子生日一过就向法院起诉，行吗？”

对于这种不要孩子的做法，纪佳程依旧在内心深处认为很过分。他觉得自己已经在刑事案件里把何利锋从看守所里捞出来了，后续的离婚案件（还是男人出轨要求离婚）实在是没有心情去办。似乎看出纪佳程态度有些消极，何利锋道：“纪律师，我是非常认可您的职业操守和水平的，相信您一定会最大限度维护我的利益。这个案子您务必帮我代理，律师费您该收就收！”

“这就不是律师费的事，主要吧，那个啥……”

“您看第一次起诉，律师费收多少？”

“其实我对离婚案件也不是特别专业……”

“那我说个数吧。”何利锋说，“第一次起诉，律师费先收十万块钱，如果对方同意离婚，律师费增加二十万块钱，行吗？”

“我的意思是，所以这个案件的证据必须好好组织。”纪佳程严肃地点着头说，“我们这两天就做一下授权文件，改天约着碰头把合同签了。”

“那么就拜托了！”

“我们一定尽力。”

喝完茶，程溪先送沙靓靓回家，纪佳程负责把何利锋和李杏园送回去。沙靓靓上车时，程溪小心翼翼地在她腰后面垫了个靠垫，沙靓靓舒舒服服地坐下，对程溪的服侍表示非常满意。车子开回张杨路向西行驶时，程溪问沙靓靓什么时间去医院复查，自己好调出时间来接她。

“明天上午吧。”沙靓靓说，“你要不要也去做个复查？”

“嗯，明天早上我来接你。”程溪关照说，“你今晚别到处乱跑，不要干重体力活，尽量少弯腰，没事多躺着。”

“你真啰唆。”沙靓靓笑骂道，“我还往哪里乱跑？老老实实在家里待着。再说我干什么活儿，有我妈在呢。”

“那就好，那就好。”程溪讪笑说，“家里有什么事需要帮忙的，你随时叫我。”

“想找借口去我家里？哼！”沙靓靓毫不客气地说，“再说我家里什么事用得着找你帮忙啊？”

就在这时，她的手机响了一声，提示有新的微信消息。沙靓靓低头看了一眼，发现是江士同发来的微信：“晚上有空吗？”

沙靓靓关上手机。程溪在一旁问：“谁啊？”

“没什么，”沙靓靓说，“一个客户。”

程溪抿起嘴唇，没再说话，他专注地开着车，手紧紧握着方向盘，以至于微微发抖。

纪佳程把何利锋和李杏园送回杏园馄饨店门口时，天色已经黑下来，与他们告了别就开车走了。馄饨店里黑漆漆的，门上挂着“暂停营业”的牌子。李杏园拎着布兜问何利锋：“干吗不直接回家？到店里来做什么？”

“我要把钥匙放回盒子里去。”何利锋说，“另外我在抽屉下面放了张银行卡，现在也要取出来了，接下来要交律师费呢。”

李杏园吃惊地跟着他开锁进店，何利锋走到柜台后面蹲下，把第一个抽屉完全抽出来，抽屉的背面用透明胶带粘着一个纸袋。他把纸袋扯下来撕开，里面是一张银行卡。李杏园睁大眼睛，她完全没想到何利锋在柜台这里藏了这么多东西：之前是委托书、钱、钥匙，现在是银行卡。

“这张卡里有五十万元，是我用你的名字开的。”何利锋把银行卡递给李杏园，“这钱是当初我帮马晓宁设计，马晓宁给我的报酬，还有一些我帮别人翻译资料的劳务费。我的钱大部分投资到新公司去了，剩下这五十万元我留下来应急。之前我觉得，报警让警察抓我是江家可能采取的手段之一，事实证明我的预料没错，当时我怕这张卡也被扣押，就贴在了抽屉后面，给纪律师的委托书也是那时候准备的。”

李杏园点点头，突然意识到银行卡在自己手上，急忙把银行卡塞回去：“那你快点收好。”

“姐，你帮我管着吧。”何利锋说。

“说，说什么呢，”李杏园吃了一惊，“这么多钱，为什么要我管啊？快，快拿回去。”

“姐，拿着吧，本来就是用你的名字开的户。告诉你一件事，我刚才委托纪律师了，”何利锋按住李杏园的手，说，“我委托他帮我起诉离婚。”

“什么？”李杏园的眼睛睁大了，“你，你要起诉离婚？”

“我要是离婚了，你嫁给我行吗？”何利锋问。

这句话如同炸雷一般，把李杏园炸得木了，她用手捂住嘴，身子摇晃着向后退去。何利锋上前一步，双手握住她的手臂，追问道：“行吗？”

“你，你在胡说些什么！”李杏园想推开何利锋，可是何利锋牢牢抓着她的手臂，不让她跑开。

“姐，我是认真的。”何利锋恳切地说，“这次我算是渡了个劫，想破天也没想到我这辈子还有被关起来的一天。这段时间我在里头想了很多，想我爸，想我妈，除了他们俩，我想得最多的就是你。我就想，我被抓进来，这个世界上还会有谁真正关心我，真正想把我救出去？想来想去，真正会担心我的只有董阿姨和你。我在咱们家住了一年半了，我的衣服是你洗的，饭是你给我做的，你指挥我干活，生病时照顾我。有时候我真的觉得，除了没住到一起，咱们俩跟两口子有什么区别？姐，我也不知道自己是从什么时候开始喜欢你的，我知道你也是喜欢我的，之前我不敢跟你挑明了，是顾虑自己还是有老婆的人，我和江家这摊子烂事不知道怎么处理。现在我下决心和江诗媛离婚，和江家做个了断，等我离婚了，你嫁给我行吗？”

李杏园捂着嘴，整个脸都羞红了，她磕磕巴巴地说：“我……我……”

“姐，我是真的喜欢你，你给我句实在话，你是不是喜欢我？”

“我……”

“说实话。”

李杏园胆怯地看了何利锋一眼，低下头，几乎难以分辨地点了点头。

“那就行了。”何利锋把李杏园抱在怀里，“从今天起，这层纸就算戳破了。以后我所有的钱都交给你，家务活我帮你干，我一定努力赚钱，让你过上好日子。”

“小何，我年纪比你大，”李杏园用蚊子一般的声音说，“还带着个孩子，我配不上你的。”

“姐，和你在一起是我的福气。”何利锋低声说，“我会把虫虫当成自己的女儿，我们一起给董阿姨养老。离婚可能需要点时间，等这个坎儿过去，咱们的好日子就来了。”

李杏园害羞地把头埋在何利锋的怀里。何利锋低头亲吻她的头发，当她抬起头时，两个人的嘴唇就贴在了一起。

第二天下午何利锋就来到律师事务所，和纪佳程签署了《委托代理协议》，委托纪佳程团队代理他的离婚诉讼事宜。他合同签得很痛快，各种委托文件基本没怎么看，直接就签字了，而且当场就付了第一期律师费。

他仍然是那副理工男打扮，只有头顶短短的发楂提醒大家，他不久前在看守所里待过。签完《授权委托书》《法院送达地址确认书》等文件，他问：“需要我提供什么资料？”

“初步需要的资料不多，只要结婚证和户口本就可以了。”纪佳程说，“当然，如果这东西不在你手上，可以去相关部门调取档案。我来给你解释一下离婚案件的基本流程，这种案件第一次起诉时，诉讼请求第一是要求离婚；第二是要求孩子由哪一方抚养。如果对方不同意离婚，这个案子又不符合可以判决离婚的情形，通常法官就不会审理财产问题，直接会判决不予离婚，然后就只能等六个月后重新起诉。”

“我听说分居满两年就能离婚。”何利锋说。

“不止分居满两年，有好几种情形呢。”纪佳程说，“比如重婚或者与他人同居、实施家庭暴力或者虐待遗弃家庭成员、赌博吸毒屡教不改的，第一次都可以判决离婚。问题是要认定这几条情形不太容易，就拿分居两年来说吧，分居是两口子之间的私事，证明起来很麻烦，你得有证据。比如你在外面租房的合同，或者你和江诗媛签的书面的分居协议。”

“我的那封邮件呢？”何利锋问，“里面说了已经分居半年了，加上我从江家搬出来这一年七八个月，怎么说也有两年了吧？”

“理论上是够了，可是现在有个问题，你和江诗媛不是有个孩子吗？”纪佳程分析道，“这意味着一年十个多月之前你俩共同居住过。”

“那孩子早产，八个月就出来了。”何利锋说。

“那就是一年八个月之前你俩共同居住过。”纪佳程说，“分居两年必须是持续的，中间断了可不行，要重新起算。”说到这里，他忍不住又问了一句，“孩子你真不要？”

“不要。”何利锋说，“归江诗媛对这孩子更好些。”

“也是。”纪佳程点头说，“不足月的孩子，昨天看起来挺健康的，江诗媛照顾得很好啊。”

何利锋避开这个话题，道：“既然这样，直接起诉吧。您放心，能离成的。”

“你怎么知道？”纪佳程问，“你是不是有什么事没告诉我？”

“到时候您就知道了。”何利锋说，“起诉就行了。”

“那就有两种可能。”纪佳程对何利锋这个论断心生疑虑，分析道，“一种可能是江诗媛不同意离婚，另一种可能是江诗媛同意离婚，但是在财产分配上双方要纠结一下。”

“没什么夫妻共同财产，江家的钱我又不要。”何利锋说，“至于江诗媛这些年挣了多少钱我也不关心，我净身出户就行。”

“你的财产呢？”纪佳程提示道。

“我的财产？”

“你的那些专利和投资，都是婚姻存续期间弄出来的，”纪佳程说，“我要是江诗媛的律师，一定会主张至少有一半，甚至主张大部分归她。”

“为什么？”

“对方可能会主张离婚的过错方是你。”纪佳程解释道，“当然这个过错指的不是离婚案件中影响财产分配的过错，而是在道德上贬损你，影响法官对你的观感。如果我是对方的律师，我一定会拿你嫖娼这件事做文章，还有你离家出走后可能和李杏园有感情这件事，也会被用来攻击你。”

离婚诉讼中，过错与财产分割之间是有关系的，法院会按照照顾子女、女方和无过错方权益的原则判决，对无过错方适当倾斜，对过错方少分财产。问题是，这里说的“过错”与老百姓理解的“过错”不同，只有重婚，有配偶者与他人同居，实施家庭暴力以及虐待、遗弃家庭成员才是法律认定的离婚过错行为，其他所谓的过错不影响共同财产的平均分配。

举例而言，一方在外面出轨，这肯定是一种“过错”，却不是法律认定的“离婚过错行为”，出轨方还是可以要求取得一半的财产。

尽管如此，很多律师还是会在法庭上罗列对方嫖娼、开房记录等“不忠事实”，虽然心里知道对于财产分配没什么用处，但是能够影响一下法官心理也是好的，更重要的是——自己的当事人看着解气啊！

“说我和杏园姐有感情这件事，这不是无稽之谈吗？”何利锋说。

“这个到时候看看再说，对方未必有什么证据。”纪佳程说，“不过嫖娼那件事对方肯定会说的，据说当时还拍了照片和视频。关于那件事，你有什么解释？”

“那件事……”何利锋皱起眉头，“唉，当时喝多了，不提也罢。”

“看不出来啊，”纪佳程说，“我觉得你这个人看起来挺严肃的，怎么喝醉了还能干这事？”

“我都不知道是怎么回事。您也知道，在酒吧里喝酒，遇见了就一块喝，后面也不知道怎么就醉了，一睁眼就看到江家的人了。”

“遇见了就一块喝？”纪佳程问，“遇见谁了？和你一起躺在床上的那个女的？”

“……对。”何利锋点点头。

“你们认识？”

“也不算认识。她是江诗媛姑姑公司里的驻唱歌手，应该知道我是江家的人，过来搭讪的。”何利锋挠挠头说，“我当时心里烦，一个人喝闷酒，有人陪着说说话肯定不拒绝，结果不知怎么就喝多了。”

“你心里为什么会烦呢？”

“因为当时江诗媛和我之间已经出了些问题，她对我越来越冷淡，还和我分房睡，我不知道是什么原因，想和她沟通，她不理我，我心里烦闷才会去酒吧喝酒。后来发生了这个嫖娼事件，她就正好离家到外面去住了。”

“你刚才说那个女的是江诗媛姑姑公司的歌手？”纪佳程问，“你之前见过？”

“见过，叫库雅楠。水库的库。”

“这个姓倒是少见。”

“所以我才有印象。那天晚上她凑过来找我时，又说过自己的名字。后来我醒过来，看见江诗媛的姑姑和江诗慧在打她、骂她，当场就说把她开除了，你说这名字我还能忘掉吗？”

“对于那天晚上的事，这个库雅楠怎么说？”

“我不知道，听说是我答应给她八千块钱。具体她怎么说的我也没听到，反正我醒过来后没一会儿，她就被拖出去了，后面我就被江诗媛和潘妮娜打了。”

“既然说你嫖娼，他们报警了吗？”

“没报警。”何利锋说，“毕竟不是什么光彩事。江家也是要脸的。”

“你后来有没有了解过一些细节？”纪佳程问，“比如，那天晚上你们怎么谈的价格，你喝醉了是怎么去的酒店，还有是谁开的房——开房总是要身份证的吧？开房的钱是谁付的，这些问题你了解过吗？”

“我试着了解过，不过没想这么多细节。”何利锋说，“我当时想找那个女的问问，那天晚上到底是怎么回事，我是怎么和她谈的。可是我到她驻唱的酒吧那里去找，人家说他们酒吧和江爱云的公司是合作关系，现在江爱云的公司派了别的歌手来，这个库雅楠已经不来了。我又去江爱云的公司问，人家前台都没让我进去，更不可能提供这个女人的联系方式给我，我就查不下去了。那段时间江诗媛又搬出去住，江家的人都对我冷冰冰的，我焦头烂额，也就不了了之。”

“哦……”纪佳程的手指在桌子上轻轻敲着，沉吟半晌道，“其实这件事我也不想多问，因为就算这件事成立，对财产分割的影响也不大。总之你记住对方一定会抓住这一点攻击你就是了。”

“攻击吧，也没办法。”何利锋苦笑道。

“关于财产，你在那个公司的股份先让别人代持一下吧。”纪佳程建议，“否则你们这个公司一旦成立，你的股份和注资就会出现在明处，对方是有权要求分割的。你的设计图纸还好一些，不过这个智能模块系统一旦认定是你画的，对方也会要求分割。”

“明白了。正好明天我和几个合伙人要见面吃饭，”何利锋说，

“可以顺便和他们说一下这件事。您要来吗？”

“你们合伙人开会，我就不掺和了。”纪佳程拒绝道，“现在出来了，打算推进项目了是吧？”

“当然了！”何利锋笑道，“等公司成立了，您可一定要当法律顾问，要不是您把我捞出来，我们这个项目没准要黄呢。您不知道，我昨天晚上和晓宁、连锋、江会通电话，每个电话都打了半个小时以上，他们都说我找了个好律师，按照之前的估计，他们还以为我可能会被判刑。”

“谬赞了，谬赞了。”纪佳程谦虚地说，“你也别太乐观，理论上我们还是在取保候审状态里。”

“明白。”

“你们有心理准备了吗？”纪佳程问，“公司一旦成立，肯定会被江家盯上和针对，到时候你们生产、销售什么的肯定会被使绊子。”

“昨晚在电话里我们也谈到了这一点，现在只能硬着头皮往前冲了，毕竟我们的新产品是过硬的。”何利锋说，“关键就是前期生产线的引进和模具的定制，还有一些配件的采购。只要我们的产品能生产出来，能展示给大家看，我们就应该能打开市场。我爸爸当年还有很多朋友在这个行业里，他们应该也会帮忙的。”

“我上次在江家遇到的那几个人也说是你爸爸当年的朋友。”纪佳程说，“他们看起来蛮关心你的……”

何利锋笑笑说：“我小时候……”

他的表情突然僵住了，半晌，他问：“您上次说那几个人是谁？薛大伟、赵秋槿，还有谁？”

“一个叫叶文龙，还有一个叫洪桂彬。”

何利锋低头思索着，慢慢说：“坏了。”

“怎么了？”

“您上次进来会见我，说他们传话给我，让我有错就要认，要下跪道歉什么的，”何利锋说，“江家这是老早就在布局搞臭我，让他们不再帮我啊。”

“什么意思？”

“薛叔是机电商会的会长啊，”何利锋说，“方老师是副会长，赵姨也是副会长，叶叔、洪叔都是理事，他们几位在行业里影响力蛮大的，我原来还打算公司成立后从他们那里得到点支持呢。”

“哦？”

何利锋掰着手指头说：“叶叔的鸿港机电是专业做配件的，他家的配件质量是最好的；还有赵姨，她家专业做模具，可以说整个江浙沪地区，没有哪家企业做的模具质量比她家好了，好多机电商会的公司都在她那里定做模具，意大利和德国那边的公司都跑来找她定做呢，要不然她也当不了机电商会的副会长。还有薛叔，他在整个行业里都蛮有影响力，他们要是想封杀谁，打个电话就能停止供货。”

“这么牛？”纪佳程怀疑地说，“全国的生产厂家这么多，他们还能垄断了啊？”

“垄断说不上，我肯定是能找到一些小厂子当供应商的，可是质量就不能保证了，而且那些小厂子也未必愿意得罪机电商会。我总不能连开个模具都要到国外去吧？”

纪佳程点点头，又问：“方式宁呢？他也有企业吗？”

“方老师没有企业，可是他是院士，在行业里地位比较高。”何利锋说，“有些大的项目他牵线搭桥，能帮着把项目拿下来。前两年江浦实业拿下北方十一个国际机场的清洁设备供应商的投标，他在里面起了很关键的作用。”

“十一个国际机场？”纪佳程重复道。

“对，我记得有赤塔国际机场、西河国际机场、嘉龙国际机场……反正好几个机场都是省会城市的。我这个老师的能量大着呢，很多大单子他都能介绍过来。”何利锋扶着额头，“不好办了，这真的是要毁了我。”

纪佳程回想着，说：“难怪那天明明是和我们协商和解，还要把他们叫去。和我们协商是假，在他们面前控诉你才是真实目的。”

“这是要在他们面前把我的形象毁掉。”

“基本的情节脉络应该是这样的：你从国外潦倒回来，人家不嫌弃你，收留你，和你结婚，你却出去嫖娼；嫖娼后人家没和你离婚，还给你生孩子，你却离家出走，和一个离过婚的女人同居；不仅如此，你还偷窃公司的商业秘密，打算用以牟利。”纪佳程总结道，“兄弟，妥妥的忘恩负义、道德败坏的‘渣男’形象啊，不要说别人了，我听了都想抽你，更别说帮你了。”

何利锋爆了句粗口，道：“看来我得挽回名誉，不光是为了离婚案子，也为了以后。”

“这件事的根子就是当年的那次嫖娼。”纪佳程说。

“又绕回来了。”何利锋苦笑道。

第十八章
细节

何利锋心事重重地回去了。

午饭过后，沙靓靓和程溪从医院复查回来，纪佳程把授权文件递给沙靓靓，问:“复查的结果怎么样？”

“我没事了，”程溪说，“靓靓那边问题不大，说是要继续养一段时间。”

“嗯，这个月给靓靓增加点奖金吧。”纪佳程说，“另外，今天上午何利锋过来办委托手续了，这个案子程溪你也跟着办吧，你不是独立了吗？律师费划给你30%。”

“谢谢纪律师！”程溪兴奋地说。

“何利锋真的打算起诉离婚啊？”沙靓靓翻着文件问。

“确定了，不过这家伙从江家出走的时候什么都没带，连结婚证都没有。”纪佳程道，“这两天你们去沪东档案馆调一下他们的结婚登记档案，去派出所调一下他和江诗媛的户籍信息，然后起草诉状，下个月就把案子立进去。”

"师父，他家孩子还不到一岁，能离婚吗？"

"下个月就满一岁了，而且立案庭审审核材料也需要时间，加上诉前调解，时间上没问题。"

"诉请呢？"

"要求离婚，要求孩子归女方。"纪佳程说，"财产先不用考虑了，如果估计不错，江家是不会同意离婚的，咱们第一次起诉也就是走个过场。"

沙靓靓点点头，转身和程溪出去。一回到工位上，程溪就讨好道："档案馆和派出所我去跑吧，你在办公室里待着就行。"

"这么好？"沙靓靓眯着眼问。

"这不是要保护你的腰吗？"程溪弯着腰说，"医生说你要多养养不是？对了，我昨晚给你打电话，你怎么没接啊？"

"睡得早。"沙靓靓白了他一眼，"我不是要养一养吗？"

"对，养养，养养。"程溪拍胸脯道，"你放心，以后不管什么案子，所有跑腿的活儿我全帮你做掉。现在我独立了，时间自己说了算。这个案子的诉状和《证据目录》我也全部做掉，你休息就行了。"

第二天程溪出去跑了一天，下午四点多他赶回来，把结婚登记档案和户籍摘抄交给纪佳程。户籍摘抄上详细记录了何利锋、江诗媛和婚生子何定思的户籍资料，加盖了派出所的户籍证明章。这样的文件已经足以申请立案，所以在纪佳程点头后，程溪立刻回到工位上开始起草《民事起诉状》和《证据目录》。

"下面的日期空着，"纪佳程出来提示道，"等申请立案的那天再填进去。"

"好的。"

纪佳程回到办公室，给何利锋打了个电话，询问他什么时候可以过来签署诉状。何利锋说打算后天来签诉状，并说自己现在正在去拜访方式宁的路上。

“纪律师，你不找我我也要找您呢。”何利锋说，“今天和晓宁、连锋、江会开了一天会，了解到一点新情况。我本来想找您聊一聊，不过大家的意思是我们的项目不能再拖了，还是让我先拜访一下那些叔伯阿姨，看看能不能争取一下支持。我后天到您那里去吧，今天明天都要去拜访他们，现在正要去拜访方老师呢。”

“你要去拜访方式宁？”纪佳程问，“是去松江帝景豪园那边吗？”

“您也知道啊？”何利锋说，“是去江家时碰见的吗？”

纪佳程想告诉他方式宁应该不住在那里了，因为从上次途经时所见，那幢别墅应该是方太太和小男友的爱巢，方式宁可能以前住在那里，但现在住在那里的概率不大。考虑到自己也不能百分之百确定，纪佳程便祝愿他沟通顺利。

放下电话，纪佳程伸了个懒腰，走出办公室，看到程溪正凑在沙靓靓的工位旁边，一脸讨好的样子。

“吃饭可以，晚上出去就免了吧。”沙靓靓说，“我的腰现在还不能走太久呢。”

“找个地方坐着喝咖啡也行啊，”程溪劝道，“咱们到外滩看看灯光，一起过个平安夜呗！”

纪佳程掏出手机看了看，意识到今天是十二月二十四日，属于西方圣诞节的前一天。

“今天晚上你能在外滩随便哪个咖啡厅抢到位置，我算你有本事。”沙靓靓说，“吃顿饭就回家吧，你刚独立，不要这么大手大脚的。”

“不是，这些钱我有。”

“你还是省省吧。”沙靓靓说，“你那点钱，嘁。”

“既然晚上有活动，你们就早点下班。”纪佳程说，“另外说一下，何利锋后天下午到咱们这里来签字，你们提前订一下会议室，把文件打印出来。”

“谢谢师父！”沙靓靓欢呼一声，就开始收拾东西，程溪也赶紧回到工位上收拾。他们坐电梯下楼时，程溪还在试图劝沙靓靓吃完饭后一起出去走走，沙靓靓翻着白眼，小鼻子翘得高高的。突然她的手机振动了一下，沙靓靓拿起来看，却是江士同发来的短信：“今晚八点，外滩18号，不见不散。”

沙靓靓关掉手机，对程溪道：“不要吵了！我妈不让我晚上出去，要我早点回去休息。吃了饭你也早点回去，要是让我知道你在外面鬼混，哼哼哼……”

晚餐是精美的，但整个过程中沙靓靓都有些心不在焉，她不时仔细看着程溪，当程溪看她时，她又避开他的目光。程溪发现了她的异样，忍不住问道：“靓靓，你有心事吗？”

沙靓靓垂下目光，问：“程溪，你说你喜欢我什么呢？”

“为什么这么问？”

“你看，我长得也不是特别漂亮，脾气大，懒，馋，不干家务，还喜欢花钱，”沙靓靓拨弄着盘子里的红糖糍粑，“你喜欢我哪一点？”

程溪看着她，认真地说：“我没想过这么细，可能你说的这些我都喜欢吧。怎么说呢，喜欢你以后，即便是你的缺点，我都觉得是可爱的，觉得是理所当然的。我一个人的时候，脑子里会想你；手机响一下，我就拿起来，唯恐错过你的消息，不能第一时间回复你；我每天进办公室第一时间先看你在不在，工作时抬头看你在忙什么，中午我想着你要吃什么，下午想着你是不是想喝点东西。天冷的时候我想给你暖手，天热的时候我想给你扇风买冷饮；你受伤时，我心里比你还痛，你开心时，我会感觉整个世界都快乐起来了。”

“你就没有生我气、讨厌我的时候？”沙靓靓盯着他问。

“生过气。”程溪承认，“有时候觉得自己很卑微，努力了很多，你也没给我一个结果，心里也会有怨气。可是这样的怨气通常持续的时间不长，然后就觉得：你不欠我什么，不是说我追你你就必须答应我，你是有权利考验我的，我不应该抱怨什么，而是应该做得更好些，争取让你选择我的概率更大些。想想这些，我就不怨恨了，然后想着怎么做得更好一些。靓靓，我的条件自己知道，没什么钱，长相和性格也不怎么讨喜，我除了喜欢你、迁就你、想法子让你开心，还能怎么样呢？”

“傻瓜。”沙靓靓哼了一声。

“你开心的话，我做一辈子傻瓜都行。”程溪说。

“假如，我是说假如。”沙靓靓轻声问，“如果有一天我选择别人，你会怎么办？”

程溪怔怔地望着沙靓靓，沙靓靓先是和他对视，随后低下头。

“我会在这里等。”程溪郑重地说，“等你回来，一直等到你结婚的那一天。即便你结婚了，如果有一天你需要我，我仍然会第一时间到你身边去。靓靓，我喜欢你，只要你幸福，我没有关系的。”

沙靓靓用右手捂住脸，再放下来时眼里噙满了泪水。程溪伸手到桌子另一边，握住她的左手。沙靓靓颤了一下，却没把手抽回来。程溪抽了张纸巾递给她，她接过来擦擦眼睛，突然发怒道：“都怪你！我的妆都花了！”

“啊？我，我不是故意的。”

“蠢货！”沙靓靓把左手抽出来，在程溪的手上打了一下，从包里拿出小化妆包，气呼呼地向卫生间走去了。

晚餐后，程溪开着破面包车把沙靓靓送到了小区门口，沙靓靓下车后扶着车窗对程溪说：“我到家了，你也早点回去休息吧。”

“真的不去外滩坐坐吗？”程溪不甘心地说。

“不去，今天晚上肯定挤死了。”沙靓靓说，“你也早点回去，别去跟那些人挤了，明天还要上班呢。”

“那我们明天中午一起吃饭吧。”

沙靓靓摆摆手，走进了小区。程溪往小区门口看了一会儿，就发动车子离开。然而他并没有把车开走，而是开到不远处，拐进一条小路，随后掉头停在路口。他在黑暗中默默地望着小区门口。

十几分钟后，沙靓靓从小区里出来了，路灯下，她似乎换了一身更加休闲的大衣，站在路边拿着手机叫车。两三分钟后，一辆出租车在她面前停下，沙靓靓上了车。

出租车从程溪的车前驶过，一直驶向远方。程溪紧紧握着方向盘，望着出租车渐渐远去的尾灯，咬紧牙关，发红的眼睛里满是泪水。随后他落寞地发动车子，向另一个方向驶去。

第二天早上，程溪黑着眼圈走进办公室时，沙靓靓已经来了，她抱着手臂靠在他的工位上，责问道：“你昨天晚上去哪里了？为什么不接我电话？”

“啊？”程溪磕磕巴巴地说，“我，我，我回家了啊。”

“还敢说回家了？”沙靓靓斥责道，“看你这副样子，是跑到外面喝酒不知道几点了吧？”

“没，没有。”程溪畏畏缩缩地说，“和几个哥们儿喝了点酒，后来回去睡觉了，真的。”

“反正跟我没关系。”沙靓靓气愤地说着，转身回到自己的座位上去了。程溪慌了，赶紧把包扔到工位上，跟在沙靓靓身后跑到她的工位上。

“哎呀，别生气，我，我没有多晚，真的……”

“我不是让你回去休息吗？”沙靓靓怒视着他。

“我错了，我错了，真的。”程溪点头哈腰地说，“你别生气了，我保证以后不出去喝酒了，我保证！求你了……”

周围的同事都在看热闹，沙靓靓板着脸打开电脑，噼里啪啦地打着字。程溪弯着腰在她旁边站了一会儿，看她不理自己，挠了挠头，就拿起沙靓靓的杯子。沙靓靓一把将杯子按在桌子上。

“谁让你动我的杯子的？”

“我，我想帮你泡杯咖啡……”程溪小声说。

沙靓靓怒视着他，看得他心虚地低着头。她站起来用拳头在他身上狠狠敲了两下，凶道：“谁要喝咖啡机里的？我要喝楼下那家的！我要喝福满栗绒玛奇朵，十分钟内我就要喝到！”

程溪嗖地一声蹿了出去，差点把正走进来的纪佳程撞倒。纪大律师望着冲进电梯的程溪，骂道：“这小子大清早抽什么风？”

“靓靓，你真是吃定他了。”吴柯莹在一边小声说。

沙靓靓翘起小鼻子，嘀咕道：“哼，做做规矩。”

本来是约定再次来到事务所签署文件的，但是当天上午何利锋给纪佳程打了个电话，问能不能和纪佳程单独见面聊一下，纪佳程可以把要签署的材料带过去。

“是有什么需要保密的事情吗？”纪佳程问。

“有一些事想和您沟通下。”何利锋在电话里说，“可能涉及一些隐私，我想先和您一个人说，您来决定是不是要让其他律师知道。”

“也行。你把地点发给我吧。”纪佳程说。

他放下电话，推门出了办公室，对沙靓靓和程溪道：“下午何利锋不来了，他约我见面聊聊。你们把诉状打印出来给我，我下午让他签字。”

“不需要我们去吗？”程溪问。

“他想和我单独聊。”

“好的，我去打印。”

何利锋选的地方就是前两天的那家茶馆，纪佳程到的时候他已经在了，面前摆着一壶菊花普洱，在那里慢慢喝着。茶馆里的人很少，纪佳程走过去坐在他对面，笑道：“不喝姜茶了啊。”

“应该以后都不喝了。”何利锋说。

“菊普挺好，口感挺温和的。”纪佳程说，“喝着舒服。”

“对，杏园也喜欢喝。”何利锋笑道，“您喝点什么？”

“我来壶太平猴魁吧。”

两个人坐在那里聊了一会儿茶经，顺便把文件签了。店主把茶壶放到纪佳程面前，为他斟了一杯茶后走开，纪佳程决定切入正题。

“什么事情要单独讲？”

“好几件事。”何利锋说，“倒不是说所有的事都和隐私有关，不过我觉得有些事跟您单独说比较好。您的那两位手下是否有必要知道，您斟酌。”

“怎么，你还信不过他们啊？”

“谨慎点总是好的。纪律师，您觉得你们去我租的阁楼那儿被袭击这件事正常吗？”

“百思不得其解啊。”纪佳程承认。

那次袭击的人现在还没抓到，车是套牌的，人是蒙面的。那个人开着车跑到那边去破门而入，要说是单纯的盗窃，谁都不会信。

“你怀疑我身边有人通风报信？”纪佳程问。

“我不能肯定。”何利锋说，“毕竟没证据，不过谨慎一点总是好的。再说我今天想和您聊聊嫖娼这件事，让他们听着多尴尬啊，还是和您单独聊比较好。”

“行啊。”纪佳程说，“打算从何聊起？”

“先说说我这两天干了啥吧。”何利锋说，“我前天和合伙人开了大半天会，吃了饭，大家决定把公司尽快设立起来，我的股份就先挂在杏园名下，这一点他们也都同意了，不过要求我签了份承诺书，要我保证不因为个人问题影响项目进程。之前在德国那边看中了一台精密设备，公司成立了就要去引进，这个需要点时间，不过总算开始走上正轨了。”

“恭喜，终于开始推进了。”纪佳程祝贺道。

“公司成立只是第一步，后面的事还多着呢。就拿我们这设备来说，有些东西可以自己解决，比如马晓宁的工厂就是生产电机的；有些东西就得去采购，得去开模具、买配件，还有整套生产线的设计。”何利锋说，“这些的采购根本绕不开机电商会，所以我这两天去拜访了那些叔伯阿姨，看他们能不能行个方便。”

“效果如何？”

“不帮忙。不但不帮，还说不许他们的合作伙伴帮。”何利锋苦笑道，“就跟您之前说的一样，我现在在他们眼里妥妥的是个忘恩负义的王八蛋，不但抛妻弃子，还想另起炉灶跟自己老丈人叫板。薛叔还客气点，说帮我就等于去害江家，希望我浪子回头；洪叔差点把我打出来，说没有我这个侄子，让我滚。”

“嗯。”纪佳程用手指在桌上轻轻敲着，“江家当初把他们叫过去，大概为的就是能有今天这样的效果。”

“问题是他们要是帮着江家，我这里就麻烦了。”何利锋苦笑道，“我总不能所有的东西都从国外进口吧，而且有些东西国外也是从国内采购的。”

纪佳程听了也没办法。两个人喝了一会儿茶，纪佳程出主意道："你不是去见你老师了吗？看在师生情分上，他能不能帮着说和说和？"

"别提了。"

纪佳程想起了帝景豪园里的薛教授，八卦心大起，问道："你是不是在帝景豪园没看到方院士啊？"

"您知道啊？"何利锋吃惊地问。

"那天路过时看到了点东西。"纪佳程高深莫测地说。

"我后知后觉了。"何利锋摇着头说，"是前天下午去了才感觉不对的，开门的是个小伙子，问他是谁，说是薛师母带的学生，我进去没看到方老师，只有薛师母在家里。我看到他们穿得很居家，就觉得有点不对了。然后薛师母跟我说，她和方老师已经分居一段时间了，方老师平时住在学校主校区那边，还给了我地址。后来我就去了学校那边。"

"见到了？"

"见到了，没进去。"

"为啥？"

"看见江诗媛了。"

纪佳程感到有些意外，问道："江诗媛和他同居？"脑子里登时想起了去方式宁办公室遇到薛炜瑾的事，薛炜瑾叫嚷出来的那些女性的名字里就有江诗媛。

"不是不是，纪律师您思想邪恶了。"何利锋捂住额头，"是江诗媛来拜访他了。我在他楼下等着，看到方老师走过来，江诗媛拎着礼物在后面跟着，我就躲在柱子后面。他们经过时我听到了一点，好像是江诗媛来给他送礼，希望他帮着在一个大项目里使把劲。"

"不是我邪恶，"纪佳程撇清说，"是被你之前的描述带到沟里去了。”

“您说是就是吧。”何利锋无可奈何地说。

“照这么说，方式宁和江家有很深的利益关系啊。”纪佳程沉吟道，“难怪他能召集江家来和我谈。这也就能解释为什么他来回折腾半天，就是不肯给你写一份证明。他基本上和江家是一伙儿的。”

“是，所以我后来就没进去。”

“那你这两天找人没啥作用呗。”

“是啊。”何利锋说，“不改变他们的印象的话，他们不但不帮我，还可能会帮江家。就算不帮江家，我这里也会多许多麻烦。”

“嗯。”

“这两天晚上我就反复想，我到底是怎么到了今天这一步的。”何利锋说，“他们说我嫖娼后江诗媛还原谅了我，可是实际上哪里是那么回事。在那之前江诗媛就和我分房了，那时候我还没什么嫖娼事件吧？出了那事后江诗媛立刻就搬出去了，她原谅我什么了啊。他们什么事都相信江家说的，江家就那么可信吗？江家还说我的设计图是那个尹工画的呢，这不是撒谎吗？可是他们就相信。”

“这事的关键就是嫖娼事件，”纪佳程说，“一件事就让你处于道德洼地，后面你再怎么说人家都不相信了。”

“纪律师，会见的时候您问过这事，前几天在律所您也问了一点细节，这两天晚上我在家里也琢磨这件事。”何利锋皱着眉头说，“想着想着，我想起了一件事，结果有了一个新的想法。”

“什么事？什么新想法？”

“前天我不是和合伙人们开会吗？熊玉来也来了，他其实不是我们的合伙人，不该来的，可是都是朋友，大家也没说什么。那天马晓宁一见到他就生气了，对着他又喊又骂，说他既然不愿意出资就没有资格坐在这里，还说如果他在的话，她就要离席。熊玉来和她吵了几句，被骂走了。当时我们都觉得马晓宁反应有点过激，不过想着她的观点是对的，也就劝了劝。晚上马晓宁给我打了个电话，问我知不知道她下午为什么要把熊玉来骂走，我说不知道，马晓宁告诉我，我在里面关着的时候，她担心我们的项目彻底黄掉，也担心江浦实业认为这些合伙人是共同侵权，要求追究责任，所以她想着和江诗媛也算脸熟，打算去江浦实业拜访她一下，看能不能说说情。走到江浦实业楼里等电梯时，她看见熊玉来和一个人从电梯里走出来了。"

"熊玉来？"

"对。当时等电梯的人很多，她个子不高，熊玉来没看见她，和那个人告别后走了。那个人回来等电梯时，很多江浦实业的人请他到前面去，称呼他为'潘总'。"

"潘总？是高管吗？"

"我要是没猜错的话，可能是公司的法务总潘志成，他是潘妮娜的弟弟，也是江诗媛的舅舅。"

"哦……"

"马晓宁上去时，江诗媛正好不在，只好回来了。她回来以后越想越不对，熊玉来为什么会和江浦实业老总级别的人在一起呢？她又想起当初我们几个人协商项目投资的时候，熊玉来也是打算投资的，所以大家签了保密协议后，我把图纸共享给他们看过。后来熊玉来认为我的知识产权作价过高，最终我们没有带他，可是他的手里应该是有我当初共享的部分图纸的。"

"你怀疑熊玉来向江浦实业提供了你的图纸？"

"马晓宁这么怀疑，我现在也这么怀疑。"何利锋说，"只有这样才能解释为什么江浦实业手里会有图纸。江家说是什么尹工画的，根本就是胡扯。"

"这么想的确是合理的。"

“有了这件事，我就琢磨，明明是我的设计，但江家对那些叔伯阿姨说是他们设计的；我还在里面，他们就已经开始在这些叔伯阿姨面前堵我的路。江家完全是不诚实的，精心策划着害我啊。然后我就想起了那段时间，江诗媛先是和我分居，后面我第一次出去喝酒就出了个嫖娼事件，她顺理成章地从家里搬出去了。我越想越觉得蹊跷。那天您不是问了一些细节吗？我回去就顺着那些细节往下走，结果摸出一点不对了。”

“哪些不对？”

“第一个问题：我是怎么和那个女的谈的价格？我对这种事情一窍不通，怎么跟她谈个八千元的价格？好，这个问题也许可以解释为这个女的报价格，我同意了；那么第二个问题又来了：从酒吧到那间酒店有几百米，我都喝醉了，怎么走过去的？当然这个问题也可以解释为我当时还有行动能力，只是酒醒了以后不记得；那么第三个问题来了：我是怎么办理酒店入住的？酒店入住需要身份证，需要付押金，我身上是没有现金的。”

“哦？”纪佳程意识到他要说什么，马上追问道，“你的银行卡有没有查一查明细？”

“我昨天晚上查了所有的银行卡。”何利锋说，“那一天，我没有在酒店的消费记录或者预授权记录。”

纪佳程接了下去：“总不能是失足妇女自己花钱开房吧？钱还没收，先亏一笔房费，这失足妇女会被同行笑话啊。”

“您说是不是？”何利锋也笑起来，“想到这个，我越来越觉得这事蹊跷了。还有更多事我没琢磨出来呢，比如那个房间是情侣房，谁选的？我醒过来时衣服都被脱光了，是我自己脱的吗？我和那个女的办事了吗？有没有买避孕的东西？只可惜当时一片混乱，我一醒过来就是在挨打，这些现在都搞不清楚了。”

两个人在那里哈哈笑了一会儿，各自喝茶。喝了一会儿，纪佳程道："嫖娼这件事，影响到你和那些长辈之间的沟通，对方也一定会在法庭上讲这件事，所以你还真得好好查一查，一个是看看那天晚上谁付钱开的房，另一个是找找这个库雅楠，问问当时到底是怎么回事。"

"我知道。"何利锋说，"所以我今天和您聊聊，就要着手去找人了。对了，你们上次在我租房的地方被袭击这事，您是怎么想的？"

"想不出来。"纪佳程问，"我现在都不知道哪个环节出了问题，之前确实有人跟踪我，可是他们不可能知道你租房地址。"

"您手下这两个人靠谱吗？"何利锋问，"他们和江家有接触吗？"

纪佳程摇摇头，却想起办公楼下沙靓靓和江士同说笑的样子，微微皱起眉。

"这地址连杏园都不知道，如果有人提前去翻，肯定就是有人透露消息了。"何利锋说，"幸亏范姨把电脑搬走了，否则我现在还要在里面关着。纪律师，我今天只和您一个人谈，就是怕我们谈的消息又传到对面去，您和下面的人沟通案情时保留一点。"

"好。"纪佳程勉强笑着说。虽然他也有点怀疑自己这边有走漏消息的嫌疑，可是被客户这样讲，心里还是很不是滋味。

第十九章
照片

元旦过去了，距离春节也不远了，事务所里的工作气氛越来越松垮。有些律师开始每天给法院打电话，希望承办法官把开庭日期调整到某一天之前，这样自己可以早点休假。沙靓靓就在打这样的电话，她要帮纪佳程调整庭期，程溪则早早地抢好了高铁票，他要回西北老家陪父母过年。

这段时间他们忙得连轴转，因为法官也希望在春节前把一些案子结掉，所以开庭安排得非常密集，以至于纪佳程五天内开了六个庭。何利锋那边也忙得连轴转，工商和税务登记已经办下来，他们的锋和机电贸易有限公司已经正式成立了。锋和公司租赁了马晓宁工厂的两个车间和一条生产线，已经开始进行改造，还通过进出口代理公司与一家德国企业签署了精密设备进口协议，进口关键设备。

如同何利锋之前承诺的那样，锋和公司和纪佳程的律所签署了法律顾问协议，所以纪佳程作为法律顾问到工厂去看了几次。纪律师戴着安全帽，到纷乱的生产车间里溜达一圈，提出了一些有关安全施工的建议，大部分时间在工厂办公楼里喝茶。何利锋虽然名义上没有职务，但是作为实际上的负责人，不是跑到车间排查故障、解决问题，就是和李连锋、马晓宁、冯江会讨论进度，要么就是在那里进行后续设计，完全是忙疯了。

纪佳程在工厂里见过李杏园一次，她匆匆赶来给何利锋送熬好的鸡汤。马晓宁和李连锋打趣地管她叫嫂子，她显得又羞又恼。再往后就没看到她了，有一次纪佳程制作了股东会决议，需要她签字，何利锋说："给我吧，我回去让她签，她这段时间都来不了。"

"怎么了？"

"董阿姨住院了，冠状动脉硬化，她年纪大了，状况不太好。"何利锋说，"杏园现在每天去医院照顾，还要管着虫虫，很辛苦。"

纪佳程点点头，把文件递给他，顺便说道："离婚诉状我打算后天就提交了。算算日子，离孩子的一岁生日也没几天了。"

"您处理吧，需要我做什么就跟我说。"

"对了，你不是说你要再查查当初嫖娼那件事吗？"纪佳程问，"有什么进展吗？"

"目前还没有。"何利锋说，"我现在在查两条线，一条线是查那天晚上是谁付的房费，这要查当初酒店的出入账，冯江会家里也有酒店生意，他正在找认识的人联系那家酒店，看人家能不能私下告知一下；另一条线是找那个库雅楠，我找人打听她的下落，现在还没回复。"

在距离春节还有七八天的时候，沙靓靓通过网上立案的方式向沪东法院提交了何利锋的离婚诉状和证据。这个步骤代表了何利锋离婚案件的正式启动，也代表着春节前工作的结束。立案申请提交后，纪佳程、沙靓靓、程溪都开始了休假。

这一年的春节平静而悠闲，纪佳程前后享受了十几天的悠闲时光。大年三十的晚上他忙着收发各种拜年的微信消息，何利锋和李杏园也给他发了微信。从朋友圈内容来看，他俩的大年三十是在医院过的，带着虫虫在医院照顾董老太。

正月初七，事务所在前台摆了一百个开工红包，要奖励给前一百名复工的同事。纪佳程和沙靓靓都拿到了。程溪直到初九才回到沪海市，他拎了两个纸箱子满头大汗地进了办公室，箱子里是给纪佳程和沙靓靓带的特产，其中仅仅有两袋八宝茶是给纪佳程的，足足有四袋八宝茶、四盒枸杞、二十包奶制品是给沙靓靓的。

“法院那边有立案信息了吗？”他分完礼物，抹着汗水问。

“有了。”纪佳程说，“已经转为诉前调解程序。这两天你们和诉调法官联系一下，就说我们拒绝调解，要求正式立案。”

“明白！”

“江家那边应该会在四天之内知道何利锋起诉的消息。”纪佳程估算着法院的送达时间道。

“我们现在需要在证据上做什么？”沙靓靓问。

“什么也不用做，”纪佳程轻描淡写地说，“我和何利锋讨论过，江家百分之九十是不肯离婚的，毕竟何利锋手里有这么多设计图，他们还是希望何利锋回去的。所以他们第一轮应该会拒绝离婚，我们只要走个过场就好。”

“何总又设计出新图纸了？”沙靓靓问，“那不又成了夫妻共同财产了吗？”

“所以江家一定会拖，”纪佳程说，“拖得越久，何利锋设计的东西越多，他们可以主张的就越多。”

沙靓靓和程溪对视一眼，都觉得纪佳程过于乐观，沙靓靓道：“法官会因为何利锋不要孩子，对何利锋有看法的。”

“就说江家条件好，孩子放在那边有利于成长。”

“对方可能会提到何利锋嫖娼这件事，到时候怎么说？他们可是有视频呢。”

“这倒是个麻烦事……”纪佳程道，“就说那是多年前的事了，不影响原告提出离婚的权利。”

这种回答属于没话讲时的强行回复，透着一股恬不知耻的意味。沙靓靓和程溪又对视一眼，他们也知道除了这么回复没有别的办法。

对方知道的速度的确很快，第三天下午，何利锋给纪佳程打了个电话：“对方应该是知道了。”

“和你联系了吗？”纪佳程问。

“不是，是薛叔给我打电话了，问我是不是要和江诗媛离婚。”

“他是什么态度？”

“很生气，说我不像是我父亲的孩子，怎么能忘恩负义到这个地步，自己的孩子都不要，简直不配称为人。他还说叔伯们对我彻底失望了。”

“你看，”纪佳程道，“江家还真是第一时间广而告之。”

“我这里有点新情况，您看下午能见个面吗？”何利锋问，“就在杏园姐的馄饨店里。”

“什么新情况？”

“向酒店付开房钱的那个人找到了，而且还有了意外之喜。”

“好。”

去杏园馄饨店的路上，纪佳程又不时地看后视镜，经历了之前的被跟踪，他每次开车都习惯性地看后面有没有黑色的越野车。截至目前警察都没抓到那辆沪H×××79，纪佳程并不认为这辆车背后的人会偃旗息鼓。

馄饨店里不止何利锋一个人，李杏园和虫虫也在。李杏园手上沾着面粉，看到纪佳程时笑着打招呼，何利锋还是坐在那里给虫虫辅导功课，他们真的很像一家人。

“纪律师吃饭了吗？”

“吃过了。”纪佳程拖了把凳子在何利锋对面坐下，笑着问，“打算恢复营业了吗？”

“不是，可能还得继续停业。”何利锋摇摇头，“虫虫奶奶还在医院里呢，离不开人，今天老太太说想吃家里包的馄饨，所以杏园回来包点馄饨给她带去。”

“老太太现在怎么样？”

“状况不太好。”何利锋说，“医生说只能再观察一段时间看看。这几天还算平稳，过年那几天最危险，我和杏园带着虫虫，轮流在医院守着，就怕老太太突然恶化。”

“辛苦了。”纪佳程慰问道。

“我不辛苦，杏园才是真辛苦。还有虫虫，这孩子跟着我们遭罪了。”

纪佳程注意到这家伙现在已经不称呼“杏园姐”了，又看到他对虫虫宠溺的样子，暗暗叹气。何利锋对李杏园的孩子这么关爱，为什么就不能给自己的孩子一点父爱呢？大人之间的矛盾，不应该发泄到孩子身上，毕竟孩子是无辜的啊。

李杏园忙活了一会儿，拎着煮好的馄饨，带着虫虫匆匆去医院了。何利锋关上店门，问纪佳程：“您猜猜，那天晚上是谁去交押金开的房？”

“谁？”

“一个叫杨文光的人。”

“这人是谁啊？”纪佳程问。

“江爱云的老公杨文亮的弟弟。”何利锋说，“我管他叫叔叔。”

纪佳程不由得一怔，意识到这个信息带来的隐藏含义，赶紧问：“你怎么查到的？”

“过程很艰难。冯江会通过家里的关系，绕了一个大圈才联系到那家酒店的一位副总，是那位副总私下里帮着看的。姓杨的很小心，交费的时候用现金，没有用银行卡，估计是怕留下消费记录。但是因为后面要退押金，酒店前台把他的名字和身份证号码抄在押金单底联上了。那个副总把底联拍照给我们了。”

“酒店那边能出证明吗？”

“不能，这张照片也不能拿出来，否则就害了那位副总。”

“没关系，线索知道了，我们就可以申请法院调查令。”纪佳程说，“杨文亮的弟弟去开的房，是不是说你嫖娼这件事和江诗媛的姑姑有关？”

“我也这么怀疑，毕竟我和杨文光无冤无仇的，他没理由掺和进来，您说我能不往江家那边想吗？”何利锋说，“所以我就上网通过大数据查了查杨文光的资料，有网页显示，他是一家叫作胜和义商务信息咨询有限公司的业务经理，可是那家公司的工商注册信息里却没有这个人，所以我趁着过年的时候到那家公司的地址看了看，看门口贴的介绍，根本就是个讨债公司。”

何利锋把手机推给纪佳程，照片是在公司外面拍的，这家公司的门面倒是中规中矩，里面没有前台，好像直接就是一间间办公室。另一张照片是贴近了玻璃拍的，拍到了墙上的公司介绍等资料，纪佳程放大图片，介绍内容是这样的：

胜和义商务信息咨询有限公司是一家经注册的正规商务资产处理公司，为您提供个人要账、企业讨债等服务。自胜和义商务信息咨询有限公司成立以来，在全国各地区和各个行业的众多客户中树立了良好的专业形象和口碑。从业至今，团队始终秉承遵法守约的精神。以法律背景为依托，以思维策略为指导是我公司进行工作拓展的模式。快速为每一位客户解决债务纠纷，保障客户的合法权益。胜和义商务信息咨询有限公司有专业的团队，为您进行全面的债务咨询，并制订追收方案。您的委托就是对我们的信任，您的信任就是我们的责任。热诚欢迎广大客户电话垂询，携手共创辉煌前程！

另外一块牌子上列明了公司的主营业务：

胜和义商务信息咨询有限公司接受以下要账业务：1.全国范围内的各类借款、工程款；2.全国范围内的各类疑难账、三角账、单据不全的账款；3.债务人逃避和消失；4.咨询账务。

旁边墙上还贴着不少标语，什么“一条龙服务，胜和义让你省心更放心”“老赖就是欺软怕硬，我们不怕他”“要想欠款要得快，就要把心横起来”“不成功不收费，胜和义敢于承诺！”……

看这些介绍和口号，这是一家披着商务咨询外衣的讨债公司无疑。

“确实是个讨债公司。”纪佳程把手机推回去，“这可不好调查。”讨债公司通常手下养了一伙人，会采取非常规的手段讨债，有些暴力讨债的公司甚至会因为涉嫌黑恶势力而被警方连窝端掉。

“我花钱找人，从初七上班开始在这家公司对面守着，想看看杨文光是不是真的在这里。”何利锋说，“今天是第三天。本来就是想找杨文光的下落，没想到拍下了意外收获。”何利锋说着从包里拿出几张纸，上面是彩色打印的照片。他把这几张照片平摊在桌子上给纪佳程看。

照片一共有七张，有四张是一个高个子中年男人进出公司大门的照片，这个男人头发梳得很考究，戴着金丝眼镜，身上的短大衣修身合体，富有管理者的气质。第一张照片是他正迈上公司门前的台阶。第二张照片中他走到了公司大门门口，可以看到玻璃门里有个人在迎接。这个迎接的人在第三张里照片显得比较清楚：一个高大的胖子，短头发，满脸横肉，咧着大嘴笑着，穿了件红白相间的羽绒服，上面有大大的英文字母，里面是白色的西装和格子衬衫，下身是白裤子和黑白两色皮鞋，打扮相当违和。两个人正说笑着从公司门里走出来。第四张是戴着金丝眼镜的男人正在上一辆车，胖子站在车的旁边咧着大嘴笑着。

另外三张照片上出现了一个女人。第一张照片是这个女人进入胜和义公司时的背影。第二张照片是这个女人从公司里走出来，后面又跟着那个胖子。第三张照片是这个女人沿街离开，胖子半侧着身往回走的样子。

从照片上看，这个女人戴着墨镜，金黄色的头发，穿了件粉灰色的毛绒短大衣，下身是皮裙和过膝长筒靴，看起来非常时尚。

纪佳程看了这些照片，抬头等何利锋介绍。何利锋指着那个胖子，道：“他就是杨文光。”又指着那个戴着金丝眼镜的高个子男人说：“他就是江爱云的老公杨文亮，江诗媛的姑父。这个是今天早上拍下来的，杨文亮到这里待了两个多小时，杨文光送他走的。”

“那就可以确定杨文光是在这家胜和义公司了呗。”

“对。”

纪佳程倒没觉得这有什么问题，毕竟人家是兄弟俩，春节后走动一下也是正常的。接着何利锋指着那个女人的照片道："这个您就绝对想不到是谁了，她就是库雅楠。"

"谁？"纪佳程身子前倾，再次拿起照片仔细看着，"她就是库雅楠？"

"她化成灰我都认得。"何利锋说，"我还在到处找她呢，您说这是不是个惊喜？只可惜之前我手里没有她的照片，我找去盯着的人也不知道她是谁，他们只是把每个进出的人都拍下来。早知道是她，我肯定让人跟着，看看她去哪儿。"

"你的意思是现在丢了？"

"嗯。只知道她今天上午来过杨文光这里，待了四十多分钟后走了。"

这就有点复杂了。库雅楠是何利锋的"嫖娼"对象，按理说应该被所有的江家人厌恶才对，杨文光作为江爱云的小叔子，理应秉持同一立场，可是看杨文光把她送出来时脸上还带着笑，无论如何都看不出丝毫反感。联想到当初何利锋"嫖娼"是杨文光去开的房，整件事都透出了怪异的味道。

"你是不是觉得自己当初的嫖娼是被设计的？"纪佳程问。

"现在的确这么怀疑。"何利锋说，"太反常了。我本来就想，当时是谁把全家通知过去的？为什么杨文光会提前开好房？看到他们今天上午拍的照片，库雅楠竟然还和他们有来往，我就觉得这事情不对了。"

"从照片上只能看出库雅楠和杨文光有来往吧。"

"不是。这些照片有点乱，我给您排一下时间顺序。"何利锋一边说一边把那几张照片打印纸重新摆着，"是这样的顺序：先是杨文亮来这家公司；进入公司时杨文光迎接；大约又过了半个小时，库雅楠来了；库雅楠在公司里待了四十多分钟后离开；又过了半个多小时，杨文亮也开车走了。”

“那么库雅楠很可能和杨文亮也见了面，他们之间很可能是有联系的！”纪佳程判断。

“不止呢！”何利锋说，“纪律师，您仔细看看他们进出时有什么不同。”

纪佳程听他这么说，就再次仔细观察，这下他也看出来了：库雅楠进入胜和义公司时，她烫过的头发是高高地扎在头顶的，她离开的时候则扎在脑后，成了一条马尾。发现这一点不同，纪佳程查找得愈加仔细，就像在玩《大家来找茬》游戏，果然又发现了几处不同：库雅楠进入胜和义公司时，皮裙和高筒靴之间的腿上裹着黑丝袜，但是她出来时那里变成了肉色；杨文光迎接和送杨文亮出来时都穿着那件红白羽绒服，衬衫最上面解开了一颗扣子，送库雅楠时没穿羽绒服，只穿着里面的白西装，衬衫最上面至少有两颗扣子是开的。

库雅楠发型和服饰的变化令纪佳程脑子里有了不和谐的猜想，她很有可能来到这里和杨文光发生了不可描述的事。那个时候杨文亮也在，难道……

“现在我也觉得你嫖娼有可能是被设计的。”纪佳程点头道，“不过现在没有直接的证据，这些照片也不可能提交给法庭。这个库雅楠很关键，必须找到她才能了解当时发生了什么。”

“嗯，我只能请人继续盯着。”何利锋说，“万一再发现她，就跟着她。”

“时间应该还算宽裕，不过能抓紧就尽量抓紧，毕竟已经在诉调程序里了。”纪佳程说，“最迟一个月，案子一定会挪到民庭去，到时候对方九成会提出这件事。”

“案子倒是次要的，”何利锋阴郁地说，“现在那些叔伯阿姨站在江家那边才是最麻烦的，我们的生产线改造再过半个多月就要完毕了，德国那边的精密设备下个月初就要装船，这段时间我们本来应该去开模具，定配件，提前联系一些销售渠道什么的。问题是我们找了十几家了，人家都不接我们的单，只有一家黔省的小公司愿意卖配件给我们，马晓宁飞过去考察了，说质量不行，精度很差。”

“找一些不是机电商会的供应商不行吗？”

“业务上都是有交叉的，就算不是机电商会的会员，也不愿意得罪机电商会。”何利锋叹气说，“我们公司刚刚起步，前期采购量不大，人家犯不着为了小单子得罪行业大佬。”

这也是他紧盯着嫖娼事件不放的原因，这一事件已经不仅涉及他的私德，而且确确实实对公司的业务产生了影响。嫖娼事件是他处于道德洼地的开始，正是因为这一事件，后面他才会被认为忘恩负义。如果嫖娼事件不成立，他就变成受委屈的人，完全可以去向那些叔伯阿姨喊冤，他们对锋和公司的打压也就失去了道义上的基础。

“剩余部分的图纸你设计出来了吗？”纪佳程问。

“设计了一部分吧，”何利锋指指脑袋，“完整的图纸都在我脑袋里，不过我没必要那么早设计出来，您也说了，设计出来就有可能被认为是夫妻共同财产，所以我后面只是又画了两部分。这两部分对生产线的改造有要求，所以得提前画出来。”

“你就不怕这两部分的图纸被列为夫妻共同财产？”纪佳程笑道。

“我是以杏园的名义向版权局申请登记的。”

“行啊，形式上你可以这么说，不过这话鬼都不会信。”纪佳程笑道，“法官只要问问李杏园学的是什么专业，就知道这图绝对不是她画的。不过没关系，至少对方也没有足够证据证明这图是你画的。”

“我就是这么考虑的。”何利锋说，“反正离婚之前，我所有的股份、设计全部挂在杏园的名下，我看他们这次再找什么借口陷害我。”

“好吧。”纪佳程说，“估计他们没有什么新办法，经侦那边过段时间肯定会撤案，他们最大的可能还是在案子里跟你争夺。”

“如果是您，您会怎么做？”

“这个得看对方的举证情况。”纪佳程说，他突然又不确定起来：万一人家不是“在案子里争夺”呢？于是提醒道：“另外有件事，我也就是提一下：这段时间你注意一下人身安全，看看有没有人跟踪什么的。”

“怎么了？”何利锋问。

“你在看守所里面的时候，有辆车总是跟在我附近，是辆黑色哈弗越野车，车牌号是沪H×××79。”纪佳程说，“第二次会见你时，他不但跟着我，还把我的车撞坏了。”

“尾号是79的黑色越野车？”何利锋皱了一下眉头，“之前也跟过您？”

“什么意思？”

“这辆车这两天也跟过我，还不止这一辆。”何利锋说，“还有一辆尾号是53的黑色丰田凯美瑞，这两辆车这两天一直在我们厂子外面晃悠，还跟着我的车。”

“你是怎么注意到这两辆车的？”

“是马晓宁发现的。”何利锋说，“我们厂子位置比较偏，门口停的一般是员工的车，门卫都认识。这两辆车最近老是停在厂门口对面，门卫就多看了一眼。后来发现我的车出去他就跟上，就报告了马晓宁。”

“尾号为53的黑色丰田凯美瑞吗？”纪佳程在记事本上记了一下，提醒道，“那你要小心啊。跟着你肯定没怀好意，人身安全要注意。”

“肯定是冲着我来的。”

“那肯定啊，你在看守所里面时跟着你的律师，你一出来就跟着你，不冲着你冲着谁啊。”

“我唯一能让人惦记的，就是我的设计吧。”

“不止。”纪佳程提醒，“还有‘何家留下来的东西’。”

何利锋用手扶额，苦笑道：“我要怎么才能让他们相信，我老爹根本就没给我留下什么东西呢？”

“你说的这个‘他们’指谁？”

“我想咱俩的答案一样吧。”

两个人一起笑起来。现在盯着何利锋的设计，而且与何利锋有矛盾的人，百分之九十以上的可能是江家。之前连律师都跟踪，很明显不怀好意。不过这事倒是未必需要说破。

“沙靓靓已经联系法官，说拒绝调解，要求转正式立案了。”纪佳程说，“接下来我也会准备好证据，你除了保护好自己的人身安全，资料也要保护好。对方可能知道你的住处和办公地点，你小心被盗。”

何利锋深以为然地点点头。

第二十章
锥子

尽管沙靓靓已经打电话告知法官拒绝诉前调解，但法院还是足足拖了大半个月才将案件转到立案庭正式立案——这已经算快了。

这段时间何利锋那边的困境越发明显，机电商会的影响比他们预料的要严重。很多他们希望合作的厂家一听他们的名字就开口拒绝。在一次碰头时，何利锋有些灰心地表示，他试图去拜访几位叔伯阿姨，他们完全拒绝见面，只有赵秋槿和他聊了一会儿，平素对他很温和的赵姨见面时很不客气，没等他说几句就打断他，教育他做人要懂得感恩，还说对他感到失望和痛心，对他现在的堕落感到愤怒。对她来说，此时帮助何利锋就等同于支持他忘恩负义、抛妻弃子。她警告何利锋悬崖勒马，快点与外面的女人断掉，回归家庭，否则她能力影响范围内的商户都不会和他的公司有任何往来。她特别警告说，他们对于全国范围内的销售渠道也是有影响的。

“在他们眼里，我彻底成了败类了。”何利锋苦笑着说。

“连解释的机会都没有？”纪佳程无奈地问。

“这件事几句话说不清，他们根本没有耐心听我讲。”何利锋敲着额头说，“这样实质上封杀，我们可就惨了。”

沙靓靓拿过公道杯，给纪佳程和何利锋的杯子里倒水。

“看来，不改变他们对你的坏印象，你这公司都要成问题。”

“现在不是改变坏印象的问题，是别让他们把印象变得更坏。”何利锋哀叹道，“这次离婚诉讼是个坎儿啊，江家那边肯定会在法庭上拿细节出来抹黑我，说我忘恩负义，说我嫖娼，说我抛妻弃子……”

“对，而且法庭上的陈述还会是系统的，还要拿出相应的证据来。”纪佳程点头说。

“这要是让这些叔伯阿姨听了，对我的印象还会好啊？”

“没事。在法庭上我也会反驳的。”纪佳程安慰道，“再说离婚案件可以申请不公开审理，只要我们不同意，他们就没法旁听，而我们肯定不会同意的。”

“那就好。”何利锋松了口气，“他们现在和我关系差成这样，也肯定不会找我要求同意的。”

“你那边还能撑多久？”

“拖不了几个月了。”何利锋说，“设计已经完毕，但是开模和配件采购解决不了，等于拖在那里，每拖一天都是钱。马晓宁还好说，李连锋和冯江会已经有点撑不住了，找我说要我去和江家谈谈，实在不行引进江家入股也行，还说不能因为我个人原因连累大家。再拖一两个月，矛盾肯定要爆发。”

一切似乎陷入了死循环：何利锋要求和江诗媛离婚；江家影响机电商会；机电商会封杀何利锋的公司；在机电商会的人不听何利锋解释的情况下，只有江家才能让机电商会改变主意；要想让江家改变主意，何利锋就要放弃离婚的念头，讨论知识产权的归属，然而这两点都是何利锋不能接受的。

“如果你们股东内部已经开始有矛盾，你的那些设计放在公司还安全吗？”纪佳程问。

“核心设计我都是随身带的。”何利锋掏出U盘晃了晃，小声说，“公司里我只留了之前那个。现在可不敢放在办公室里，万一被偷，我可就完了。”

“你胆子是不是大了点？”纪佳程问，“随身带不是更危险？”

“他们应该不会想到这么重要的资料我会揣在兜里到处带着跑的。”

“万一丢了呢？”

“我还做了套备份存在银行保险箱里呢。”

讨论最终没有谈出任何成果。何利锋对于和机电商会的沟通仍然持悲观态度，他甚至考虑如果这次创业失败，就把这些设计卖出去。快到中午的时候他回公司去了，他走后没多久，程溪从外面回来，把一大沓文件交给纪佳程。

“江浦实业股份有限公司、江浦贸易有限公司、江浦包装材料有限公司的工商内档全调来了。”

“辛苦。”纪佳程拿过那些文件翻着，“你查档的时候有没有发现江诗媛和何利锋在里面的任职资料？”

“没有，他俩又不是那种需要备案的高管。”程溪问，“这个事实我觉得不重要啊。”

“我们现在缺证据，只能尽可能找线索。”纪佳程把文件递给一边的沙靓靓，“你们想，到了法庭上，对方一定会强调何利锋忘恩负义，所以何利锋有没有被任命为高管还是要了解下。”他说着叹了口气：“不管第一次离婚能不能成功，多准备总是没错的。”

“对了，师父，”沙靓靓说，“刚才收到12368的短信，咱们这个案子的承办法官定下来了，叫杨晓惠。”

“你去问问咱们所的家事团队，看谁在这个法官手下走过案子，问问这个法官是什么风格的。”纪佳程吩咐，“另外抽空和法官联系一下，问问对方律师是谁。”

“好。”沙靓靓点头说。

“纪律师，我还需要做什么？”程溪问。

“去吃饭吧，下午和小沙一起去问问。另外有空琢磨一下，如果你是对方代理人，你会怎么答辩，怎么举证。”

让程溪和沙靓靓出去后，纪佳程靠在椅子上疲惫地揉着额头。承办法官定下来意味着法院已经在排期，留给何利锋的时间就更有限了。他突然想起何利锋说的被跟踪一事，又把程溪单独叫进来。

“你那辆面包车还在开吗？”他问。

“在开，”程溪说，“我室友没跟我要。”

“好，这段时间可能用得上，万一你室友要车，你跟他说多借几天。”

程溪疑惑地问：“您是要派我跑什么事吗？”

“以防万一。”纪佳程皱着眉头说，“何利锋现在好像在被人跟踪了，这事的风向有点不对。”

“他被跟踪？”

“之前我不就被跟踪了吗？”纪佳程说，“现在他啥都设计完了，万一人家知道了，肯定盯着他。我的车之前被跟过，所以万一需要做点什么重要的事，可能要用你那辆车。”

“没问题！”程溪点头说，“您随时叫我就行了——这么跟踪图个啥啊。”他脑子一转，立刻反应过来：“想抢设计？”

“这个咱们管不着，咱们是律师，只负责帮当事人处理法律事务，就算人家到何利锋的公司里把资料偷光了都和我们没关系。再说想偷设计也没那么简单，何利锋晚上大部分时间都在办公室里加班，工厂里也有保安。”纪佳程说，“我今天只是跟你提前打个招呼，有可能我会开你的车出去，实际上未必真的需要。”

“没问题，”程溪说，“我开车带着您也行！”

接下来几天，一切都风平浪静，法院那边没有发来开庭传票，何利锋这边也没有什么新的消息。纪佳程开自己的车上下班，路上会时不时地看后视镜，既没有看到那辆尾号为79的黑色哈弗越野车，也没有看到何利锋所说的尾号为53的黑色丰田凯美瑞。直到周五晚上，他突然接到何利锋的电话。

“找到库雅楠了！”电话一接通，何利锋就飞快地说。

“找到了？在哪儿？怎么找到的？”

“您肯定想不到。”何利锋说，“我不是找人盯着杨文光和他那个讨债公司吗？结果周三的时候又看到库雅楠去这家公司了，她去之前那个杨文亮也去了。之前我交代过，看到这个女的就跟着，所以我找的人就跟着库雅楠，您猜她离开讨债公司后去了哪里？”

“哪里？”

“去了江景蓝调文化娱乐有限公司。”

“江景蓝调？”纪佳程思索着，“有点耳熟啊，好像在哪里听到过。”

“就是江爱云和杨文亮开的公司！库雅楠当初就是这个公司签的艺人，派出去驻场的！”

纪佳程想起来了，当初何利锋被抓后，自己曾经指示沙靓靓把与江家有关的所有公司都列出来，其中江华诚的妹妹江爱云就是这家“江景蓝调文化娱乐有限公司”的执行董事，也是另外一家“杨天财富金融服务有限公司”的股东和董事。

“我请的人接下来又盯了两天，记下了库雅楠去的几个地点。好像库雅楠每天上午要先去江景蓝调公司，快到中午的时候去一家驻唱酒吧，下午会去一趟医院，晚上再赶两个酒吧的场。”

“每天上午都去江景蓝调公司？”纪佳程问。

“对。至少这两天去了。”

“……不对呀。”纪佳程说，“江爱云不是江诗媛的姑姑吗？不是应该站在江诗媛那边吗？库雅楠与她侄女婿都开房了，怎么还能进出她的公司？还天天去？而且还和她老公和小叔子有往来？”

“我也觉得很奇怪。”何利锋说。

“她不会还在那家公司工作吧？”纪佳程猜测，“你想找她问问吗？”

“要不是这两天那些车跟踪我，我确实想找过去。可是我怕被跟踪我的人发现，也怕吓到库雅楠。万一她躲起来，再找到她可不那么容易了。”

“你想让我去？”

“可以吗？”

“可以是可以，不过要先说清楚。”纪佳程打预防针道，“我去了也可能打草惊蛇，而且我不是警察，人家可能不理我的。”

“明白。这件事本来也就是试着努力一把。”何利锋说，“您去的话还可能与她交流几句，我去的话她可能转身就跑呢。”

何利锋提供的地址里包括一家位于沪东的康复医院，按照提供信息的那个人的说法，库雅楠连续两天下午都会到这家医院来，每次至少待两个小时。纪佳程分析，连续到一家康复医院待这么久，一定是有亲友在这里住院，只要找到这个住院的人，就等于抓住了库雅楠的行踪。在和库雅楠接触之前，侧面了解她更多的信息肯定是没坏处的。

这家康复医院外观有些陈旧，一共有六层，一层是门诊大厅，四至六层为住院病房，其他楼层都是些中医康复、康复训练等功能区域。一进入大楼，纪佳程就被暖烘烘的混合气味包围了，医院里有不少穿着病号服的人在家属的陪伴下或走或坐。走向楼梯的路上，纪佳程从一位面色蜡黄的年轻女士身边走过，看到她扶着输液架子，正在艰难地练习走路，她松垮的病号服下面垂着尿袋，这让纪佳程感觉很难过。

跟踪库雅楠的人只跟到五楼，没有确定具体的房间号，纪佳程在五楼看到那一排至少有二十间病房，不由得苦笑一声。走廊里有家属和病人或走或坐，纪佳程混在其间，开始看每间病房外面的名牌。如果名牌上找不到与库雅楠有关的线索，他就只能坐在这里等待了。

一连看了十几间，纪佳程突然在516号病房的牌子上看到一个名字："库雅致"。他心里一跳，觉得自己应该是找到了。为了稳妥起见，他继续看完整个楼层，没有看到其他姓库的病人，就又回到516号房间门口，隔着房门上的玻璃往里面看了看。

房间里有两张病床，门口的名牌上只有一人。纪佳程隔着门上的玻璃只能看到靠窗的病床上鼓鼓囊囊的被子。他收回目光，走到走廊里的一张椅子上坐下，心里琢磨着。

这个叫库雅致的人很可能是库雅楠的兄弟姐妹，库雅楠连续两天来这里，说明这个人对她来说很重要。想到这里，纪佳程没有轻举妄动，而是坐在那里看着，想着怎么搭话。到了中午，走廊里飘起饭菜的香气，一个胖乎乎的中年大婶推着小推车开始往各个病房里送订餐。

"505，二床！鸽子汤！自己拿饭盒来盛！"

一位家属急急忙忙从病房里出来，手里拿着搪瓷缸子。这位胖大婶从大桶里舀了一大勺热气腾腾的汤倒进她的缸子里，拿了一盒盒饭递给她。随后往表格上扫一眼，又叫道："506，一床！鸽子汤！自己拿饭盒来盛！"

并不是每个房间都有人订餐，有几个房间她就直接略过去了，516号病房没有订餐，胖大婶推着小车直接去了517号病房门口。各个房间里走出一些家属模样的人，不少人拿着饭盒到走廊尽头的操作间去用微波炉加热。516号房间的门却仍然关着，这让纪佳程有些疑惑：他（她）不要吃饭吗？

过了半个多小时，很多人拿着饭盒出来倒剩饭，516号病房的门开了。纪佳程本来打算先去找地方吃饭，一看516号的门开了，立刻坐回椅子上看着。从516号病房里走出一个穿着病号服的年轻人，他左手拎着热水瓶，右手扶着走廊一侧的栏杆，费力地一步一步向走廊远端的操作间挪去。坐在隔壁515号病房门口聊天的老太太招呼道："小库，现在才吃饭啊？"

这个叫库雅致的年轻人"嗯"了一声，慢慢向那边走过去了。老太太撇了撇嘴，对身边的中年妇女说："瞧见了哦？伊帮伊拉阿姐省钞票，每天只买一份晚饭，留一半第二天中午泡着吃。"

"作孽哦！"

"是作孽哦！"老太太说，"没人照顾，每天中午打开水泡剩饭。"

"伊的腿哪能啦？"

"说是被打断了。现在接好了还在恢复。"

"做啥被打断了？"

"这个不晓得。年轻人不知在外面做了啥事体，被人打断腿。"

"伤筋动骨一百天。"

"是哦，有得苦头好吃。"

纪佳程听了起身追过去，这时库雅致已经离操作间不远，纪佳程走到他身边，大学时练就的东北话脱口而出：“咋啦？走路不方便啊？来来来，小伙子你把热水瓶给我。打水是不？我给你打！”

“谢谢啊，不用……”库雅致有些惊愕地说。

“客气啥啊！”纪佳程不由分说地抢过热水瓶，一副东北耿直汉子的模样，“这腿脚，咋自己出来打水啊？家里没人陪着啊？你搁这儿站着，我给你打水去！”说着快步奔进操作间。操作间里面有个热水器，纪佳程接了一壶开水，出了操作间，见库雅致还扶着墙上的扶手站在那里，便走过去问：“哪个房间的？我给你送过去！”

“不用，我自己拿就行，谢谢啊。”

“哎呀！自己拿啥啊！”纪佳程说，“你瞅瞅你这走路的样子，快别叨叨了，我送你过去！没几步路！”

盛情难却，库雅致只好一边谢谢纪佳程，一边扶着扶手往回走。纪佳程在一边陪着他慢慢走着，嘴里还在把热心东北人的角色进行到底：“腿咋了呀？受伤了啊？”

“是。”

“咋整的，你这样了，家里没人陪啊？”纪佳程说，“家不在这儿咋的？这里没亲戚？”

“有，上班去了……”

“听你口音不是这儿的人啊！”

“我是苏北的。”库雅致说，“大哥你是哪个房间的啊？”

“我没房间。我来看房间。”纪佳程说，“我二舅摔了，这不从九院出院了，寻思着给他找个康复医院吗？这个医院离我家近点，我过来看看这里条件咋样！看看房间啊、吃饭啊啥的，还有护工价格。”

走到516号病房门口，库雅致说到了，纪佳程推门就进去了，嘴里说着："热水瓶给你搁哪儿啊？床头行不？"

"行，谢谢啊。"

纪佳程放下热水瓶，迅速扫了一眼室内的情况，看库雅致走到床边坐下，就干脆地告辞。库雅致客气地请纪佳程坐一坐，纪佳程摆摆手说："不了！我二舅还在下面呢！我先带老爷子去吃饭去，下午再过来瞅瞅！"说着大大咧咧地走了。

他在附近小店里吃了碗葱油拌面，找地方坐了一会儿，大约一点半在水果店买些苹果，拎着又回了五楼。来到516号病房外面，他往里看看，就推门进去了。

库雅致背对着房门坐在床边，回头看到纪佳程，脸上露出诧异。纪佳程把水果往旁边椅子上一放，说："给你买的！"

"哎？这可不行啊，不用不用……"

"别叨叨了，几个苹果！"这位"耿直东北人"说，"我这不还要过来看看吗，顺便给你带俩！行了，你坐着吧，我走了！我还得去找护士问问！"

"哎，大哥，你这……"库雅致发着蒙说，"要不坐下喝口水……"

耿直的纪佳程挥挥手，转身往外走，走到门口却站住了，他思索了几秒钟，突然回头问："兄弟，要不我找你打听打听？"

"啊？"

"我问护士，她也不一定跟我说实话啊！"纪佳程思索着，"她们指定说这里哪儿都好。"他一边思索着一边转身回来，一屁股坐在椅子上："那啥，要不你帮帮我，我向你了解下呗？"

又是帮打水，又是捎水果，现在人家只想打听点医院的事，这还能不帮忙吗？库雅致自然点头答应。纪佳程掏出手机，开口问："这儿的病床干净不？几天给换一次床单啊？"

接下来他花了十几分钟，详细问了这里的护士一天来巡视几次，饭菜口味好不好，如何订餐，还仔细观察了病床上方的呼叫铃，考察了病房的卫生间设施，了解了这里的作息时间和探望时间，护士和护工的服务态度如何，有没有人偷东西……一边问一边在手机上记着。

这一番沟通似乎让两个人熟稔多了，问完这些事，纪佳程“基本上确定二舅到这里来应该是可以的”。他一边琢磨一边说着：“哎呀！要不说还得找里面的人，问你你知道，你可算帮了我大忙了！”

“也没啥，只是说说我知道的事情。”库雅致笑着说，能帮助纪佳程他也很开心。

“你那腿咋回事啊？”纪佳程又“耿直”了，指着他的腿问，“我刚才听外面老太太说让人打了，咋整的啊？”

“没事。”

“那能没事吗？”纪佳程说，“这家伙，你说这青天白日的，把人打了，能行吗？人抓起来没？”

“没有……”库雅致刚说了一句，纪佳程又插话了：“看你年纪，刚大学毕业呗？”

这跳来跳去的问题打乱了库雅致的思路，他被动地跟着纪佳程的问题走，回答：“是啊。”

“上过大学咋还打架呢？”纪佳程直接给出一个可能错误的选项，引诱他更正，“因为啥啊？和人家抢女朋友啊？”

“不是……”

“那因为啥啊？”

“同学拿我身份证担保，结果欠钱了。”

“哎呀！”纪佳程脱口而出，“你同学借钱你担保呗！完了，指定是你同学还不上，人家找你来了！是网贷不？”

“嗯。”库雅致无奈地点点头。

“咋的，钱还不上，人家打你啊？”纪佳程惊异地说。

库雅致点点头。

“哎呀，你说你这孩子！”纪佳程责备地说，“那身份证能随便给人担保啊？你这耽误的不止你自己啊，人家要债的能把你身边的人全骚扰了。”

库雅致垂下头，露出一丝苦笑。

“你有工作没？这住院了咋还人家钱啊？”纪佳程问。其实在他来之前，他在楼下看过这里的收费标准，这家康复医院的收费不算低。

“我姐在这边工作，她帮我还钱呢。”库雅致苦笑着说。

“家里老人不帮着出俩钱？”

“我爸妈死得早，我是我姐带大的。”

纪佳程点点头，接着就批评道：“老弟啊，我比你大，得说你两句。以后别随便帮人家担保，你说你姐把你带大，供你上学，你现在还让她帮着还债，你瞧这事整的！赶紧好好养病！病好了干点活儿帮帮你姐，你这姐能帮你还钱，你得报答她！”

“是……”库雅致点点头。

纪佳程觉得再问下去可能会惹人生疑。截至目前他已经套出了一些有用的信息：这个小伙子是库雅楠的弟弟，父母早亡，是库雅楠把他拉扯大的。他应该是在大学里帮别人担保，被牵扯进了什么债务，现在因为这债务被债主打伤。

库雅楠很关心这个弟弟，因为她帮着还债，还给弟弟找了这家条件比较好的康复医院。

他应该是库雅楠的软肋。

纪佳程一边思索着，一边又随意寒暄了几句。就在他打算告别离去的时候，门一开，库雅楠走了进来。她的目光和纪佳程相对，两个人都是一愣。

“姐。”库雅致叫了一声。

可能是因为工作的原因，库雅楠的打扮是时尚的，唇膏是紫色的，眼线画得很粗，睫毛长得一看就是贴了假睫毛，金色的头发烫成波浪卷。豹纹外套下面是黑色的皮裙和过膝长靴，整体透出妖艳的感觉。她走进来盯着纪佳程，又看了看库雅致。

“有客人？”她怀疑地问。

“这大哥的家里人也要来住院，他过来看看环境。”库雅致解释道。

库雅楠听了还是看着纪佳程，纪佳程在她的眼神里读到了戒备，就大大咧咧地问：“这就是你姐啊？”看库雅致点头，他说：“那行，你家里人来了，我就先走了。你好好养着啊，等我二舅住进来了，我看看啥时候再来找你唠嗑。”

他说着站起来，跟库雅楠打个招呼就往外走。库雅楠一直盯着纪佳程的脸，以至于纪佳程有些慌乱，当他走过库雅楠身边，库雅楠说：“我送送。”

“不用！送啥呀？赶紧陪陪你弟弟！”“耿直东北人”说。

然而库雅楠还是跟出来了，纪佳程回头望了一眼，发现她死死盯着自己，眼神有点瘆人，连忙道：“没事，不用送！”一边说一边加快了脚步。

然而库雅楠也加快了脚步，两个人的样子有些奇怪，不像是送，更像是在追。库雅楠一出病房就问：“大哥你去哪儿啊？”

“啊，我下楼去看看，我二舅还在楼下……”

“那你怎么会到五楼来？”

“我这不上来看看病房环境啥的……”

这几句对话非常快，而且都是客气的话语伴随着严肃的表情。纪佳程一边走一边心虚地回头看，他感觉库雅楠的眼神似乎要杀人。电梯现在还停在别的楼层，纪佳程不知为什么不敢停住脚步，他直接走过电梯向逃生通道走去，脑子里紧张地盘算着：气氛不对啊……要不然，一进入楼梯间就和她表明身份，开门见山地和她谈一谈？

于是一进入楼梯间，他就停住脚步，打算转身说话。然而库雅楠在后面狠狠地推了他一下，把他推进去，自己也闪入楼梯间关上门。没等纪佳程站稳身子，他就被揪住领子用力顶在墙上，一支锋利的锥子顶在他的脸上。

“敢动，我就戳死你！”

库雅楠假睫毛下的双眼恶狠狠地盯着他，面目狰狞，锋利的锥子尖顶得脸颊微微刺痛，吓得纪佳程不敢动弹。她的瞳孔是紫色的，应该是戴了美瞳一类的玩意儿，紫色的嘴唇咧开，露出紧咬着的牙。

“说，谁让你来的？”

第二十一章
库雅楠

“轻点，别别别激动……”纪佳程慌忙说，“我我我——”

“哈，不说东北话了？”库雅楠冷笑道，“谁让你来的？来干啥？不说我戳死你！”

“别别别！”纪佳程慌忙低声求饶，“我不是坏人，我不是坏人！我是来了解情况的，哎疼疼疼疼疼！我说我说！”

库雅楠手上本来已经在用力，听到纪佳程求饶，微微收回锥子：“快说！”

“我是律师，我来这里是想找你的……”

“姓杨的让你来的？”库雅楠狠厉地说，“怎么，要请律师对付我们了？不是说好了再缓一缓吗？他提裤子就翻脸啊？你是怎么知道这里的？你们跟踪我？”她说着又开始用力。

“你搞错了！你搞错了！”纪佳程惊骇地低呼着，“我是何利锋的律师，我是何利锋的律师！”

库雅楠的动作停下了，脸上的狠戾之色消散少许，露出了惊讶的表情。

“谁？”

“何利锋！认识吗？何利锋！”纪佳程感受到她揪住自己衣领的手松了些，似乎有点发抖，赶紧慢慢试探着想挺直身子，“你应该认识吧，两年多以前……”

“什么何利锋？没听说过！”库雅楠突然又使劲把他顶在墙上，锥子这次对准了他的咽喉，逼得纪佳程只能拼命向后仰着头，“我不认识，不知道！我警告你赶紧滚，不滚的话我戳死你！信不信？”

“我信！我信！”纪佳程一叠声地求饶说。

库雅楠狠狠地推搡了纪佳程一把，挥舞了下锥子，才带着威胁的神色后退一步，盯着他说：“滚！”

纪佳程捂着脖子，一边喘息一边伸手看有没有出血。他抹了抹额头的冷汗，说：“你出门天天带锥子啊？上地铁不怕被查出来？”

“你还不滚？”库雅楠一扬手。

“哎哎哎，别冲动，我真不是来惹事的，你中午不在我还帮你弟弟打水呢！”纪佳程赶紧摇着手说。

“我戳你了！”库雅楠恐吓道。

“别吓唬我啊，你想想你弟弟。”纪佳程赶紧往楼梯下方退两步，“你要是真的戳了我，肯定要被拘留，到时候你弟弟一个人在医院可咋办啊，是不是？”

库雅楠恶狠狠地看着他，突然一笑，把锥子放进小挎包里。她把豹纹外套扯开，露出里面的背心，纪佳程一看她这个动作，立刻向下逃到楼梯转角处，和她拉开距离。

库雅楠在楼梯上方嘲弄地看着他，说：“挺机灵嘛。你再不滚，我就喊非礼了。”

“我就是想找你了解情况，”纪佳程在楼梯下方说，“我真没有恶意，拜托你，只需要几分钟。”

“我要喊了！”

“我大概知道你遇到了什么事，我能帮你！”

库雅楠已经张开嘴准备喊了，听到纪佳程这句话，狐疑地低下头：“什么意思？你知道我什么？”

“你先别喊，你看我说的对不对，好吗？”纪佳程恳求道。在下午和库雅致聊天时，他把了解到的信息大致按照时间顺序排了排，脑子里隐隐有了个轮廓，现在他尝试着把这些信息串起来。

“你父母过世得早，你弟弟完全是你拉扯大的，你很伟大，努力赚钱让你弟弟吃饱穿暖，还努力赚钱供他上大学。”纪佳程一边说一边观察着库雅楠的表情，他故意用了些吹捧的词，希望能减少库雅楠的敌意，“你弟弟是个很懂事的人，看得出他很善良。”

库雅楠眯着眼看着他，纪佳程完全判断不出他说的是对还是错。

“应该是在大学的时候，你弟弟拿身份证帮别人做了担保，结果借钱的人还不上，网贷公司找你弟弟还钱，”纪佳程斟酌着说，“负责讨债的是不是杨文光那个公司？”

库雅楠的脸色微微变了，她正过身子，居高临下地打量着纪佳程。

“你不忍心看着弟弟被追债，就主动帮着一起还，拼命赚钱。”纪佳程说，“讨债的人可能拿你弟弟要挟你还钱，还不上就伤害你弟弟——你看你弟弟现在就被他们打伤了。也就是因为这样，你有时就要被迫帮着姓杨的做事——对吧？”

“你是怎么知道的？”库雅楠又掏出了锥子，“你调查我？”

“我可没有！”纪佳程赶紧否认，“天地良心！我也就是今天和你弟弟聊聊天，理出点信息来，刚才那些是我分析的。”

“你是怎么知道杨文光的公司的？也是我弟弟告诉你的？”

“这事说来就话长了，”纪佳程说，“也跟我今天来找你的事有关。所以我说，你能不能给我几分钟？我跟你说一下我是怎么知道的，然后……”

“你刚才说你是谁的律师？”库雅楠打断他问，“有名片吗？”

“有，有。我是何利锋的律师——你把锥子拿开一点。”纪佳程拿出一张名片，走上几级台阶，避开她手里的锥子递给她。库雅楠有些粗鲁地用一只手接过去，扫了一眼，随手塞进口袋。

“我什么也不知道。滚！再不滚，我弄死你！”她挥了挥锥子，转身要走。

“唉，我真的没恶意！”纪佳程在她身后无奈地说，“你帮我们，我们也可以想法子帮你啊！”

“帮我？”库雅楠冷笑道，“你能给我一百万元吗？滚滚滚！”

在她打开楼梯间的大门，即将进入五楼楼层时，纪佳程在她身后大声说：“大妹子，咱们得凭良心啊！你当初害的那个人被迫离家出走了，他岳父还差点把他送进监狱。你弟弟是人，别人就不是人吗？要不然咱们找你弟弟评评理，看你做得对不对？”

库雅楠狠狠地关上门，像头母豹子一样几步冲下楼梯，向纪佳程冲过来。她一只手揪住纪佳程的领子，另一只手高高举起锥子，低声怒吼道：“我他妈的——”

“戳死我对不对？”纪佳程接口道，“我没有威胁你的意思！我今天其实可以表明身份，跟你弟弟谈你当初做的事，可是我没说，我只想私下和你聊聊，想知道真相而已。你看，我身上没有录音笔什么的，”他把口袋扯出来，“你可以搜我的身，你再看我的手机也没有录音。我没恶意！”

“敢打扰我弟弟，我豁出去和你同归于尽！”库雅楠咬牙切齿地说。她盯着纪佳程看了几秒，狠狠地推搡一下，松开手走到一边。把锥子塞回包里，她掏出一包女士香烟，叼了一根点上。

“说吧，你想干啥？”她长长地吐出一口蓝色的烟雾，皱着眉头问。

“我想问问，两年多以前你和何利锋嫖娼的那件事。”纪佳程问，“那天晚上是怎么回事？”

“嫖娼呀，你没上过学？”库雅楠冷哼道，“知道什么叫嫖娼吗？他买我卖？明白吗？”

“少来了，那件事没那么简单吧？”纪佳程追问，“你确定那是嫖娼？”

“呵！”库雅楠冷笑着说，“不是嫖娼是什么？他有钱，我缺钱，大家做个交易，不行吗？”

“多少钱？”

“关你屁事！”

“那是给的现金还是转账？”纪佳程问，“他那天根本没有转账记录。”

库雅楠斜了他一眼：“现金给的。”

“可是他当时身上根本没有现金啊！”纪佳程说。

“我记不起来了！”库雅楠暴躁地说，“我一天到晚忙得要死，记得住那么久的事？”

“他当时在酒吧喝得不省人事，是怎么到酒店去的？”纪佳程问。他直接设定了“何利锋不省人事”的前提，因为如果他说何利锋只是“喝醉了”，库雅楠很可能会说是何利锋自己走过去的。

库雅楠吸了口烟，说：“我忘了。”

“谁开的房总记得吧？”纪佳程问，“肯定不是你开的房吧？”

“不是我，是他开的。”

“可是他醉得不省人事，怎么开房啊？”

库雅楠又吸了口烟，她突然有些神经质地把抽了一半的烟扔在地上，咆哮道："我说了，不记得了！不记得了！过了那么久，不记得了！"

她说着转身就上楼梯。纪佳程在她身后说道："是杨文光给你们开的房吧？钱也是他付的。"

库雅楠哆嗦了一下，回过头来，震惊地盯着纪佳程，她的脸色明显变白了。

"这事情应该江爱云也参与了吧？"纪佳程说，"杨文光和你都是配合好的？"

"你什么意思？"库雅楠盯着纪佳程问。她的手又慢慢伸进了小挎包。

"你不是在江爱云的公司当歌手吗？应该也认识杨文亮和杨文光吧？我要是没猜错，事情的脉络应该是这样的。"纪佳程说，"你弟弟给别人担保网贷，结果被网贷公司追债，我刚才和你弟弟聊天时顺便查了查裁判文书网，上面有你弟弟的判决书，他帮一个叫王威的同学担保，要承担连带责任，还有执行裁定书，要执行你弟弟四十多万元。"

库雅楠脸色铁青，手缓缓从包里抽了出来，手里捏着那盒女士香烟。她又抽出一支烟叼在嘴唇上，一连几下都没打着火。

"如果所料不错，网贷公司找了杨文光的那家讨债公司找你弟弟追债，你这个当姐姐的为了帮弟弟，只能听他们的。"纪佳程说，"所以江爱云或者杨文光让你去设计何利锋时，你只能去做。你一开始就知道那是在设局诬陷何利锋。那天晚上，你去了酒吧，主动接近何利锋，在他的酒里下了药，然后把他弄去酒店，房间是杨文光开好的，你直接把他弄进房间就行了。"

库雅楠叼着烟，望着一边，一言不发。

"后面的事大家就知道了，"纪佳程说，"你通知了江家，让他们来捉奸，和他们演了一出戏。所以在那之后你还能继续在江爱云的公司待着，江爱云没有打击报复你——你立功了嘛。我说的这些对吧？"

库雅楠终于打着火，点着了烟，手微微有点抖。她深吸了一口，说："放屁！"

"哪里不对？"

"哪里都不对！就是放屁！"库雅楠骂道，"懒得理你，滚！"

"你不反驳就是承认了呗？"纪佳程说。

库雅楠怒视着纪佳程，然而面对纪佳程的目光，她的眼神突然有点躲闪。她又狠狠吸了两口，说："药不是我下的，是酒保下的。那家酒吧是江总弟弟开的……还有，我没通知江家，我去的时候，他们家人已经在附近等着了，就算是通知也是杨文光通知的。"

"我就说肯定是他们，"纪佳程顺着说，"何利锋再怎么说也有一百五十斤吧，你一个女人怎么把他扛到酒店去啊？"

"杨文光扶的，还有个年轻的，是江总弟弟的儿子，好像叫什么江士同的一起把他架过去的。"

库雅楠狠狠吸了口烟，她用力往后捋了一把头发，长出了一口气。

"何利锋是不是打算追究这事？"她盯着纪佳程，"他是不是想找我报复？律师，我想请你跟他说一声，冤有头，债有主，要害他的人不是我，让他去找江家去……我在江总手下讨生活，我弟弟又被他们追债，钱还不上就被抓去打，他们跳起来往我弟弟身上踩……他们让我去干这脏活，一分钱债务都没减免，只答应给延期，我要是不答应，他们又会把我弟弟抓去折磨，我没办法。你跟何利锋说，他要是真打算报复，我也没办法，反正我和我弟弟现在也活得人不人鬼不鬼的，大不了我俩喝药，没准还解脱了。”

说完这番话，库雅楠把脸扭过去，头发遮住了面孔。纪佳程伸头看了看，从口袋里掏出纸巾，抽出一张递过去。库雅楠低头看到，接过去擦着眼睛。

“他不会报复你的，”纪佳程说，“知道你不可能是主谋。我刚才就分析你应该是被迫的了。”

他在楼梯上坐下来，一时不知说什么。过了一会儿，他问：“能帮着做个证吗？”

“你觉得我敢吗？”库雅楠反问。

纪佳程挠挠头，叹了口气，想了想又问：“我看裁判文书网上执行你弟弟的金额是四十多万元，你这两年下来应该还了不少吧？怎么你刚才说还要一百万元？”

“人家跟我们要复利，利滚利。你不知道什么叫高利贷吗？”

“哪家网贷公司啊？这么嚣张？判决书金额也敢利滚利？”

“也是我们江总开的，她老公管着。”

“杨天财富？”

“你怎么知道？”库雅楠惊讶地问。

“这倒有意思。”纪佳程说，“杨天财富搞网贷，然后杨文光的公司负责追债。”

“他们一直是这么操作的。”库雅楠说，“江总和大杨总放贷，小杨总领一伙人专门追债。”

“你说的大杨总是杨文亮，小杨总是杨文光吧？”

“嗯。”

“你弟弟的腿是他们打伤的？”

库雅楠不说话了，只是狠狠吸着烟。纪佳程叹了口气，说：“那你这也不是办法啊，这种债你一辈子都还不完的，你弟弟的腿好了，他们不会再打？”

“有什么办法呢？”库雅楠惨笑着说，“当初帮他们告我弟弟的也是你这样的律师，我弟弟现在已经被他们弄进失信名单了……我们不懂法，没那么多弯弯绕绕，也没有什么有权有势的亲戚，只能被人家这么欺负，你说我们这种底层人算人吗？就算去了派出所，抓他们一两个打人的，其他人只会报复我们更狠！”

她把烟头扔在地上，用脚踩熄，长舒一口气，似乎调整了情绪，说：“你走吧。何利锋如果不报复我，我谢谢他。做证的事他就别想了。我不是一个人，我还有弟弟。希望你以后也别来了。”

纪佳程站起来，看着她走上楼梯，在她走到楼梯间的门口时，纪佳程开口道：“妹子，这世界还是有公道的。”

库雅楠回头看他一眼，拉开楼梯间的门。

“我给你个电话，是沪东刑侦支队的办公电话，你找一位叫张云军的警官。”纪佳程说，“我觉得你遇到的这件事属于黑恶势力的性质了。你可以把你和你弟弟的情况和他讲一下，他那边对于举报人是保密的。”

纪佳程在一张纸上写下电话号码，上前递给库雅楠。

“要不要打这个电话，你自己斟酌——真要是觉得自己走投无路了，也算是个选择。”

说完这番话，纪佳程客气地与库雅楠告别，顺着楼梯下楼。当楼梯阻隔了库雅楠的视线，他心有余悸地摸着还刺痛着的脖子和脸颊，在肚子里咒骂着：这疯婆子，包里居然带着锥子！

他在一楼卫生间里照镜子，确认脖子和脸颊上没有血点才放心。离开医院，他坐到车里汇总了一下信息，何利锋当初的嫖娼事件果然是江家设计的，从刚才的沟通看，江士同、江爱云等人都涉及在内。江爱云居然还涉及放贷的灰色生意，这让人蛮意外的。

可惜库雅楠不肯出来做证，何利锋听到这个消息应该会失望吧。

这事得向何利锋通报一下，他拿出手机，发现有多个未接来电，全是何利锋打来的。他通常不会这样打个没完，一定是发生了什么事，想到这里纪佳程赶紧打了回去。

话筒里一片杂乱，纪佳程听到有人在哭，紧接着何利锋的声音出现了，惶急而嘶哑："纪律师……"

"找我有事吗？"纪佳程问，"我刚找了库雅楠……"

"纪律师，出事了。董阿姨可能要不行了。"

纪佳程心里涌起不快，觉得何利锋有点没数。虽然他和李杏园也认识，但是和董老太只见过一面，一点都不熟，自己是何利锋聘请的律师不假，帮他来了解情况还罢了，怎么董老太"要不行了"也来找自己？心里这么想，嘴上却不能这么说，他问："怎么回事？"

"江诗媛来闹事，打了杏园，"何利锋说，"董阿姨一激动就发作了。现在杏园和江诗媛她们在派出所，我守在医院这里，您能不能赶快到派出所去？"

这就与离婚案件有关了。纪佳程马上说："把派出所地址发给我，我现在过去。另外你把情况大致跟我说一下，留言就行。"

赶到陆家嘴派出所时已经下午五点半了，纪佳程停好车奔进去，向接待窗口询问李杏园在哪里，窗口的警员听他描述完，把他带到一间大的会议室，纪佳程进去发现李杏园孤零零地坐在桌子一边，对面几个人正在大声斥责着，中间有一位警官做着记录。

"我问你，你推了江女士没有？有没有把她推倒？你就说有没有？"一个戴眼镜的中年人逼问着李杏园。他的身边坐着江诗媛、潘妮娜和另一个中年妇女，都是怒目圆睁。看到纪佳程进来，他们愣了一下，李杏园眼里一下子涌出了泪水。

"纪律师……"

纪佳程大步走过去，拉开椅子坐在李杏园旁边，迅速扫了一眼李杏园脸上和手腕上的抓痕，问："没事吧？"

"哎哟，来了一个出头的，身边真是好多男人。"那个中年妇女恶意地说。

"纪律师我没事，"李杏园说，"我婆婆——"

"哪里没事？"纪佳程说，"我看事情挺大的。验伤！马上申请验伤！这伤痕一个轻微伤妥妥的了，是她们谁抓的？指出来，验完伤要求拘留！"

会议室里的气氛一下子爆掉了，中间的警官张大嘴，没想到这个人一进来就要把事情闹大。江诗媛、潘妮娜都愤怒地睁大眼睛，那个戴眼镜的中年人立刻反驳道："拘留谁啊？她把江女士推倒了，我们还要追究呢！"

"性质不一样。"纪佳程一句就点破了这个中年人的意图，"想弄成'互殴'就别想了，人家在病房里待着，你们为什么冲进来？是你们冲进病房叫骂，打扰重病病人治疗，她阻挡你们合理合法。倒是你们借机殴打她，肯定违法了。啥也别说了，开验伤单！"

"那么开验伤单好了，本来我们还想放过她，让她道个歉就行了，"中年人说，"现在你们这个态度……"

"打人的人说挨打的人态度不好？"纪佳程反问。在他说的时候，他感觉李杏园的手在桌子下面拉他的衣服，可是他毫不理会。

坐在一边的年轻警官感觉自己控制不住场面了，这种争风吃醋的破事他见得多了，大部分情况下都是协调了事，谁有那个闲心去折腾一晚上搞什么验伤？所以他一开始默许江诗媛一方对李杏园施压，反正从情感上来说，他也是倾向于"打小三"的"正妻"，如果能够逼着"小三"同意和解，这次报警也就案结事了，大家省事。没想到"小三"这边来了个律师，一来就把局面翻过来了。

就在这时，门一开，一位老警官走进来问：“谈好了没有？谈好了笔录签一签，都回去吧。”

“所长，伊来了个律师，要求验伤。”年轻警官马上报告。

“做啥要验伤？”这个所长一愣，“多大的破事，搞什么？大家谈一谈么，和解么好来！”

“我们的意思也是这样，”那个中年人说，“我们可以不追究李杏园推倒江女士的事，可是李杏园也不能追究这几位女士，本来就是互相推搡，大家不来不去也就完事了。”

纪佳程正待开口，李杏园却抢先回答：“我同意和解。”随后扭头对纪佳程说：“纪律师，我婆婆还在抢救，我得回医院去盯着，不能在这里浪费时间啊！不来不去就行了，真的。”

“你决定。”纪佳程点点头。

“喊，拽得跟二五八万似的，刚才凶的来……”那个中年妇女嘲笑道。

“我看这是不想和解嘛。”纪佳程说。

“把嘴闭上啊，不要说一些多余的话。”所长对着中年妇女警告道，那女人翻了个白眼，闭上嘴巴。所长唯恐双方再有什么口角，亲自坐下控场，吩咐年轻警官：“赶紧做笔录。”

在警官制作笔录的时候，所长点起一支烟，开始和中年人、纪佳程聊天，两边的几个女人都一声不吭，目光冰冷。既然事情解决，纪佳程和那个中年人都换了口气，还彼此交换了名片。原来这个中年人是江浦实业的法律顾问，名叫黄其柏。再聊下去，两个人惊讶地发现彼此会在接下来的离婚案件里碰头——黄其柏将代理江诗媛的离婚案。

于是在所长“你看这世界多小”“你们同行之间和和气气的多好”这类话中，李杏园在笔录上签了字。一签完字，纪佳程就开车送她到医院，跟着她急匆匆地到了病房，发现里面空空如也。李杏园慌忙奔出去找到护士台问："护士，董梅花现在怎么样？"

"送到手术室去了，还在抢救。"护士说，"现在应该还在三楼手术室。"

李杏园身子一晃，差点坐到地上。

第二十二章
祸不单行

三楼手术室外的走廊空荡荡的，只有何利锋带着虫虫坐在门口的椅子上。虫虫躺在何利锋的怀里，身上盖着何利锋的外衣。李杏园快步奔过去，问：“妈现在怎么样了？”

“还在抢救。”何利锋疲惫地说。

“我不知道会这样，”李杏园抹着眼泪，“她们非要报警，非要把我弄到派出所去，我走的时候妈还没发病……”

“听护士说你走了一会儿以后，董阿姨就发病了。”何利锋揉了揉头发，“你一打电话跟我说江诗媛来闹事，我就往这里赶，来时已经送进手术室了，我赶紧签了字。虫虫当时被护士带着。”

虫虫迷迷糊糊地从何利锋的腿上爬起来，身上的外套掉在地上，她揉着眼睛，一眼看到李杏园，立刻欢叫起来：“妈妈你回来了！”说着跳下来抱住妈妈。

“哎，妈妈回来了。”李杏园抱住虫虫，抹着眼泪说。

“妈妈我饿了。”虫虫说。

“你们去吃东西吧，”何利锋把衣服从地上捡起来，“我在这里守着就行。”

“让李女士带孩子去吃吧，”纪佳程说，“我在这里陪着小何，给我们带两份盒饭就行，正好我也有事要说。”

李杏园点点头，赶紧带着孩子去医院外面找地方吃饭。等她们走了，纪佳程在一边坐下，问：“怎么回事？”

“是下午的事。”何利锋疲倦地说，“本来老太太状况已经平稳了，杏园带着孩子在这里照顾她，江诗媛和她妈、她二姨突然就冲进来了，进来就喊要打‘小三’，骂杏园不要脸，对着看热闹的人大喊大叫，说杏园勾引我，图谋她们家财产，还骂老太太老不要脸。杏园拦着她们不让靠近病床，她们一边骂一边打，三个打一个。董阿姨下不了床，急得直叫。后来她们还报了警，说杏园打了她们，结果警察就把她们全部带到派出所去了。杏园临走的时候给我打了电话，我就赶紧打你的电话。结果她们去派出所没一会儿，这边老太太就从床上栽下来了。”

“我当时在库雅楠那儿。”纪佳程说，“根本就没注意手机——医生说老太太怎么样？”

“受了刺激，恶化了，又摔了这一下，可能要不好。”何利锋焦虑地说，“你看现在还在抢救，刚才医生出来过，跟我说做好心理准备。”

纪佳程拍拍他的肩膀，向后靠在椅子上。他不知道何利锋与董老太的感情如何，所以也不知道如何安慰他。何利锋向前弯着腰，双肘撑在腿上，盯着地面，阴郁地说：“我的感觉就像——就像重新认识了一个人……为什么要离婚，她心里难道没点数吗？有什么事冲着我来，冲着董阿姨来是怎么回事？还有脸来打‘小三’……”

纪佳程想向他指出：在婚外情这一点上，他是有过错的，李杏园明知他没有离婚而和他在一起也是有过错的。不过此时不是当“理中客”的时候，所以他没有搭茬。从内心来说，他对“打小三”这种私刑式的行为也一向持反感态度。

“你怎么看江诗媛这次闹事？”纪佳程问，“她对你真的有这么深的感情吗？”

何利锋扭头望着纪佳程问：“什么意思？”

“如果不想离婚，直接在法庭上说不同意就行，法院第一次基本上判不离。要是想和你重归于好，直接找你就行了，干吗来医院闹？”纪佳程问，“她不是傻子，来这里打李杏园、骂董阿姨肯定会激怒你，只会让你们关系更恶化，她为什么要这样呢？”

“我不知道，我脑子现在挺乱的。”何利锋用力扯了扯头发，无力地说。过了几秒，他自言自语地说：“老子和你们江家有多大的仇啊……要是老太太真的过不去了，咱们就真的彻底没情分了……”

纪佳程引开话题，说：“我见到库雅楠了，和她聊了聊。”

“怎么样？”何利锋的注意力被引过来。

“你嫖娼那件事是江家设计的，江士同和江爱云都参与了。你去的那个酒吧是江华平的，把你弄倒了的是酒保，送去酒店的是杨文光和江士同，他们提前开好房。库雅楠说当时把你架过去时，江家人已经在附近等着了。”

“她愿意出来做证吗？”

“不愿意。她弟弟欠了高利贷，她现在被对方控制，没胆子做证。”纪佳程说，“你知道江爱云和她老公放贷吗？”

“听说过，好像搞什么小额贷还是校园贷，还找江华诚借过资金。”何利锋挠头说，“她不肯出来做证可怎么办啊？”

“再想办法吧。”纪佳程说。

接下来走廊里陷入沉默，两个人一言不发地盯着手术室外亮着的灯。大约过了半小时，李杏园和虫虫回来了，给他们带了两份盒饭。窗外的天空漆黑一片，已经快要晚上八点，纪佳程一边往嘴里扒拉米饭一边看手机。赵敏发微信问他现在在哪里，他汇报说在何利锋这边，赵敏的下一条微信口气便有些不善，说大周末的怎么这么多事，早点回来，不许在外面勾三搭四。

吃完晚饭又陪了一会儿，纪佳程决定告辞回去。在他起身打算开口时，手术室的灯突然灭了。

何利锋和李杏园同时站起来。纪佳程把已经到嘴边的话咽了回去，陪着他们等着。几分钟后一位穿着绿色手术服的医生走出手术室，何利锋和李杏园立刻迎上去，李杏园问："大夫，我妈她……"

"已经尽力了。但是……其实老人家这个病本身就已经很严重，今天又恶化到这种程度，我们能做的都做了，手术只能延缓一下，你明白我的意思吧？"医生说。

李杏园身子一软，差点坐下去，何利锋用力抱住她，问医生："真的不行了吗？"

"有些过程是不可逆的，"医生耐心地说，"我们可能争取到了一点时间，但是最终还会是那个结果……家属请做好心理准备。"

"她已经……"

"还没有。"医生说，"快了。可能一天，可能一小时，也可能就是今天晚上。现在我们建议尽量减少病人痛苦。你们现在先回病房吧，一会儿我们会把她从另一部电梯推回病房去，家里还有亲人的话赶紧都叫来告个别，要是给她准备了衣服什么的，可以拿出来了。"

医生说完就回到手术室去了，听到这句话，李杏园痛哭起来，何利锋半扶半抱着李杏园向电梯走去。这样的情况下纪佳程倒不好走开了，在后面牵起了虫虫的手。在电梯里，纪佳程低声问何利锋："现在通知家里人还来得及吗？"

何利锋摇摇头："董阿姨在沪海市已经没有别的家人了。"

回到病房，李杏园坐在椅子上哭泣，何利锋抱着她不知如何安慰，只是轻轻拍着她的背。虫虫眼里噙着泪，她知道奶奶要死了，虽然她还不能像大人一样完全理解死的含义，但是她知道奶奶死了就回不来了，否则妈妈不会哭成这个样子。李杏园哭了一会儿，突然站起来走到柜子边，从里面拿出一个包裹，她把包裹打开，点了点里面的衣服，抱到一边的椅子上，一边哭一边整理着。

"衣服提前预备好了？"纪佳程问何利锋。

"之前住院的时候就预备好了，怕万一发病了有个好歹，到时候措手不及。"何利锋闷声回答，"原本以为这次用不上了，想不到……"

纪佳程默然。大约几分钟后，护工推着病床回来了，一位医生跟在后面。李杏园、何利锋、虫虫都围了上去，虫虫看着双目紧闭、脸色灰黑的奶奶，哇的一声哭起来。心电监测仪发出嘀嘀的声音，医生和护士安排好就退了出去，把最后的时光留给家人们。

"妈！妈！"李杏园伏在床边痛哭着。病床上的董老太仍然双目紧闭，虫虫在另一边抓住她露出来的手指，哭叫着："奶奶，你说话呀，奶奶！你看看我，我是虫虫！"

董老太的手指微微动了动，双眼仍然闭着，但是手指明显微微握住了虫虫的小手。她的嘴唇微微张开，发出了细微的声音："……乖……"

"妈！妈！"李杏园哭着握住董老太另外一只手，泪流满面地望着董老太的脸。董老太微微张着嘴，李杏园和何利锋都俯下身去，虫虫拼命压抑着自己的哭声，她怕听不清奶奶说什么。

"……照顾……孩子……你……也……嫁……"

说完这几个字，董老太喘息着，似乎耗尽了力气，可以明显地看到被子在微微动弹。李杏园压抑着哭声，点头说：“妈，你放心，我一定把虫虫照顾好！虫虫，快跪下，给奶奶磕头！”

虫虫扑通一声跪到地上，向病床磕了三个头。李杏园哭着对董老太说：“妈，你还有什么话，就跟我们说吧……”

董老太喘息了一会儿，发出了声音：“少爷……你……单……独……听……”

李杏园后退了一步，何利锋在对面俯下身子，把耳朵凑在董老太嘴边。董老太的嘴唇微微动着，断断续续有声音发出，纪佳程在床脚听不分明，他看了一眼心电监测仪，震惊地发现，刚才80多的心率已经下降到了67，他眨了眨眼，发现心率又降到了63。

何利锋直起身子，满脸震惊地看着董老太，董老太说完那些话，就一动不动，每个人都能看出她的生机在缓缓流逝。李杏园顺着纪佳程的目光看向心电监测仪，发现心率已经降到40多，腿一软就跪在了地上。

“虫虫，快过来，给奶奶再磕头……奶奶要走了……”

虫虫跑到妈妈身边跪下，大声哭泣着。何利锋紧紧握住董老太的手，泪流满面。纪佳程被这气氛感染，眼眶也湿了。心率逐渐降到16的时候，虫虫哭叫道：“奶奶！我要奶奶！”

心率的数字突然增加了，恢复到了21，随后又掉到了14，一路降下去。这次反弹代表了董老太对家人最后的不舍，随后心率的数字变成了1，归为0，变成了一条长长的直线。

李杏园哭得浑身发软，强撑着给董老太换好衣服。考虑到董老太和李杏园在沪海市没有什么亲戚，何利锋决定丧仪从简。李杏园的公公安葬在西郊福寿园，届时会把董老太的骨灰送去与丈夫合葬。按照传统的做法，还要找和尚道士来家里做祭祀。这需要大量的人手，所以何利锋开始打电话找人，看哪些朋友能过来搭把手。

程溪深夜一点多被叫到医院帮忙。之所以叫他，是因为他年轻，而且单独居住，不怕晦气。更重要的是，何利锋现在几乎无人可用，只有马晓宁接到电话和老公匆匆赶来。

“找殡仪公司吧。”马晓宁来了以后建议道。

“有认识的吗？”何利锋疲惫地问。

“我问问。顺便也问问这里面的医生，他们肯定认得。”

在马晓宁打电话找殡仪公司时，何利锋和李杏园开始给董老太老家的人打电话，询问他们是否会来沪海市告别——如果来的话是要订宾馆的，人多的话还需要包车。这些事不需要纪佳程参与，但是今晚的忙乱他没法袖手旁观。程溪往自己的破面包车上搬东西，拿着单子去窗口结算费用，帮着统计人数，查询董老太住处附近的酒店……总之各种杂事，最后他还专门牵着虫虫的手。虫虫眼睛红肿着，趴在这个大哥哥的腿上睡着了。

何利锋满眼血丝，他现在俨然是这个家里的顶梁柱。在他与一个董老太的老家亲戚通电话时，马晓宁突然脸色煞白地冲过来，说：“利锋！保卫科打来电话，厂子里进去人了！你的办公室被偷了！”

“什么？”何利锋和一边的纪佳程都蒙了。就在这时，正在接电话的李杏园一下子站起来，睁大了眼睛。她抖着手对何利锋说：“利锋，咱家，咱家遭贼了！黄婶刚打电话来，警察已经去了！”

这一次连一边的程溪和马晓宁都蒙了，每个人的脑子里都闪过“祸不单行”这几个字。董老太这边还在一片忙乱，工厂和家里居然同时出事，这是有多倒霉啊？

“殡仪公司找到了没有？”纪佳程迅速问。

“找到了，一会儿就到。”马晓宁说。

“这里人走不开，让何利锋留在这里，”纪佳程说，“李女士在这里其实没有太多事可做，带着孩子赶紧回家看看，程溪你去送她们。马总马上回厂子看看，有什么事电话联系！”

几个人彼此交换了下眼神，就迅速分开了。李杏园走之前摸了下何利锋的脸，带着虫虫向董老太的遗体又磕了个头，呜咽道：“妈，我不能送你上车了！”随后就被程溪搀起来离开了病房。纪佳程和何利锋疲倦地坐下等殡仪公司的人，突然静下来，他感到了深深的倦意。

一直等到殡仪公司的人赶到，一切才变得有条不紊，殡仪公司的员工们给董老太的遗体垫元宝枕，塞含口钱，殡仪公司的负责人从何利锋那里收了定金，讲解着接下来的流程。按照他们的简化版本，董老太的遗体会送到殡仪馆去，然后在董老太家里布设灵堂供人吊唁，三天后安排遗体告别和火化，当天下葬。一切谈好后，何利锋随车送遗体去殡仪馆，纪佳程打着哈欠开车回家。

第二天上午十点多，程溪打着哈欠到了李杏园家，看到楼下已经摆放着花圈，房间里布好了灵堂。一些邻居在卧室里陪着披麻戴孝的李杏园，何利锋也披着麻布，跪坐在灵台左侧的一块毡垫上——这是孝子的位置。程溪打量了一圈，有些发蒙，纪佳程看到他，走过来小声说：“鞠躬，去上个香。”

程溪赶紧走到灵台前向董老太的遗像鞠了三个躬，然后接过纪佳程递来的线香插进香炉，一旁的何利锋叩首还礼。上完香后，纪佳程对程溪说：“吃早饭了没？没吃的话那边有包子，你吃两口就帮着招呼人，看看有什么需要搭把手的。”

“行，我先吃两个包子。”程溪说着走进厨房，看到锅里有素馅包子，拿起一个塞进嘴里。他一边吃一边探头往各个房间看了看，小声说：“这是都收拾好了啊。”

“怎么说？”

“昨天送她娘儿俩回来时，这屋子里被翻得乱七八糟的。”程溪说，“我看现在都收拾好了啊。”

“废话，要布灵堂呢，哪能不收拾好。”纪佳程说，“我来的时候这里已经收拾好了。”

“估计收拾了一晚上。”

“今天她也没时间睡觉，这几天够她折腾的。”纪佳程怜悯地说。

“丢什么东西了吗？”

“何利锋留在家里的一台备用电脑被偷了，还有他电脑桌里的东西，乱七八糟的全没了。”纪佳程说，“别的倒是没丢啥，钱和存折都没少。”

“不偷钱，偷电脑？”程溪吃惊地说。

“目的很明确啊。”

“里面有什么重要资料吗？”程溪问。

“我问了，说没有。”纪佳程说，“这台电脑比较旧，何利锋用来给虫虫学习使用电脑，里面也就是些动画片，还有一些小游戏。”

“那还好。”

说话之间马晓宁到了，她恭恭敬敬地上了香，然后走到何利锋旁边表示慰问。何利锋问：“怎么样？”

“查了监控，小偷是从南边那个裂口爬进来的，”马晓宁道，“来了以后直接去综合楼，奔着你的办公室去了。”

“哦？”

“肯定是之前找人了解过你办公室的位置，去了就撬锁，待了十多分钟跑了，原路出去的。”

“还有什么损失吗？”

“除了你的笔记本电脑以外，你办公室那台台式机的硬盘被拆走了，其他财物没少。”马晓宁打了个哈欠，她的眼圈也是黑的，“目标太明确了，时间也够巧，这几天你一直在办公室加夜班，只有昨天不在，结果昨天就出事了。现在怎么办？里面有什么？要是有重要资料就坏了！”

大家的目光都落在何利锋身上。何利锋摇摇头，说道：“放心。我办公室的电脑和硬盘里没有重要资料，也没有设计图。”

“啊？”

“之前江家诬告我，说我从公司网盘里下载东西，虽然是诬陷，却也说明：把东西放在公司里是有风险的。公司里有那么多员工，万一哪个被江家策反了，到我那里复制资料，我们会满盘皆输的。”何利锋说，“所以我把全部的设计图备份到了两个地方。一个在银行保险柜里，一个在我身上。”

除了纪佳程，其他人都目瞪口呆，用不可思议的目光看着何利锋。马晓宁首先问：“你随身带着来回跑？”

“是啊。”

马晓宁立刻反对道：“这可不行！多危险啊！万一丢了怎么办？”

“是有点危险。”纪佳程在一边说，“这等于所有的备份都掌握在你一个人手里。我说个极端点的例子，万一江家找人咔嚓一刀把你干掉，身上的U盘拿走，你们公司的人最终会连设计图的毛都摸不到一根。”

“对的！这不行的！”马晓宁急促地说。

“可是放在公司也不行啊！”何利锋说，“放我身上又丢不了——”说着把手伸进外套口袋。

他的表情凝固住，随后他飞速地在口袋里掏摸着，一秒钟后他站起来，开始翻身上其他的口袋，甚至把外套脱下来，一个口袋一个口袋地翻找着。

一种不好的感觉在每个人的心里升起。纪佳程问："怎么了？"

何利锋抬起头，声音颤抖道："没，没了……"

"好好找找！"马晓宁声音都变调了。何利锋使劲在身上翻找着，李杏园听到声音，也赶过来帮着找。然而所有口袋里都没有U盘，几个人睁大眼睛，互相看着。

"会不会在别的衣服里？"纪佳程提示道。

"没有，就这件衣服！"

"昨天利锋拿这件衣服给虫虫盖了，"李杏园突然说，"会不会从口袋里滑出来，掉到手术室外面了？"

"还有病房，后来又跪又磕头的！"纪佳程回忆着。

"马上回去找！快！"马晓宁着急地就要往外走。纪佳程一把拉住她，转身对何利锋道："小何，我和程溪马上去医院找，如果这个U盘找不回来，你就只剩下银行保险箱里的那个了！东西全部集中在你手里确实不安全，是不是考虑以你们公司的名义去银行租个保险箱，让公司来保存备份比较好一些？"

何利锋还在犹豫，纪佳程已经和程溪快步奔出了李杏园家，坐上程溪的车子直奔医院。开了十几分钟，纪佳程接到何利锋的微信，他低头读完，点头道："总算听劝了。"

"怎么了？"

"何利锋同意把银行里备份的那个交给公司保存了。"纪佳程说，"马晓宁现在回公司去拿公章和营业执照，一会儿就去银行租保险箱。"

"他为什么一开始不给公司保存？不相信他公司那些合伙人吗？"

"他谨慎，你看这次他就谨慎对了，"纪佳程道，"要是存在公司电脑里，没准昨晚就被人家偷走了。”

“那他现在干吗又交出来？”程溪问。

“应该是怕了。”纪佳程说，“现在对方的手段好像有升级的趋势。”

“啥意思？”

“咱们分析一下，”纪佳程轻轻敲着车门把手，“昨晚人家同时到工厂和家里偷电脑，你觉得这是巧合的概率有多大？”

“我觉得不是巧合。”程溪老老实实地说，“哪有两边都只偷电脑的？应该是一起策划的。”

“何利锋前几天在厂子里加班，那个贼没去；昨天晚上离开，厂子里就失窃了。”纪佳程分析道，“他为什么昨天会离开厂子呢？因为昨天下午江诗媛带人来医院闹事，打了李杏园，还气坏了董老太。你说这个贼的时间点掐得是不是太好了？”

“纪律师，您是在影射啊，您觉得江诗媛来闹事是为了引开何利锋，好让人家偷东西？”

“你觉得是不是吧？”

“从时间顺序上来看，有这个可能。”程溪承认说。

“反正有这个嫌疑。”纪佳程说，“再加上之前还有人跟踪我，你说万一对方寻思着，干脆直接把何利锋干掉得了，何利锋的公司手里又没设计图，还不是个死？”

“不至于吧？”程溪吓了一跳，“那是犯罪。”

纪佳程冷笑一声，知道江爱云有灰色生意之前，他也不敢往那个方向想，现在他觉得万事皆有可能。破面包车飞快地冲进医院地下车库，纪佳程吩咐：“你去病房，我去手术室外面。”两个人便匆匆分开了。

手术室外空无一人，纪佳程奔过去开始寻找，椅子下面、缝隙中、墙角都细细检查，一边找一边回忆昨天看到何利锋坐过哪里。然而找了半天都一无所获，他便跑去找这个楼层的保洁员，询问从昨天下午到现在，打扫的时候有没有看到过一个U盘，还有这个楼层的垃圾都运到什么地方去了。

十几分钟后，纪佳程站在医院大楼后面的垃圾房前，看着堆积如山的垃圾袋，一脸无奈。这些垃圾袋还分为医疗垃圾和生活垃圾，散发着臭烘烘的气味，还有污水流出来。

程溪满头大汗地从旁边赶过来，看到纪佳程也在，苦笑一声。

"你也没找着？"纪佳程问。

"病房里已经住上别人了。"程溪说，"我跟人家说了好话，把屋里又搜了一遍，根本没有。后来我寻思着是不是被当成垃圾扔了，所以就找过来了。"

"没用了。"纪佳程指指垃圾房旁边的时间表，"按照这上面的时间表，昨天的垃圾在今天早上四点到五点已经被收走。这里的垃圾都是今天的。"

"那咋办？"

"先找个地方等会儿，我给何利锋打个电话。这里臭死了。"

两个人回到医院大厅外，纪佳程给何利锋打了个电话。打完电话，他回到程溪旁边说："去银行。"

"去银行干吗？"

"何利锋已经出发去银行了。"纪佳程说，"他要把银行里的那个备份拿出来，回公司去再做个备份，然后由公司租保险箱保存。现在那个是唯一的备份了，不容有失，咱们过去接应一下。你去地库把车开到门口来，我去买两瓶水。"

在便利店里，纪佳程一边挑选饮料，一边拨打沙靓靓的电话。电话打通后，他问："拿到了吗？"

“已经拿到了，”沙靓靓在电话里说，“一个大文件袋子，挺厚的。现在正在往回走呢。”

“拿好，直接送回律所去，放到我桌子上。”纪佳程嘱咐道，“东西重要，那里面是何利锋他爸爸留下来的东西！”

第二十三章
抢夺

何利锋存放备份的银行离他当初租房的地方不到五公里，这可能是他选这家银行的原因。由于离市区太远，纪佳程和程溪在市区开了半个多小时才开出外环，沿着林海公路向南开去。在路上，纪佳程和何利锋通了个电话，得知何利锋已经到银行了。

“他走得倒快。”纪佳程放下电话说，“咱们过去估计还要多久？”

“可能还要半小时。”

“那他早就取完往回走了。”纪佳程说，“很有可能我们会在半路碰上。你注意一下，到时候他的车会从对面开过来，别错过了。”

“好。”

一过周浦，林海公路上的车流就稀疏了，纪佳程不时和程溪估计着何利锋的位置，如果何利锋十几分钟能取好备份的话，他应该已经往回走了。双方相向而行，再过十分钟左右应该能碰上。

与市区相比，这一段路两边的楼房距离公路有一段距离，还能看到农田和大棚掺杂其间。纪佳程指着公路远处的楼盘说："你别看这儿远点，房子最贵的时候一平方米也要六万多块钱，现在大概降到五万块钱了吧。要买的话可以下手，等地铁延伸段修过来，房价又得上去。"

"五万多块钱我也买不起啊。"程溪咕哝道，"再说这地方也太偏了。"

"父母能支援一点吗？"纪佳程问，"在沪海市结婚，没房没车肯定困难些。"

"我爸妈哪有那么多钱给我，我还有弟弟呢。"程溪发牢骚说，"这年头，人穷点真的没活路，活得不如有钱人的狗，找个对象都像渡劫。您说我这种外地人哪里买得起这里的房子？更别说中环里头的房子了。"

"这个嘛，结婚主要还是先看感情的。"纪佳程安慰道。

"再有感情也得有婚房啊。"程溪唉声叹气地说，"您去人民公园那个相亲角看过没有，人家姑娘就算芳龄四十多了都不肯凑合呢，要求内环三室两厅无贷，车子五十万以上，年薪百万呢。"

"你小子还去相亲角看过？"纪佳程问。

"我看网上的帖子。"程溪嬉笑道，"纪律师，您当初娶嫂子时花了多少钱？"

"这个我可有骄傲的资本了。"纪佳程登时精神大振，"说起你嫂子啊，哎呀，她当年和我是网友，知道吗？在网上认识的。我在东北上学，她在武汉上学，工作后我先去了青岛，她去了广东。你看这是相隔千里吧？在网上聊着聊着，聊出了火花，后来就都到上海来了。"

"谁追的谁啊？"

"哎呀，这个还用说吗？"纪佳程诚恳地说，"其实大哥我当年吧，怎么说呢，也算是个‘小鲜肉’级别的，长的那叫贼拉滴帅，追我的女孩子，我就不说有多少个了。你嫂子一看我的照片，那家伙整的，那就是非我不嫁啊！”

程溪：“……”

“然后吧，那时候我穷得一塌糊涂，你嫂子那是咔咔咔地追我啊，死活都要在一起！”纪佳程说，“你看，现在都说江西彩礼贵，对吧？可是我当年就没花钱，因为我当时没房子没车没积蓄，你嫂子二话不说，逼着我去领证，那是贼拉地稀罕我啊！”

“纪律师，要是嫂子这么稀罕您，怎么现在所里的人都说您在嫂子面前混得还不如条狗……”

“以讹传讹。”纪佳程愤怒地说，“咱们所这伙儿人就喜欢嚼舌头根子。其实是现在有了孩子，你嫂子把重心放到孩子身上去了，当然有时候对我会凶一点。人这种动物，都是有天然的劣根性的，到手了也就不珍惜了。我就算再帅又能咋样？你嫂子都已经把我追到手了啊！”

“纪律师，”程溪小声说，“就别提这个‘帅’字了。您最近肚子越来越大，该减肥了。”

“滚犊子！”

纪佳程骂完就看到何利锋的车在对面车道迎面而来。双方隔着道路中央的水泥隔离带交错而过。纪佳程在车窗里挥挥手，何利锋却没看到，兀自过去了。

“他没看到咱们。”

“到前面掉头。”纪佳程说，“开快点。”

然而这一段路距离很长，距离下一个红绿灯还有很远的距离。程溪加快速度向前奔着，纪佳程回头望了望，透过后车窗看到何利锋的车已经开远了，他回过头，看到两辆黑色的车从对面车道飞快地驶来，其中一辆车的车牌号赫然是沪H×××79！

在他发愣的时候，两辆车在对面交错而过。他赶紧再回头看去，那辆黑色的越野车开得飞快，另一辆黑色轿车紧跟其后，他只看清那辆黑色轿车的尾号是53，双方距离就越拉越远了！

“我靠！”纪佳程骂了一句，喊道，“快，再快！赶紧找机会掉头！”随后急忙在手机里翻找何利锋的手机号。

“纪律师？”何利锋的声音从话筒里传出来，“我往回走呢！您……”

“有两辆车在追你！”纪佳程冲着话筒吼道，“加速！跑快点！”

“啊？”何利锋在电话里吃惊地说，“您怎么知道的？”

“我刚从你身边过去！我看到的！”

何利锋的声音停了一下，紧接着他骂了句脏话，随即话筒里传来一声巨响，何利锋叫了一声，接着就传来“咣啷咣啷”的声音。

“何利锋？何利锋？”纪佳程大叫，然而话筒里的声音消失了。纪佳程放下电话，吼道：“再快，快快快！”

程溪猛踩油门，破面包车跑得几乎要飞起。三四分钟后终于看到红绿灯，破面包车猛冲过去，在左转灯变黄的时候冲出白线，迅速掉头绕过水泥隔断向回冲。

不知道何利锋遭遇了什么状况，现在除了拼命追也没有别的办法，公路上没有什么车辆，程溪的车速飙到了将近一百二十迈。足足追了三四公里，纪佳程隐隐看到前方路边出现了一些黑点，随着距离缩短，他看到那是三辆车。

“在那里，快追过去！快！”

那三辆车停在路边，纪佳程心里涌出不妙的感觉。破面包车发疯似的冲过去，远远看到最右边一辆车处于撞到路边护栏上的状态，正是何利锋的车。两辆黑色的车停在一边，有人正在何利锋的车边忙活。在破面包车距离他们只有二十几米时，一个人从何利锋的车里缩回身子，手里拎了个金属箱，旁边还有两个人望风，看到冲过来的面包车，拿箱子的人迅速向黑色越野车跑去，一个箭步蹿上车。

“停车，快！”

程溪猛踩刹车，破面包车的轮胎在地上足足滑了十几米，发出刺耳的“吱——”声，极为惊险地停在何利锋的车后面，差点撑上去。纪佳程因为提前解开安全带，脑袋咚的一声撞在挡风玻璃上，撞得头昏眼花。他捂着脑袋下了车，定了定神，从车后面绕到左边，看到程溪已经向那些人扑过去了。

沪H×××79哈弗越野车已经启动，轰鸣着向前开去，另外两个人正在往尾号为53的黑色丰田车里钻。程溪揪住了一个人的衣服往下拉扯。那个人回身一拳打在程溪脸上，程溪仰面朝天地摔倒了。

“住手！”纪佳程大喊着冲上去。

可是那个人毫不在乎，迎上来抓住纪佳程的衣服顺势一甩，纪佳程就斜着摔出去了，后背撞在何利锋的车上。那个人随即钻回丰田车里，丰田车带着刺耳的轮胎擦地声，疯狂地开走了。

程溪捂着脸缓缓坐起，还处于被打蒙的状态，看到那车已经跑远，程溪哼了一声，又躺回去了。纪佳程扶着车爬起来，只见前座的门大开着，何利锋身上的安全带还没解开，人向另一边歪着，额头流血，昏睡不醒。纪佳程把他的身子扯直，拍他的脸，低声喊：“何利锋！何利锋！”

何利锋毫无反应。纪佳程回头喊了一句“程溪打电话报警叫救护车”，然后解开安全带把何利锋拖下车。何利锋坐在地上靠着车，逐渐清醒过来，他用迷惘的眼睛看着纪佳程，眼里渐渐有了光彩。

“我的箱子！”他挣扎着爬起来。

他扑到车门边往里看，先看副驾驶座，又拉开后座的门看，看到后座也空空如也，他失声叫道：“我的备份！我的备份！我的备份被抢走了！”

他叫完就往驾驶室里扑，纪佳程扶住他，劝道：“早就跑了，追不上了！程溪已经报警了！”

“那是唯一一份备份啊！被抢走了！”何利锋叫道，“万一流出去了，公司怎么办？”

他急火攻心，扶着车门软软地倒下去。

当天晚上何利锋住了院，警察跑到病房里给他和程溪做了笔录。按照警察披露的信息，这两辆车都是套牌车，所以截至当天晚上十点还没有找到这两辆车的踪迹。

警察走了。纪佳程坐到病床边望着何利锋，说：“想不到他们这么丧心病狂，居然敢撞车抢劫，这是能要人命的。”

“不意外。”何利锋额头上缠着纱布，“他们是不在乎我的命的。”

“能确定是江家吗？”

“除了他们，谁会这么自始至终地盯着我，抢设计资料？”

纪佳程本来希望程溪也住院，但是程溪说自己没有大碍，坚持回家休息。纪佳程问：“真没问题？要不要跟沙靓靓说一声，叫她送你回去？”

“不用，”程溪说，“别让她担心了，我没事，休息一晚上就好了。”

“回去用热鸡蛋敷一下脸。”纪佳程叮嘱说，“如果不舒服明天就不要去办公室了，在家休息。”他特意拍了拍程溪的肩膀，勉励道：“辛苦了！”

程溪走后，病房里陷入沉默，只剩下李杏园削水果的沙沙声。过了一会儿，纪佳程问："你打算什么时候出院？"

"明天吧，"何利锋说，"明早检查要是没什么大碍，我就出院。要做的事太多了。"

"好。"纪佳程点点头，"我就不过来了。估计开庭的日子不远了，隐患得排除了。"

何利锋伸出手，两个人紧紧握了握手，纪佳程就起身告辞。走出医院大楼，他感受着夜风微冷，想着这几天发生的一切，又是一声长叹。

第二天纪佳程很早就到了事务所，别的同事还没来，他在自己的办公室关门烧水泡茶，慢慢喝着。他的办公桌上放着一个密封的牛皮纸袋，那是沙靓靓昨天拿回来的东西，纪佳程任由它躺在那里，碰都不碰。

茶水泡到第二泡，办公室外有了声音——有同事来上班了。再过一会儿，外面的声音越来越多。按照纪佳程平时的习惯，他会出去和大家打招呼。但是今天他没动弹，而是坐在椅子上望着窗外，看着远处高架上的车来来往往，将城市带入繁忙。

办公室的门被敲了两下，他转回来说："请进！"

程溪推门进来，招呼道："纪律师，我看您的灯亮着呢，来得这么早啊！要帮您洗茶具吗？"

"不用，茶泡好了，坐吧！"纪佳程拿起茶壶给他倒了一杯，"你怎么来了？不是让你休息一天吗？"

"没啥大事。"程溪指指自己的脸说，"这次可比上次轻多了。"

"没事就好，坐着喝茶吧。"

"哎。"程溪坐下来端起茶杯，小口喝着。

“你受伤的事和沙靓靓说了吗？” 纪佳程随口问。

“没，没告诉她。”

“干吗不告诉她？怕她担心？”纪佳程笑着问，“你俩进展到什么地步了？”

“啊？”程溪放下杯子，挠挠头，“能有什么进展……别提这事了。”

“看你有点灰心的样子。”纪佳程说。

“怎么说呢……”程溪苦笑道，“我的情况您也知道，不知道什么时候才能出头，更不知道她愿不愿意等我到那个时候。总之，唉，伤脑筋。”他摇摇脑袋，不想再谈这个话题，问纪佳程：“何总那边还好吗？”

“没啥大事，他脑袋在挡风玻璃上撞了一下，应该今天就能出院。”纪佳程说，“这家伙最近太倒霉了，江家这是一直盯着他啊！想起来我就后怕，还好昨天沙靓靓那头没出事，以后这种拿东西的事叫当事人自己干。咱们是帮他办理离婚案件的律师，不是他的跑腿和保镖。”

“靓靓？靓靓昨天怎么了？”

“昨天我让沙靓靓也去取东西了，取何利锋他爸爸留下来的东西。”纪佳程指指那个密封的文件袋，“喏，就是这个。”

程溪大为震惊，望着那个文件袋，又望望纪佳程，问：“何——何总父亲留下东西了？是这个吗？您是怎么知道在哪里的？为，为什么让靓靓去拿？”

“昨天我不是和你去帮何利锋找东西了吗？所以临时让靓靓去拿了。”纪佳程说着把文件袋往桌子中间一推，“你看，她放到这里了，还密封着呢。”

“以后这种事让我去啊！”程溪说，“万一她遇到什么危险……”

纪佳程打断他，问：“你觉得如果她遇到危险，危险会从何而来？”

“江家啊！”程溪说。

“那江家怎么会知道？”纪佳程追问。

程溪一时语塞，纪佳程拿起那个密封的文件袋丢给他，说：“看看这里面的东西，你就明白了。”

程溪疑惑地拿起文件袋，又迟疑地看了纪佳程一眼。他撕开文件袋的口子往里看了看，不由得脸色大变。

纪佳程望着他没说话。程溪伸手慢慢把里面的东西拿出来，放在桌上。

一沓白纸。崭新的、没有写一个字的A4打印纸。

程溪抬起头，望着纪佳程，问：“试探？”

“答对了。”纪佳程也望着他，答道，“昨天确实是一次试探，当然我更愿意说成是考验。沙靓靓通过了考验，很可惜，你没有。”

程溪低沉地说：“所以说，昨天何利锋箱子里的东西其实不是什么备份——是不是他的U盘也根本没丢？”

“又猜对了。”纪佳程点点头，“其实他的U盘没丢。昨天那个备份箱里的确有个U盘，不过里面是一些没什么用的图纸。本来搞这一套只是为了找出内鬼，没想到江家胆子那么大，居然敢在公路上制造车祸。”

“所谓何利锋的父亲留下来的东西也是不存在的了？”程溪问。

“那个还真的存在。”纪佳程说，“董老太临终前才告诉何利锋这东西藏在衣柜夹层里，她过世当晚何利锋就取出来了。这次安排沙靓靓去取的是假的，是为了考验她。考验的结果你现在知道了。程溪，我其实一直很看好你，不太理解你为什么要去通风报信。你什么时候和对方走到一起的？”

“您是什么时候开始怀疑我的？”程溪反问。

“确切地说不是怀疑你，是怀疑你和沙靓靓。在此之前，还曾经怀疑沙靓靓更多一点。”纪佳程坦率地说，“还记得那一次去何利锋租的阁楼找他的电脑吗？当时何利锋还被关在里面，知道那个地址的人只有你、我和沙靓靓，可是在我们到那里之前有人先进去搜查，当时我就怀疑有人在通风报信。而当时我知道江士同来找过沙靓靓，所以我盯着沙靓靓更多一些。”

纪佳程给自己又倒了杯茶，继续说：“何利锋出来以后，我和他都认为，如果我们这边有人向对方通风报信，我们就没法开展工作。我的压力更大，毕竟我们不仅是诉讼代理人，还是锋和公司的法律顾问，能接触到何利锋这边大量的商业秘密。所以我们不得不对你和沙靓靓进行试探。你还记得有一天我让你去调档吗？其实让你调档是为了把你支出去，随后我在沙靓靓面前说何利锋的设计图不在单位，而是在身上随身携带。等你回来后一个人时，我又跟你说可能要用你的车，然后故意透露何利锋的设计已经完毕，就在工厂。

“何利锋每天都被跟踪，如果沙靓靓和江家有勾结，或者与跟踪的人有关，他们必定会在路上对何利锋下手抢夺。同样，如果你和江家有勾结，或者与跟踪的人有关，他们就不会找何利锋本人，要搞设计图就要到工厂去偷。

“接下来你知道了，没人到路上去抢何利锋，倒是有人去工厂偷电脑和硬盘，沙靓靓的嫌疑自然变轻了。可是那天晚上被偷的不只是工厂，还有李杏园家，这让我们搞不清楚对方到底是接到通风报信去偷，还是广撒网去偷，碰巧包含了工厂。所以我们安排了第二次测试。前天夜里董老太过世，昨天我分别给你和沙靓靓布置了不同的任务。我告诉沙靓靓的是：董老太说何利锋的父亲何足道给他留下了一些文件，被董老太藏在一个朋友的家里。我告诉你的你知道了：何利锋假装U盘在医院丢失，他需要去银行取备份。当然，沙靓靓那个所谓的文件也是假的，是我们安排在那里的白纸。

“结果，沙靓靓顺利拿到文件，回到律所；何利锋就被撞车抢夺。一次测试可能会碰巧，两次测试下来，我要是再不能确定是你向外面通风报信，我就是傻子了。让我猜猜，江士同去找了沙靓靓，谁去找了你？江华诚是大老板，应该不会出面，是江诗媛，还是江诗慧？要么是江爱云？”纪佳程叹口气道，“给我个理由吧。”

程溪坐在那里，脸色灰白。

生日那天晚上，程溪第一次见到了江诗慧。

那个生日对他来说极其失败：他最爱的姑娘爽约了，手机关机。他灰溜溜地离开饭店，走在街头，看到街道对面咖啡厅的橱窗里，沙靓靓和江士同正在谈笑。

他想冲进去质问沙靓靓，他想亲口听她给自己一个解释。然而没等他走到路边，不明身份的人把他拖进小巷。有人警告他“离那个女孩子远一点”，有人警告他“坏了我们少爷的事，分分钟敲断你的腿”。在雨点一般的拳脚下，程溪哀叫着，翻滚着。

突然一个女子的声音喝道：“你们干什么？住手！”紧接着巷子口出现了两个人影，殴打他的人停下拳脚，威胁道：“哪儿来的臭娘儿们，多管闲事？信不信把你……”

咔嗒一声，火光一闪，巷子口有人用打火机点烟，映出一个女人的脸。程溪只听头顶上的人变了口气，道：“二……二小姐？”

“我还以为你们跟了江士同，就不把我放在眼里了呢。”这个女人冷笑道，“你刚才叫我什么？大海，你给我叔叔打个电话，就说有人骂我是臭娘儿们。”

“哎，不是，我们刚才，刚才也不知道是您。”程溪身边的歹徒慌张地说，“二小姐，您……您就别给杨爷打电话了，是我臭嘴，我嘴贱，您……您别跟我这种货色计较……”

“放了那个人，赶紧滚！”

“二……二小姐，这是少爷吩咐的。”一个歹徒战战兢兢地说，“江少爷吩咐我们收拾他。您这样，我们就不好交代了……”

“少爷？”这个女人冷笑道，“那个野种算个屁的少爷？我数三个数，不滚的话，你们就留在这里别想走了。一，二……”

还没数到三，程溪身边的歹徒撒腿就跑，程溪听着杂乱的脚步声向小巷深处跑去，自己的身体因为疼痛仍然蜷缩成一团。他听到那个女人的声音在他上方说：“喂，还喘气吗？出个声！”

随着这句话，她用鞋尖踢了踢他，程溪忍着疼痛撑起来，不由得呻吟出声。那个女人问：“能不能动？”

“能……谢谢，谢谢啊……”程溪努力想站起来，却没成功。一个高大的黑影弯下腰，用有力的手臂把他架起来，嫌弃地说：“看这熊样，站都站不稳了。”

“大海，把他带回去，给他看看。”女子吩咐。

那条有力的手臂架着程溪向巷子口走去，程溪身不由己地被拖着，惊慌地问：“你们是谁？要带我去哪儿？”

话音未落，他们在巷子口停住了。路灯昏暗的光投射过来，程溪看到一个大汉架着自己，应该就是“大海”了。他身边站着一个体态娇小的年轻姑娘，这个姑娘叼着烟，脸笼罩在阴影里，指着前方用嘲弄的口气道：“那是你的女人？”

程溪定睛望去，马路对面的橱窗里，沙靓靓还在和江士同谈笑着，灯光柔和，仿佛身处另外一个世界，可望而不可即。她不记得今天是自己的生日，她不知道自己就在她附近，刚刚挨了一顿打。

那一刻，程溪的天塌了。那一刻，程溪的心死了。

他浑浑噩噩地被架上一辆不起眼的黑色丰田凯美瑞，歪倒在副驾驶位上。直到车子行驶在路上他才清醒过来，问："你们是谁？"

"靠着吧，不会害你的。"那个年轻女子在后座不耐烦地说，"现在带你回去给你擦点药！"

程溪还想问什么，可是驾驶座上的大海说了句"闭嘴"，他就胆怯地缩回座位。丰田车开了二十多分钟，开进一个商场的地下车库。车停好后，那个年轻女子大步向电梯走去，大海拎着不敢作声的程溪跟在后面，像拎着小鸡崽似的。

第二十四章
钱这玩意儿

电梯到了五楼，门外是一个货运通道，旁边的防火门虚掩着，隐隐传来音乐声和喧闹声。他们走过这条货运通道，拉开一扇门，里面黑乎乎的，放着音乐，程溪被拎进去，发现这是一家酒吧，酒吧里有不少客人，闹哄哄的，灯光昏暗。

他们是从酒吧后门进来的，他直接被扯上了吧台后面的金属楼梯，一路旋转向上。上去以后是一条通道，通道两边和尽头各有一扇门，年轻女子带着他们走到通道尽头推门而入，程溪慌张地不想进去，大海一挥手，他就跌跌撞撞地进了房间。

隔音门砰的一声关上，外面的音乐声立刻消失。这是一间办公室，灯光明亮，中央是一张很大的老板桌，上面摆着电脑和电话，靠墙有一个酒架，旁边是黑色的沙发和茶几。程溪被扔到沙发上，大海从茶几下面拎出个药箱扔到茶几上，自己拖把椅子坐在对面。

年轻女人坐在老板桌后面，跷起二郎腿。她长得不难看，皮肤很白，头发染成棕褐色，白色的风衣，黑色裤子，短靴，从外表看像是一个人畜无害的街头白领，只有薄薄的嘴唇翘起的角度让人感觉她可能刻薄，不好对付。她坐在老板桌后似笑非笑地看着程溪，大海在对面瞪大眼睛，让程溪很害怕。

“我，我想去医院。”程溪说。

“哪有那么严重，”大海叼了根烟，“也就挨了顿揍，去个屁的医院。一会儿叫人进来给你抹抹红花油得了。”

“你们带我来这里做什么？”程溪鼓足勇气问。

“见义勇为呀。”年轻女人戏弄地说，“和江士同坐一块儿的那个女孩子是你女朋友？怎么样，被情敌揍一顿的感觉如何？”

程溪蒙了一下，问：“那个人叫江士同？”

“哦，原来你连他叫什么都不知道。”年轻女人嘲笑道，“你还没回答我呢，那女孩子是你的什么人？女朋友？”

程溪咬住嘴唇，微微摇头。

“原来还没搞到手。”年轻女人怜悯地说，“那你没戏了，说句难听的，那家伙别的不会，撩女人可是一把好手。就算你的这个‘白月光’是律师，也会被他吃干抹净的。”

“你怎么知道她是律师？”程溪问。

“我不光知道她叫沙靓靓，是个律师，我还知道她是你的同事，你喜欢这个女人。”年轻女人摆摆手说，“你知道江士同是怎么认识她的吗？前段时间你的这个‘白月光’跟一个姓纪的律师到我们家去了，说自己是何利锋的律师，我和江士同当时都在。后来他们走的时候，那个沙靓靓掏口袋掉了个什么东西，我看见江士同捡起来了，本来当时就可以还给沙靓靓，可是他就跟没事人似的揣自己兜里。当时我就知道他打那小妮子的主意，后面肯定要拿还东西当借口去接近她。”

“你和江士同都在？”程溪想着刚才小巷里的歹徒对这个女子的

称呼，脱口而出，“你是江家的人！江诗慧！”

“哎呀，看来他还研究过我们。”江诗慧对大海笑道，“没错。我是江诗慧。”

“江士同是你的堂兄还是表兄？”程溪警惕地问。

“实际上什么都不是。”江诗慧笑道，“其实他根本算不上江家的人，只是个野种。”

“你找我干什么？”程溪问。

“救你啊，然后我们互相帮助。”江诗慧点起一根烟。

“救我？什么意思？”

“帅哥，你可能不了解我这个所谓的堂兄。”江诗慧说，“这么说吧，我小舅舅就是那家伙的便宜爹，你明白吧？我小舅舅自己就是个混混，所以把这野种养得从小就心狠手辣。他看上哪个女的，就会双管齐下，一边在那女人面前装纯情多金男，以最快的方式把那女的搞到床上去；另一边把那女人身边碍事的男人全收拾干净。不瞒你说，我怀疑他盯上那个小妮子以后，就跟在他后面监视，也在你们楼下看了几次。你总在沙靓靓身边晃荡，我一看就知道你要被收拾了。”

“你的意思是，今晚打我的人是……”

“他的马仔。他每次勾搭女人，这两个人都跟在附近。”

程溪惊疑地看着江诗慧，问：“你为什么要监视他？还有你刚才说要和我互相帮助是什么意思？”

“我跟你说明白点。”江诗慧说，“我和他不对付，明白吗？我和他现在都在找一样东西，那东西我不希望他得到，我想看看这事你能不能帮我。”

“什么东西？”

“你和那个纪律师熟不熟？”江诗慧身子前倾，“你有没有听他谈起过何利锋的爹留下来什么东西？”

程溪愣了一下，下意识地答道：“没有啊！”

“真诚点，我可是刚救了你。”江诗慧警告道，“你真没听到过？好好想想，他们有没有提到何利锋那里有什么重要文件，比如设计图啊，比如遗嘱啊，还有类似的什么东西。”随着她这句问话，对面的大海捏着拳头，发出“嘎巴嘎巴”的声音。

“真……真没有。”程溪有些害怕地望着大海的拳头，“我，我没碰这个案子，案子是他们俩办的，我只是偶尔开下车送下人什么的……”

“真不知道？”

“真不知道！真的！”

“要是骗我的话，你挨的打可要比刚才在小巷子里重多了。”江诗慧说，“大海以前是打地下黑拳的，他的拳头能要人命。”

“我说的是真的！我真不知道。我只知道他们在帮一个叫何利锋的人辩护，想给那个人办取保候审，但是具体案情我不清楚。”

江诗慧盯着程溪的脸看了一会儿，终于点点头：“看来你真不知道。那我救你岂不是很亏？”

她向后面依靠，双手交叠，饶有兴趣地看着程溪：“你现在有两条路。第一条路就是帮我，我也会帮你；第二条路就是把你丢出去。不过呢，我今天晚上跟你说了些事，我担心你会跟别人讲，所以把你丢出去之前，大海会好好修理你一顿，给你留点记忆——你选哪条路？”

程溪惊慌地看了一下大海的拳头，那个人从口袋里掏出一个钢铁指套套在手上。程溪哆嗦了一下，问江诗慧：“你要我帮你什么？”

“很简单，接近那个纪律师和你的‘白月光’，从他们那里打听跟何利锋以及和这个案子有关的所有事，全部汇报给我，特别是刚刚说到的何利锋的父亲有没有留下来什么东西给他，何利锋手里的那些资料在哪里。搞到这些线索的话，你会有回报的。”

程溪低声说：“这不就是让我当间谍吗？”

“随你怎么说吧。”

“这不行。这是出卖他们，出卖事务所的客户。”程溪直起身子。

“可笑。”江诗慧轻蔑地说，“你在我这里装什么正人君子？我最看不起你这种蠢货，上赶着当‘舔狗’，人家利用你，你还在这里对她坚持什么道义，就好像这样能显得你有情有义似的。你以为江士同接近你那个沙靓靓就没有目的吗？你觉得沙靓靓不会把她知道的事情全告诉江士同？”

“什么？”

“我跟你实打实地说，何利锋被抓进去是因为他手里有个专利，而我们江家认为那个专利很可能是他爸爸给他留下来的。”江诗慧说，“而且他手里还有其他的东西，那些东西我们觉得很重要，所以大家都想搞到手。我们江家有点复杂，主要的钱全在我大舅舅手里，我家和江士同他们家都要巴结我大舅舅。我大舅舅现在已经放话了，谁搞到这个东西，就能拿到他公司的股份，懂吗？所以江士同那个野种接近沙靓靓可不是因为爱情，他是想把那小娘儿们勾到手，让她帮着找线索，毕竟何利锋现在被关在里头，能接触何利锋的只有两个律师而已。可笑的是你那个‘白月光’可能还以为自己碰到了痴情富少爷，没准还做着嫁入豪门的美梦呢。”

“那你找我……”

“没错，我也是出于这个目的，只不过我可不会跟你这种货色搞什么爱情游戏。你也别想着癞蛤蟆吃天鹅肉。只有江士同那种野种才会想这种招儿。”江诗慧毫不留情地说，“不过话说回来，别看他只是个野种，跟你们这些人比起来，他至少还算是有点身价，砸点钱震一震那些没见过世面的虚荣女人还是蛮有威力的。那小子真有手段，我看他还专门跑到人民广场去买什么咖啡，又有钱又有情调，你怎么跟人家比呀？”

程溪低下头，脸色铁青。他想起那天早上江士同给沙靓靓送咖啡的情景，想起了猫娜夫人咖啡昂贵的价格，又想起街边窗户后面沙靓靓在江士同面前巧笑嫣然的脸。

“在这个世界上没有女人不爱钱。”江诗慧冷笑着说，“什么真情爱情，都是狗屁。在你面前是个‘女神’是吧？那是因为你不值得她温柔，明白吗？没准在别人的面前她就是个荡妇。为什么？因为人家有钱，因为人家有东西值得她去迎合呀。你想想你有什么？钱、车、房子？还是说你长得比人家帅？和那野种站在一起，你的优势在哪里？你那个‘白月光’选谁还用说吗？最可怜的就是你，天天追着，最后被一个野种干掉，还挨了人家一顿打。”

“别说了！”程溪浑身抖动着，低吼起来。

“难受了？扎心了？再扎心，我说的也是事实。你可以继续去追她，她喝着你的咖啡，享受着你的服侍，可是看你的时候心里还会想：穷鬼、没房没车，还想吃天鹅肉，选了你的话，就得一块辛苦地去还房贷，坐着个破车……”

“别说了！”程溪捂着脑袋叫起来。

江诗慧笑了，眼里闪着奇异的光。她拉开抽屉掏出一捆人民币，带点侮辱性地隔着办公桌扔过来，正好砸在程溪脑袋上。程溪看到跌落在茶几上的人民币，扭头望着江诗慧。

“这是什么？”程溪望着她，不知道江诗慧的意思。

“钱，非常庸俗的一种东西。每个正人君子口头上都非常厌恶，可是内心深处，他们把这个东西看得比什么都重要，因为有了这个庸俗的东西，你能解决很多问题。那个野种为什么把你的‘白月光’给撬走了？因为他有钱，他能用钱构造很多梦幻的场景，满足任何一个有虚荣心的女人的要求。你不是在跟一个野种对抗，你是在跟钱对抗。没有钱，就算换了一个女人，你还是会面临同样的问题。你想过好的生活，需要钱；你想得到好的女人，需要钱；你想解决这个世界上遇到的绝大部分问题，你都需要钱。等你挣到钱，有了钱，你就能享受到快乐，你会发现你现在的‘白月光’只不过是个庸脂俗粉，你今天纠结的这些东西其实都很可笑，你的那些坚持根本就是一文不值。”

程溪盯着桌上的钱，脸上的肌肉抽动着。

“只要你把钱捡起来，这钱就是你的了。当然，拿了这笔钱就得替我做事。我知道你可能觉得拿了这笔钱你就出卖了人格，等于给别人做狗，但是我要告诉你：在我这里你做狗，没准在别的地方你就可以做爷。有钱人的狗并不是谁都能做的，只有你有利用价值，你才能做狗。明白吗？”

程溪哆嗦着，问：“你需要我怎么做？”

“去继续追你那个‘白月光’，接近他们，争取加入他们，把与何利锋有关的所有情况都告诉我。如果有什么有价值的线索，你告诉我一次，我就奖赏你一次，这钱来得不快吗？如果你能帮我搞到何利锋家留下来的那些东西，我还能安排你的前程。你想做律师，我就让你当几个大公司的法律顾问；你想跟着我们干，我就给你安排职位。简单吗？非常简单。你觉得呢？”

程溪的表情阴晴不定。江诗慧看着他，继续说：“当然了，你可能有些意难平，不过就算你要继续追这个女人，跟我们的要求也不存在任何冲突。万一真能把这个女人追回来，你挣点钱也能在她面前更有面子些。哪，想做就把这笔钱捡起来。你放心，你给我做狗这件事，我不会说出去的，毕竟你也要面子。”

程溪盯着钱，内心挣扎着。过了一会儿，他伸手抓住钱。

咔嚓一声，快门按动。程溪惊悚地抬起头，发现大海正在拿着手机拍照。

“你干什么？”程溪惊怒地说，“为什么拍照？”

“钱总不能让你白拿吧？拍个照，留个凭证。万一哪天你反水，我们就可以把这个东西发到你的律师事务所去。”

“你……”

“我说了，等你有了钱，你就知道你今天纠结的这些东西真的很可笑。好啦，接下来好好干，我等着你拿消息来找我领钱，到时候你就知道我可能是一个很严厉的主人，但是我对我的狗不算差。这两天你就在这儿待着，先知道一下什么叫快乐。”

她转向大海说：“把他带到那个房间去，叫人给他伤口抹药，顺便让他成长一下。”

“好。”大海说，“叫谁？”

“随便叫一个，看看哪个欠钱欠得多了，让她陪这小子两天。告诉她抵两个月的利息。”

“行。”大海拨通电话，“……化妆室那边都谁在？噢，库雅楠是吧？就她了，让她到二楼休息室去。跟她说：两天，抵两个月的利息。”他放下电话，对程溪说：“走吧。”

“去哪里？”

“去给你抹药，顺便让你做大人，你小子不会还是个雏吧？今天关照你，让你知道什么叫快乐。”

程溪有些拘谨地站起来，捏着那一万块钱，躲避着江诗慧嘲弄的目光把它塞进口袋。他向江诗慧的方向微微鞠了个躬，低头跟在大海身后走出去，这一刻，他觉得在江诗慧面前自己真的像条狗了。大海带着他进了另外一个房间，迎面是一张很大的席梦思床。床单是粉色的，床头柜上杂乱地放着烟灰缸、纸巾等物品，靠墙放着一张很大的沙发，另一边墙上挂着一些让他激动的工具。程溪发愣的时候，大海嫌弃地说：“脱衣服。”

“啊？”

“不脱衣服怎么抹药啊？赶紧的，到浴室里冲一下，然后抹药。抹完了，还要教你怎么做男人呢。”

话音未落，身后的门开了，一个烫着金色头发、穿着豹纹上衣和皮裙长靴的女人走进来。这个女人嘴里叼着一支烟，冷漠地看了他们一眼，问：“就是他？”

“就是他，给他抹点药，这两天伺候得他高兴点。”

“只给抵两个月利息吗？本金能不能给少点？”

“库雅楠你别得寸进尺。要不是看你欠的钱太多，可怜你和你弟弟，这个机会我都不给你。下面欠江总钱的娘儿们一大把，我随便叫一个，说免一个月的利息，你看她们会不会扑上来？”

这个叫库雅楠的女人哼了一声，说：“行了，少废话，赶紧的吧。”转身对大海道：“两个月的利息啊。”

大海轻蔑地看了他们一眼，转身出去关上门。对他而言，屋里的这一男一女不过也是两条狗而已，而且是比他低一个层次的狗。

程溪在那个房间里足足待了两天。起初他有些拘谨，对于这种与他以往价值观不符的生活模式感到恐惧，但是不到一个小时，他就彻底沉浸在这种体验里，以至于忘记身上的疼痛。墙壁隔绝了所有道德，只剩下兽性、暴力、侮辱和放纵。在放纵的间歇，他有时也会想想自己的人生，觉得自己之前二十多年根本就是白活了，哪怕是几个小时前的自己都显得那么可笑。

要不是大海闯进门把他拎出来，他都差点忘了周一还要去上班。

出门时他回头望了一下低头穿衣服的库雅楠，告诉自己，给江诗慧做狗也不算差，有些狗比自己还低一层次呢，比如床上的这个娘儿们，谁让她欠钱了呢。

只要有钱，做狗都能做一条比较上等的狗。

他被带去见了江诗慧。江诗慧看到他由于放纵而发虚的样子，配着脸上还没消下去的伤痕，感到十分满意。她交代了他需要做的事以及联系方式，让他继续在沙靓靓面前扮演一条“舔狗”，争取介入案子，随后让大海开车送他去人民广场买猫娜夫人的咖啡。

于是那天早上，程溪一瘸一拐地走进办公室，手里拿了一个猫娜夫人咖啡的袋子。当他把昂贵的咖啡放到沙靓靓面前时，沙靓靓直直地盯着他，在他脸上看到了苦涩的、卑微的、讨好的笑。

他继续做一条“舔狗”，同时在内心深处挣扎着。沙靓靓对他好的时候。他的内心深处也曾泛起柔情，但是这样的柔情很快被小巷子里那顿毒打的记忆掩盖下去。他的脑海里不时想起沙靓靓跟江士同在窗子里面谈笑的画面，那幅画面逐渐扭曲，变成了沙靓靓和江士同在窗子里面卿卿我我，再逐渐扭曲，最终变成沙靓靓和江士同滚到了床上。

仿佛有一条毒蛇在啃咬他的心，让他怨恨，让他咬牙切齿。

他向事务所申请了独立，想方设法加入纪佳程的办案团队。在纪佳程去会见的当天，他向江诗慧通报消息，让江诗慧派人跟踪。考虑到纪佳程会见完后很可能会掌握一些新的线索，为了增加知情的概率，江诗慧的人开车撞坏了纪佳程的车，这样纪佳程接下来用他的车的概率就变大了。果然第二天纪佳程只好用他的车。程溪从沙靓靓口中得知第二天要去的地点后，告诉了江诗慧，这才有了江诗慧派人连夜去何利锋租的阁楼搜东西的事件，只不过由于房东的警醒及提前把电脑拿走，最终未能成功。

尽管没有成功，程溪还是从江诗慧那里拿到了三万元的奖赏，并且在她的安排下又进入那个充满野性、侮辱和放纵的房间。其实看到沙靓靓在阁楼外受伤。他心里还是很不是滋味，这段时间沙靓靓对他还是很好的，他的心隐隐开始动摇。直到圣诞节那一天，他看到沙靓靓拒绝了自己晚上的邀约，假装进入小区，却在自己离开后打车外出，他最终放下了对沙靓靓的最后一丝执念。

没有爱情，那就奔着钱吧。

只是没想到，阁楼事件让纪佳程怀疑身边有人通风报信，进行了不动声色的几次测试。程溪在那之后又通风报信了两次，分别拿到一万元和两万元的奖赏，却也因此暴露。

此刻面对着纪佳程的目光，程溪浑身哆嗦，他知道在这个所肯定混不下去了。在这件事情上没有任何可辩驳之处，他的确是背叛了，不管是从社会道德上，还是职业道德上，他都输了，输得彻彻底底、干干净净。身边的人会唾弃自己，他会在现有的社交圈里永远死亡。

失去名誉，有时候比死亡还要可怕。

“你还有什么可说的？”纪佳程问。

“没什么可说的。”程溪说，他有点破罐子破摔了，“纪律师，你有没有过这样的经历？你拿出真心去对别人，可是别人的眼里根本没有你。为什么？因为你没钱。没有钱，你就被忽视，你就是一文不值，你的真心甚至比不过一杯很贵的咖啡！你以为你得到了她的真心，最终发现你只是一个备选。人家会告诉你说自己要回家睡觉，可是在你走后她就出去跟别的男人约会！你一次一次地投入，最终遍体鳞伤。纪律师，你说这是为什么？你是合伙人，你体会不到我这样的人活得有多艰难，穷啊，穷得连爱情都买不到。你经常说这个世界有公义，可是公义在哪儿呢？所有的人都活得很好，只有我活得越来越不如别人，甚至不如有钱人的一条狗。

“我试着去做好人，我试着去做一个好律师，我努力工作，我认真地爱别人！你看我的下场是怎样的？所以现在我想开了，凭什么那些坏人都很有钱，凭什么他们就过得比我好呢？凭什么我就这样守着一些我自己都不明白为什么的道理，过得这么惨呢？人活着不就是这么些年吗？我想开了，我只需要放弃一点点狗屁坚持，就能换来钱，那你说我为什么还要坚持？再说了，纪律师，就算我不透露消息，江家也会知道的，你怎么知道沙靓靓没跟江士同说过什么？她可是有机会做人家少奶奶啊！既然她可能会说，为什么我不先说呢？这个钱为什么不让我赚？”

话音未落，门被狠狠地撞开，沙靓靓满脸泪水地冲进来。狠狠地打了程溪一个耳光。

第二十五章
锥子与两百元

房间里的人都惊呆了，谁都没想到沙靓靓居然在门口偷听。程溪望着她，脸色发白。

沙靓靓的嘴唇哆嗦着，她死死地望着程溪，目光痛苦而绝望。

“程溪，我沙靓靓作，虚荣，不懂得尊重别人，故意吊着你，这些我都承认。别人用钱砸我时我心动了，这我也承认！我以前不知道你有多重要，我觉得你可有可无，那天晚上你约我出去，我跟你说我回家休息，实际上我又出去了，因为江士同约我，这个我都承认！可是话要说清楚，那天坐出租车快到外滩的时候，我突然意识到，如果你知道我骗了你，你会很伤心，我之前已经错过你的生日，如果我再伤害你一次，你很可能会从我的生命里消失！想到这一点，我心里很痛，非常痛，钻心地痛！所以我让司机掉头回了家。我给江士同发了微信，告诉他我不去了，我还告诉他，我现在发现我有喜欢的人了，我不想让你有任何误解，所以希望以后不要再联系了。从那以后我就没有再和他联系过。”

沙靓靓把手机重重拍在桌子上，屏幕上瞬间出现了几道裂纹，上面正显示她和江士同的聊天记录。在去年十二月二十四日那天晚上，沙靓靓给江士同发了这样一段话：

江少爷，很感谢你邀请我，想来想去我还是不去了，我有一个比较爱吃醋的男朋友，我不想他误会。所以以后也不用再约我了，非常感谢。

江士同在下面回复："为什么这么说？其实，我们也可以先做朋友吧。"

沙靓靓回复："不了。谢谢你，晚安。"

后面没有新的聊天记录了。程溪睁大眼睛看着手机上的对话，整个人都哆嗦起来。他突然跪在地上，向沙靓靓乞求道："靓靓！靓靓！我错了，我真的错了！再给我个机会，给我个机会好不好？"

"太晚了。"沙靓靓惨笑着说，"我知道我伤了你的心，所以我一直希望把你找回来，我敢指着天地良心说，你在我心里是很重要的。可是今天这件事，我没法原谅你。你没钱，我可以陪你挣钱。你没房，我们两个可以一起付首付，一起还房贷。我之所以愿意这样，是因为我认可你这个人，可是今天你让我怎么再认可你？我不怕你穷，可是你不能没有人格啊！人格，人格啊！程溪，这次我们真的完了，我真后悔遇见你呀……"

沙靓靓说完，推开门冲了出去，压抑的哭声从门外传进来。程溪软软地跪坐在地，一点脸色都没了。纪佳程没有搀扶他，用尽量客气的声音说："出了这样的事，你肯定不能在这里继续干了。考虑到你以后还要继续做律师，我不会报告管理委员会开除你，免得断了你以后的路。给你一周的时间，找个下家吧，转所时我不会在文件上做对你不利的批注，希望你以后从头开始，再也不要做这种事了。”

程溪扶住纪佳程的办公桌，费力地站起来，脸色灰白。他望了望办公室的门，又望了望纪佳程，叹息了一声：“已经做过狗了，还能做回人吗？纪律师，做人好累啊。”

他像行尸走肉一般走向办公室的门，将要开门，他回头说：“找我的人是江诗慧。她想通过我了解何利锋手里有什么东西。江家怀疑何利锋的父亲留下了什么文件，那个江士同接近沙靓靓大概也是为了这个目的。他们应该不会放弃，您多加小心。”

纪佳程没回答。程溪低下头，拉开门出去了。出了纪佳程的办公室，他往办公大厅里看了看，没看到沙靓靓，却看到其他同事带着各种异样的眼光盯着他。程溪走到自己的工位上，拎起公文包出了事务所。在门口他回头看着事务所的前台，心里涌起一股怀念，知道有什么东西永远离自己而去了。

他突然笑起来，带着一丝癫狂走下楼去。他开着那辆破面包车直奔江诗慧的酒吧。他感觉自己今天丢掉了做人的资格，憋得难受。他想感受那种当狗的快乐，以此来证明自己当初的选择是正确的。他有一种执念，如果不能证明自己的选择是正确的，他就会爆炸，就会毁灭。

他带着这样的癫狂停好车，从地下车库坐电梯来到酒吧，直奔化妆间。那些歌手、女招待什么的通常都聚集在那里，无论什么时间，化妆间里总会聚集六七个女人，要么化妆休息，要么抽烟聊天。他凶狠地撞开门冲进去，想找到那个熟悉的女人，他想把她拖到那个房间去，在她身上找回自己刚刚丢掉的尊严和自信。

然而化妆间里空荡荡的，一个人都没有。地板上散乱地放着衣服和鞋子，化妆镜前堆着打开的化妆包，沙发上扔着几个女士挎包，表明刚才有几个女人坐在这里。程溪从化妆间冲出来到处寻找，从酒吧后门再进入那条通道，他听到逃生门后隐隐传来声音，于是凑过去，把耳朵贴到门上。

“这样的鬼日子我受够了，不管你们去不去，反正我已经决定了。”一个熟悉的声音说，“横竖是个死，搏一搏也许还有条活路，大不了我和我弟弟抱着一起从春申江的大桥上跳下去。姐儿几个，咱们的命都是一样苦，都是欠了他们江家的钱在这里打工还债，活得连狗都不如。你们就这么甘心？不为自己想想，也为自己家里人想想吧？”

程溪听出这是自己常找的那个库雅楠的声音。库雅楠说完，另一个女人的声音说：“就是要为家里人想，才不敢反抗呀！你又不是不知道，咱们酒吧里就养着一伙人，打人可狠了。还有杨总的弟弟也领着一帮地痞流氓追债，如果是自己一个人也就算了，咱们反抗，家里人怎么办？”

“我们不反抗，他们也会伤害我们家里人。”库雅楠的声音说，“我就是有一期的钱还不上，他们就打断了我弟弟的腿。那个张警官跟我说了，这个肯定算黑恶势力，现在就是需要多几个报案的，有几个人出来做证就行！阿花，你当初借了他们十万元，现在都涨到了一百二十多万，你难道忍着？还有小秦，八万元的债滚到现在，逼着你把外婆的房子都卖了，你外婆难道不可怜？”

没有人回应她，库雅楠的声音继续说：“反正我是豁出去了。我烂命一条，为了我弟弟，我要搏一下。我已经在警察那里做笔录了，现在就是希望你们也能去把自己的遭遇说一说，这是为了你们自个儿，也是为了家里人，还能帮大家！谁要是想去，就打我的电话吧。”

说完这句话，逃生门就被推开了。程溪被撞得踉跄了一下，库雅楠站在门后，正与程溪四目相对。一看到程溪，她的脸色就变了，戒备地后退一步，从口袋里掏出锥子。

“你来干什么？你是什么时候来的？”她睁大眼睛盯着程溪问。

程溪有些神经质地望着她，说：“还能干什么？来找你呀！走吧，跟我上去……”

“去你的！”库雅楠突然爆发了，举锥子狠狠地向程溪捅过来，程溪慌乱地后退一步，库雅楠刺了个空。她用血红的眼睛盯着程溪，又扑上来，嘴里骂道：“狗娘养的，你还想欺负我一辈子！”

随着一声哀号，锥子插入了程溪的肩膀，程溪一屁股坐在地上，疼得冷汗直冒。这个场景把库雅楠吓清醒了，她低头看看自己的手，又看看程溪肩膀上的锥子，慌乱地说：“给，给你个教训，你再敢来找我，我捅死你！”

她身后的几个女人都是店里的歌手和女招待，看到这一幕都吓呆了。库雅楠甩下这几句狠话，跨过程溪的身体快步跑开。那些歌手和女招待也惊慌地从程溪身边绕过去，霎时间跑得干干净净。

程溪倒吸着冷气，慢慢从地上爬起来。他扶着肩膀从后门回到酒吧，沿着金属楼梯向楼上走去。他推开江诗慧的那间办公室时，看到江诗慧和大海都在房间里，正跟另外一个人说着什么。

程溪嘿嘿一笑，走进去很没有礼貌地重重坐在沙发上。他的这个举动让屋里的人很意外，江诗慧和大海对视一眼，对那个人说：“那就先这样，你出去吧。”

那个人站起来，好奇地看了程溪一眼就出去了。门刚关上，大海立刻变了脸色，过来照着程溪就踹了一脚，骂道：“你抽风了？这么放肆？找死是吗？”

程溪挨了这一脚，闷哼一声，却并不在乎。他躺靠在沙发上，斜眼看着江诗慧，说：“江小姐，我给你当狗来了。”

江诗慧眉头一皱，说：“这次传消息的钱不是给你了吗？你这副模样是怎么回事？谁把你捅伤了？”

程溪避而不答，却看着江诗慧笑道：“我暴露了。他们已经知道是我在给你们传消息，所以我不能再干律师了。我记得江小姐说过，我有两条路，现在我只能走第一条路，来给你当狗——你不会不要我吧？”

“你暴露了？”江诗慧眉头一皱，“怎么回事？”

“没怎么回事。人家不是傻子，猜出是我在给你们通消息了。”程溪笑着说，“你看看怎么安排我？我这也算是为了你鞠躬尽瘁了。”

“他们把你开除了？”

“让我自己走人。”

“哦……”江诗慧点点头，“大海，给他俩钱，让他滚蛋。”

大海嘲弄地笑了笑，从口袋里掏出两张一百元，扔到程溪脸上。

“行了，捡起来，滚吧。”

程溪慢慢低头，看了看那两百元，又慢慢抬头看看大海，接着把目光转向江诗慧。

“什么意思？”他皱起眉头问。

“就是这个意思。捡了钱滚吧，以后别再来了。”大海说。

“你们在侮辱我？”

“侮辱？这怎么叫侮辱？”大海嘲笑道，“假如你值一万块钱，我只给你两百块，我是在侮辱你。可是你现在一文不值，我给你两百块，这是在抬举你。你小子现在连两百块钱都不值，给你这两百我都嫌多，拿了钱滚吧，麻溜儿的。”

“卸磨杀驴？”程溪撑着身子慢慢站起来。

“随你怎么说，你现在已经没用了。”江诗慧嘲弄地说，“还想着在这里白吃白喝白嫖吗？”

程溪慢慢弯腰捡起那两张钱，顺势跪倒在地，向江诗慧方向爬了几步，试图去抓她的腿，哀求道："江小姐，江小姐！你说过给我两条路的！我是为了你们才落到这步田地的啊！你不能这样卸磨杀驴呀！你看我昨天还帮你们通消息！你有什么事可以继续吩咐我！我一定努力做事！求你了！"

江诗慧吓了一跳，伸腿乱蹬，把程溪逼开。大海从后面拉住程溪的领子把他丢在房间中央。程溪仰面朝天躺在地上，望着他们问："真的不给路走？"

"什么路？你在我这里有什么路？我有什么义务要给你路走？"江诗慧厌恶地说，"是，我是说过你有两条路，其中一条路是跟着我们干——我骗你的行不行？我需要你帮我打听消息，明白吗？想跟着我干？不是什么人都有资格来当狗的。"她的嘴角浮现出轻蔑的笑："当不当狗，不是你想不想的问题，是我们给不给你资格的问题。"

大海哈哈大笑："瞧这副挫样子，当狗都没人要。"

"你们不怕我去找江士同，把你们对付他的事说出来？"程溪狠狠地看着江诗慧。

"我对付他又不是什么秘密，我还怕他知道？倒是可以再跟你说件事。"江诗慧冷笑道，"那天晚上在小巷子里揍你的人其实不是江士同的手下，是我安排的。"

"什么？"程溪惊骇地睁大眼。

"我本来只是跟着江士同，看他跟那个小妮子约会，正好看到你过来，就想着其实从你这边下手也是条路子。所以我就派两个人冒充江士同的手下把你打一顿，然后我和大海再来救你，这样也就有理由认识你，好给你洗脑子了，明白了吗？一开始就只是想让你帮我们去打探消息，弄点资料。至于给我们当狗，你这样的智商，当狗真是没有资格。"

江诗慧说完，往后一靠，双手交叠，懒洋洋地说："行了，费了半天口水。扔出去吧！"

程溪目光呆滞，还在因为江诗慧的话而震惊。大海咧开大嘴笑着，走过去抓着程溪的领子把他拎起来，如同当初他把程溪拎进这间办公室一样。突然，程溪怒吼了一声："你们欺人太甚！"

伴随着这句吼声，大海发出一声长长的号叫，一支锥子深深插入他的左眼窝。没等他用手去捂眼睛，程溪已经把锥子拔出来，第二下直接插入他的脖子。

一切发生在瞬息之间，程溪把锥子从自己的肩膀上拔下来，连插大海两下。江诗慧猝不及防，不由得惊呆了。她怔怔地看着程溪高举锥子，发疯似的在大海的头上、身上猛戳着，嘴里如同着了魔一般大骂："说我当狗没人要？我叫你当狗！我叫你当狗！"

血珠飞溅，程溪的身上、脸上、手上都溅上了血点，大海躺在地上抽搐着，可是程溪仍然不停手，继续戳着、骂着。

江诗慧终于回过神来，发出一声惨叫："啊——"

程溪猛地抬头，似乎才想起还有江诗慧在旁边。他慢慢站起身，手里的锥子上滴着血，布满血点的脸上露出一丝狞笑。他睁着血红的眼睛，露着雪白的牙齿，一步一步向江诗慧走过来。

"你不要过来！你别过来！来人啊！来人啊！救命！"

程溪继续逼过来："我做狗都没有资格，对吗？"

"你别冲动！你，你要什么我都给你！你要不要钱？我，我有钱，我可以给你钱！"

程溪张开双手，身子微微前倾，他的模样如同一个魔鬼，脸上的笑容阴森可怖。

"江小姐，我不要钱。我想做狗，懂吗？狗！不过不是那种听话的狗……是那种会咬人的狗……记住，狗逼急了，也是会咬人的。"

他带着笑容，用沙哑的声音说完这些话，就举起锥子，一下又一下地向江诗慧身上扎去。江诗慧惨叫着，抵抗着，挣扎着，最终被逼得蜷缩在一个角落里。她哀求，她讨饶，她呼喊求救，然而这个房间的隔音效果太好了，里面的声音传不出去。于是她的声音慢慢低下去，最后她躺在地上，衣服染着鲜血，两条腿无力地蹬了两下，就此不动了。

直到两个小时后，有人进来找江诗慧，才发现房间里的惨状。两具血淋淋的尸体旁坐着一个浑身是血的男人，在他面前整整齐齐地摆着一个锥子和两张带血的钱。警察赶来将他带走时，这个青年突然哈哈大笑起来，血水和泪水沿着他的脸颊流下，滴在地上，不知该说是血中带泪，还是泪中带血。

这一切纪佳程都不知道。血案发生的时候，他正匆匆忙忙往医院赶，因为他刚刚收到法院的短信。法院定下了本月月底开庭的庭期，另外关于程溪的事，他也需要给何利锋一个交代。

何利锋头上用胶布贴着一块纱布，脸色倒还是红润的。他在病床上坐着，左臂上别着黑纱的李杏园在一边收拾他的东西——其实何利锋昨晚只是住院观察，她却紧张得又拿换洗衣服，又准备纸巾、水杯，还带了一床毯子来，现在她就得把这些东西全部收拾好带回去。

纪佳程来的时候，她已经收拾得差不多了，看到纪佳程进来，晓得他们有事情要说，她便到楼下结住院费了。

“来了？”

“来了。你感觉怎么样？”纪佳程坐下问。

“还行吧，有点头晕，应该没啥大事。”何利锋说，“没想到他们敢撞我的车。”

“以后不要以身犯险了。”纪佳程说，“多危险，万一有个好歹怎么办？”

“我不会再冒险啦，”何利锋笑着摇摇头，“——您那个小伙子怎么样了？”

“我让他自己辞职。”纪佳程说，“找他的人是江诗慧。江家好像怀疑你父亲留下来什么东西，想搞到手，所以他们才会分别接近程溪和沙靓靓，想通过他俩挖线索。”

“居然真被他们猜中了，”何利锋苦笑道，“我自己都不知道我父亲真的留下了东西，要不是董阿姨走之前说出来，我父亲留下来的东西迟早要烂在那个衣橱里。”

“都是些啥？”纪佳程问，“里面也有设计图吗？”

“一本日记和一些文件，反正不是我设计的那些东西。”何利锋说，“前天晚上我忙着办董阿姨的后事、布置灵堂；昨晚又在医院里躺着，所以还没来得及细看。您一会儿跟我过去一起看吧。”

“方便吗？”

“咱们这也算过命的交情了。”何利锋说，“方便。”

纪佳程点头答应，想起法院的短信，便告诉何利锋：“法院开庭日期定下来了。”

“我也收到短信了，说是这个月三十一号。”何利锋说，“知道法官是谁吗？”

“告知书上说是杨晓惠，沪东法院路浦法庭的庭长。”纪佳程说，“你要做好心理准备，对方这两天也会收到法院的短信，不知会作何反应。”

“已经收到了。”何利锋说，“您猜猜我是怎么知道的？”

纪佳程诧异地问：“江诗媛给你打电话了？”

“她怎么会给我打电话，”何利锋摇头道，“您绝对猜不出谁给我打电话了——洪桂彬洪叔，还有赵秋槿赵姨，今天上午这两个人都给我打电话了。”

“这倒怪了，”纪佳程奇怪地问，“他们之前不是都不愿理你吗？怎么现在给你打电话了？他们都说些什么？”

“要求我同意他们旁听。”

“什么？”纪佳程吃惊道，“他们想旁听？”

依照《中华人民共和国民事诉讼法》第一百三十七条规定：“人民法院审理民事案件，除涉及国家秘密、个人隐私或者法律另有规定的以外，应当公开进行。”也就是说，案件通常是要公开审理的，但是同时也规定：“离婚案件、涉及商业秘密的案件，当事人申请不公开审理的，可以不公开审理。”

也就是说，离婚案件一般应公开进行，但任何一方当事人都可以向法院申请不公开审理。实践中很多当事人会以“涉及商业秘密、个人隐私”为由要求不公开审理，只要一方当事人这么申请，法院几乎一律不公开审理。所谓“不公开审理”，就是说法院审理离婚案件的诉讼活动不公开进行：开庭的时间、地点不公开，法庭调查和法庭辩论不公开，法庭笔录不公开，等等，其中最显著的特征就是不许旁听。

“嗯，他们已经知道要开庭了，特别要求我不要申请不公开审理。”

纪佳程低头思索，机电商会这些人能够知道要开庭，这个消息只能是江家告诉他们的。他们特意打电话来要求何利锋不要阻止他们旁听，这必然也是江家挑唆的，因为一般人根本不知道离婚案件是否可以申请不公开审理。

“为什么这么要求？”纪佳程问，“他们有没有说他们的想法？”

“洪叔简直就是把我骂了一顿，说要听听我都干了些什么缺德事，我要是心虚，就申请不公开审理好了。”何利锋苦笑着说，“赵姨倒是客气，说我不是一直想找他们解释吗？现在机会来了，大家到法庭上解释清楚，有律师和法官在，一定能把事情讲明白。如果我真的想和他们解释，想说服他们，那就不要阻止他们旁听。”

“好手段，知道你急着和机电商会的人解释，江家这是逼着你同意啊……”

纪佳程从这两个电话里捕捉到两个信息：第一，江家那边证据可能准备得很充足，有信心把何利锋打垮；第二，他们手里的证据一定对何利锋非常不利，能够在机电商会这些人面前彻底败坏何利锋的形象，让他们以后彻底站到何利锋的对立面。

纪佳程站起来，在病房里踱着步，眉头紧皱。他猜测江家在法庭上一定会抓住何利锋“忘恩负义”“抛妻弃子”“嫖娼”“找小三”这几件事大做文章，以便在机电商会的人面前把何利锋彻底踩死。截至目前，他只是在“嫖娼”这件事上找到了些线索，库雅楠还明确表示拒绝做证。在这样的情况下，自己该如何应对呢？

“不能同意。”纪佳程开口道，“申请不公开审理吧。”

“不能申请。”何利锋说，“申请的话，就坐实我心虚了。江家对我的任何污蔑，都会被他们认为是真的。”

“不申请的话，他们就会认为是假的不成？”纪佳程反问，“我知道，你现在需要和他们沟通，所以不敢拒绝。可是如果他们旁听，对方律师分分钟能把法庭变成你的‘罪行展览馆’，我们现在在证据上处于弱势，你真的觉得他们在下面旁听对你有好处？万一听了以后更坚定了他们封杀你的决心怎么办？”

第二十六章
山雨欲来风满楼

局势很明显，江家想要封杀何利锋，何利锋的公司要想生存就必须突破封锁，而不管是封杀还是突破的关键，都是争取机电商会那些人的支持。目前来看，机电商会对何利锋的成见非常深，已经站在江家那一边，并且拒绝和何利锋沟通。

江家正是明白这一点，才会利用开庭来将何利锋一军：何利锋同意旁听的话，就可以讲那些对何利锋不利的事；不同意旁听的话，会显得何利锋做贼心虚，并且彻底得罪机电商会，彻底失去打破封锁的机会。

对何利锋而言，只有证明自己无辜，同时证明江家撒谎才能扭转局面。在机电商会拒绝沟通的情况下，开庭是唯一能够向他们展示观点的机会。但是对于江家必定渲染的那几件事，他没有证据反驳。这个案子早已超出了离婚案件本身，变成了名誉、经济利益的攻防战。

回到家里，李杏园匆匆在董老太的灵台前磕了头，就忙着整理何利锋的东西。这两天她心力交瘁：被打、进派出所、婆婆过世、办理后事、何利锋住院……除了忙这些事，她还要照顾虫虫，连悲伤的时间都没有。纪佳程和何利锋在餐桌旁坐下后，她匆匆给他们泡茶，又把何利锋换下来的衣服塞进洗衣机，随后出去接虫虫放学。对她来说，一天的忙碌望不到头。

“墓地准备好了吗？”纪佳程问。

“准备好了，和墓园那边联系过了。”何利锋说，“等过了头七，就把骨灰送过去。”

“老太太走得太突然了。”

何利锋站起来走进里面的房间，几秒钟后走回来，手里拎了一个很大的文件袋，文件袋口已经打开，上面残留的胶带没有一点光泽，说明是很久之前封起来的。他把文件袋放在桌上，从里面掏出一沓文件和一个硬皮本子。纪佳程猜测这个硬皮本子就是何利锋父亲的日记，既然是日记，自己就不便观看，于是他开始翻看那些文件。

文件很多，包括一些外文资料或者函件。纪佳程翻了一会儿，抽出一份问何利锋：“这是什么文件？上面是什么语？法语吗？”

何利锋放下正在翻的日记，伸头看了看说：“不像，我看像是德语……你看这里出现的公司名字的后缀是‘GmbH’，这是德国的写法，应该是德语。”

“你父亲和德国公司有生意往来啊？”纪佳程接过文件问。

“有，他跟欧洲大部分国家的客户都有生意往来。我父亲会德语、意大利语和英语呢。”

纪佳程由衷地赞叹了一声“厉害”，他从这份文件上找到一个位于汉堡的地址，确认这是一份德语文件。合同的另一方位于“Volksrepublik China”，他认为这可能是一份国际货物买卖合同。

他往下翻，发现里面的德语文件数量不少，还有英文提单、发票和装箱单，中文文件有合同、会议记录、股东会决议。纪佳程觉得文件非常杂乱，但是他相信何利锋的父亲把这些东西留下来一定是有目的的，于是他耐着性子按照时间顺序一份一份地排列着。

在他翻到一份《股东会决议》时，他的手在空中停住。那是一个叫作“新何机电有限公司”的股东会决议，决议上有两个股东，一个股东是何华清洁设备公司，签字人是“何足道”，也就是何利锋的父亲；另一个股东是江浦贸易有限公司，签字人是——“江华诚”。

纪佳程微微眯起眼，把这份文件放在一边。随着他的排列，有江华诚签字的文件又出现了好几份，有《股东会决议》和《一致行动决议书》。在一份和第三方签订的《代理销售协议》上，虽然盖的是“新何机电有限公司”的章，签字的却是江华诚。当然，还有很多协议上只盖章，没签字。

对于文件里密集地出现江华诚的名字，纪佳程感到诧异。他耐着性子继续排列文件，打算从最早的一份看起，以便厘清这些文件之间的逻辑关系。排列和筛选这些东西花了他半个多小时，等他把最后一份文件放好，他敲着发酸的腰和脖子，抬头看到何利锋脸上可怕的表情。

“怎么了？”纪佳程疑惑地问。

何利锋望着纪佳程，他的眼睛发红，隐隐闪着泪光，缓缓地把日记本向纪佳程推过来。

本子上的字密密麻麻，纪佳程看看何利锋，低头阅读。这果然是一本日记，这一页的日期是2016年5月14日。写日记的人似乎很激动，字迹有些潦草。随着阅读，纪佳程的脸色越来越差，等他看完最后一个字，他抬头望了望何利锋，眼睛里全是震惊。

似乎不敢相信，他又看了一遍，看的过程中不时在刚才那沓文件中翻找着。看完第二遍，他抬头说：“怎么会这样？”

“想不到吧？”何利锋望着远处，表情微微扭曲，“我也想不到啊……”

“董老太怎么不早点把这些给你？”

“她是顾虑到我还要靠江家生活。”何利锋阴郁地说。

“难以置信……”纪佳程又看了一遍日记上的文字，仍然不敢相信这是真的。

何利锋坐在那里，眼睛里闪着激愤的光。纪佳程一边看日记，一边继续在那些文件里翻着。他们都没说话，直到李杏园带着虫虫回来，他们还在那里坐着。虫虫扑到何利锋身上撒娇，何利锋机械地抱住她，眼神却是恍惚的。

“虫虫，去做作业。”他努力保持温和的态度，“叔叔在做事。”

“虫虫乖，去房间写作业，”李杏园忙说，“别打扰大人做事。一会儿吃饭的时候我叫你。”

虫虫把屋子里沉重的气氛打破了，纪佳程合上日记本，把那些文件理好放在一起。想了一会儿，说：“对离婚案件本身没什么用，但对你破局有用。”

何利锋拳头握得紧紧的，似乎在犹豫，当他的目光再次落到日记本上，眉间闪过一丝戾气。

“看来，得出底牌了。”

他在纪佳程困惑的目光中站起来，走进房间了，不一会儿拿了几张纸出来。他把这几张纸放在桌上，缓缓推到纪佳程面前。纪佳程拿起来，几秒钟后，他的脸色变了。

他感到不可思议，又仔细地看了一遍，把那几张纸放下，盯着何利锋。

“你当初跟我说，这个婚肯定能离成，”纪佳程的脸完全阴沉下来，“说的就是这个东西吧？”

“是。”何利锋点头承认。

“你之前为什么不拿出来？给我个理由。”

何利锋有些尴尬，摊开手说：“我之前有顾虑。”

“放屁。”纪佳程骂道，“这上面的时间是五年前。你到底想干什么？”

何利锋摊摊手，面对纪佳程的责问，显得有些心虚。他抱歉地笑了笑，说：“我有苦衷。”

“这一切都是你算好的，对不对？”纪佳程说，“不管是和江诗媛的婚姻，还是你自己被抓，都是你算好的，对不对？”

何利锋没有否认，说道：“我可以解释。”

“你最好解释一下。”纪佳程阴着脸说，“小何，我不喜欢被人当猴子耍。”

“OK，我可以解释……”何利锋说，“首先我的确需要道歉，因为我确实隐瞒了些东西。我可以从头讲起……其实，当初得知父母自杀的时候，我就觉得一定是有人害他们，所以回来后我就暗中调查了所有和我爸爸有过合作的人，经过各种旁敲侧击，江家的嫌疑最大。但和他们比起来，我太弱了，根本不知道怎么才能继续查下去，正好那时候江家来慰问我，想和我继续履行婚约，我就顺水推舟地和江诗媛结婚了。”

“所以你和江诗媛结婚一开始就只是为了查明真相？”

“可以这么理解，当然也是生存需要。”何利锋说，“既然结婚是有目的的，我当然会做些预防措施……”

“比如说这玩意儿？”纪佳程扬了扬那几张纸。

“对。”何利锋坦然答道，“这么多年来，我从没放弃过调查江家，因为事发后我父亲的很多事业都落到了江家手里，可惜我还是没查出父母自杀的真相。我本来想继续查下去，但估计是我没有什么利用价值了，江家开始排斥我，还搞了个嫖娼事件陷害我。我就想，如果是江家陷害我父亲的话，他们一定会害怕我父母留下什么东西，所以我就做了个计划，想试探一下他们。”

“怎么试探？”

“我放出风去，说我手里可能有我父亲留下来的文件。”何利锋说，“如果真是江家害了我的父母，他们一定会想方设法搞到我手里的东西，因为那些东西对他们来说可能是炸弹。如果搞不到的话，他们一定会来害我。相反，如果他们不理睬，那么害我父母的人可能就不是他们了。”

“你是拿自己当诱饵？”纪佳程问，“那你为什么又搞什么专利，又登录江浦实业的网盘？你直接说那是你父亲留下来的设计图不就行了吗？”

“第一，那设计图确实是我画的；第二，我总要主动送点把柄，看江家是不是会害我，会害我到什么程度。”何利锋说，“其实只要有了那封邮件，我就笃定自己没事，唯一的风险就是能不能找到维护我利益的律师，毕竟我被抓进去后，江诗媛是可以给我请律师的。”

“所以你提前留下了委托书。”纪佳程说。

“对。”何利锋点头，“事实证明我都猜对了，江家一得到消息，就想置我于死地。我主动送的把柄，他们照单全收，果然借着我登录过网盘去报案把我抓起来了，然后还做了两手准备，打算在机电商会的层面断我的后路。”

“所以这印证了你的猜想：他们害怕你手里有你父亲留下来的东西？”

“还能有别的结论吗？”

“为什么一开始不告诉我实话？”纪佳程问，“你把我们当成工具？”

“纪律师，我很尊敬您，绝对没有冒犯您的意思，我知道我之前确实利用了您，我诚心向您道歉。”何利锋恳切地说，“当初认识您时，我这些设想已经在进行中了，不管我是否告诉您真相，您都需要走那些流程，不是吗？本来我出来后想和您说实话，可是那时候发现您身边可能有内鬼，我就没说。现在内鬼揪出来了，又真的找到了我父亲留下来的东西，所以我觉得应该告诉您了，虽然有点晚，可是还来得及，不是吗？”

说到内鬼这件事，纪佳程的火气消散了些，虽然他对于被利用还是心怀愤懑，但是不得不承认何利锋这样说也有道理。他闷闷地又看了下那张纸，说：“董老太早就有你父亲留下来的这些东西，为什么不早点拿出来？”

“她怕。”何利锋说，“她之前一直跟我说江家不好，不能信，可是她更怕我冲动，知道真相后去和江家拼命。您知道她临终前和我说了什么吗？”

纪佳程望着他。何利锋低沉地说：“她说，之前怕我弱，斗不过江家，所以一直没说，现在不能把秘密带走，东西要交给我了。”

纪佳程感到震惊，他记得董老太临终前说话断断续续，非常费力，是什么样的毅力支撑着她在何利锋耳边交代这些话啊！这个老管家为何家操劳了大半辈子，在生命的最后几年保守着秘密，用自己的方式守护着何利锋，在生命的最后一刻，她还放不下她从小带大的小少爷！

纪佳程心里的火慢慢熄灭了。何利锋站起来很正式地向纪佳程鞠了个躬，说：“纪律师，真的希望您能包涵。”

“算了。”纪佳程闷闷地说，“过去吧。”

“您觉得这个有用吗？”何利锋指着那几张纸问。

“有用。”

“一切拜托了。”何利锋把桌上的东西全部推到纪佳程面前。

纪佳程深呼吸一下，说：“这些东西不能庭前提交，我不想让对方提前想好怎么应对，而且这次机电商会的人在现场……”

“法庭上怎么来全听您的！”何利锋坚定地说，“尽力就行！”

纪佳程点点头，说：“如果这几天机电商会的人再给你打电话，你别痛快答应，一定要表现得很为难，很纠结，明白吗？”

在回家的路上，纪佳程还是处于复杂的情绪里，这样的状态一直持续到晚上，以至于他失眠了，直到凌晨两三点才蒙眬睡去。第二天上午他起得很晚，索性就待在家里，吃了午饭才去事务所。

因为心里有事，他闷着头直奔自己的办公室，一点也没注意到事务所里气氛诡异。他在办公室翻了一会儿那些材料，就把它们锁在柜子里，盯着窗外出神，脑子里不断构思着方案，推翻着方案。

他觉得有必要让沙靓靓去查询“新何机电有限公司”和“何华清洁设备公司”的工商档案，就出门到沙靓靓的工位前找她。他把写了公司名字的纸条递给沙靓靓，然而她坐在那里魂不守舍，没有接，任由纸条飘落到地上。纪佳程知道她还在因为程溪的事难过，然而把个人感情带到工作中来是不应该的。他弯腰捡起那张纸。

沙靓靓惊醒过来，伸手想去接，纪佳程却转身回了办公室。沙靓靓伸着手，一脸尴尬。

纪佳程把纸扔回自己办公桌上，沙靓靓匆匆进来，看到纪佳程自己噼里啪啦地敲键盘，还打电话让行政团队送两张介绍信来，知道纪佳程不高兴了，赶忙道歉道：“师父，对不起，我错了，让我给你查吧。”

“你还是出去定定神吧！”纪佳程皱着眉头说。

沙靓靓难堪地站在那里，手指绞着衣角。等行政团队把介绍信送来，纪佳程抬头看到她还在，问：“你还有什么事？”

沙靓靓摇摇头，突然哭了起来。

“师父，我不是故意的……程溪，程溪他……他出事了！”

“出什么事了？”纪佳程问。

“他杀人了！被抓起来了！”沙靓靓哭着说，她捂着脸坐到椅子上，泪水从指缝里滴落。

“什么？”纪佳程震惊地站起来，问，“什么杀人了？怎么回事？”

“今天上午警察来咱们所了！”沙靓靓哭着说，“找主任了解程溪的情况，还找我问了话……他们说程溪昨天杀了两个人！”

“啊？昨天？”纪佳程大惊失色，“杀了两个人？他，他杀谁了？”

“不知道，警察没说。”沙靓靓哭着说，“师父，这可怎么办啊？”

“怎么办，赶快会见啊！”纪佳程怒声道。昨天是他和程溪摊牌的日子，想不到程溪在被要求离职后居然会杀人！他回想着自己昨天和程溪的沟通，明明已经给他留了余地，他怎么会去杀人呢？

想到这里，顾不得理会沙靓靓，他推门出了办公室。一出门，数十道目光向他望过来。他大步走进主任的办公室，不一会儿，事务所管理委员会的管理合伙人们纷纷向主任办公室赶去，直到下午六点多才从主任办公室里出来，脸色都很难看。毕竟程溪目前还是事务所的律师，出了杀人事件，不可避免地会对事务所的声誉和内部氛围产生影响。

上午来的警察没说细节，就说程溪昨天在酒吧里杀了两个人，问了一下他在事务所的情况。在主任办公室里，纪佳程给警官打电话，约定明天上午见面谈一下，他在电话里得知了一个情况：程溪被抓进去后，明确表示不接受本律师事务所任何一位律师为其辩护。

他应该是不想面对曾经的同事、恋人和朋友。

纪佳程坐在办公室里，望着窗外黑下来的天空和城市亮起的灯火，百感交集。沙靓靓红着眼睛进来问事务所会不会帮助程溪，纪佳程却无言以对。程溪走到这一步，严格来说责任在他自己，如果再给纪佳程一次选择的机会，他还是会要求程溪离职。然而看到一个曾经朝夕相处的同事走向毁灭，纪佳程总有一丝负罪感，觉得自己也是产生了影响的。

世界有时候很小，小到让人觉得不可思议。事务所和沙靓靓为了帮助程溪，特意联系了几位其他律所有水平的刑辩律师，甚至联系了沪海市律协刑事业务委员会的一位大咖，打算把这个名单交给程溪的父母挑选。然而知道程溪父母选择的律师是谁后，很多人都大跌眼镜，其中就包括纪佳程和沙靓靓。

看到凌季雨律师坐在自己面前，纪佳程心里不知有多少头羊驼奔腾而过。

程溪的家属选择凌季雨的过程堪称简单粗暴：两位老人送完衣服，抹着眼泪站在看守所门口，因为不能见到亲人而哭泣着。这时候他们遇到了挂着“值班律师”牌子的凌季雨律师，凌大律师像闻到咸鱼的猫一样凑过来，又是安慰又是打听，还陪着掉了几滴眼泪。两位老人被这个“善良”“有同理心”“战绩辉煌”“收费不高”的“值班律师”深深地打动了，当场和他办理了委托协议。

程溪没反对，对他来说，只要不是同事，谁当辩护人都行。

凌季雨律师一本正经地坐在纪佳程对面，希望了解程溪在事务所的情况，对纪佳程几乎要骂娘的表情视若无睹。按照他的说法，他进去会见时，程溪对他的“专业水准”“非常满意”。他甚至说出纪佳程正在办理何利锋和江诗媛的离婚案件，以证明自己的说法。

“他跟你讲了很多我们案子上的事？”纪佳程问。

“没讲太多，就是说有这么个案子。”凌季雨律师端着茶杯说，“细节他没说，但是他说杀人的事与这个案子有关，好像是对方收买他了解案件信息，然后又卸磨杀驴，他一时激愤，怒而杀人。”

“你想往激情杀人上靠？”纪佳程问。

“除此之外，好像没有别的办法。”凌季雨说，“他在我进去会见前已经被讯问过，就是那么说的。杀人这事没法抹掉，只能看有什么从轻情节。我不往激情杀人上靠，还能有什么办法？”

听了这句话，纪佳程便知道对面这个油滑的家伙并不像他外表那么不靠谱，他的思路是正确的。“激情犯罪”是个法理上的说法，某人在精神上受到刺激，或者人身受到攻击，人格遭到侮辱，一下子处于难以抑制的冲动状态，失去正常理智，在强烈而短暂的激情推动下实施爆发性、冲动性的犯罪，被称为激情犯罪，所谓“激情杀人”即属于此类。激情杀人也是故意杀人，但是与有预谋的故意杀人不同，没有长时间的犯罪预谋，没有预先确定的犯罪动机，也没有事先选择好的犯罪目标，主观恶性不如有预谋的故意杀人大。

“激情杀人”在国内刑法中并无明确规定，但是司法实践中法院往往把被害人主动挑衅、挑拨而造成的情急之下杀人归入“激情杀人”，并且考虑从轻。只不过这次是连杀两人，即便被认定为“激情杀人”，也未必保得住命。

“有什么问题你就问吧，”纪佳程改变了态度，“需要配合的话你就说。涉及我们办案案情的，我需要征得当事人同意才能披露，并且你要承诺保密才行。”

“那你先问问你当事人，这个离婚案的细节能不能披露，或者给我们出证明。”凌季雨说，“我要是想证明死者一开始就处心积虑给这小伙子设局，就必须把你那个案子的详情说清楚，该有的证据也得有。如果你们能出庭做证就更好了。”

“我会问的，不过不保证。”纪佳程说，“问好了我和你联系。”

“行。”凌季雨点点头，想了想又说，“听说他有个女朋友……”

“病倒了，已经休了两天病假了。”纪佳程说，“我把她的电话给你，有什么话你直接转达吧。”

沙靓靓真的病倒了，可能是伤心过度，也可能是悔恨自己一开始不该吊着程溪，总之她在工位上突然昏倒，被同事送进医院。虽然当天晚上就出了院，可是精神一直处于恍惚状态，不得不休病假在家休息。纪佳程不会过多苛责她，但是也不会去刻意安慰，有些事需要她自己走出来。痛苦是人生的催熟剂，只有经受住一次次痛苦的打击，人才能成长。

凌季雨律师把笔记本放回包里，脸上又恢复成那副惫懒模样。他打量一下四周，往会议室的门看了看，就问纪佳程：“你那个离婚案现在需要搭档吗？”

纪佳程被他的厚脸皮再次震惊了一下，说：“不需要。”

“可惜。”凌季雨律师咂吧着嘴说，“其实我办理离婚案件的水准也相当高，我本来还想在薛教授那个案子里和你交流一下呢。”

纪佳程想起之前凌季雨律师误以为自己代理方式宁，跑来兴冲冲地打算代理离婚官司的事，干笑了两声。凌季雨律师一脸遗憾，也不知道是遗憾没有与纪佳程“交流”的机会，还是遗憾少收了一笔钱。他说：“纪律师，咱们这也算是有业务交流了，以后有案子多合作啊！”

“一定要多合作！”纪佳程心口不一地说，“必须的。”

凌季雨律师拿起背包，纪佳程以为他要走了，便站起来准备送客，哪想到这孙子把手伸进包里，睁大眼望着纪佳程道："纪律师，我说合作可不是随便说说的啊！我是有诚意的！今天我就送你个礼物，以表诚意。"

"不不不，真不用客气。"纪佳程一听他要送礼，赶忙拒绝。

然而凌季雨律师从包里拿出来的不是什么礼品包装盒，却是几张文件。他带着狡黠的笑容把文件递过来，嘴里说："这礼物你一定喜欢。"

纪佳程接过文件看了一眼，脸露疑惑，问："什么意思？你给我这个干吗？"

凌季雨律师绕过桌子，一屁股坐到纪佳程身边的椅子上，脸上露出欠扁的笑容。他把脸凑过来，纪佳程闻到了一股韭菜味。在纪佳程露出厌恶表情之前，凌季雨律师轻声说了几个字，纪佳程瞬间脸色大变。

"你说的是真的？"他问。

"千真万确。"

纪佳程难以置信地看着他，说："你别玩我，这有点匪夷所思了。"

"绝对真实，我没必要蒙你。"凌季雨律师说。

纪佳程把目光收回来，贪婪地阅读着文件，脸都快贴到文件上去了。他足足看了两遍，扭头问："这是复印件，原件在哪里？"

"在薛炜瑾教授手里。"

"是她让你给我的？"纪佳程问，"她为什么要你把这东西给我？还有她怎么知道我在办理何利锋的离婚案？"

"唉，我知道了，她还能不知道？"凌季雨律师说，"你别忘了我也是她请的律师啊！"

纪佳程把那几张文件捏在手里，心里涌起了惊涛骇浪。

山雨欲来风满楼，他如同身处一个关卡，必须找到正确的密码才能一举突破。他要把手里掌握的信息和资料进行统筹安排，在短暂的庭审过程中达到最大的效果。他必须考虑对方可能提出的观点、可能在法庭上做出的动作，以便合理安排自己这一方的信息披露时间和证据提交时间，找到正确的“通关密码”。如果凌季雨律师刚刚给的这几张文件属实，纪佳程相信：自己离找到正确的通关密码不远了。

“兄台请坐！”纪佳程律师露出热情的微笑，“咱们好好聊聊这文件的事。要不要换杯热茶？”

正式开庭那天，纪佳程提前半小时到了法院门口，和他一起来的还有沙靓靓。她脸色憔悴，可是整个人的感觉与几天前大不相同，似乎蜕变成了一个不同的人。她拿着文件，在纪佳程旁边点着头，随后拿着文件袋向附近走去。

纪佳程向街道的另一边望去，他看到几十米外停了一辆黑色的越野车，看出那是谁的车后，他笑着摇摇头。他还看到了机电商会的赵秋槿和洪桂彬，对于纪佳程的招手致意，赵秋槿礼貌而冷淡地点了点头，洪桂彬却理都不理。

等何利锋背着挎包赶到，他们耳语了几句，纪佳程就和他分别从不同的通道安检，通过健康检查要求和安检要求后进了法院。两个人到三楼找到审判法庭，在原告席上坐下。

赵秋槿和洪桂彬严肃地坐在旁听席上，这正是江家希望的：在他们面前彻底把何利锋搞臭，让他们彻底封杀何利锋的公司。过了一会儿，方式宁教授也来了，他忧心忡忡地坐到洪桂彬旁边，对纪佳程和何利锋的问候礼貌地点头回应。又过了几分钟，薛大伟和叶文龙走了进来，随后又走进来几个不认识的人。纪佳程看到这旁听阵仗，在何利锋耳边低声说：“都是江家找来的。志在必得啊。”

何利锋点点头。

离开庭还有七八分钟时，江诗媛和她的律师到了，正是纪佳程之前在派出所看到的黄其柏律师。他们身后跟着江华诚、潘妮娜和江士同，没看到江家其他的人。纪佳程猜想江爱云和杨文亮应该在忙着处理江诗慧的后事，江家这次付出的代价实在不小。

下午两点整，审判法官杨晓惠抱着案卷披着法袍从外面进来，看了下旁听席上的“盛况”，眉头微微皱起。书记员已经在下面提前核对了双方当事人和律师的身份，看到杨晓惠点头，便关上法庭的门，站在书记员席前。

“现在宣布法庭纪律。”她大声说，“根据《中华人民共和国人民法院法庭规则》第十七条，全体人员在庭审活动中应当服从审判员的指挥，尊重司法礼仪，遵守法庭纪律，不得实施下列行为。”

法庭纪律很多，比如不许鼓掌、喧哗；不许吸烟、进食；不许拨打或接听电话；不许对庭审活动进行录音、录像、拍照或使用移动通信工具等传播庭审活动；发言或提问应当经审判员许可；旁听人员不得进入审判活动区，不得随意站立、走动，不得发言和提问……

书记员宣读完法庭纪律，杨晓惠敲击法槌，庭审正式开始。

第二十七章
证据突袭

“首先核对当事人身份和委托代理人的代理权限。”杨晓惠法官说，“当事人陈述姓名、性别、出生年月、居民身份证号码、住所地等自然情况及委托代理人情况。”

纪佳程和黄其柏分别陈述了当事人身份、律师身份和授权情况。杨晓惠与诉状进行比对，说：“经核对，当事人的身份符合法律规定，可以参加本案诉讼活动。沪海市沪东区人民法院根据《中华人民共和国民事诉讼法》的有关规定，今天公开开庭审理原告何利锋诉被告江诗媛离婚一案，原告何利锋及其委托诉讼代理人纪佳程出庭参加诉讼，被告江诗媛及其委托代理人黄其柏出庭参加诉讼，双方对对方出庭人员身份有无异议？”

双方：“没有。”

“根据《中华人民共和国民事诉讼法》的规定，本案在开庭三日前，已向当事人书面送达了本次开庭传票及《当事人诉讼权利义务通知书》。双方是否收到？对你方在法庭上的权利义务是否清楚？”

双方："收到，清楚。"

"本案适用简易程序进行审理，由本院审判员杨晓惠担任本案的承办法官，主持今天的庭审，肖亚军担任法官助理，书记员赖子林担任法庭记录。对于以上人员各方是否申请回避？"

双方："不申请回避。"

"下面进行法庭调查，首先由原告明确诉讼请求，陈述事实和理由。"

纪佳程简单宣读了诉讼请求，包括：一、请求依法判令原告、被告解除婚姻关系；二、请求依法判令何定思由被告抚养，原告不承担抚养费；三、依法分割夫妻共同财产；四、本案案件受理费由被告承担。

第二条诉请一念出来，旁听席上的人都皱起眉头。不要孩子这一点是很多人不能接受的，纪佳程说得这么理直气壮，连杨晓惠法官都瞥了他一眼。

纪佳程毫不在意，继续宣读事实和理由：某年某月某日，原告与被告登记结婚，然从婚后至今，被告与原告在生活中产生许多矛盾，原告在婚姻生活中感受不到一丝家庭的温暖和幸福，被告的种种行为使原告对于婚姻生活深感绝望。双方感情已经破裂，无法共同生活。故原告特意致状法院，请求依法判决离婚，请求法院依法判如所请。

本来这时候应该轮到被告答辩，可是杨晓惠法官先向纪佳程询问："原告方要求不承担孩子的抚养费？"

"是。"

"法律依据在哪里？"

纪佳程面露难色，犹豫了一会儿，答道："审判长，原告坚持这样主张。"

杨晓惠法官看了何利锋一眼，纪佳程相信这目光里肯定带有一丝反感甚至厌恶，女法官对孩子的抚养问题有着天然的敏感，何利锋这样的要求可以说是非常“渣”了。

“被告方发表答辩意见。”

“好的。”黄其柏律师面带微笑地看着纪佳程，拿起文件交给书记员，“被告方为了减轻法庭的工作量，起草了答辩状，现在提交给法庭。”

“给原告一份。”杨晓惠法官示意书记员，“被告代理人宣读一下。”

被告的答辩状一共有两页，字体不大，密密麻麻，与纪佳程干巴巴的、简短的诉状相比，被告这边的准备无疑显得更充分、更贴心、更专业。

“我方的答辩意见是：不同意原告的全部诉请，请求法院依法驳回。事实和理由如下。”黄其柏律师微笑着读道，“第一，被告方认为原告、被告双方有深厚的感情基础，目前感情并未破裂，仍然有和好的可能，不应轻易放弃婚姻。本案的原告、被告自幼相识，可谓青梅竹马，两小无猜，后通过自由恋爱走到一起。两个人的感情非常深厚，原告在国外求学期间患病，被告还专程从国内赶到美国照料他直到康复。2016年原告的父母突然自杀，公司倒闭，原告失去了经济来源，中断学业回到国内。被告不嫌弃其经济状况，坚持与其结婚，并为其生下孩子。试问，这样的感情难道不深厚吗？这样的感情难道会轻易破裂吗？”

深厚，绝对深厚。这样的表述连主审法官都不禁动容。

纪佳程不动声色。如他所料，江诗媛一方果然表述“不同意离婚”。这应该是精心研究过的，她越是表现得深情厚意，何利锋在旁听席上的人眼里越不堪。

“第二，被告在婚姻存续过程中没有丝毫过错，反而是原告在婚姻中多次违背夫妻忠实义务。原告穷困潦倒之际，被告与他结婚，和家人一起给了他一个温暖的家，但是原告不珍惜美好的家庭生活，反而经常出入声色场所，纵情酒色，还曾经在嫖娼时被被告当场抓到！”

黄其柏停顿了一下，以增强这句话的感染力。果然，法庭内的人看向何利锋的目光都变得厌恶起来。方式宁教授沉痛地摇摇头，显得极其失望。

“尽管如此，被告出于对原告的深爱，原谅了原告这一背叛行为。但是原告却并不珍惜被告给的这次机会，在婚内再次出轨，与一个有孩子的女人勾搭在一起，甚至离家与其姘居！”

“审判长，请被告代理人注意言辞。”纪佳程举手反对道，“‘勾搭’这样的词能在法庭上说吗？何况原告根本没有此种行为，被告代理人这是恶意攻击。”

“被告代理人，你注意一下言辞。”杨晓惠法官告诫道。

“明白。”黄其柏嘴角露出一丝讥笑，“不过原告代理人确实不需要着急，我刚刚讲过的一切都是有证据的。我讲这些是想告诉法庭，原告属于过错方，他提出离婚是想与外面的第三者在一起，法庭不应该支持其不当目的的诉请。”

不出所料，他们果然提出了关于嫖娼和出轨的事。被告方之前没有提交这方面的证据，所以通过黄其柏律师刚才的话可以确定，他明显是准备搞证据突袭。

“第三，原告、被告有婚生子何定思，刚满一岁，为了孩子的健康成长，也应该继续维持家庭的完整。婚生子何定思系被告江诗媛八月怀胎后生下，为什么说八月怀胎呢？因为江诗媛怀胎后，原告对妻子疏于照料，在外乱搞，导致被告身心受到极大伤害，八个月就早产了！孩子出生以后，原告从没抱过孩子一次，从没给孩子换过一次尿布、喂过一次奶，甚至没给孩子买过任何东西，全靠被告及其家人精心照料，才把一个早产的婴儿抚养成现在一个健康的宝宝！《民法典》及相关条款规定在哺乳期内男方不能提起离婚诉讼，这个哺乳期一般认定为一年，请法庭注意的是，原告是掐着时间提起离婚诉讼的，孩子刚满一岁他就起诉了！《民法典》及相关条款的立法宗旨是什么？维护妇女儿童的权益就是重要的立法宗旨之一。原告还在诉请中不要孩子，连抚养费都不愿承担，我们实在不知如何评价！我们真诚地希望原告悬崖勒马，希望他知道：抛妻弃子是任何一个社会都不能容忍的恶劣行为，突破了道德的底线。综上，我们认为，原告的诉请应当全部驳回，请法庭依法维护妇女儿童的合法权益！”

他的第二点、第三点让杨晓惠深感意外，因为被告方的答辩意见是“要求继续维持婚姻”，可是这两点里全是对原告的讨伐。

“被告，你这到底是想离还是不想离？”她问，“我看你在这里面对原告的控诉不少啊，都说他突破道德底线了，这婚姻还要维持吗？”

“我们想表达的是，尽管原告做了这么多不好的事，但是被告还是深深地爱着他，”黄其柏律师说，“同时考虑到年幼的孩子，被告愿意原谅他，包容他，希望他回归家庭，尽到为人夫、为人父的责任。”

好吧，一个忍辱负重的妻子形象呼之欲出。纪佳程往旁听席上扫了一眼，发现薛大伟等人看何利锋的眼神都是冷冷的。何利锋只是低着头，不看任何人，对面的江诗媛则拿出一张纸巾，擦着微微泛红的眼角，令人心疼。

纪佳程对此并不意外。很显然，被告一方的目的和思路与原告一方是一致的，其实同不同意离婚是次要的，关键在于如何在机电商会那些人面前抹黑对方的形象。

纪佳程捏着手里的答辩状，微微紧张起来。江诗媛一方的陈述已经做出，接下来就要看自己的了。

“原告针对被告的答辩，有什么要说的吗？”杨晓惠法官问。

“有。被告说的那些事都不存在。”纪佳程说，“原告在婚姻存续期间并无过错。”

“被告刚才说的嫖娼的事有吗？”杨晓惠法官问。

“没有！”

“有没有和其他女性同居？”

“没有。”纪佳程斩钉截铁地说。

“代理人不要回答，”杨晓惠法官说，“原告本人回答，有没有？”

何利锋微微摇头，说：“没有。”

“呵！”对面的黄其柏律师发出了嘲笑的声音，随后慢条斯理地从一个纸袋子里拿出一个老式手机，放在一边，整个过程故意让所有的人都能看见。

杨晓惠法官盯着何利锋看了一会儿，就收回目光，宣布：“现在开始质证，先由原告阐述其向法庭提交的证据名称、证明内容——被告是否已经收到原告的证据了？”

“收到了。”

“原告开始提交证据。”杨晓惠法官指示。

“我们一共向法庭提交了两组证据，”纪佳程说，“第一组是原告、被告的婚姻登记信息，证明双方目前处于婚姻关系存续期间。”

杨晓惠法官指示：“被告质证。”

“对该证据的三性及证明目的没有异议。”黄其柏说。

“原告继续举证。”

“是。我们向法庭提交的第二组证据是一份《租赁合同》，”

纪佳程说，“证明何利锋与江诗媛已经实际分居达到两年。这里是原件。”

“被告质证。”

“被告对这份证据的三性及证明目的均不认可！”黄其柏用洪亮的声音说，“首先，这是一份奉咸区郊区村里阁楼的租赁协议，但据我们了解，原告一直居住在沪东区，居住在第三者的家里，因此这份证据绝对是伪造的！其次，仅从内容来看，这份租赁协议的租期距今也就一年左右，怎么能证明双方分居了两年呢？最后，原告、被告的孩子刚满一岁，原告声称与被告分居了两年，这可能吗？我怀疑这份证据是原告为了本次诉讼伪造出来的，请求法庭进行鉴定，如果涉嫌伪造，请追究原告的法律责任！”

他的质证意见是有道理的，法庭里的很多人都在点头。

“原告解释一下。”杨晓惠法官说。

纪佳程答道：“第一，这个《租赁合同》是真的，你看看纸张的新旧程度就知道不可能是新做出来的，被告如果要申请鉴定的话我没意见。第二，这上面有地址和房东电话，你们打个电话或者实地去看一下，我们都不反对。第三，双方实际分居超过两年，先是女方与原告分房，后来女方又离家在外居住半年左右，原告苦求无果后离开了这个家，在外面住了一年半。之前没有租房合同，后来才和这个房东签了这份《租赁合同》。第四，之前女方离家在外居住时，拉黑了原告所有的联系方式，原告还曾经发邮件给她，这封邮件如果需要的话，我们可以请法院去沪东检察院调取。”

“这和沪东检察院有什么关系？”杨晓惠疑惑地问。

纪佳程的第四点就是要引出何利锋被抓这件事，借此引起法官的注意。见杨晓惠法官询问，纪佳程严肃地说：“之前被告的家人向沪东经侦支队提出虚假报案，诬陷原告侵害公司商业秘密，把原告抓进了看守所，对了，当时带着警察来抓人的就是被告本人，本代理人当时也在场。”

这个细节是大家都不知道的，旁听席上的薛大伟等人脸上露出愕然的神色。黄其柏立刻开口道：“这件事……”

“这件事后来报告到沪东检察院，”纪佳程抢着答道，“检察院审核证据，认为不能认定何利锋是犯罪，让经侦放人了，他们依据的就是刚才我说的那封邮件。您看，都带人来抓原告了，这还能说感情深厚吗？”

杨晓惠扭头问：“被告，有这件事吗？”

“向法庭说明一下，何利锋现在还是取保候审状态，”黄其柏强调，“他还是犯罪嫌疑人身份！当时是江浦实业公司报的案，不是被告，原因是原告把公司的图纸据为己有，拿去申请专利以牟利！被告当时知道要抓他，是赶过去安慰原告，劝原告浪子回头的。说到那封邮件，并不能证明双方到现在分居满两年，分居必须是持续的状态，双方都生孩子了，说明分居根本不满两年！”

“好了，不要争了，具体意见可以留到辩论时讲。”杨晓惠法官说，“原告还有别的证据吗？”

“现在没有了。”纪佳程说。

“被告举证。”

黄其柏律师拿起了一沓文件。

“被告向法庭提交了三组证据，”黄其柏说，“第一组证据是原告、被告的《结婚证》，证明双方仍在婚姻关系存续期间。”

“原告质证。”

“审判长，”纪佳程建议道，“我看被告也就三组证据，内容也不多，不如让被告一次性说完，然后原告一并质证，可以吗？”

“可以。”杨晓惠法官转向黄其柏说，“被告继续举证。”

纪佳程深呼吸一口气，知道短兵相接的时刻即将到来。庭前他就认为被告方的证据绝对不会只有他们提交的那三组，很有可能会拿嫖娼这件事进行证据突袭。考虑到刚才纪佳程否认嫖娼事件时，黄其柏律师拿出了一个老式手机，纪佳程完全确定黄其柏会补充提交证据，所以他临时请求一并质证，目的是让黄其柏律师一次性说出全部底牌。

黄其柏律师会错了意，他认为纪佳程的要求体现的是对被告证据的轻视，甚至懒得一组一组质证，所以他瞥了纪佳程一眼，笑了：原告律师可能不知道自己会临时增加重磅证据。

“被告提交的第二组证据是《出生医学证明》，”黄其柏说，“该组证据证明原告、被告育有婚生子何定思，这也侧面证明了原告所谓‘分居两年’是在撒谎。在这里我要说句题外话，孩子的名字是有深意的，取自‘只愿君心似我心，定不负相思意’，这么优美的诗词，体现了被告对原告的深厚感情啊！”

他向法庭展示了原件，随后继续说下去：“被告提交的第三组证据是原告何利锋的《工资发放记录》。该组证据证明的是：何利锋回国后身无分文，完全靠被告家庭发放生活费养着。”

“谁发放的？”杨晓惠法官问。

“江浦实业股份有限公司，是被告家开办的企业。”黄其柏说。

“我看你提交的明细上显示发放的事由是工资，”杨晓惠法官问，“你刚刚又说是生活费，这些钱到底是什么性质？解释一下。”

“是这样的，实际上是发给他的生活费。”黄其柏律师说，“但是为了帮原告交社保，所以让原告在江浦实业挂了个名，以工资的形式发给他。”

“挂名是什么意思？”杨晓惠法官问，“他没有实际在公司里工作？”

“他就没去过。”黄其柏律师说。

“原告，是这样吗？”杨晓惠法官问何利锋。

“我前期去过一段时间的，后来不让我去了。”何利锋说。

“你收到过这些钱吗？”

“收到过。”

杨晓惠法官点点头，问黄其柏：“被告举证完毕了吗？今天是否还有证据提交？”

“有！”黄其柏律师响亮地说，“我们今天要补充两组证据！”说着把两份纸质文件和两张光盘提交给书记员。书记员把一份文件和一张光盘交给杨晓惠，另一份交到原告席。纪佳程抓过来看，纸质文件有五张，全部是彩色打印图片，前四张注明是“视频截图”，这些截图显示的是一间宾馆的房间，何利锋赤身裸体地坐在床上，正在被江诗媛、潘妮娜等人围着质问和撕打，床边的地上坐着一个全身赤裸的女人，先是被踢打，后来被拉着头发拖出画面。虽然清晰度略差，依稀能看出是库雅楠。

翻到第五张照片，纪佳程和何利锋同时睁大眼：照片是从室外向室内拍的，玻璃门后，何利锋把李杏园拥在怀里，两人正在亲吻。门外招牌的灯箱虽然没有打开，却能分辨出“杏园馄饨店”几个字。

纪佳程惊疑地看了一眼何利锋，何利锋也满脸惊骇。他们的表情完完全全地落在法庭内所有人的眼里。黄其柏律师带着微笑说：“我们向法庭提交的第四组证据，是原告嫖娼时被被告和家人当场抓到的视频，视频的原始文件在这个手机里。这组证据可以证明：原告违背了夫妻忠实义务，在外嫖娼，同时也证明原告及其代理人刚才否认嫖娼的说法是公然撒谎。第五组证据是照片，是几天前无意拍下来的。”黄其柏举起那张接吻照片，高声说，“该组证据证明：原告违背了夫妻忠实义务，在婚姻关系存续期间出轨，与第三者同居！以上证据我们都刻录进光盘了。”

旁听席上的目光如刀子一般扫向何利锋，看着他惊慌的模样。方式宁拍着腿，似乎气得不知道说什么好。

“原告要看原始载体吗？”杨晓惠法官问。

“审判长，被告当庭提交证据，这是在搞突袭。我们没有时间核实，无法质证。”纪佳程说，“鉴于被告当庭提交证据，我们需要时间核实证据，我们不排除补充证据进行反驳，所以我们要求本次庭审延期！”

他有些重复地说着，显得有些心神不定。

“审判长，原告本人就在这里呢。”黄其柏打断纪佳程的话，“直接让他确认一下里面是不是他就可以了，这还需要什么核实？”

“审判长，任何证据都得给对方核实的时间。”纪佳程反驳道。

“这是一个很简单的案子，我认为大家都应该以事实为依据，”黄其柏道，“证据规则不是这么用的。我觉得我们应该节省司法资源，不要把今天的事拖到明天、后天。我建议今天把程序走完，如果原告有其他观点，可以庭后提交质证意见，但是刚才这两组证据，我觉得原告是可以当庭质证的。”

“我的意见是需要时间。”纪佳程向法官建议道，“被告代理人的说法是建立在对他有利的基础上，假如我今天也补充提交一些证据，他肯定不会这么说，所以我觉得——”

“这你可说错了，纪律师，”黄其柏律师插话说，“被告这边是绝对支持法庭工作的，假如你们有新证据，我们大不了庭后发表书面质证意见，绝对不会要求本次庭审延期。”

“不要吵了！”杨晓惠法官斥责道，“双方发言需要经过本庭同意，都注意一下！”随后她转向纪佳程，说道：“原告当事人本人在这里，确实可以当场核实，所以被告代理人刚才说的是有道理的，这个案子不复杂，没必要拖延着开好几次庭，我也认为今天可以把庭开完。”

“那我要是举证，他又要求延期怎么办？”纪佳程问。

黄其柏脸色微微一僵，他突然感觉纪佳程这句话好像是有目的的，似乎真的还有证据一般。

“一样，庭后发表质证意见。今天把程序走完。”杨晓惠法官转向黄其柏，“黄律师，可以吗？”

“可以。”黄其柏表示。

“那么我们就定下来了。”杨晓惠法官说，“原告可以质证了。”

“原告申请休庭十分钟。”纪佳程说，“我们需要几分钟对细节进行沟通。”

“好。休庭十分钟。”杨晓惠法官砰的一声敲下法槌。

法槌刚一敲下，纪佳程立刻拉起何利锋从侧门出了法庭，一直走到过道的尽头。

“那张照片是怎么回事？”纪佳程责问道，“你们怎么让对方拍下来了？”

“我也不知道。”何利锋皱着眉头说，“看衣服应该是我放出来那天的事，那天我在店里向杏园表白了，一激动就抱了。”

“你就不能回家再抱再亲？”

“回家有虫虫和董阿姨，不方便。”何利锋苦恼地说，“这个对案子有影响吗？”

“对案子本身影响不大，对机电商会那伙人的影响很大。”纪佳程说，“你没看他们看你的眼神？”

他烦躁地来回走了两步，说：“不过应该是可控的……现在法庭已经确定会把程序走完，我可以出手了。”

“他们那边会有后手吗？”

“不知道。从他们突袭的证据来看，如果还有的话不会留着。”纪佳程沉吟道，“他们能攻击你的无外乎是嫖娼、找第三者、侵犯商业秘密；这么煞费苦心无外乎是想在机电商会那些人面前把你彻底拍死。先用少量证据引你同意公开审理，然后用证据突袭，开庭时突然把对你不利的证据全部列出来给机电商会的人看。如果我是对方律师的话，我会在突袭时把所有证据全砸出去，绝对不会冒险有保留。”

“好，全交给你了。”何利锋点头道。

纪佳程拨通手机放到耳边，指令道：“小沙，二十分钟后安检进法院，把东西送到法庭这边来。”随后挂断电话对何利锋道：“来吧，开始我们的表演。”

第二十八章
两个重磅炮弹

两人回到法庭，在原告席坐下。杨晓惠法官问："核实清楚了？"见纪佳程点头，她敲响法槌，宣布："现在继续开庭。原告对被告提交的证据发表质证意见。"

纪佳程握着被告的证据，深深地吸了一口气，回答道："审判长，在发表质证意见前，原告代理人需要说明一件事：原告确实在起诉的事实和理由中有所隐瞒。"

法庭里顿时一片哗然。纪佳程的目光缓缓在江诗媛、黄其柏、潘妮娜、江华诚、江士同、方式宁、薛大伟等人的脸上扫过，脸上带着无奈，说："但是，这种隐瞒是为了被告的利益。提起本次离婚诉讼之前，代理人曾经询问何利锋，为什么不把所有的事情说出来，当时何先生表示：虽然今天走到离婚这个地步，但是毕竟夫妻一场，江诗媛女士还年轻，还有以后的路要走，还是尽可能给彼此留一些体面。代理人虽然有不同意见，但还是尊重了当事人的意愿。"

这话听起来好像是何利锋为江诗媛隐瞒了什么。黄其柏皱起眉头，看了一眼江诗媛，江诗媛疑惑地盯着何利锋，何利锋却只是低着头。

“但是，从本次庭审情况来看，被告一方对原告的控诉已经极大地损害了原告的利益和声誉，”纪佳程强调，“所以原告代理人经过刚才与原告的沟通，被迫把一些事说出来，相应的证据我们也会举证。现在我们就在质证意见里说明一下。”

他举起被告所有的证据，一份一份地翻着。

“针对被告证据一《结婚证》，对证据三性和证明目的予以确认。”

他翻了一页。

“针对被告证据二《出生医学证明》，对这份文件形式上的真实性没有异议。但是对于其所要说明的事实有异议。《出生医学证明》上的内容是医院根据家属提供的资料填的，也就是说，这份出生医学证明上的内容是根据被告提供的资料填写的，未经过原告的同意，并不能证明原告就是这个孩子的父亲！”

法庭里寂静了几秒钟，江诗媛睁大眼睛盯着纪佳程，黄其柏则有些蒙，所有人都被纪佳程这句话隐藏的含义惊呆了。旁听席上的江华诚猛地跳起来，指着纪佳程吼道：“放屁！”薛大伟等人面面相觑，惊疑地望着。

“砰！砰！”杨晓惠法官狠狠地敲着法槌：“旁听席不许喧哗！”

潘妮娜和江士同一起把江华诚按回了座位，他呼呼喘着粗气，眼神简直能杀人。杨晓惠法官压制了法庭里的混乱，转向纪佳程问：“原告代理人，你这话是什么意思？”

“非要我把话说得那么清楚吗？”纪佳程无奈地说，“江女士肚子里的孩子跟何先生一点关系都没有，他是什么时候出生的，为什么会那样登记，何先生都一无所知。”

“你的意思是何定思与原告没有血缘关系？”杨晓惠法官震惊地问。

“完全没有。”纪佳程说。

“审判长！”黄其柏律师举起手来，“这太过分了！这是公然损毁被告的名誉！”

“原告有什么证据吗？”杨晓惠法官问。

“证据有，我一会儿就提交。唉……”纪佳程叹了口气，“本来我们没想搞成这样的，可是……这样，我把前因后果说一下吧，相应的证据我一会儿就提交上来。”

杨晓惠法官点头同意，示意纪佳程讲一下。

“被告讲的所谓嫖娼事件，一会儿我会说明。不过，在那件事发生之前一段时间，江女士就已经对何利锋先生实施冷暴力，分房居住，拒绝沟通，何先生对此非常费解。所谓的嫖娼事件发生以后，江女士就搬到外面去住，其实际居住地点是她的一位亲属家。”说到这里，他的目光向旁听席斜过去，看向江士同。

在纪佳程说孩子与何利锋没有血缘关系的时候，江士同就已经凝固在座位上，此刻看到纪佳程的目光扫过来，不禁打了个寒战。他望了望江诗媛，又看了一下旁边的江华诚夫妇，捂着肚子站起来，无声地向法庭后面的门挪去。

“原告前往这位亲属家试图了解状况。”纪佳程盯着江士同的身影，“但是在那里看到了令他难以置信的场景。可以说，婚姻走到当时那个地步，并非原告的原因，而是被告已经移情别恋。”

杨晓惠法官有些奇怪，不知道原告代理人说话的时候为什么往旁听席那边扭头，顺着纪佳程的目光往法庭后面望去，她也看到江士同正在走向法庭的后门。看到法官往后看，旁听席上的人也纷纷回头，看到了已走到门边的江士同。

“但是！考虑到身份和伦理上的因素，江女士和她的那位恋人走到一起是有难度的！”纪佳程的声音突然升高，抛出了炸弹，以至于旁听席上的人都回过头来，“所以，如果江女士和她的恋人有了孩子，一定会安在原告的名下。不过，恐怕江女士不知道的是，早在五年前，原告就去医院做了输精管的结扎手术！”

江诗媛身子一晃，向后靠去，她睁大眼睛惊骇地望着何利锋。一直低着头的何利锋这时终于缓缓抬头，坐直身子，露出冷漠的脸。旁听席上发出一片低声惊呼，就在这时，江士同推开法庭的后门，飞快地闪了出去。

纪佳程这番话的内涵太丰富了，首先说江诗媛在和一个有“身份和伦理上的因素”的人同居，加上刚才说她住在“亲属”家，谁都知道他在影射什么；他说这话的时候紧盯着江士同，而江士同又在这时候突然离开，大家甚至能猜出他在说谁。更令人震惊的是，他说何利锋做了输精管的结扎手术，这几乎是公开声明江诗媛“偷人”。薛大伟等人望望江诗媛，又回头望望法庭后门，随后面面相觑。

江华诚震惊地望着江诗媛，江诗媛却低下头，不肯看他的目光。江华诚红着眼睛，回头望着法庭后门，额头上青筋直跳。他猛地想站起来冲出去，却被潘妮娜死死拉住。

“老江，老江！还在开庭，还在开庭！案子要紧，案子要紧啊！”潘妮娜低声喊道。

“关于这一点，我一会儿会提交证据。”纪佳程补充道。

黄其柏本来在犹豫是否举手抗议，被纪佳程这句话打消了念头。他是老律师，熟悉语言逻辑，纪佳程实际说了两件事，一件是江诗媛出轨，一件是何利锋做了结扎，只要纪佳程有证据证明第二件事，那么既然江诗媛生了孩子，第一件事就必然成立。

现在黄其伯律师不知道的是纪佳程所说的“身份和伦理”问题有没有证据。但是从信息传播的角度分析：当人们确认了江诗媛出轨，他们对纪佳程的话也就信了至少五成，对所谓“身份和伦理”问题也就已经信了五成，再加上江士同刚才迅速离开，人们已经有了心证。黄其柏律师现在甚至不能决定如何抗议，万一自己否认了，纪佳程一会儿拿出什么证据呢？

想到这里，黄其柏律师只能静观其变，他脸上露出一丝轻蔑的笑，意思是纪佳程的证据不值一提，然后带着微笑靠近江诗媛，眼睛仍然望着原告席，小声问：“怎么回事？他说的是真的吗？”

“他胡说！”江诗媛紧紧握着拳头，低声说。

“确定吗？”黄其柏心里安定了些，为了稳妥起见又问了一句。

这一次，他没有得到江诗媛的回答，他带着笑看了她一眼，发现她在发抖，妆容精致的脸上泛出汗光，嘴唇哆嗦着。看到她这样的表现，黄其柏心里又不安稳了。他想多问一句，这时候杨晓惠法官开口问：“原告代理人的意思是，何利锋做过结扎手术，所以不可能是何定思的父亲，对吗？”

“是的，一会儿我会就此举证。”纪佳程回答。

“被告解释一下。”杨晓惠转向被告席。

黄其柏律师望了望江诗媛，后者完全没有说话的意思，他定了定神，答道：“原告的这种说法我们也是第一次听到，何定思就是原告和被告的孩子，这一点毋庸置疑。”

杨晓惠法官追问：“可是原告说他做过结扎手术，这是怎么回事？”

“我们还没看到这方面的证据。”黄其柏说，他现在只能这样拖延一下时间，“《出生医学证明》是具有权威性的文件，没有证据是不能推翻的。”

杨晓惠法官盯着江诗媛看了一会儿，指示：“原告继续质证。”

“针对被告的证据三《工资发放记录》，”纪佳程质证道，“对于其形式上的真实性没有异议，我们也认可被告所说的，他们根本没有在江浦实业给原告安排实际的工作岗位。对于其所要说明的事实我们还有补充：被告确认了何利锋在来到江家之前是‘身无分文’的，和被告结婚后的收入就是每个月所谓的工资，这就意味着何利锋没有条件攒什么大额的夫妻共同财产，他和被告的夫妻共同财产只有两个人的工资收入和公积金。所以本案双方之间的共同财产处理非常简单。”

他往黄其柏那边看了一眼，看他没有发言的表示，便继续下去。针对证据四的质证非常关键，如果能达到引爆的效果，可以极大地弱化那张接吻照片的影响，更重要的是，可以把所谓的嫖娼事件的疑点展现在法官和机电商会的人面前。

“针对证据四——所谓抓到嫖娼的视频文件，我们对证据的三性均有异议。”

“原告要看一下原始载体吗？”杨晓惠法官问。

“我们会在庭后仔细观看。”纪佳程说，“我们否认证据的三性，是因为这份证据是基于非法目的、非法手段取得的虚假证据。从来就不存在所谓的嫖娼事件，这根本就是被告和其家人设的局。”

这番话引起的爆炸效果不亚于刚才说江诗媛偷人、何利锋结扎，两个重磅炮弹抛出来，炸得所有人都目瞪口呆，旁听席上发出了低微的吸气声。江诗媛怒目圆睁，美丽的眼睛里燃烧着怒火，黄其柏律师举手怒喝道：“审判长！原告律师在恶意诽谤！”

没等杨晓惠说话，纪佳程就撑了回去：“诬陷别人嫖娼才是真正的诽谤。”

“注意法庭纪律！”杨晓惠法官喝道，“不要吵！”

“审判长，原告律师刚才的说法完全是在无理取闹，”黄其柏说，“你问问他，这里面的人是不是何利锋？这个光着身子的人是不是他？旁边这个女人是谁？连基本的事实都不承认，反而说被告设局，你有什么证据？难道原告的衣服是被别人扒下来的？”

“没问题啊，我承认里面是何利锋啊，可是这又怎么样呢？”纪佳程摊开双手说，“他的衣服还真不是自己扒下来的。审判长，原告代理人请求继续质证，把里面的事情说一下，希望被告代理人不要打断。”

“原告继续质证。”杨晓惠法官指示，“被告代理人不要发言，有意见后面会给你时间讲。”

“谢谢审判长。”纪佳程点点头，“代理人在此陈述几件事，相信法庭内的各位就会发现这所谓嫖娼事件的蹊跷。如我之前陈述的，在所谓嫖娼事件之前，江诗媛女士与何利锋先生感情就出现了问题，江诗媛女士主动与何利锋先生分房居住，并拒绝沟通。这时候，江士同先生就约何利锋先生去附近的酒吧喝酒，这位江士同先生现在就坐在旁听席——”他用手往旁听席上指了一下，发现江士同不在，说了一句，“——咦，还没回来啊，我以为他只是去上个厕所呢。”

这个举动是他故意的，其实他早就注意到江士同没回来，并且确信江士同已经逃离法院。之所以说这一句，是“很无意”地提醒所有人江士同离开了这件事，这样大家就会回想起自己刚才讲的“身份和伦理”的故事。

“但是那天到酒吧后，江士同先生却临时失约，何利锋先生只能独自饮酒，随后他遇到了照片中的这位女士。这位女士叫库雅楠，当时是江景蓝调文化娱乐有限公司的艺人和模特，派驻到那个酒吧当驻场歌手。而这个江景蓝调文化娱乐有限公司，是被告江诗媛女士的姑姑江爱云和姑父杨文亮开的，也就是江家的人开的。

“接下来奇怪的事就发生了，而且不止一件。”纪佳程说，“第一件奇怪的事是：何利锋居然喝了一杯酒就醉倒了，再醒过来时已经躺在酒店床上，身上的衣服都没了；第二件奇怪的事是：从酒吧到事发酒店有两百多米，何利锋不省人事，是怎么到酒店去的？第三件奇怪的事是：经了解，无论是何利锋还是库雅楠，都没有花钱去开房间，这房间是有人提前开好的；第四件奇怪的事是：说是嫖娼，但是却没有任何何利锋向库雅楠付款或者转账的记录，不知道这是嫖的什么？真爱吗？第五件奇怪的事是：原告一醒过来，就发现被告全家已经在场了，就像早就等在那里似的……”

“审判长！”黄其柏律师举手高声说，“原告律师在故意混淆事实！何利锋当时是不是醉倒了，只有他自己知道，当时肯定是他自己去的酒店，被告和家人是接到消息才赶过去的。原告代理人这是在故意歪曲！”

“那么被告代理人能不能向法庭解释一下，”纪佳程在杨晓惠制止黄其柏发言前抢先问，“江家人是接到了谁的消息？是通过电话、短信，还是微信？你们是怎么得知具体的房间号码的？这几个问题也有助于我进一步质证。”

杨晓惠法官本来要制止黄其柏干扰纪佳程发言，听纪佳程这么说，就望向黄其柏。黄其柏把脸凑到江诗媛旁边，江诗媛低声说了句：“忘了。”

黄其柏坐直身子，盯着江诗媛看了几秒钟，转过脸来时，脸上又恢复了那副胸有成竹的样子。他笑着说：“当时是有一个朋友看到原告搂着女人进了酒店，就跟了过去，打电话告诉了被告本人。原告代理人，怎么可能把这个人的名字披露给你呢？万一你们打击报复怎么办？”

“这个人的名字我大概能猜出来，”纪佳程笑道，“是不是叫杨文光？”

黄其柏律师对这个名字没什么反应，有些茫然，他身边的江诗媛却脸色大变，惊骇地望着纪佳程。旁听席上的江华诚和潘妮娜也身子前倾，睁大了眼睛。

“我要说的第六件奇怪的事就是：那个提前订好房间的人就是这位杨文光，而这位杨文光，是被告的姑父杨文亮的弟弟，被告称他表叔。”纪佳程说，“那么问题来了，为什么被告的表叔去提前开好了房？给自己的表侄女婿嫖娼？”他没等黄其柏律师发言，立刻接着道：“还有最后一件奇怪的事：从这几张照片来看，被告的姑姑江爱云女士和被告的表妹江诗慧小姐面对所谓的嫖娼对象库雅楠，显得疾恶如仇，非常气愤，拳打脚踢，最后拖着头发把人拖出去了，想象一下就觉得很疼。”他一边说一边伸手摸了摸头顶。

“从常理来讲，库雅楠与自己的侄女婿做下了这样的事，江爱云女士怎么说都应该采取点行动吧？怎么说也要把库雅楠开除吧？”纪佳程说，“可是直到现在，库雅楠女士还在江爱云女士的江景蓝调文化娱乐有限公司里当艺人，继续被派出去当歌手，这不奇怪吗？我给大家总结一下：人是被告的堂哥约过去的，嫖娼对象是被告姑姑的公司的艺人，房间是被告姑姑的小叔子去开的，事发以后被告姑姑也不开除这位嫖娼对象，就像没事一样。请问大家做何理解？”

经过他这一番讲述，整个嫖娼事件真的被嗅出了一丝阴谋的气味。旁听席上的薛大伟等人都皱起眉头，观察着何利锋和江诗媛的神色。方式宁显得尤其震惊。

“纪律师，你发表观点即可，不用反问。”杨晓惠法官扶着额头说，“你说完了吗？说完了我要问问被告对此有什么回应。”

“被告认为原告代理人所说的完全是一派胡言。”黄其柏律师必须控场了，他发现法庭里的风向已经被纪佳程引导，旁听席上的人显然已经对被告方产生了怀疑，而他刚才之所以强烈要求本次庭审走完流程，是要趁着本案还能够公开审理时，彻底在机电商会的人面前展示何利锋的不堪。现在法庭反而成了何利锋一方的展示舞台，这是他没有预料到的。

“说什么原告为什么去酒吧，还有什么开房的人是谁，嫖娼的对象现在的工作，这都是没有任何依据的胡说。”黄其柏律师说，“特别是一些细节，比如原告一杯就醉倒、如何去酒店，都是原告代理人利用事情发生在两年前这一条件，自己预设了‘原告喝醉’这一前提。实际上，原告真的喝醉了吗？他难道不是自己走到酒店去的吗？否则那名女性是怎么把他扛过去的？而被告提供的照片却是实际存在的证据，上面显示了原告和其他女性赤身裸体的样子。大家应该相信的是具体的证据，而不是讲故事。”

“原告，你在这方面有证据吗？”杨晓惠法官问。

“没有。”纪佳程说。

法庭里有了低低的骚动声，黄其柏律师脸上露出笑容。然而纪佳程紧接着就说：“但是我说的都是有依据的。请允许我解释一下。”

“原告代理人解释一下。”杨晓惠法官说。

“我得感谢一下被告一方，你们对何利锋的控诉让我对‘认定夫妻感情确已破裂’重新燃起信心。”纪佳程阴笑着说，“关于我说的那几点，还真不是胡说。首先，当天是不是江士同先生约何利锋去酒吧的，问一下江士同先生就行了——哦，江先生还没回来？好像刚才我说什么观点的时候，江先生就出去了，法庭可以看看能不能联系他回来。”

杨晓惠法官听到他又故意在那里阴人，瞪了他一眼，说：“原告代理人继续发表意见。”

“好。”纪佳程笑道，“我之所以说房间是杨文光先生开的，是因为我们已经去查询过了，那里留有杨文光先生交押金的底联，但是那个证据我们拿不到，酒店方说需要法院的调查令。所以，如果被告方对这一节事实有异议的话，我们可以申请调查令，这里是申请书。”说着他抽出一份申请书递给书记员。

黄其柏律师愣住了。书记员把申请书递给杨晓惠法官，杨晓惠法官看了一下，问：“你早就准备好了？”

“审判长，其实原告代理人和原告本人之间一直存在分歧。”纪佳程真诚地说，“代理人一直想证明原告受了委屈。而原告本人则认为，离婚就离婚，君子绝交，不出恶言，大家好聚好散。他说服了我，所以我们的诉状写得很笼统，尽量不指责被告，我之前准备好的这些文件也没打算提交。但是，从今天的庭审状况看，被告根本就没打算放过原告，那么代理人就必须全力应对了！”

现在何利锋的“旗子”树起来了：一个被妻子的家人诬陷、被妻子背叛，还要一门心思维持大家体面的令人同情的男人。之所以现在要火力全开——都是被逼的！

“关于库雅楠女士这两年的工作情况，我们也可以申请调查令，”纪佳程接着说，“让我们去社保中心调一下库雅楠的社保缴纳情况，看看是谁给她缴纳的。这两个调查结果一出来，所谓嫖娼事件也就一目了然了。”说着他又抽出一份调查令交上去。

杨晓惠法官拿到这份调查令申请书，又盯着纪佳程看。纪佳程很明显是早就准备好在这里搞突袭，偏偏他的突袭还是合理的：因为对方举证而被迫提出。她问被告方：“杨文光是不是被告姑姑的小叔子？”

“哦，是。不过……”黄其柏律师说。

“被告确认是杨文光去开的房吗？”杨晓惠法官问。

“不确认，不清楚。”黄其柏马上说。

“库雅楠是不是这家江景蓝调文化娱乐有限公司的员工？”

“我们不清楚，回去了解。”

“既然被告不能答复，庭后法庭会给原告代理人签发调查令。”杨晓惠法官决定，“原告针对被告的证据四质证完了吗？对证据五进行质证。”

“我先问问这份证据是谁在什么时间、什么情况下拍下来的。”纪佳程问。

黄其柏律师答道：“江诗媛女士去找何先生，试图挽回婚姻时看到这一幕，拍下来的。”

“被告的陈述不属实。”纪佳程说，“我们对这张照片的真实性确认，但是合法性不确认。这张照片是何利锋被释放当天拍的。之前被告及其父母诬陷原告侵犯商业秘密，被告亲自引着警察将原告抓进了看守所，都是何利锋先生的朋友李杏园女士为他聘请律师，送钱送衣服。沪东检察院后来认为何利锋先生不构成犯罪，要求沪东经侦放人。释放那天，何利锋先生心怀对李杏园女士的感激，一时情绪激动，吻了李杏园女士，就是这么简单的事。他们可能没想到被告找了人在违法偷拍。”

“原告和照片上的女士是什么关系？”杨晓惠法官问。

“朋友关系。”纪佳程回答。

“普通朋友会接吻？”黄其柏律师在对面小声咕哝，声音足以让所有人听见。

“不过是感激之情的外在流露。”纪佳程补充道。

杨晓惠法官听他睁眼说瞎话，又看了他一眼，摇摇头，问：“原告代理人刚才说有补充证据提交对吗？”

“原告代理人一共有两组补充证据提交。”纪佳程说。

就在这时，法庭后面的门被推开了，沙靓靓轻手轻脚地走进来，微微向法官鞠躬后坐在旁听席后排。

“对不起，现在是三组证据了。”纪佳程说，“原告代理人收到一份文件，我的助理刚刚送到，也要作为证据提交，我请求法庭允许她把证据交给我。”

杨晓惠法官点头答应。黄其柏律师的目光在纪佳程和沙靓靓之间来回穿梭，表情凝重。纪佳程起身走到旁听席的栏杆边，沙靓靓走过来将密封的文件袋交到他手里。

纪佳程小声问：“看到江士同了吗？”

“我在外面看到他了，他跑了。”沙靓靓小声回答。纪佳程点点头，回到原告席上，沙靓靓迅速离开了法庭。

第二十九章
反突袭

“我们向法庭补充提交三组证据，证据序号按照已经提交的证据向后排列，为证据三、证据四、证据五。”纪佳程陈述。

杨晓惠法官批准：“原告开始举证。”

“证据三：《医院病历及手术文件》。”纪佳程将两套复印件提交给书记员，“该组证据所要证明的事实是：原告在五年前就去做了输精管结扎手术，因此被告生下来的不可能是原告的儿子！这里有原件。”

这就是那天晚上，何利锋给纪佳程看的文件。

旁听席上一阵骚动，虽然前面已经提到何利锋去做了结扎，但是看到实际的证明文件，大家还是感觉受到了冲击——因为妻子有了外遇，他居然给自己结扎以做预防，这何利锋也算是个狠人。

“被告是一份一份质证，还是一并质证？”杨晓惠法官问。

“一份一份质证。”黄其柏已经不敢让纪佳程有长时间发言的机会了，他发现只要纪佳程长篇论述，风向就会不对，“被告对这份证据……现在无法质证，因为这是刚收到的。”

“先核对一下原件，”杨晓惠法官提示，“形式上的真实性确认吗？”

“我们需要回去核实。”黄其柏律师说。

“上面有医院的档案章，病历本上也有医师的签章。”

“这也不是不能伪造的，我还是要去医院核实一下。”黄其柏律师坚持道。其实他在看到这份文件后就知道不可能是假的，但是他不能承认。

“被告庭后提交书面质证意见。”杨晓惠说，“原告继续举证。”

“原告提交的第四组证据是工商登记资料和户籍摘抄资料。”纪佳程说，“该组证据所要证明的事实是：江爱云是江景蓝调文化娱乐有限公司的执行董事，也是被告江诗媛的姑姑。杨文亮是江爱云的丈夫，杨文光与杨文亮是亲兄弟。”

“被告质证。”杨晓惠法官指示。

“真实性需要回去核实。”黄其柏答道，“就算属实，也不能说明任何东西。”

“工商登记资料是从全国企业信用信息系统里打印出来的，”杨晓惠法官说，“户籍摘抄上有派出所的盖章，你不确认真实性？”

“不能确认。”黄其柏坚持道，“我们需要核实。”

“被告的家人不是在场吗？被告本人也在。”杨晓惠法官问，“这里面的内容是否属实？”

黄其柏律师为难地和江诗媛小声商量了一会儿，向法庭回复：“内容属实。”

“书记员记录在案。”杨晓惠法官不满地说，“原告继续举证。”

“请给我一分钟。”纪佳程拿过沙靓靓刚才送来的文件袋，撕开上面的封条，从里面掏出份装订好的文书。他和何利锋一起翻开看了看，二十多秒后，两个人都露出了震惊的表情，同时往旁听席上看去，盯住了方式宁。

方式宁愣了一下，他发现何利锋看着他的表情带着震惊和愤怒，不知发生了什么。

“原告代理人继续举证。”杨晓惠法官催促道。

“是，”纪佳程又仔细看了文书的结尾，用惊疑的目光又看了看江诗媛，迟疑地说道，“原告提交的第五组证据是一份亲子鉴定报告，该组证据证明的内容是：被告所生的何定思的亲生父亲是——旁听席上的方式宁教授！”

法庭里登时大乱，黄其柏律师抑制不住自己的怒火，举手高声喊道：“审判长，抗议！原告律师在污蔑被告和案外人！”江诗媛一拍桌子站起来，指着纪佳程怒吼：“你放屁！”旁听席上的方式宁气得浑身哆嗦，指着纪佳程说不出话来，江华诚和潘妮娜指着纪佳程大骂起来。

薛大伟、赵秋槿、叶文龙、洪桂彬坐在旁听席上看呆了，经历了刚才的攻防战，他们已经不敢相信任何一方。尽管如此，纪佳程抛出的这个炸弹还是让他们整个人都木掉了：江诗媛除了和有“身份和伦理”关系的亲属发生关系，还与方式宁这老头子也……？方式宁比她父亲还大十几岁啊！

“砰！砰！砰！”杨晓惠法官狠狠地敲着法槌，怒喝道：“安静！安静！书记员叫法警！”

一听到要叫法警，法庭里的秩序才恢复过来。江华诚、潘妮娜、江诗媛都气得浑身发抖。方式宁教授差点没晕倒在椅子上，旁边的薛大伟给他抚胸顺着气。等老教授缓过气，他颤巍巍地指着何利锋，憋得满脸通红。

“太不像话了！”黄其柏律师激动地说，“这样信口胡诌也行吗？”

“被告代理人安静！”杨晓惠法官斥责道，她随后转向纪佳程，问道，“原告代理人知道自己刚才在说什么吧？”

“我在陈述文件上载明的信息。”纪佳程回答。

“把证据拿上来给我看。”杨晓惠法官怒视他一眼，开口道。拿到这份亲子鉴定报告，她翻了一下，问道：“这里哪里说是方式宁和何定思了？报告说的是检材A和检材B。怎么证明是何定思和方式宁？”

听到这句话，江诗媛的眼睛瞪圆了。黄其柏律师举手要求：“我们要求对原告代理人这种不负责任的行为进行处罚！”

“请允许我说明一下。”纪佳程忙向杨晓惠法官说道，“这份文件来源于方式宁院士的妻子薛炜瑾女士。这一点请法庭看一下鉴定报告，上面记载的委托人就是薛炜瑾，这是方式宁先生的妻子去委托的亲子鉴定。”

这句话让法庭里快要爆炸的温度下降了些，方式宁教授睁大眼睛，盯着法官拿着的亲子鉴定报告，满脸震惊。杨晓惠法官翻到前面看了一下委托人信息，问：“然后呢？”

“在本次开庭之前，薛炜瑾女士的律师约见了我，向我讲述了一些事情。”纪佳程说，“他明确告诉我，薛女士知晓她的丈夫方式宁院士与江诗媛女士之间存在不正当的关系，具体的原因是江女士希望方式宁先生在各种招标中，利用自身影响力帮助江女士所在的公司投标成功。所以薛炜瑾女士委托相关机构做了鉴定，鉴定结果为何定思与方式宁具有血缘关系。她答应会在今天把这份文件送给我的同事。”

江诗媛身子一晃，扶住桌子。江华诚和潘妮娜目瞪口呆地向方式宁望去，那位老教授坐在那里，额头上冒出了汗。

“当然，我相信被告代理人一定会提出，我的这些陈述又是空口无凭。”纪佳程说，“所以我在此提出一个建议。为了维护江诗媛女士和方式宁教授的名誉，我建议法庭委托给何定思和方式宁教授做亲子鉴定！我现在就起草申请！”他说着就抽出一张纸来准备写申请。

“纪律师你等等。”杨晓惠法官阻止道，“方式宁不是本案的当事人，法庭没法强行要求他做亲子鉴定。”

“对，所以原告的说法还是没依据！”黄其柏补充道。

“查明孩子是谁的，对本案绝对有重大影响。至于方式宁先生不是本案当事人的问题……这个好办。”纪佳程认真地说，“方老师就在这里，可以现场征求他的意见嘛！方老师是国内知名专家，还是院士，名誉高于一切，有这样证明自己清白的机会，他绝对愿意。”

“原告代理人，注意一下。”杨晓惠听他说风凉话，警告道。

“明白。”纪佳程虚心地说，“不过我还是希望法庭询问一下方老师的意见。”

“我不同意！”江诗媛气得浑身哆嗦，“你说鉴定就鉴定？这是对我和我儿子的侮辱！你们怎么能……怎么能……”

“被告不要激动。”杨晓惠法官发现她眼泪都流出来了，对她安抚道，“亲子鉴定秉承自愿原则，不会强迫。我们现在也只是征询意见。”

“建议法庭还是问问方老师是否愿意。”纪佳程坚持道。

方式宁教授颤巍巍地站起来，满头大汗，他小声说了句“我去上个厕所”，就快步向后门走去。看到他这番举动，江华诚和潘妮娜的脸色都变了，薛大伟等人也转身盯着他的背影。方教授快步走到法庭后门处，飞快地出去了。

“审判长，鉴于被告不同意，而且方教授也有很大的可能不回到法庭，无法征询他的意见，我们就不申请何定思和方式宁教授做亲子鉴定了。”纪佳程用了个“也”字，让大家又想起江士同逃离的事，“其实本案最关键的是何定思是否与何利锋有血缘关系，我们申请何利锋与何定思做亲子鉴定。”说着抽出一张申请书递了上去。

杨晓惠法官接过书记员转交的申请书，瞪着纪佳程道：“又是提前准备好的？”

“之前说了，本来不想闹到这一步的。”纪佳程说，“被逼的。”

其实这才是他真正要申请的，因为他知道关于何定思和方式宁的亲子鉴定申请肯定不会获得批准，唯一的作用就是给机电商会的那些人看。

“被告是否同意？”杨晓惠法官问。

黄其柏律师还没说话，江诗媛已经气愤地说：“不同意！这是在侮辱我！”

杨晓惠法官和黄其柏律师都是一怔。黄其柏律师急忙小声对江诗媛说：“已经有了结扎的证据，拒绝鉴定的话法院可能会推定他们没有血缘关系的。”

“不做！”江诗媛坚决地说。

黄其柏律师颇为无奈。杨晓惠法官看江诗媛态度坚决，扭头问纪佳程：“原告还有证据吗？”

纪佳程答道：“没有了。”

“好。”杨晓惠法官指示，“被告质证。”

“审判长，原告当庭提交证据，我们想申请本次庭审延期。”黄其柏律师说。

“审判长，这是一个很简单的案子，我认为大家都应该以事实为依据，节省司法资源，不要把今天的事拖到明天、后天。”纪佳程说，“双方刚才说好了，今天把程序走完，如果被告有其他观点，可以庭后提交质证意见。”

“但是我们需要时间。”黄其柏律师向法官建议道。

“刚才被告代理人说过，他们那边绝对支持法庭工作，假如我们有新证据，他们大不了庭后发表书面质证意见，绝对不会要求本次庭审延期。”纪佳程说，“其实我交了三组补充证据，真正需要纠结的也就是做不做亲子鉴定的事，被告本人就在这里呢，没什么需要核实的。”

“双方发言需要经过本庭同意！”杨晓惠法官斥责道。随后她转向黄其柏，说道：“原告代理人刚才说的也有道理，而且这个案子刚才是你们坚持要求把程序走完，原告配合了你们，怎么到了你们这边，就又要求延期了？就按刚才双方确定的，今天把程序走完。如果不愿意当庭讲，就庭后发表质证意见。”

黄其柏脸色很难看。机电商会的人还在旁边坐着，他怎么能够不发表质证意见？

“被告申请休庭十分钟。”他说，“我们需要沟通。”

“可以。你们沟通一下亲子鉴定的事。休庭十分钟。”杨晓惠法官砰的一声敲下法槌。

纪佳程向后一靠，露出笑容。黄其柏望着纪佳程，突然感觉自己上当了：原告方前面的示弱就是想引导自己要求今天将庭审程序走完，甚至自己的证据突袭都在对方的算计之中，而对方的几次突袭几乎完全打乱了这边的节奏，何利锋的结扎证明更是成了决定性的证据。现在被告这边明显地处于劣势了。

婚外生子都有了，还能不离婚吗？更重要的是，江家对何利锋的描述被一一推翻，薛大伟等人的立场一定会向对面摇摆。黄其柏看到赵秋槿向原告席那边挪过去，隔着栏杆要那几份补充证据看，她甚至对着何利锋笑了笑。纪佳程痛快地把那些文件给了她。黄其柏用手臂碰了一下江诗媛，示意她跟自己出去，旁听席上的江华诚和潘妮娜见状也向法庭后门走去。

几个人在法庭外的过道尽头聚在一起，黄其柏已经抑制不住自己的火气了，他向江诗媛问道："跟我说句实话，孩子是不是何利锋的？"

江诗媛扭开脸，没有回答。这个举动回答了黄其柏的问题，也激怒了江华诚，他抖着手指着江诗媛，问："谁的？说，是谁的？是江士同的还是……"

江诗媛低着头不回答，江华诚发着抖问江诗媛："你和姓方的真的有那种关系？"

江诗媛抬头望了他一眼，轻轻点点头。

"我……"江华诚气得几乎要昏过去，他狠狠地一巴掌扇在江诗媛的脸上，"你！老子的脸都被你丢尽了！"

"哎呀，老江！你怎么打孩子啊！"潘妮娜立刻用力推开他，抱住女儿看她的脸。

"他年龄比我都大！"江华诚低吼。

江诗媛的左脸颊高高肿起，眼里含着泪水，倔强地望着江华诚。

"能怪我吗？"她说，"你要求我必须把这些机场的标拿下来，之前东溪机场的标没拿下，你是怎么对我的？你打我耳光，说我是废物，还说自己也就是没儿子，有儿子的话公司绝不会传给我这个废物。我能怎么办？我还能怎么办？我除了求人帮忙，我还有什么办法？现在不是很好吗？这几年机场、工业区的标你不都拿到了吗？你让我做的事我都做了，怎么，我现在丢你的脸了？"

“你和江士同是怎么回事？啊？是怎么回事？”

“他找我的。”江诗媛说。

“你……你……”江华诚指着江诗媛，想要再打却打不下去，一拳砸在墙上，低声吼道，“家门不幸啊！”

“老江，孩子也是为了家里，为了家里啊！”潘妮娜抱着江诗媛，哭着说，“我女儿受苦了……”

“江小姐，你知道不肯做亲子鉴定的后果吗？”黄其柏提醒，“按照现在的司法实践，男方已经提出初步证据证明自己不是孩子的亲生父亲，如果女方拒绝鉴定，法庭会推定男方与子女没有亲子关系。”

“你说我怎么办？做吗？”江诗媛近乎失控地说，“明知道结果也要做吗？”

黄其柏无言以对，潘妮娜问：“律师，你说怎么办啊？”

“我也不知道怎么办了，只能强辩。”黄其柏说，“一会儿我们看法官会不会审财产问题。如果审的话，恐怕法官就会考虑判决离婚了。最关键的是，薛会长那边应该开始怀疑我们了。”

法庭内，纪佳程和何利锋都站在旁听席边，洪桂彬、赵秋槿、叶文龙和薛大伟站在栏杆对面。

“……别的不说，这抛妻弃子的指控已经不成立了吧。”纪佳程说。

“那孩子真不是你的？”叶文龙问何利锋。

“一看就不是啊，”洪桂彬暴躁地说，“老江他闺女都不肯做鉴定！你们刚才说那孩子是方式宁的？”

“百分之百确定。”纪佳程说，“方式宁他老婆提供的亲子鉴定。”

“他……”洪桂彬开口就骂，“他不看看他多大年纪？”

“你看他刚才跑掉了。”

“哎哟，这老东西！江家这些破事啊，你说说……”

“薛叔，赵姨，叶叔，洪叔，”何利锋恳切地说，“之前我也想找你们说这些事，可是当时不说，是我不想毁了江诗媛，所以你们误会我也是理所当然。今天既然说出来了，那干脆说个明白。希望你们接下来能有时间听我说说情况，要是你们觉得我没道理，你们不用帮我，要是觉得我受了委屈，求你们还认我这个大侄子。”

“行，开完庭有机会找地方坐坐，把事情聊一聊。”薛大伟点点头。

书记员开始招呼双方诉讼参与人回到座位上，纪佳程和何利锋坐在原告席上，看到江诗媛低着头跟在黄其柏律师身后走向被告席。当他们坐下，纪佳程和何利锋同时发现江诗媛的左脸肿了。

杨晓惠法官也注意到了，询问：“被告的脸怎么了？”

“没事，刚才摔了一下，撞到了。”黄其柏律师答道。

“是吗？”杨晓惠法官问。

“是的，不影响开庭。”黄其柏律师苦笑着说。其实他真的希望江诗媛的脸是摔的，这样就可以以“需要就医”为名申请开庭延期。问题是谁都能看出江诗媛的脸是挨了一耳光，如果申请延期，杨晓惠法官肯定会追查是谁敢在法院里打人。

“被告，你的脸是怎么回事？”杨晓惠法官问江诗媛本人。

“我摔了一下。”江诗媛答道。

“确定能继续开庭？”

“确定。”

杨晓惠法官摇摇头，敲击法槌，宣布：“现在继续开庭。原告有没有问题向被告发问？”

“有。”纪佳程说，“原告方有几个问题需要提问。”

杨晓惠法官许可后，纪佳程问道：“在所谓嫖娼事件之前，被告是不是已经与原告分房居住？为什么？”

黄其柏律师答道：“没有分房。”这是个无法查明的问题，他自然是要否认的。

“被告现在是否还坚持何定思是何利锋的儿子？”纪佳程问。

“是。”黄其柏律师回答。

“那被告为什么拒绝做亲子鉴定？”

“这是对我当事人的侮辱。”黄其柏律师有些苦涩地说。他知道这样死撑没有意义，也会给法官留下不好的印象，可是他没办法。

“我没有问题了。”纪佳程对法官说。

“被告方有没有问题向原告方发问？”杨晓惠法官问。

“没有。”黄其柏律师回答。其实在开庭之前，他准备了足足两页的提问提纲，准备盘问何利锋。但是计划赶不上变化，案件事实的变化出乎他的意料，那些问题中的绝大部分在刚才的庭审中已经涉及，他甚至能预估纪佳程的答案。在基本事实变得对江诗媛不利的情况下，他必须顾忌纪佳程的论述能力。之前纪佳程的每一次论述都把局面变得对江诗媛更加不利，权衡利弊，他不想再给纪佳程发挥的机会，所以他选择不再提问。

“法庭有问题向双方提问。”杨晓惠法官问，“原告、被告双方是否有夫妻共同财产？”

双方对这句话的反应是完全不一样的。纪佳程眉毛一抬，露出了微笑；黄其柏则脸色凝重，和旁听席上的江华诚交换了一下眼神。

“有。”纪佳程说，“包括双方的工资收入、公积金，还有原告画的一张图纸，叫作‘单线多导式多用途一拖N加装管理模块系统’，已经申请了专利。”

“被告认为呢？”

黄其柏律师惊愕地望着纪佳程，他没想到纪佳程会主动让利，将图纸也列入夫妻共同财产中。其实纪佳程把这张图纸列入夫妻共同财产是有目的的，一旦江诗媛一方同意将这张图纸作为夫妻共同财产分割，就等于承认何利锋对这张图纸有权利——这意味着他们在经侦报案的理由是虚假的。

黄其柏律师意识到这一点，他的选择非常艰难。但他又不能不要，于是他答道：“是有这些，不过还有其他的财产……”

纪佳程笑了。

“什么财产？”杨晓惠法官问。

“原告还有其他的图纸，应该也作为夫妻共同财产予以分割。”黄其柏律师表示。

“什么图纸？”

“类似的图纸。”黄其柏律师答道。

“原告有吗？”杨晓惠法官问。

“没有。”纪佳程回答，“首先，被告至少要说出图纸的名字来；其次，被告要证明图纸的存在；最后，被告要证明图纸在原告手里，归原告所有。实际上原告就设计了这一张图纸，其他的没了。”

“被告能说出图纸的名字吗？”杨晓惠法官问，“光说有图纸，却说不出有什么图纸，本庭是无法处理的。”

“我们不知道有什么图纸，但是一定有。”黄其柏律师无奈地说，“原告和别人开了公司，就是利用这些图纸生产产品，对了，他有股份。”

“原告名下没有任何股份。”纪佳程回答。

“审判长，还是申请延期吧。”黄其柏律师再次申请道，“既然涉及财产，那被告也要整理一下原告有哪些财产啊。”

没等杨晓惠法官回答，纪佳程已经举起手来。杨晓惠法官问：“原告代理人又有什么话说？”

“被告的这个申请看似有道理，实际没道理。其实没必要延期。”纪佳程说，“在被告一开始举证时，他就在证据三里说原告完全是靠被告养着的，而且回国时身无分文，这其实已经承认了原告没有财产。家里的房子和车什么的原告都不要。至于工资收入和公积金，被告是高管，还有绩效奖金什么的，而原告呢，就如同被告所说的那样，只有一点生活费，所以原告的收入远低于被告。为了减少争议，原告建议工资收入和公积金各人归各人，这有利于被告啊！关于那张图纸，其实我们本来可以不拿出来的，可是我们主动披露，这体现了原告一方的诚信。这张图纸没有估价，之前被告向经侦报案时曾经说开发价值不低于三百万元，现在原告自愿向被告支付人民币二百万元，这张图纸归原告所有，被告还赚了。”

他总结道：“所以，所谓夫妻共同财产的争议，无外乎一张图纸，其他的根本不存在争议。”

“那不行，你那股份和图纸……”

“本庭再问一次，被告能不能说明有哪些其他财产？”杨晓惠法官问。

“现在不能，需要回去调查。”

杨晓惠法官没说什么，而是仔细核实了原告、被告的结婚时间和孩子的出生时间，还特别仔细询问了何利锋离家出走的时间。对基本事实询问了一轮后，她问：“双方有什么事实需要补充吗？”

“没有。”

“没有。”

“现在进入法庭辩论阶段。”杨晓惠法官宣布，“虽然刚才被告在答辩意见里表示不同意离婚，但是考虑到今天庭审查明的事实，本庭归纳争议焦点如下：一、原告、被告是否应当离婚；二、何定思由谁抚养，另一方是否应当支付抚养费；三、双方有无夫妻共同财产，如果有的话应当如何分割。原告、被告对于本庭归纳的争议焦点有无异议？”

“原告方没有异议。”纪佳程表示。

第三十章
终极引爆

“被告方还是建议今天先不要进行法庭辩论。”黄其柏律师反对说，“毕竟原告方的很多证据是今天刚拿出来的，我们需要回去核实，而且原告的财产状况我们还需要时间调查。所以我们坚持建议法庭先休庭。”

“原告方有什么意见？”杨晓惠法官问纪佳程。

“被告代理人的主张没有道理。”纪佳程说，“我们向法庭提交的亲子鉴定报告是原件，如果被告认为这份亲子鉴定报告内容不客观，他们可以申请就何利锋与何定思是否有亲子关系一事进行鉴定啊。但是在庭审过程中，被告方自己不申请，还拒绝了原告方进行鉴定的要求，所以他们根本就不打算查明这个事实，所谓的回去核实，是要核实什么？关于原告的财产情况，我们是在春节前就起诉的，前面还有诉前调解程序，本案也给予了双方充分的举证时间，直到现在被告都说不清楚原告总共有哪些财产，他们还想拖多久呢？我建议，今天先把程序走完，如果被告发现什么新证据，有了什么新观点，他们可以庭后补充嘛！”

“本庭也觉得今天可以先进行辩论，”杨晓惠法官说，“当然这并不代表本庭认可原告的其他观点。如果庭后任何一方有了新观点，或者找到了新证据，可以书面向本庭寄送，本庭会视情况决定是否再次开庭补充查明事实。现在回到刚才的问题：被告方对本庭归纳的争议焦点是否同意？”

“我们觉得原告的财产状况还需要核实，所以……”

“本庭归纳的第三个争议焦点是‘双方有无夫妻共同财产，如果有的话应当如何分割’，已经包含了你的这个意见，”杨晓惠法官皱着眉头说，“这里面包含了两小点，第一小点是‘有没有，有多少’，第二小点是‘如果有的话怎么分’。你可以先针对第二小点发表意见。被告代理人，本庭也要向你指出一点，正如原告代理人说的，从立案到现在，这么长的时间你们都不能明确要求分割的原告财产的范围，你现在还要回去核实，合理吗？”

“这个应该原告说明一下。”黄其柏律师坚持道，“再说了我们之前没想着离婚……”

“我们所有的财产状况全部向法庭披露了。”纪佳程补了一刀，“证据规则我就不多说了。”

他是一定要在今天发表辩论意见的。他可以预料到，本次庭审后，被告方一定会要求把本案转为不公开审理，就算下次再安排开庭，机电商会的那些人也不能旁听了。从他们的表情来看，刚才的庭审已经让他们所有人都蒙了，纪佳程想在江家、机电商会都在场的情况下一举定乾坤。

“进行法庭辩论。”杨晓惠法官决定，“被告如果不愿意发表，法庭记录在案，也可以庭后提交书面代理词。现在由原告一方发表第一轮辩论意见。”

江诗媛脸色苍白地坐在那里，旁听席上的江家成员都死死盯着纪佳程。黄其柏律师脸上的肌肉抽动着，拿起笔准备记录纪佳程辩论意见的要点，他是不敢放弃在法庭上辩论的权利的。

“好的。”纪佳程从桌上拿起一摞文件，最上面是一张详尽的辩论提纲。

“审判长，就何利锋起诉江诗媛离婚一案，本人作为何利锋的诉讼代理人，依法发表第一轮辩论意见。首先，我们必须向法庭详细阐述本案的背景，以便使法庭理解为什么原告要提出离婚之诉，这个背景的介绍非常重要，希望法庭认真记录。”

杨晓惠法官点点头，表示自己会认真听取，书记员也打起了精神。

其实，纪佳程这样说也是为了引起机电商会那些人的注意，他接下来所讲的部分内容其实和离婚诉讼本身无关，所以他需要先给自己接下来的讲述找好理由，免得被法官斥责。从今天庭审状况来看，杨晓惠法官态度相对温和，对双方比较包容，纪佳程打算借机放开讲。

“本案的背景比较复杂，事情可能要追溯到多年前。”他放缓语速，一边是为了方便书记员记录，一边也是为了增加说话的郑重程度，以便抓住机电商会那些人的注意力，“原告的父亲何足道在国内机电行业内比较有名，也是机电商会的前任会长，他的何华清洁设备公司是意大利、德国多家企业的国内总代，被告父亲江华诚的江浦贸易公司也是何华公司的下属代理商。”

他注意到杨晓惠法官皱起眉头，立刻把话引了回来：“因为这样的关系，两家关系比较密切，所以本案原告才会从小就和被告相识，按照被告的说法是‘青梅竹马’。原告的父亲何足道先生打算培养他做接班人，原告也非常争气，在夏江理工大学取得硕士学位后，又拿到了麻省理工学院的录取通知书，前往美国攻读博士学位。然而，正如被告之前在庭审中提到的那样，原告的父母突然自杀，何华公司倒闭，原告一下子失去了经济来源，不得不中断学业回到国内。”

“审判长，原告代理人扯远了。”黄其柏律师插嘴说，“他说的有些与本案无关，有些是之前大家已经知道的。”

“纪律师，注意围绕焦点。”杨晓惠法官说，“你确实扯远了。”

“实际上一点都没扯远，我接下来讲的反而对这次离婚诉讼非常重要。”纪佳程强调道，“何先生夫妇之所以会自杀，被告家实际上起了非常关键的作用，甚至有可能就是被告家策划的。”

“放屁！”旁听席上的江华诚拍案而起。

黄其柏律师举手抗议：“抗议！原告代理人没有任何凭据，这是对被告及其家庭的诽谤！请法庭予以处理！”

同样激动的还有潘妮娜，她站起来怒声尖叫道：“你这个律师胡说八道什么？我们要告你！”

“查查他是哪个所的，告他！”

这样的局面不出纪佳程的预料，他的目光向机电商会那些人望去，发现他们并没有站起来，而是望着这边，彼此交谈，狐疑地看着江家人。

这正是纪佳程希望的。庭审调查时，他给他们灌输了“江家没说实话”的印象，以动摇他们的立场。现在他们很显然不再轻信江家了，接下来纪佳程就要用更激进的观点扭转他们的立场。

“砰！砰！砰！”杨晓惠法官狠狠敲了五六下法槌，喊了三四声“安静”，才把法庭内的混乱镇压下来。她用很不友善的目光看着纪佳程，开口道：“原告代理人，你的观点要有依据，法庭上每句话都是要记录在案的，这里也是全程录音录像的，你觉得你刚才那么说会有什么法律后果？”

“我们一会儿会向法庭说明，”纪佳程反客为主道，“其实我刚才就是要讲依据，结果被旁听席打断了。代理人请求法庭维持庭审纪律，像这种旁听席辱骂、威胁代理人的事情，是不应该出现在法庭上的。”

杨晓惠法官怒视他一眼，这次开庭里纪佳程连续几次突袭，把一个简单的离婚案变得越来越复杂，偏偏他的举动还在规则允许的范围内，让她有火发不出来。刚刚他说的又是合理的，所以杨晓惠法官盯着旁听席上的江家人警告道：“旁听席人员不许发言，不许干扰庭审进程，警告一次，再犯的话就离开法庭！”

“他胡说八道！”潘妮娜说。

“本庭说的还不够清楚吗？”杨晓惠法官提高声音说。

黄其柏律师在被告席上向江家人摆着手，示意他们不要再出声，自己则对杨晓惠法官道：“原告代理人的陈述是污蔑，法庭应该对此进行处理。”

“法庭会听他后续的陈述，”杨晓惠法官说，“如果他没有依据，我们会考虑你的建议。现在原告代理人继续说！记住你的发言要与本案有关！”

“好的。”纪佳程继续道，“本代理人是陈述原告本人的观点，并且这些观点都是有依据的。在2015年前后，因为一些欧洲合作商经营业绩下滑，或者他们想在国内增加代理商等原因，何华集团的业绩有所下滑，何足道先生在此情况下打算建立自己的生产线，生产自主品牌的国产清洁设备。他起初想自己建厂，后来江华诚先生知道了这个消息，就主动加入，要求共同开发。何足道先生对江华诚先生是非常信任的，双方共同建立了一家公司，叫新何机电。其中何华公司占股80%，江浦贸易占股20%。

“需要说明的是，尽管何华公司是大股东，但是何足道先生并没有独揽大权，因为他非常信任江华诚先生，而且他觉得江家的女儿会成为自己的儿媳妇，所以新何公司的管理是他和江华诚先生共同进行的。江华诚先生负责了开模等很多具体事务，何足道先生对此非常满意。

“生产线建立后，新何公司生产出第一批产品，开始在中国市场销售。也是在2015年下半年，新何公司获得了一个来自德国的大订单，合同意向金额达到了4300万欧元，交货期为两年。何足道先生非常高兴，指示工厂全力生产，第一批货物价值230万欧元，通过海运从沪海市发往汉堡港。截至2015年12月初，工厂生产出来的货物总价值约900万欧元，其中400多万欧元的货物已经通过3个订单运往或者运到德国汉堡，其他货物也已经装箱，准备出运。

“但是，2015年年底，德国海关突然扣押了所有货物，理由是他们接到举报，新何公司所有的货物均涉嫌知识产权侵权，具体为：新何公司侵犯了其原合作伙伴德国公司的部分外观设计、部分内部构造。德国方面还逮捕了新何公司派驻欧洲的人员。这件事导致新何公司巨额账款收不回来、货物被罚没，还面临巨额罚金，一下子陷入了绝境。何足道先生经过调查，发现外观设计问题是出在开模上，开模时的设计图模仿了德国公司的几个外观设计专利，而负责联系开模并提供设计思路的，就是江华诚先生。”

“审判长，原告律师讲了半天，还是没听出和本案有任何关联。”黄其柏律师举手道，“我们请求法庭指令原告律师围绕焦点讲，不相干的事就不要讲了，再浪费大家时间的话请法庭进行训诫！”

其实，听到纪佳程最后一句话，他意识到纪佳程又要对江家开火了，不由得在心里破口大骂。在法庭调查阶段，纪佳程每次长篇大论都会抛出一颗炸弹，到了法庭辩论阶段居然还不罢休。

“纪律师，请你围绕本案焦点讲。”杨晓惠法官对纪佳程说。

“我在此很严肃地说，我讲的事情和本案第一个焦点有关，相当有关。”纪佳程严肃地说，“听完这个背景，就能知道为什么原告一定要和被告离婚。审判长，请耐心听我讲完，并且不要让被告代理人再对我进行干扰。”

“你不就是要说被告的父亲在当初合作时可能有疏忽吗？”黄其柏律师抢在法官开口前指责道，“因为几年前的疏忽，原告要和被告离婚？”刚刚江诗媛低声要求他阻止纪佳程说下去，他努力想把法庭的焦点拉回到离婚案件本身。

“这不是疏忽，是蓄意的！”纪佳程一口撑了回去，“审判长，如果被告代理人再干扰的话，我可能要花费更多时间讲这个背景和本案的因果关系了。让我早点讲完，大家节省点时间不好吗？”

“你讲，讲快点。”杨晓惠法官无可奈何地说，“被告代理人不要说话了，让原告代理人讲！”

黄其柏律师无奈地看了看江诗媛，旁听席上的江华诚则怒视着纪佳程，像是要吃人一般。纪佳程视若不见，继续讲了下去：“发现是开模的问题，何足道先生立刻寻找江华诚先生，想询问是怎么回事，但是江华诚先生突然拒绝接听电话，整个人如同失踪了一般。何先生被迫聘请了德国律师与德国公司和德国海关去协商，并且做好了诉讼准备。德国律师与外方和海关经过几轮沟通，获知是一个位于中国的×公司主动向德国公司举报说：新何公司生产的产品侵犯了外方的知识产权，并且提供了非常翔实的资料，包括向哪家公司订购的模具、图纸和其他资料。德国公司正是基于他们的资料，找了一个关联公司向新何公司订货，随后突然发难，一举拖垮了新何公司。”

“那么，代表×公司向德国公司举报的人是谁呢？”纪佳程大声问，“能够知道这么翔实的内情的，只有江浦贸易公司的江华诚先生！只不过依据德国保护证人的法律，德国法庭没有披露×公司的名字。”

“那还说什么？”黄其柏律师立刻冒着被法官斥责的风险插话道，“你自己都承认不能确定是江先生的公司了。”

“少安毋躁，还有后文。”纪佳程说，“这件事使新何公司资金链彻底断裂，大量产品积压，连带着何华公司一起濒临破产，其间，江华诚先生都没有再出现。江先生再次出现是2016年的5月，当时德国法院已经签发了针对何足道先生的拘捕令，公司已经彻底破产，被银行和多个供应商追债。在5月14日的晚上，江华诚先生拜访了何足道先生，他向何足道先生承认是自己故意模仿德国公司的专利设计，然后向德国方面举报，当德国公司进行钓鱼式购买时，他又推动工厂进行大规模生产和出运，帮助德国公司拖垮了新何公司和何华公司。”

“越说越离谱了！”黄其柏律师说，“审判长，他讲了这么多，还是和这个离婚案没有任何关系！”

“我好像听出来了。”杨晓惠法官思索着说，“原告这边的思维逻辑是不是这样的：因为被告的父亲故意让原告的父亲破产，原告现在知晓了，所以认为不能和被告继续生活下去？”

“这是很重要的因素，”纪佳程点头说，“但是还不止于此。”

“还有更多理由？”

“有的。”纪佳程说，“在5月14日的晚上，江先生不仅向何先生披露了自己给新何公司下套的事实，还告知了这样做的目的。他逼迫何先生无偿将新何公司80%的股权转让给江浦贸易公司，条件是他可以说服德国公司出具豁免书，放弃追究责任。也就是说，江先生意图通过这次操作以近乎无成本的方式取得新何公司的全部股权，控制全部资产。江先生同时还以何先生的儿子，也就是本案原告的人身安全作为威胁。5月15日，何足道先生的房屋、账户、厂房等都被保全，至此，何足道先生失去了全部的财产和事业，并且身负巨债。在这样的威胁下，5月16日，何足道先生和他的妻子唐小茹女士在家里服毒自尽。他们是并肩躺在床上，相拥着离世的。”

杨晓惠法官震惊地看着纪佳程，看着何利锋激愤和发红的眼睛。随后她不由自主地向被告席望去，她看到江诗媛睁大眼睛，脸上没有血色，嘴唇哆嗦着。她的目光又转向旁听席，看到江华诚脸色惨白，额头上有汗水滑落，在他旁边，薛大伟、赵秋槿等人正在震惊地望着他。杨晓惠法官突然感觉，原告、被告之间的感情已经不仅是破裂的问题了，这是要不死不休。

“审判长，这说了半天，什么依据都没有！”黄其柏律师暴怒着举手喊道，“不能排除原告为了诉讼利益编故事！几年前的事情，他想怎么说都可以！证据呢？证据呢？就这么空口白牙地说？”

“被告代理人这个问题是合理的，”杨晓惠法官说，“原告代理人，任何陈述都必须基于证据才能做出。其实本庭大概理解你的意思了，你是想以此证明双方之间的矛盾不可调和，导致夫妻之间的感情确已破裂，没有修复可能。但是你刚才讲的这些有证据吗？”

“证据……”纪佳程面露难色，他望了望黄其柏律师，答道：“没有。”

“原来没有啊……”“那他讲什么……”旁听席上一片哗然，嗡嗡嗡地议论起来。江华诚向后一仰，长舒了一口气。

黄其柏律师脸上微微放松，杨晓惠法官的脸上则露出恼怒的表情：如果纪佳程连基本的证据都没有，那他刚才费劲地讲半天根本就是浪费法庭的时间，她必须对纪佳程进行训诫了。

“哦，那个，”何利锋迟疑地举起手来，“证据我有。”

法庭里登时静下来，针落可闻。

“原告，你说什么？”杨晓惠法官问。

“我这里有证据。”何利锋从挎包里掏出一个鼓鼓囊囊的文件袋子。

纪佳程一脸难以置信地看着他，似乎自己也没想到有这样的转折，问：“这是什么东西？”

“我父亲的日记和当初的一些文件。”何利锋说。

“还有这个东西？你怎么没给我？”纪佳程吃惊地问。

“我前几天才找到的。”何利锋说，“我不知道需要这东西，所以也没想着给您……”

杨晓惠法官气得七窍生烟，她又不是傻子，一眼就能看出纪佳程和何利锋在唱双簧，纪佳程扮演一个不知情的律师，何利锋扮演一个不懂法的当事人。她连他们的目的都能看出来：先引导被告方否认，然后突然拿东西出来“打脸”。她狠狠地盯着纪佳程，但是纪佳程已经表现出一副自己“不知情”的样子，她没法直接训诫，于是她恼怒地说道：“真不知道还是假不知道？嗯？原告，你拿到证据，难道不问问你的律师？”

“审判长，真的是不懂。”何利锋赶紧道歉说。

“我心里有数。”杨晓惠法官沉着脸说，“纪律师讲那么多细节，难道没看过证据？”

“当事人告诉我的，一开始我就说了，我是陈述原告的观点。”纪佳程无辜地说。

杨晓惠法官怒视他一眼，说：“拿给我看看。”

何利锋征得同意，起身将文件袋送到审判席上。杨晓惠法官把这个袋子打开，从里面拿出一个硬皮本子，还有一个厚厚的大信封。她拿着信封问：“这里面是什么？”

“是当初新何公司委托开模具的合同，还有和德国签的订单、提单、报关单，货代发来的关于货物在目的地港被扣的邮件，聘请德国律师的合同，还有德国律师写的报告。”

杨晓惠法官翻着文件，一脸发蒙。她是审判普通民事案件的资深法官，对于开模具的合同没有疑问，但是对于国际贸易及运输流程，还有单证文件比如提单、报关单，包括她在内的大部分民庭法官是没什么概念的。

“纪律师刚才说的5月14日江华诚和我爸爸见面的事，我爸爸记在日记里了，”何利锋说，“我就是看了这个才知道是怎么回事，然后告诉纪律师的。”

杨晓惠法官翻开日记本，按照日期寻找着，随后她脸色凝重地阅读了一会儿。

“这些东西你们要作为证据提交吗？”她的目光越过何利锋，望着纪佳程问。

黄其柏律师立刻大声说：“审判长，这些证据与本案无关！我们不同意作为本案证据！”

杨晓惠法官翻了翻其他文件，发现里面有大量英文和德文文件，这让她颇为头疼：明明只是一个简单的离婚案件，现在居然连国际贸易单证都提交上来了。问题是经历了刚才的亲子鉴定争议，这个案子确实有判决离婚的可能性，现在原告把这些文件作为夫妻感情确已破裂的间接证据提交上来，自己难道能生硬地拒绝？

纪佳程一脸阴笑，说：“原告方向法庭和被告方表达最诚挚的歉意！由于当事人不懂法的原因，这些证据没有提前提交给法庭，给大家添麻烦了！我建议，我今天先把辩论意见发表完毕——你看我都发表了一半了。如果被告认为有必要，我们同意法庭针对这些证据再次开庭安排质证！”

“休庭十分钟。”杨晓惠法官砰的一声敲下法槌，“原告代理人、被告代理人你们跟我来。”说着她起身往外走。走到门口她想起了什么，对书记员说：“盯着双方，谁要是敢在法庭里喧哗吵闹，互相攻击，叫法警来处理。”

书记员点点头。

杨晓惠带着纪佳程、黄其柏出了法庭，找了一个空法庭进去，关上门。

“谈谈吧。”她说，“原告律师，你认为这些证据有必要提交吗？”

“如果被告那边认可原告刚才陈述的那些事，我们自然就没必要提交了。”纪佳程一脚就把球踢到对方那边去。

“被告这边呢？”杨晓惠问黄其柏，“能认这些事吗？”

“这个怎么能认？”黄其柏恼怒地说，“我们连那些文件是什么都没看到。”

“您看，他们也是需要看证据的。”纪佳程立刻补了一刀。

第三十一章
尘埃落定

黄其柏怒道："不管看不看，就算那是何足道的日记，日记里写了些文字，那也只是单方陈述，怎么能作为事实让我们认下来呢？其实这些都不重要，关键是他讲的这些和离婚案件本身没关系！"

"怎么没关系？"纪佳程反问，"没有这些事他俩的感情怎么彻底破裂？再说那里面不只是日记啊，不是还有可以佐证的提单啊、邮件啊什么的吗？"

"纪律师对那些证据很了解啊。"杨晓惠笑盈盈地说。

"我还没看过，这不是刚才何利锋跟您介绍了吗？我听到的。"纪佳程说。

杨晓惠叹了口气，用商量的口气对纪佳程说："其实就算没有这些文件，我们也会慎重考虑原告、被告之间感情是否已经破裂。你看，我们今天也审理财产问题了，对不对？这本身就说明了法庭的态度。在这样的情况下，你交这些东西是没有意义的。我刚才看了一下，里面还有很多英文和德文的文件，按照规定你要找有资质的翻译公司翻译成中文，我要给被告时间看证据和进行针对性举证，还要再安排一次开庭，这要浪费多少时间？”

“请允许我和当事人商量一下。”纪佳程点点头。法官都用商量的口气了，怎么说也要有个表态才是。

他从这间法庭出来，到原法庭里找何利锋，一进入法庭就发现法庭里气氛诡异。江诗媛走到旁听席边，正在和潘妮娜焦急地低声说着什么；江华诚则拉着薛大伟说着话，薛大伟皱着眉头；赵秋槿、叶文龙、洪桂彬聚集在旁听席靠近原告席的栏杆边，和何利锋低声交谈着。

看到纪佳程，法庭内所有目光都向他望过来。纪佳程走到栏杆边，洪桂彬有些粗鲁地抓住他的袖子，问：“何足道的日记是真的？你刚才说的是真的？”

“庭后你们可以自己看，”纪佳程低声说，“何足道先生亲笔写的，绝无虚言。”

赵秋槿伸手抚摩着何利锋的脸，眼睛发红，说：“孩子，委屈你了。”

“如果大家着急的话，一会儿开完庭，咱们就到您几位其中一位的公司去。”纪佳程低声说，“咱们大家当场看。”

他们彼此对视一眼，赵秋槿道：“那就到我的公司吧，离这里比较近。”洪桂彬和叶文龙也点点头。

“小何你出来，有点事。”

纪佳程带着何利锋出了法庭，一直走到过道尽头的窗前。

“法官希望咱们不交这些证据。”

“您的意见呢？”何利锋问。

“其实原本我的意见是提交，”纪佳程说，“这个东西交给法院，法院核对了就会复印一套放到卷宗里，这样就算你这些东西将来灭失了，我们还可以从法院卷宗里复印出来，效力等同于原件。不过我刚才想了下，我们布局这么久，目的就是要把这前后的因果告诉你那些叔伯阿姨，打破他们对你的封锁。今天他们知道有这些东西了，并且打算一会儿就去看了，我们似乎也没有必要把这些东西交上去了。我打算这样：如果对方同意离婚，我就不交这些文件了。”

“如果对方还是不同意离婚呢？”

“那我就交。”纪佳程说，“我相信，江家人绝不希望这些东西出现在任何一份法庭卷宗里。”

何利锋点头答应，纪佳程便抓紧时间回到刚才用于沟通的法庭，杨晓惠法官和黄其柏还在那里等着。纪佳程进去时，黄其柏正在和杨晓惠法官说着：“……而且他现在还和外面的女人同居……”

“你们扯这个还有用吗？”杨晓惠法官反问，看到纪佳程进来，便转过来问，“怎么说？”

“当事人坚持要求提交，我做了下工作。”纪佳程铺垫一句，“我是这么劝他的：反正目的就是离婚，交这些证据也是为了侧面证实感情破裂的原因，如果能离婚的话，这些证据也就没什么可说的了。”

“是呀，就是这么回事。”杨晓惠法官说。

“所以，我就打开天窗说亮话吧。”纪佳程对黄其柏说，“老黄，今天的情况你也看了，不说别的，就说江诗媛那孩子的事情，这案子其实就可以判离了，更别说还有把人弄进看守所的情况。你看看是不是和江诗媛商量一下，同意离婚算了，关于财产问题，我这边还是像在法庭上说的那样，可以补偿两百万元，精神损害补偿何利锋就不要了。你这边要是同意，我这证据就不交。”

“我们可没承认江诗媛的孩子是别人的。”黄其柏说。

“你知道规矩，”纪佳程说，“我们已经提交了基本证据，并且要求进行亲子鉴定，如果你们不同意的话，法院会推定何利锋和孩子没有亲子关系。所以这个案子在你们拒绝亲子鉴定的时候，结果就很明确了。”

“你们那边的财产哪里只有那张图纸？”黄其柏说，“你们还有很多图纸都应该算进来的。”

“你看，又绕回来了。”纪佳程说，“我都说了，没有！”

“那你这方案我们怎么能同意？”黄其柏说。

“那就走流程啊，”纪佳程说，“我该提交提交，你该质证质证。你们又不肯离婚，又不承认感情破裂，又不同意我们的方案，那我们除了对抗，也没什么选择了。”

“黄律师，”杨晓惠法官说，“关于财产问题，刚才庭审时我就说过了吧？你非说原告手里还有别的图纸和股份，这个是你的举证责任，你现在坚持这个有没有意义？还有亲子鉴定的事，你自己考虑下。这样，你把你的当事人叫来，我和你们单独谈谈。”

“那我回避一下。”纪佳程笑着说。

他从这间法庭出来，走到过道尽头和何利锋会合，何利锋问：“怎么样？”

“我提出方案了，同意离婚并且给他们两百万元，现在看他们的意见。”纪佳程倚靠在窗台边，看到不远处黄其柏和江诗媛走进那间用于沟通的法庭。潘妮娜跟了出来，她看到不远处的纪佳程和何利锋，表情怨恨。几天之内，江诗慧死于非命；几个小时之内，江家人名声尽毁，而且会面临潜在的巨大危机。她恨不得喝何利锋的血，吃纪佳程的肉，可是她只能怨恨地看着他们，然后焦急地在那间法庭外等着。

十多分钟后，门开了，黄其柏和江诗媛走出来，潘妮娜急忙上前询问，江诗媛却没回答，低着头走进审判法庭，黄其柏站在法庭门口，向潘妮娜解释着什么。杨晓惠法官穿着法袍向纪佳程和何利锋走过来。

“谈好了。被告那边同意离婚，孩子由女方抚养，你们这边无须支付抚养费。夫妻共同财产的话，给他们两百万元，你所有的图纸和设计都归你所有。双方今天就签署调解协议，我们根据调解协议出调解书。”

“您辛苦了！”纪佳程赞扬道。

杨晓惠法官假装听不见，纪佳程这样的赞扬她听得多了，大部分都是心不对口，口不对心。她说：“被告那边有个要求，你们手里的这本日记和那些文件不可以公布出去。你们的意见呢？”

“他们没有权利提出这个要求吧。”纪佳程说，“再说旁听席上那些人是他们找来的，现在怎么又害怕这事传出去了呢？”

“这是被告提出的一个愿望，我转达一下。”杨晓惠法官说，“我跟他们说了，这个要求你们未必会同意。我也说了，不管你们答不答应，都不要影响到调解方案。行了，我知道你们的意思了。你们在这里等会儿吧，我让书记员制作调解协议。”

她说着就回审判法庭去了。薛大伟、赵秋槿、洪桂彬、叶文龙出了审判法庭，向这边走过来。来到他们面前，薛大伟脸色阴沉，问：“听秋槿说，你们一会儿去她的公司？”

“对。”何利锋点点头。

“何先生的日记和文件要给大家看看，”纪佳程说，“何利锋这些年的遭遇也要跟大家说一下。”

薛大伟深邃的目光看着何利锋，何利锋看着他，说：“薛叔，这些年，我对得起天地良心。”

薛大伟拍拍他的肩膀，“这事今晚聊聊，要是我们错了，我们向你道歉。需要公道的话，我们这些人也会帮着你讨！”

何利锋点点头，纪佳程在一边笑了。何利锋的这些叔伯阿姨已经转变了立场，意味着锋和公司面临的封杀也将迎刃而解。离婚成功，走出困境，这一场庭审取得了完胜。

大约二十分钟后，何利锋和纪佳程被召回法庭，几位机电商会的人回到旁听席上，这次他们与江华诚和潘妮娜保持了距离。江华诚脸色阴沉，江诗媛惨白着脸，直直地盯着何利锋。

“双方看一下调解协议，”杨晓惠法官说，“没问题的话签一下字。”

纪佳程接过书记员递来的三份协议，仔细看了内容，向何利锋点点头。何利锋看了以后，就在上面签了字。书记员将协议拿给江诗媛，黄其柏接过去看了一遍，让江诗媛签字，江诗媛却仍然直直地盯着何利锋。

“我们是怎么走到今天这一步的？”她问。

何利锋移开目光，看着天花板。

“被告请签字。”书记员说。

“签，我签。”江诗媛哭出来了，“签了这个，我们也就没关系了。现在所有的人都知道我不要脸，在外面找男人，我毁了，你开心吗？”

“不要讲了，忘恩负义的男人！”潘妮娜哭道，“哎呀，心狠得来……”

纪佳程也看着天花板，心里没有对江诗媛的半点同情。他还记得当初她带着经侦来抓何利锋时的情景，更别说那些算计和背叛了。

最感到恼火的是杨晓惠法官和书记员，谁能想到在签调解协议时又出现这样的状况。眼见她们娘俩在那里哭，一直没签字，杨晓惠法官脾气再好也忍不住了。

“被告，你如果不想签，我们可以继续开庭。”杨晓惠法官说，

“来来来，那个谁，被告母亲是吧？你出去，从法庭里出去。不要在法庭里这样大声哭闹！”

“对不起，对不起，女同志情感比较丰富！”黄其柏赶紧道歉，“签，马上签！江小姐，快签，啊？还有江太太，控制情绪，控制情绪！”

江华诚拉着潘妮娜坐下，轻声呵斥着。江诗媛又望了望何利锋，终于抹着眼泪在调解协议上签了字。书记员把其中一份交给何利锋，一份自己留存。她刚回到位置上，杨晓惠法官就砰的一声敲响法槌。

“现在恢复开庭！”她宣布，“在休庭期间，经过本院的调解，双方达成了调解协议。内容如下：一、原告何利锋与被告江诗媛离婚；二、何定思由被告江诗媛抚养，原告无须支付抚养费；三、原告何利锋应当在本月三十一日之前支付被告江诗媛人民币两百万元；四、双方其他名下的财产归各自所有；五、原告设计的‘单线多导式多用途一拖N加装管理模块系统’图纸以及取得的专利归属原告所有；六、双方就夫妻共同财产已经处分完毕，再无争议；七、双方同意不在法院制作的调解书中写明诉辩主张及案件事实。以上内容，已经由双方签字确认，不违反法律规定，本院予以确认。本院会依据调解协议制作民事调解书，现在征询双方的意见，是过来签收还是本院邮寄送达？”

“邮寄吧！”纪佳程说。黄其柏也做出了同样的表示。

“好，那么本次庭审结束，双方应当在庭后阅看笔录后签名，如果有遗漏或者需要修改的地方，可以跟书记员说明，要求补正。现在退庭！”

法槌砰的一声又敲下来，书记员站起来高声说：“全体起立！”

法庭里的人全部站起来目送杨晓惠法官退庭。她走到门口时，书记员说：“可以坐下了。”

没有人坐下。洪桂彬涨红着脸，用手指着江华诚，狞笑着道：“老江，这事你得给我们一个交代。”

“老洪，你要啥交代？”江华诚反问，“都是没有的事！”

“有没有咱们慢慢看。”洪桂彬恶狠狠地笑着说，“你就说说，你当初讲那图纸是你们公司的人画的，现在怎么又承认是利锋画的了？还有那嫖娼是怎么回事？你女儿生的又是谁家的崽子？”

“姓洪的，你嘴巴放干净点！”潘妮娜骂道。

“老江，脑子拎拎清，”叶文龙在一边道，“真的假不了，假的真不了，你和我们说过什么，我们记得清清楚楚！”

“吵什么？”书记员大吼，“到法院外面吵去！再吵我叫法警了！”

薛大伟阴沉沉地看了江华诚一眼，让赵秋槿把叶文龙和洪桂彬推出去了。他背着手，看着何利锋和纪佳程签完笔录，收拾东西出门。走出法庭前，何利锋回头望了一眼，他的目光和江诗媛的目光交织在了一起。

这对青梅竹马的昔日夫妻彼此对望，眼神复杂。最后何利锋微微举起右手，向她告别，转身离开，让墙壁遮挡了自己的背影，斩断了最后的联系。

走出法院，已经接近下班时分，刚才那场惊心动魄的庭审大战恍如一场梦。机电商会的人跟在纪佳程和何利锋身后，薛大伟看看时间，问：“要不要找个地方一起吃顿饭？”

“我想几位老总应该也急着知道详情。”纪佳程建议，“吃饭什么时候都可以，不急在一时。其实我们也可以到赵总的办公室去，先谈事情，如果饿了的话就叫外卖。”

“先谈事，先谈事！”洪桂彬急切地说，“外卖就可以！”

薛大伟和赵秋槿、叶文龙交换了下意见，赵秋槿便道：“也好，那就直接去我的办公室吧。我让他们提前买好咖啡和盒饭，大家过去谈一谈。”

纪佳程向周围看了看，又看到不远处停的那辆车，对大家说：“你们先去，把地址发给我，我晚几分钟到。”说着向那辆越野车走去。

黑色越野车的驾驶座上坐着戴着墨镜的薛炜瑾教授，在她旁边坐着那位大男孩。看到他走过来，驾驶室旁的车窗缓缓降下，薛炜瑾教授微微一笑。

“看纪律师的气色，庭应该开得不错？”

“看您的笑容，您的心情应该也不错？”

“当然好啊，”薛炜瑾教授笑了，“我刚才看到我们家老方了，慌慌张张逃出来，还摔了个大跟头。他就从我车前面跑过去了，这么近都没看到我，就像被人追赶似的。”

“现在还叫‘你们家老方’啊？”

“没法子，这不是还没离婚吗？”薛炜瑾教授说，她向旁边侧侧下巴，“要不要上来谈一谈？”

纪佳程点点头，于是薛炜瑾教授对旁边的大男孩说：“浩天，你下去散散步。”

那个大男孩顺从地下了车，留着副驾驶的车门。纪佳程觉得坐在薛炜瑾教授的副驾驶座位上不妥，他走过去顺手关上那扇车门，拉开后车门坐到后座上。

薛炜瑾教授扭头看了一眼，笑着说：“纪律师是不是家教很严？”

“是啊，”纪佳程说，“我老婆不让我坐女士的副驾驶座。”

“好男人。”薛炜瑾教授轻笑道，“我一直觉得当律师的人个个

‘五毒俱全’，纪律师居然平时这么注意啊。”

“我老婆爱吃醋。”纪佳程承认，“再说，您的小男友还在呢，也许他也介意这个。”

“他才不介意呢。”薛炜瑾说，“再过几个月他就离校了，到那时我们也就断了。”

“哦？”

“他要去瑞典留学。”薛炜瑾看着车外不远处溜达的大男孩，“以后见面的机会可能就很少啦。本来谁也没当真，你看我们俩这年龄差，能有什么真感情？说说吧，你走过来，肯定是想问问题的。”

这句话正合纪佳程之意，毕竟薛炜瑾刚才的言论过于直白，让纪佳程有些不知所措。

“之前凌季雨律师拿亲子鉴定报告的复印件来，”纪佳程决定直奔主题，“说是您让他来的。”

“是。”薛炜瑾教授一口承认。

“您是怎么知道何利锋和江诗媛离婚这个案子的？”

“如果我说我一直盯着江诗媛的动向，你相信吗？”薛炜瑾教授问。

“您是因为发现了她和方式宁的关系吗？”纪佳程问。

“一开始是因为这个。”薛炜瑾笑着说，“说真的，江诗媛一开始来求方式宁帮忙时，我就知道他俩一定会滚到床上去。老方这个人学术水平是高的，可是一向管不住自己的裤腰带。你猜猜我和他是什么关系？”

“不是夫妻吗？”

“一开始不是，一开始我是他的学生。”薛炜瑾教授笑着说。

纪佳程干笑着。他上大学时就有一位博士生导师把学生变成了老婆。当年他还惊讶于做学问的学者还有这种秘闻，现在已经见怪不怪了。

“我研一和他在一起时，他已经和第一个老婆离婚了，他说能帮我读博，还能帮我留校，所以我就嫁给了他。嫁给他以后我才知道，我不是他睡的第一个学生，也不会是最后一个。他以前生活作风就不太好，只不过他的第一个老婆比较传统，在外面讲究家丑不可外扬，只是和他在家里打了几次，离婚了事。和我结婚以后，他还是和别的女人，包括一些女学生不清不楚，我和他吵过很多次，每一次他都保证说绝不再犯，一转身他就又管不住裤腰带。几年前我和他闹，那段时间他正好在评选院士，怕生活作风问题影响评选结果，就对我保证说以后再也不犯，还把家里的财产都过到我名下，我当时心软，又同意了。结果当了院士以后，他又在外面胡来，还跟我商量想参与投资，骗我拿着房子去贷款。你说，我要是再不做点准备，能有保障吗？他的第一个老婆不就是前车之鉴？”

“您怎么发现江诗媛和他的关系的？”

“翻手机。”薛教授干脆地回答，“那段时间他手机里和江诗媛的通话记录多得很，他说江诗媛来找他询问投标的事，可是却把微信里和江诗媛的聊天记录删得干干净净，我就算再傻也能看出这里面有问题。后来他就经常说出差，有一次我跟他们院的老师正巧碰到，才知道他根本没出差。下一次他说出差两天时，我就打车在后面跟着，看见他根本没去机场，而是跑到了度假区那边的酒店。我在大堂里坐了一个多小时，亲眼看见他俩一起从酒店里出来，这事也就确认了。”

“您没找他谈一谈？”

“有什么好谈的，彻底绝望了，彻底死心了。”薛炜瑾教授摆了摆手，“当然我也不会就这么忍气吞声。他那次回来以后，我趁他洗澡时翻了他的包，在里面发现有避孕套。我想帮帮他，就做了件事。”

“什么事？”

“拿针在每个避孕套上面戳了几下。” 薛炜瑾教授温和一笑，露出雪白的牙齿。

第三十二章
真相

“您管这个叫‘帮’？”纪佳程微微张口，听她说这样“帮”方式宁，不知为什么想笑。

“行善积德。”薛炜瑾说，“你看，那个孩子不就出生了，多可爱啊。”

“您怎么确定那是方式宁的孩子？”纪佳程啼笑皆非，“万一那孩子是江诗媛和她老公的呢？”

“所以我很谨慎啊！”薛教授无辜地说，“后来江诗媛的孩子出生，我不能确定那孩子和方式宁有没有关系。正好春节的时候，机电商会这些人来家里拜年，江华诚一家也来了，那我肯定要抱抱他们家的孩子对吧？抱孩子的时候搞一根头发不是很容易吗？方式宁的头发我老早就有，就送去鉴定咯，没想到还真的确认了那孩子是方式宁的。”

“您觉得方式宁知道那孩子是自己的吗？”

“恐怕未必晓得。”薛炜瑾教授笑着说，“如果他们俩一直用避孕套的话，恐怕江诗媛也不知道呢。”

“您为什么会选择帮我？”

“但凡方式宁懂事，我都没打算这么收拾他。”薛炜瑾冷笑着说，“当时拿到鉴定报告，我考虑过是不是和他离婚，可是后面想想，他这个院士身份对我还是有帮助的。他不老实，我就活我自己的，自己开心就行。本来我想着井水不犯河水，偏偏老方非要针对浩天，让院里卡着他的论文，说白了就是故意打击报复。既然他做得这么绝，我也只能和他一拍两散。现在的问题是，万一打离婚官司，我那个匿名的鉴定报告派不上用场，只能另想办法。这不是江诗媛打离婚官司嘛，我在这个案子里借你的手，把他俩的丑事以及那个孩子曝光出来，多好啊！我料定你一定会用这份鉴定报告的，因为这对你的当事人有利。”

纪佳程深感诧异，笑着问：“您还没说您是怎么知道江诗媛和何利锋在离婚？”

“你觉得，知道江诗媛和老方的关系以后，我会不盯着江诗媛？”薛炜瑾轻松地说，“而且凌季雨是我的律师，他知道了，我还能不知道吗？其实在方式宁那里见到你们，我就知道你们其实不是他请的离婚律师，特别是你临走的时候说小何的事拜托他费心，我就猜测你是不是和何利锋有关。所以我让凌律师找借口去接触你们，他听到你们说何利锋的名字，基本上确定你们是江诗媛老公的律师。再后来，江诗媛和何利锋离婚这事闹得连机电商会的人都知道了，我自然有办法知道。”

“所以您就通过凌律师给我那份鉴定报告？”纪佳程问，“为什么当时不给我原件？非要等到今天？”

“谁知道你们会不会和解撤诉什么的？”薛炜瑾坦率地说，“我只有确定你们会真的开庭打起来，才能把原件给你。否则我把东西提前给你们，你们却拿去逼对方私下和解，这东西落到江家手里怎么办？我可搞不到新的头发了。”

“薛老师，我佩服您。”纪佳程跷了下大拇指，“您这是利用我引爆炸弹啊。虽然您这炸弹也算是帮了我们，不过我就不谢您了。”

“你说得没错，我是利用了你，不过咱们这算双赢，彼此就不用谢了。”薛炜瑾笑了，“纪律师，鉴定书的原件你还给我吧，另外我想求你件事，改天把这个案子的庭审笔录复印一份给我好不好？”

“不好，里面涉及当事人隐私。”

“真是个不讲情面的人啊……”薛炜瑾笑着摇摇头。

纪佳程把亲子鉴定书的原件递给薛炜瑾，与她告别。他下车后，那个叫浩天的年轻人立刻走过来，像条温驯的小狗一样钻进副驾驶座。

“何足道先生的日记大家都看了，”纪佳程说，“里面写得很清楚，江华诚亲口承认设局害他，还逼他把股份无偿转让，何先生和何太太在走投无路的情况下决定自尽。何先生把这些事记在了最后一篇日记里。他把日记和那些资料放入一个文件袋里，拜访了已经离职的老管家董老太，说把资料放在她那里。随后，他和何太太就服毒自尽了。”

赵秋槿等人围坐在巨大的办公桌前，办公室里烟雾缭绕，因为薛大伟、叶文龙和洪桂彬都在狠狠地抽烟。赵秋槿一向对办公室的整洁有着极高的要求，此刻却顾不上杂乱的盒饭、茶杯和烟灰，拿着那本日记的双手发抖着。洪桂彬红着眼睛盯着桌上的资料，看得出他已经在爆发的边缘了。

“后面就是我们综合所有收集到的信息和资料，归纳出来的事实。”纪佳程对何利锋说，“涉及隐私细节的部分……”

“全说出来，”何利锋闷声说，“没什么不能说的。”

他俩坐在赵秋槿对面，何利锋抱着手臂一言不发，纪佳程拿着笔记本介绍着。

“何先生夫妇过世，引发了两个后果。第一个后果是，无论是何华公司还是新何机电，江华诚的江浦贸易公司都没法拿到想要的股份，也就没法控制公司的剩余资产；第二个后果是，何利锋失去经济来源，不得不中断学业回国。

“何先生夫妇过世后不久，江华诚就注册成立了江浦实业公司，”纪佳程抽出一张打印资料递给大家，“大家可以看一下注册时间。随后，他和江诗媛就接纳了何利锋，当时何利锋是非常感激他们的。我们调取了新何公司的工商档案，发现了一些文件，也许能反映江华诚的意图。”

他把几张股权转让文件放在桌上，薛大伟立刻拿起来看。

“何足道先生和何太太是何华公司持股100%的股东，何足道先生夫妇过世后，何利锋作为何先生夫妇唯一的继承人，继承了整个何华公司。虽然何华公司已经资不抵债，可是何华公司是新何公司80%的股东，也就是说，要想拿到新何公司的股份，必须取得何利锋的支持。

“仅就文件来看，何利锋回国两个多月，江华诚就宣布继续履行婚约。和江诗媛结婚后，何利锋基于‘大家已经是一家人’的事实，签署了好几份股权转让文件，把何华公司100%的股份转让给了江诗媛，他当时还觉得很羞愧，因为他是把一个资不抵债的公司给了自己的老婆，他认为这是岳父一家打算帮他与债务做切割，为此感激涕零。不过他不知道的是，江诗媛在得到何华公司全部股权后，仅过了三天就代表何华公司把新何公司80%的股权转让给了小股东江浦贸易，从而使江华诚完成了对新何公司100%的控股。

“然后，更加诡异的事情就发生了，新何公司以零元的价格将全部生产线和积压货物转让给了江华诚另外成立的江浦实业公司，江浦实业则承诺部分解决对供货商的欠款问题。这样，生产线、积压的货物也就全部落到了江华诚的手里。下一个问题是：何足道先生长期以来在国内建立了生产、销售全供应链的渠道，他非常讲义气，与这些上下游供应商、销售商、货代的关系非常不错，很多人与他兄弟相称，比如在座的几位。”纪佳程用手示意赵秋槿等人，“如果何足道先生不在了，江华诚没有这样的人格魅力接手这些渠道。所以在何利锋和江诗媛结婚的前两年，江华诚带着何利锋拜访了何足道先生当年几乎所有的合作伙伴，我想他们应该也拜访过在座的诸位吧？”

“拜访过。”薛大伟回忆着说，“现在想起来，好像真是那么回事。他来这里就掉眼泪，说看何利锋这孩子可怜，还说将来自己的公司也是要交给何利锋和江诗媛的，希望孩子的叔伯阿姨们看在死去的老何的分儿上，多帮衬一下。我当时也是因为这个才跟江浦实业合作的，给的还都是优惠价格。”

“我也是。”叶文龙点头道。

“在我这里也是这么说的。”赵秋槿说。

洪桂彬狠狠地一拍桌子，大骂：“这杂种！这是拿着孩子当幌子！”

“大家仔细回忆一下，再结合一下我们归纳的时间线，就能发现：在大家与江浦实业的合作比较稳定之后，何利锋在江浦实业公司就被边缘化了，连个座位都没有，很快江诗媛和何利锋的感情也出现了问题。”纪佳程说。

“用完了，不需要了！”洪桂彬说。

“江诗媛说何利锋不上进，感情不和，与何利锋分房居住，随后就发生了所谓的嫖娼事件。那段时间，何利锋一直在试图挽回，但没什么效果，江诗媛拒绝沟通，所以何利锋心情很苦闷。”纪佳程介绍，“有一天江诗媛的堂兄江士同来约他一起去酒吧喝酒，因为两个人关系不错，所以何利锋就去了——需要说明一点，江士同其实与江家人没有血缘关系，所以江家有人称他为‘野种’。他走得和何利锋比较近，何利锋没有多想，应约去了那个酒吧。但是到那里后，江士同没有来，却遇到了江诗媛的姑妈——江爱云开的公司的模特歌手库雅楠。”

纪佳程把库雅楠的资料放在桌上。薛大伟等人看着纪佳程手里的包，因为纪佳程说每件事时都会掏文件加以证明，不知那个包里还有什么。

“后面的事就像我在法庭上说的那样，何利锋居然喝了一杯酒就醉倒了，醒过来时已经在酒店的床上，江家全员在那里捉奸。从我们后续调查的情况来看，房间是江爱云的小叔子杨文光开的，库雅楠又是江爱云公司里的歌手，事发后她没收到任何来自江家的打击，反而继续在江爱云公司待着。我们后来找到库雅楠，发现了一件事，库雅楠的弟弟因为在大学里帮人担保，欠了江爱云夫妻俩开的杨天财富公司的高利贷，库雅楠长期替弟弟还债。所以我们现在合理怀疑——”

“那女的是江家安排的！这事是江家安排的！”洪桂彬低声吼道。

“我们也这么认为。”纪佳程说，“这样的话，江家无论对何利锋做什么，都能占据道德制高点。事件发生后，江诗媛借机离家出走。何利锋觉得不对，去公司楼下等待江诗媛，看到她上了江士同的车，打车跟着才发现她没有回父母家住，而是住在了江士同家！

“这个发现让何利锋非常震惊，因为他知道江诗媛与江士同并非真正的堂兄妹。所以他忍不住多次等在江士同家楼下，一连几天都看到江诗媛和江士同一起回来，两个人的举止如同两口子一般。他亲眼看着晚上江士同家的灯熄灭，甚至有一天在树丛后听到江诗媛和江士同经过时讨论万一怀孕了怎么办。他回忆了之前江诗媛分房睡的事，回忆了嫖娼事件的过程，最终明白江诗媛可能很早就和江士同在一起了，嫖娼事件很可能是江士同给自己设的局。这时候他很庆幸自己之前做过结扎。”

薛大伟忍不住说：“这孩子，你这是杀敌一万自损八千啊！那你以后岂不是……”

“我咨询过，输精管结扎后还能复通。”何利锋叹了口气说，“当时敌我不明，万一有了孩子怎么办？我宁可遭点罪，想不到反而歪打正着。”

“可怜孩子了。”赵秋槿心疼地说。

“事实证明他猜对了。”纪佳程道，“发现江诗媛和江士同的关系后一个多月，江诗媛突然回来，好像原谅了何利锋的样子。何利锋回避江诗媛，并且回避她同房的要求。大约过了一星期，何利锋在家里喝水后又莫名其妙地睡着了，醒来后已经是第二天，江诗媛和他躺在一起。过了一会儿江华诚和潘妮娜就来了。我们怀疑他们是江诗媛叫来的，因为江诗媛想给何利锋和家里人造成一个印象：他们又睡在一起了。大约过了一个月，江诗媛就说自己怀孕了。”

洪桂彬骂道：“太有心机了！”

“不对啊，如果是这样的话，那孩子应该是江士同的才对啊，”薛大伟皱着眉头说，“怎么会是方式宁的呢？”

“这件事还真的有点复杂。”纪佳程说，“从我们了解到的情况看，江华诚重男轻女的思想蛮严重的，经常说自己的公司后继无人，所以江诗媛为了证明自己，在工作上是非常拼的，拼命给公司拉项目。据说有几次招投标失败，江华诚骂得非常难听，还打过她耳光。方式宁在行业里有能量，能帮着把很多项目拿下来，我们现在猜测可能是江诗媛有求于他，后来就发生了那种关系。我和方式宁的老婆薛教授聊过，她说方式宁在私生活上不太检点，薛教授以前就是他的学生，方式宁和第一个老婆离婚后娶了她，在那之后又和好几个学生有过不正当关系，两个人为此吵过许多架，方式宁也承诺过不再犯。后来薛教授发现方式宁和江诗媛的不正当关系，就打算报复方式宁，她把方式宁包里的避孕套都偷偷戳了洞，打算让方式宁吃点苦头。

“从那以后她就一直盯着方式宁和江诗媛，关注与江诗媛有关的消息。江诗媛的孩子出生后，薛教授也不能确定那孩子和方式宁有没有关系，直到春节时，她碰到江华诚一家来拜年，就借着抱孩子的机会取到了孩子的头发，连同之前留存的方式宁的头发一起送去鉴定，这才确认那孩子与方式宁有血缘关系。”

“江诗媛知道那孩子是方式宁的吗？”薛大伟皱着眉头问。

“这个我们就不知道了。”纪佳程说，“一种可能性是知道，另一种可能性是江诗媛还以为那孩子是江士同的。反正江诗媛宣布怀孕后，大家都认为是何利锋的，反而认为江诗媛大度，原谅了嫖娼的老公。何利锋忍受不了，离家出走。我们很确定的一点是，江诗媛绝对不是原谅了老公，她回来无外乎是给怀孕找一个合理的理由。所以何利锋离家出走后，江诗媛根本没有去寻找过。”

薛大伟等人脸色都很难看，当初他们确实认为是“江诗媛大度原谅了嫖娼的老公”。

“何利锋离家出走后，做了个计划，想试探一下江家，同时也想借机开始规划自己的事业，他租房进行机电设计，还通过帮助别人设计和翻译赚到了第一桶金。他设计出了领先的智能模块系统，并且申请了专利，打算和几个合伙人一起开公司生产新设计的清洁设备。这时候何利锋放出风，说手里有父亲留下来的文件，如果真是江家害了他的父母，他们一定会想方设法搞到那些东西。他知道一个叫熊玉来的合伙人出入过江浦实业，就通过他透露了一份图纸的存在。果然，江家拿到了图纸，开始怀疑何利锋手里有何足道留下来的东西，江诗媛来找何利锋，要求他回家，何利锋拒绝了。

“按照何利锋的设想，如果江家做贼心虚，搞不到东西的话一定会来害他。果然，江家想置何利锋于死地，找机会报案把他抓起来了。这让何利锋确认江家害怕他手里有父亲留下来的东西，对他有敌意，很大的可能是他们与自己父亲的死有关。

“这一点是有依据的。董老太临终前一段时间对李杏园提过，何足道先生死后，江华诚曾经来看望过她两次，询问何足道先生有没有留下什么东西，董老太都说没有。我们猜测：鉴于江华诚以前和何足道先生关系很好，他有可能知道何足道先生有写日记的习惯，所以他会担心何足道先生留下什么对他不利的文字记载。

“之所以这么猜测，是因为这样才能解释后面的事：不管是江诗慧还是江士同都在接近我们的律师，试图通过律师从何利锋这里了解到何家留下了什么东西，而且都希望抢先把东西拿到手去交给江华诚。我们被跟踪、袭击，然而当时我们根本不知道有没有所谓的‘何家留下来的东西’。

“何利锋从看守所出来以后，觉得既然已经撕破脸皮，就干脆离婚。但是，当时还没有足够证据认定江家与自己父母的死有关，所以他处境比较被动，被迫面对江家的抹黑和打压。一直到江诗媛、潘妮娜到医院去闹事，导致董老太病情恶化，我们才从临终的董老太那里得知真的有何足道先生留下的文件，知晓了何足道先生破产及自杀的真相。然而那个时候，江家已经成功对何利锋进行了抹黑，诸位对何利锋已经有了很深的误会，并且拒绝沟通与合作，何利锋的公司状况非常紧张，在法庭上公布真相是我们唯一能向你们陈述的机会。”

“以上就是这个案子的全部情况。”纪佳程结束了讲述，“所有的佐证都在桌上。”

办公室里陷入了沉默，洪桂彬睁着发红的眼睛看着那些材料，又望着何利锋。

“咱们对不起何大哥啊！”叶文龙叹息道。

“偏听偏信，还帮着姓江的封杀这孩子，”赵秋槿说，“你说咱们……”

“你现在缺啥？”洪桂彬有些粗鲁地问何利锋，“你知道你洪叔经营啥，以后我给你供货，你要是采购啥采购不着，你跟我说，我帮你联系。”

“谢谢洪叔！”何利锋说，“其实我现在啥都缺，开模、主机、配件什么的都要采购。”

“开模的事找你赵姨吧。”薛大伟说，“配件什么的以后找你叶叔、洪叔。万一有哪家公司需要联系，你跟我说一声，我们这几个人帮着说说话还是能行的。”

“谢谢薛叔、赵姨、叶叔、洪叔！”何利锋感激地说，“其实我一开始就想找你们合作。我觉得我这次生产的设备前景非常不错，叔叔阿姨们正好是上游供货商，我从你们那里采购最方便，大家可以一起赚钱！等产品生产出来了，也希望叔叔阿姨们帮着宣传一下。”

“这是必须的，”赵秋槿说，“你爸爸原来那些销售渠道，我们多少还有些联系，到时候也会帮着你沟通。”

“谢谢赵姨！”何利锋点头说。

“那些销售渠道现在大部分都在卖老江的货呢，”洪桂彬阴沉着脸说，“这事就让他这么过去吗？”

“怎么可能？”薛大伟阴冷地说，“别的不说，咱们几个给不给老江供货就要考虑一下了。商会里当年和何大哥关系好的人又不止咱们，你说他们要是知道姓江的干的这龌龊事……”

“我停止供货。”叶文龙简短地说，“以后不可能合作了。”

“我也会和合作商打招呼，谁和他合作，就别再和我合作！”洪桂彬用拳头敲着桌子说。

“逼死何大哥，欺负孩子，还来骗我们。”薛大伟说，“不把他搞黄了，对得起他的这番努力吗？”

“还有那个方式宁，大家怎么说？”赵秋槿问。

“我去找他谈谈，”薛大伟说，“叫他自己辞去机电商会的职务。”

“老色胚！”洪桂彬骂着，“他不辞职，就让他没脸！”

“别急，”薛大伟冷笑着说，“我来安排人。不管他辞不辞职，他这个脸，必须没！”

“小何，”赵秋槿望着何利锋，“你认真做，我们这些人一定支持你。我们几个引荐你加入机电商会吧，你争口气，把何家重新撑起来！”

第三十三章 两个结局

早上九点多，营业高峰期已过，店里只有两三位顾客在吃馄饨。李杏园从厨房走出来，到收款机上查了一下早上的营收。早上卖出了一百多碗馄饨，二十多碗葱油拌面，营业金额两千一二百元，不算太好，但是也不算差。

虫虫坐在角落做着功课，因为有些暗，小丫头打开了粉红色的小台灯。李杏园拍了拍手上的面粉，扯了张纸巾抹着汗水在门口坐了下来，她可以稍微休息半小时，接着就要去继续包馄饨。到了十一点又是午餐的高峰期，堂食和外卖订单会让她喘不过气来。

即便是这样，她也是甘愿的。累，意味着有收入。

黄婶拎了两个茶叶蛋来给虫虫，看到虫虫坐在角落里做功课，老太太用带着宁波口音的大嗓门儿招呼道："虫虫，在做功课啊？早上又帮妈妈收钱了是哦？阿拉囡囡最乖了，心疼妈妈辛苦啊！哎哟，造孽啊。"

"黄婶，你坐。"李杏园招呼着。

“不坐了不坐了，”黄老太摆摆手说，“我就过来看看小囡，还得回去配菜呢。”她放下茶叶蛋，压低声音问李杏园：“这几天又没回来？”

李杏园苦笑了一下。何利锋离婚后不久就从她这里搬走了，几个月来他一直在忙公司的事，只是偶尔过来和她们说说话，然后又匆匆离去。虫虫曾经不止一次问妈妈“怎么见不到利锋叔叔了”，李杏园总是哄她说：“叔叔很忙，过一段时间就来了。”

其实她心里知道，何利锋是注定要在商场上打拼的人，重振家族产业的道路上必定会事务缠身。让他在这个时候惦记自己和虫虫，实在是有点一厢情愿。

江诗媛瞎了眼，把何利锋当作废物。像何利锋这样的青年才俊，长得又不差，一旦有了用武之地，不知道会有多少有才有貌的女子愿意嫁给他。之前落魄的时候自己能帮他，现在何利锋事业起步，自己已经帮不上他了，他还会守着初心吗？自己毕竟年纪比他大，还带着一个孩子，他会不会忘记曾经说过什么，慢慢走远，走上巅峰，而自己还守在这个馄饨店里，与女儿相依为命？

虽然有些落寞，有些酸楚，可只要何利锋一切都好，自己心里就是甘愿的。

李杏园勉强笑着摇摇头，说：“他忙，说过几天来看我们。”

“这样说过了啊！”黄老太点点头，又夸了两句虫虫，就回自己的店里去了。出门时她看到旁边走过来的人，怔了一下，脸上露出鄙夷的表情，撇着嘴回到自己的店门口，斜眼往这边望着。

移门的铃铛响了，李杏园喊了声“欢迎光临”，抬头看到抱着孩子的江诗媛，叹了口气。她倒了一杯茶放到桌上，招呼道：“来了？坐吧。”

江诗媛勉强笑了笑，抱着孩子坐在一张餐桌前。一岁半的小孩子立刻从她身上挣脱下来，扶着桌腿要去找虫虫。虫虫丢下作业去牵小娃娃的手，江诗媛看着孩子，满眼温柔。

她已经不复几个月前的精致，虽然衣衫还是整洁的，但是头发有些凌乱，有了明显的眼袋和黑眼圈，没怎么化妆，包里露出湿巾、纸尿片等，就如同一位普通的忙乱着带孩子的母亲，完全没了那种冷艳的气质。

这段时间她过得不好。离婚案件使她声名尽毁，甚至在自己的家里也遭受家人辱骂，她不得不离开江家一个人带孩子居住。她去找过江士同，但是江士同对她破口大骂——在庭审的当天晚上，江华诚就带人找到他，叫骂着“野种”，打断了他的鼻梁骨，幸亏他逃得快，否则断胳膊断腿都有可能。最让他受不了的是：他一直以为孩子是自己的，所以才会努力想搞到“何家留下来的东西”以求取悦江华诚，最终争取让他同意自己和江诗媛在一起。想不到孩子与方式宁有血缘关系，说明江诗媛一直在背叛自己。所以面对江诗媛的恳求，江士同面目狰狞，恶言相向，狠狠地把江诗媛和孩子推出门去，推得她摔倒在地，孩子脱手飞出。

沪海市是待不下去了，江华诚很可能会继续报复自己。江士同收拾东西拿了些钱，鼻子上包着纱布，脸上带着瘀青，狼狈地逃走了。

江士同失踪后，江诗媛试图去找方式宁。毕竟他是孩子的亲生父亲，应该承担起一部分对孩子的责任。然而方式宁也已经麻烦缠身，在庭审第二天，有人高喊着“学术败类、道德低劣”，在学校综合楼拉横幅公布方式宁的丑闻。这件事让夏江理工大学的管理层震怒，唯恐丑闻继续发酵，迅速停止了他的教学活动，并对他进行组织调查，他的妻子薛炜瑾教授也愤而提出离婚诉讼，表示不愿与道德败坏的人共同生活。有人猜测那些拉横幅的人是机电商会的人找的，有人猜测那些人是薛教授找的，无论如何，那位眼珠子骨碌碌乱转的凌季雨律师满面笑容地把薛教授离婚起诉的文件递进了立案窗口。

江家近乎遭遇灭顶之灾。很多供应商都停止供货，要求解约；一些经销商在找理由退货；银行也不肯对贷款展期。公司的资金链近乎断裂，江华诚焦头烂额。

江家三兄妹里的江爱云和杨文亮因为他们的杨天财富公司被人举报“非法吸收公众存款”被刑事拘留，杨文亮还涉嫌与弟弟杨文光共同强奸库雅楠；杨文光因涉嫌参加黑社会性质组织罪、故意伤害罪、强奸罪等罪名被抓，其中的受害人包括库雅楠，也包括酒吧里的歌手和女招待。

唯一安全的是江华平，他一发现哥哥姐姐出了事，就与他们断绝了往来，充分体现了他对“兄弟情深”“血浓于水”的深刻领悟。他家里也不太平，康曼因为江士同的事和他闹矛盾，认为江家看不起自己儿子，为此与他进行了长时间的冷战。有一天江华平趁康曼洗澡时翻她的手机，震惊地发现康曼与那个副机长还在保持联系，那个副机长才是江士同的亲爹，现在已经和江士同父子相聚。他气得眼前一黑，醒来后发现自己中了风，半身不能动弹，康曼正在一边慌张地收拾着衣物。那位贤德美眷知道自己和副机长保持联系的事情已经败露，不顾江华平的求救，慌慌张张地逃离了，还带走了全部首饰和银行卡。

现在这一切江诗媛都不关心，因为她已经心力交瘁。她的积蓄和住房能够保障她一时的温饱，但谁能体会一个女人独自抚养孩子的艰辛呢？在绝望的境地中，她终于想起何利锋的好，想起两个人在一起时的点点滴滴。

何利锋当年是很爱她的，他是个念旧情的人，甚至在她把他送进看守所后，都没有选择说出真相。她本来拥有何利锋全部的爱，可是她没有珍惜，她感到悔恨时，却为时已晚。然而她是不甘心的，她知道自己错过了什么，她希望争取重归于好的机会。她无法进入何利锋的工厂，也不知道何利锋现在的住处，她唯一能做的就是时常到李杏园的小店来守着，希望能等到何利锋。

她对李杏园是感激的，因为李杏园有一颗柔软的心。尽管江诗媛的行为促使了董老太过世，但是李杏园实在不忍心看着一岁多的孩子在外面风吹日晒，于是默许了江诗媛进来坐着，给她倒水，帮忙泡奶粉，虫虫有时候还会带着这个小弟弟玩。店里没人的时候，两个女人隔着几张桌子坐着，都是一言不发。

“我可能要走了。”江诗媛说，“今天是我最后一次来。”

“去哪里？”李杏园问。

“去鹏城。”江诗媛苦笑着，“这样吃积蓄也不是办法，我得找工作养孩子。我有个同学在鹏城开了个贸易公司，让我过去帮她。”

小店里陷入了沉默。两个女人看着虫虫牵着小男孩在桌子间的过道里走路。良久，江诗媛幽幽地道：“其实我知道，我和他没可能了。我只是还抱着一丝念想，也许他能想着从小到大的情分，看我现在这么可怜，会重新接受我……”

李杏园无言以对。江诗媛顿了顿，继续说：“我明白，就算他重新接受我，也不会是因为爱我，更可能是因为可怜我……感情这种东西，拥有的时候不珍惜，失去了想再找回来就难了。”

她望着李杏园，轻声道：“其实我以前挺看不起你的，觉得你年纪大，还带着个孩子，他为什么会看上你呢？我甚至恶毒地说他饥不择食。可是现在我能理解他了，如果我是他，我可能也会选择跟你在一起。你是个好人，你心软、善良，我当初那么闹你、侮辱你，现在我落魄了，你也没有说难听话；明明知道我是来找何利锋复合的，和你抢男人，你还怕我和孩子被风吹着，让我进来等，给我和孩子弄东西吃。”

“李姐，”这是她第一次管李杏园叫“姐”，“你是好人。你都做到这个分儿上了，再纠缠下去，我就真的是不要脸了。我今天来就是跟你说一声，我以前做的那些事，真是对不起了。何利锋是个好人，希望你们……能幸福。”

她说完就站起来，向李杏园深深地鞠了个躬。

“别这样，你看……”李杏园赶紧过来搀扶。江诗媛直起身，背起背包，然后抱起孩子。她摸了摸虫虫的头发，笑着说了声：“李姐，我走了。替我向何利锋问声好。”

“唉，唉。”李杏园连忙答应着。

江诗媛抱着孩子离开了，出门的时候，她在孩子的衣服上蹭了蹭，似乎是在和孩子亲昵，实际上是在孩子的衣服上擦去眼角的泪花。她就这样背着包，抱着孩子，一个人沿着街慢慢走远了。

黄婶从旁边小店里走过来，呸了一声，说：“虫虫妈妈，以后勿好叫伊来了，晦气！”

“没事，”李杏园说，“她可能以后都不来了。”

“这样最好！”

就在这时，一辆车在馄饨店前停下，纪佳程从车上慌慌张张跑下来，一进门就招呼道：“李女士！”

“纪律师！”李杏园看到他这副样子，吓了一跳，连忙问，“怎么了？”

“你快跟我走！”纪佳程抹着汗说，“赶紧帮着去把何利锋接走！那小子在那边喝多了发酒疯哪！”

“啊？”李杏园先是一怔，随后赶紧快步走过来，“怎，怎么回事？怎么会喝多？他不是发酒疯的人啊……”

“他今天不是加入了机电商会吗？里面那些人好多是他爸爸的老朋友，”纪佳程扯了张纸巾擦着汗，“这帮人就知道给他灌酒，他现在喝多了，抱着栏杆死活不肯走呢。你快跟我一块去，他看到你也许能听话！”

“好，好……”李杏园慌乱地说，“黄婶，你能不能帮我带一下虫虫？”

“虫虫上车，快！”纪佳程说，“一块去！”

“好。”李杏园未及多想，把围裙一扔，让虫虫上了纪佳程的车。她匆匆锁上店门，挂上“暂停营业”的牌子，随后也上了车。

车子飞快地驶上公路，在车流里穿梭。纪佳程一边开一边介绍：“现在不是已经开始有订单了吗，前景越来越好，好几个供应商也连带着赚了钱，今天那些老东西一高兴就给他灌酒，他还不能不喝……”

“他酒量很差啊，那些长辈怎么能这样呢？”李杏园焦急地说。

纪佳程开着车一路向东，一直开到中环附近的一家度假酒店里。这家酒店的裙楼有四层，一下车，纪佳程就带着李杏园和虫虫直奔裙楼，踩着厚厚的地毯快步往楼上走。

“在哪儿？”李杏园焦急地问。

“在顶楼。”纪佳程说，“顶楼是个花园，他们在那里喝酒，何利锋就在那儿呢！”

李杏园加快脚步，纪佳程牵着虫虫的手，跟在后面。不知为什么，他和李杏园之间的距离越拉越远，虫虫想叫纪佳程跑快点，纪佳程却拉住她，把一根手指竖在嘴上：“嘘。”

李杏园对此一无所知，她急匆匆地奔到楼顶。楼梯的尽头是两扇白色半圆形铁艺门，她用力推开，一个美丽的屋顶花园出现在她的面前。

在这个屋顶上，一条水道弯曲着流淌。靠近入口的地面铺着灰色的石质地板，其他地方铺着黄色的木地板，中间有一个很大的圆形草坪，四周是半人高的灌木和鲜花，只留了两个口让人进入。草坪中央摆着一张圆桌和几把椅子。

这个屋顶花园美丽而幽静，只能听到风吹拂叶子的声音。李杏园愣了一下，四处张望着，没发现这里有举办过酒宴的迹象，也没看到何利锋的影子。她赶紧回头看，发现纪佳程和虫虫在楼梯下面喘气。

“人呢？”她问。

“你进去啊，在这里怎么看得见？”纪佳程“气喘吁吁”地说，“可能在里面的草坪上躺着呢，赶紧进去把他拖出来！”

李杏园没细想，她踩着石台迈过那条水道，一边走一边到处张望，寻找着何利锋的身影。一直到她走进中心的圆草坪，四周都是鲜花，也没看到何利锋。她再回头看，入口处空空如也，纪佳程和虫虫根本没有跟进来。

“杏园，你来了。”

李杏园猛地转过身，她看到何利锋从另一个方向走进草坪，举止正常，根本就没有喝醉酒的样子。他应该是精心打扮过，头发梳得一丝不苟，穿着西装，手里拿了一束玫瑰花。

李杏园的嗓子一下子哽住了，此情此景，她完全能意识到接下来会发生什么。她没有任何心理准备，内心隐隐有一丝恐惧，身子却因为激动而发抖。她用手捂住嘴，惊慌地低头看了下自己的身上——她身上还穿着平时开店时的那件旧外套，袖子上沾着面粉，这让她陷入了慌乱。她求救似的向左右看去，发现一些人也出现在了屋顶花园里，她回头望去，看到纪佳程笑呵呵地牵着虫虫站在草坪边。

何利锋走到李杏园身前，单膝跪在地上，一只手举起那束玫瑰花，另一只手举着装有戒指的盒子，抬头说：“李杏园，嫁给我吧。”

“啊……”李杏园紧紧捂住嘴，流下了眼泪，巨大的喜悦充斥了她的身心。她不敢相信这一切是真的，几乎怀疑自己是在梦里。

“哦——”周围的人开始起哄，薛大伟会长居然首先喊了一句：“嫁给他！嫁给他！”

其他人立刻也哄了起来，喊着“嫁给他！嫁给他！”其中有洪桂彬、赵秋槿、叶文龙，有机电商会的其他人，有沙靓靓、纪佳程。其中有一个童声最为清晰，那是虫虫在蹦跳着喊叫。

“妈妈嫁给利锋叔叔！妈妈嫁给利锋叔叔！”

李杏园回头望了望虫虫，她的女儿正欢快地跳着。她低下头望着何利锋，这个年轻人的眼神是真诚的。

“我，我年纪大，还带着个孩子……你真的不在乎吗？”

“对我来说，能娶到你是我的福气，我想要这样的福气。”何利锋举着戒指，认真地说，“李杏园，我今天当着大家向你保证，我会宠你，照顾你，忠诚于你。你高兴时，我陪着你；你不高兴时，我哄着你；你想买什么，我给你买；你对我有什么要求，我努力做到。我会买大房子给你住，我会把自己赚的钱都交给你，我会让你和孩子过上好日子，让你不后悔嫁给我。还有虫虫，她以后就是我的女儿，将来她长大了，我会给她置办嫁妆，让她有份继承我的家业。杏园，其实我之前就想求婚了，只是因为公司处于关键时期，分不开身。今天我特意请大家来这里，见证我向你求婚，我对你做的每一个承诺都是认真的，所以，请你嫁给我吧！”

李杏园泪流满面，她捂住脸，幸福地哭泣着。周围的人又在高呼“嫁给他”，在这祝福声中，李杏园左手抹着眼泪，脸上露出了幸福的笑，有些羞涩地把右手伸到了何利锋面前。

人们发出了欢笑声，纷纷开始鼓掌。何利锋把玫瑰花抱在怀里，在掌声中握住李杏园的右手，把戒指套在她的无名指上。他抑制不住内心的喜悦，站起来把玫瑰花塞进她的怀里，随后在她的惊叫声中把她抱了起来。李杏园满脸通红，看到女儿在一边又蹦又跳，羞得又捂住了脸。

后来，他们结婚了。两年后，李杏园为何利锋生下了一对龙凤胎。他们的恩爱没有随着时间的流逝而有丝毫减少。他虽比她年轻，却宠她如公主，视虫虫如己出。她则为他每天搭配衬衣和领带，为他素手调羹汤。

（全文完）

激发个人成长

多年以来，千千万万有经验的读者，都会定期查看熊猫君家的最新书目，挑选满足自己成长需求的新书。

读客图书以“激发个人成长”为使命，在以下三个方面为您精选优质图书：

1. 精神成长

熊猫君家精彩绝伦的小说文库和人文类图书，帮助你成为永远充满梦想、勇气和爱的人！

2. 知识结构成长

熊猫君家的历史类、社科类图书，帮助你了解从宇宙诞生、文明演变直至今日世界之形成的方方面面。

3. 工作技能成长

熊猫君家的经管类、家教类图书，指引你更好地工作、更有效率地生活，减少人生中的烦恼。

每一本读客图书都轻松好读，精彩绝伦，充满无穷阅读乐趣！

认准读客熊猫

读客所有图书，在书脊、腰封、封底和前后勒口都有“**读客熊猫**”标志。

两步帮你快速找到读客图书

1. 找读客熊猫

2. 找黑白格子